关于爱情 我又想起了你

媚媚猫 著

百花洲文艺出版社
BAIHUAZHOU LITERATURE AND ART PRESS

图书在版编目（CIP）数据

关于爱情，我又想起了你 / 媚媚猫著. -- 南昌：百花洲文艺出版社，2017.8

ISBN 978-7-5500-2375-8

Ⅰ. ①关… Ⅱ. ①媚… Ⅲ. ①言情小说－中国－当代 Ⅳ. ①I247.5

中国版本图书馆CIP数据核字（2017）第189184号

关于爱情，我又想起了你

媚媚猫 著

出 版 人	姚雪雪
责任编辑	袁　蓉
策划编辑	易　超　胡　峰
封面设计	己　非
出版发行	百花洲文艺出版社
社　　址	南昌市红谷滩新区世贸路898号博能中心A座20楼
邮　　编	330038
经　　销	全国新华书店
印　　刷	河北鹏润印刷有限公司
开　　本	880mm×1230mm　1/32
印　　张	13
版　　次	2017年8月第1版
印　　次	2017年10月第1次印刷
字　　数	260千字
书　　号	ISBN 978-7-5500-2375-8
定　　价	38.00元

赣版权登字 05-2017-321

邮购联系　0791-86895108

网　　址　http://www.bhzwy.com

图书若有印装错误，影响阅读，可向承印厂联系调换。

目　录

惊蛰篇

春分篇

谷雨篇

小满篇

夏至篇

白露篇

小雪篇

惊蛰篇

一、脑袋卡栏

文佳佳的脑袋卡在栏杆里了！

她在栏杆外面已经等了超过两个小时，大楼的安保很严密，离着一百米范围就围起来，没有里面的人亲自来接是绝对不让进去的。而约了文佳佳的人，让秘书打电话过来说突然有事，请稍等。结果已经过了两小时，还一直在等。

无聊之下，文佳佳自己也不知道什么时候开始研究栏杆的。她觉得栏杆上的花纹非常好看，不知道是法兰西式的还是什么意大利式样的，总之非常好看，完全不像一般栅栏那样简单粗暴。一根花藤伸出来，很多细一些的蔓从花藤里爬出来，弯弯曲曲的，一会儿这里一些叶子，一会儿那里一些花朵，纷繁复杂。应该是订制的，因为视线所及的地方，还没有一根藤条姿态重复，连在一起，像花园一样。

栏杆空隙的形状都是不规则的，有的地方看着很大，有的地方看着很小，小的地方只能伸进去小手指头，大的地方好像能把脑袋伸进去。果然，这个地方可以伸进去！她把脑袋从一个空隙伸进去，然后拿出来。这个地方也能，她又在另一个空隙里伸进去，拿出来。还有这个地方大小也差不多……这就是文佳佳卡住脑袋之前最后一个想法。

然后……嗯，的确有些人的好奇心是很旺盛的。文佳佳对于一个窟窿是比她脸大还是小的问题突然产生兴趣，于是就悲剧了。

脑袋这一次进去的感觉和前两次差不多，谁知居然拿不出来了！这种通常发生在儿童身上的事情发生在她身上，文佳佳觉得无比尴尬。开始小范围骚动，想趁着保安没有注意之前把脑袋拿出来，只可惜无论她怎么努力也没有成功。直到动作幅度加大，把保安招来，惊悚地看着她。

保安也没办法，于是招来更多的人，文佳佳按照大家的主意，把脑袋旋转各种角度，试图拿出来，鼻子、嘴巴、耳朵，任何突出这个圆球之外的外挂都刮得通红，疼得她龇牙咧嘴，依旧没有办法。

大家都在好奇一个问题，为什么能进去，却不能出来呢？这不合理啊！于是越加努力。但事实就是这么神奇，能进去的脑袋无论如何就是出不来！群策群力，各种主意轮流用下来，依然没有办法，只好报警求助！等着警察来的时间里，文佳佳掏出手机玩“保卫萝卜”，偶然一抬头，恰好看见林中乔风度翩翩地走过来。

风度翩翩是她自己加上去的评价，其实林中乔就是正常走过来的，但就是给她风度翩翩的感觉。

她没见过林中乔，不过这样有气质到可称鹤立鸡群的男人应该不多，而且林中乔和弟弟林佳木长得挺像，属于一眼就能认出来的那种像，所以文佳佳马上知道这位就是来找她的。

眼见林中乔原地东张西望了两下，好看的眉头皱起来。文佳佳使劲招手，并且叫起来：“是林先生吧？我在这里！我是文佳佳！你是不是要找我？”

看到林中乔先是震惊后是迟疑地走过来，文佳佳也觉得不好意思，可是有什么办法？她现在如此显眼，看不见谁都不会看不见她，她既然跑不了，那这种见面形式就不可避免了。

她只能强颜欢笑，从栏杆里伸出手：“林先生，你好！我就是文佳佳，你弟弟林佳木介绍我来的，很高兴见到你。”

林中乔维持着震惊的表情，和她缓慢而僵硬地握了手。游戏里传出一串小怪被击杀的声音：“哎哟喂……”。

“文小姐，你……咳……那个……咳咳。”林中乔还是很难适应这种诡异的场景，文佳佳是弯着腰卡在栏杆里的，为了能和他说话，脖子拧成奇怪的角度向上看着，可能有点抻着疼，嘴角是咧着的，阳光刺激得她的眼睛眯起来，她还尽力扯出个笑脸，手极力向上伸，和他握上，居然还和平常站着伸出手一样微笑着说了个“你好”。

林中乔迟疑了一下，良好的教育让他无法居高临下面对一位女性，但眼下这个女性如此之矮，他也没办法不居高临下。

他犹豫了一下，别别扭扭地蹲下来，迁就着文佳佳的姿势和她说话，突然发觉，自己居然有二十年没有蹲下来过了。

“文小姐，你……”

“林先生，我脑袋被卡住了，怎么也拿不出来，不过已经报警，你别担心。”

林中乔看了她一眼，没有说话，因为实在不知道该说什么才好。

“不好意思，耽误你宝贵的时间，咱们别提这个了，谈点别的吧。”

别的，林中乔也想谈点别的，就是忍不住眼睛总往栏杆上瞟！他努力让自己表现得不在乎一些，尽量让自己语气正常地说道：“我堂弟说起过你，你们是从小到大的好朋友，别客气，你叫我名字就好……那个……这台手术出了点状况，到现在才做完，要你久等真抱歉。”

“病人突然大出血了？需要紧急抢救？是不是 RH-AB 型的血？你们医院根本没库存？”文佳佳紧张起来，眼睛瞪得滚圆。

“哦，没有，只是临时加了一台小手术，出血不多，不需要输血。”

“那出了什么状况？又发现了别的并发症？”她惊呼，“不会摊上医闹了吧？”

“只是小问题，已经解决了。”林中乔很不习惯这种咋呼，轻巧带过。

实际上不是小问题，他是整容医生，患者是从别的医院转过来的。这个患者在登记时撒谎，隐瞒自己多次紧肤的经历。打开之后才看到患者的肌肉纤维强韧度远达不到手术要求，一刀下去，小半张脸就撑裂到以后半辈子只能演恐怖片的程度，那个主治医生吓坏了，临时将病人转过来。像这种危险性高又吃力不讨好的事情，直接说的话，林中乔是不会接手的，但先斩后奏把病人送来，面对血淋淋的脸，林医生实在做不到视而不见，光是肌底无痕缝合就用了两个小时。

林中乔是很有规律的人，他上午约了文佳佳，没有接诊，但遇到这种情况，连交代助理带她上来都忘了，居然让文佳佳一直在外面等，确实过意不去，这才亲自下来接她。

“对不起，让你等了这么久……我请你吃中午饭吧。”林中乔邀请。

“好啊！”文佳佳说完就发现自己好像去不成，只能尴尬地指着栏杆傻笑。林中乔无言以对，只能干咳一声。

一时间，场面又是一片寂静。

文佳佳老早之前就听林佳木说过，他这个哥哥寡言少语，想等他打开话题基本是不可能的，而且这种情况，闲聊就免了吧！于是直接掏出准备好的几个方案，从栏杆缝隙里递给蹲在地上的人，开始热情洋溢地推销起她人生的第一笔订单来！

是的，文佳佳只是个推销保险的小妹，还是菜鸟级别的新手。而对方林中乔是个私人医生里最赚钱的整容医生，由于他的技术确实精湛到了非常值得信赖的水平，他的客户都是明星或者阔太太之类，哪怕做个双眼皮的手术，收费都足以买上几年医疗保险，所以文佳佳觉得能在这里做成一两笔保险单的希望挺大。

文佳佳知道自己机会不多，从义务教育结束，她上学就紧张而惊险了。高中是颤颤巍巍考上的普通高中，大学是走到校门前都有点认不出是学校的五流大学，毕业之后顺理成章地失业，蹉跎一阵子进入了保险推销员行列，然后接着蹉跎，连着两个月业绩都是零，要不是林佳木介绍这笔生意，她正好可以三个月试用期满走人。到了这样破釜沉舟的时候，别说蹲在地上，就是趴在地上，那也得把业务给介绍了！不然上哪儿再去找一个林佳木给他穿针引线？所以文佳佳热情洋溢，把入职培训时所学的技巧都用上了，尽力煽动着林中乔买她的保险。

文佳佳原本没有机会结交林佳木这样资质逆天的人物。她小的时候虽然和林佳木住同一个小区，但两家父母根本不认识。而且她小学、初中、高中、大学都读的是普通学校，而林佳木是只要有考试就拿第一，无论是学习，还是钢琴、书法、跆拳道，可谓十项全能！所以一路都在全市最重点院校的重点班里就读，被小区周围家长当作神一般的存在。

但神童小时候也是儿童，林佳木也是整天在外面玩的，每到饭点儿，他的妈妈都要大声叫他回家吃饭。那个时候，每当林妈妈在小区里打开窗户拖着长声音喊："佳佳——来——吃饭——啦——"，回答的人都是小不点傻丫头文佳佳。一次、两次，乃至数十次，这位傻丫头居然始终都没能听出来叫人的不是自己的亲妈！出于对"吃饭"这两个字的高度敏感，她总能抢在林佳木前面，就那么一次次跑过去，然后才发现不对，傻乎乎地咬着手指头，看着林妈妈。到最后真的去林佳木家里吃饭，林佳木和文佳佳就这样从认识到很熟，最后成了交情非常好的朋友。林佳木一直到上高中，还是经常和文佳佳玩。

原本文佳佳的父母还指望他们能擦出点爱情的火花，可惜林佳木条件太优秀，早在高一就被校花看上了，而自己家傻丫头还乐呵呵地出主意，显出先天性爱情迟钝。文佳佳的妈妈还为此郁闷过。等几年后林佳木留学，工作，再回国，文妈妈接触了林佳木几次，就从惋惜改庆幸了，原因以后再说。

且说就是因为这样的友谊，林佳木才会操心文佳佳的事情，才会不惜“大义灭亲”，把土豪堂哥推出去。如果不抓住这次机会，文佳佳再也找不到钱多到不需要保险也可以随便买几份的人了。

过程惊人的顺利，林中乔蹲在地上听，在周围无数人的围观下，基本将文佳佳递过来的合同都签了，一下子为自己、助理若干人等购入了什么健康、意外、医疗、养老之类的常规保险。他想快点结束这件事，而且文佳佳很为他着想，推荐的保险都不贵，一看就是善良的新手。

最后一份签完，警察来了，但是由于这栋楼安保措施过于好，栏杆只有几个地方可以剪开，卡住文佳佳脑袋的部分则需要更专业的工具才能对付，于是警察剪开一片栏杆让文佳佳扛着，把她送上警车，一起奔向消防队寻求更专业的帮助。

林中乔送文佳佳上了车，看着她举着一片栏杆，向自己热情地告别，脸上全是签成订单的欣喜若狂。卡脑袋卡得这么高兴的人，实属生平罕见！实际上，卡脑袋的成年人他也是第一次见，倒也无从评论该不该高兴。林中乔活动着蹲麻了的腿回到他的私人医院，很长一段时间，脑袋里都能放电影一样回映文佳佳扛着一片栏杆喜气洋洋的样子。

二、乖乖被骗

林佳木在咖啡厅里闲坐，就像一道耀眼的光。

没办法，他是那么的显眼，就算在春运的火车站现场，也能第一眼看见他。他的头发染成了蓝黑两色，中间还夹杂一绺玫瑰色的头发，衬衫是纯白色的，却用了五种不同质感的白色料子，很有设计感的休闲裤挂着许多金属配件，叮当作响。

这样的装扮，如果是丑人穿，那就叫“作”，但林佳木，就只能说——耀眼！美得耀眼！

他的朋友是这样评价他的——如果不是长得实在好，早就让人掐死了！

林家的基因，在外貌这一块是得天独厚的。这么说吧，如果比普通人长相顺眼一倍的人需要枪毙，那林家够得上灭门的标准！而林佳木又可以单独拉出去枪毙五分钟以上。

他的身高、长相、身材、气质，其实是任何一种衣服都能衬得起来的，披着麻袋出门都别有感觉。但不知是叛逆期突然后延还是怎么的，自打大学毕业，曾经的学霸和“别人家的好孩子”林佳木就一直是撞色风，今天这算是颜色少的，他曾经有一身衣服穿得让人一看就眼睛痛。

这就是文佳佳妈妈不觉得惋惜的原因之一。

长得实在好看的林佳木坐在咖啡店里接电话，是他的哥哥林中乔打来的。

“怎么了，哥哥？消消气！听你那声音，我也没怎么着啊？至于把你气得都快要吸氧了吗？”

林中乔觉得叫堂弟这么一说，自己真的有缺氧的感觉，他沉声道：“林佳木！你也太嚣张了吧？这姑娘又哪里不好了？”

“怎么不好？好着呢！脑袋长得这么像椰子的我还头一次见。头发往后梳，前面就是脸；头发往前梳，后面就是脸，根本没区别啊！”

“脑袋圆也是毛病？林佳木，你也太挑剔了吧？你就不能多看看别人的好处？”

“也对，脑袋圆也有好处，可以去打保龄球！”

林中乔顿觉气噎，过了半天才能接口：“林佳木！就算你不满意，你也多少给我点面子，吃完这顿饭能耽误你多大工夫？你才坐了三分钟就走，还有没有家教？”

“再不走，我怕她把脑袋揪下来砸我！”

林中乔强忍着才能让自己耐下心来，就当这个弟弟还是小孩子一样哄着：“好吧，我知道了，脑袋太圆你不满意，那你说说，你喜欢什么样的？”

“随便，看得顺眼就行。”林佳木无所谓地说，“我要求不高。”

林中乔有隔着电话吐他一脸的冲动，这还叫随便？叫不高？

他挤出无比的耐心问：“上礼拜你二姐给你介绍的那个又怎么了？”

“倒也没什么，就是看着伤心，她脸上那粉擦得，我一看她就想对她默哀！”

“是你说的，要长得漂亮的！”

“我说的是长得漂亮，不是画得漂亮！画皮倒是漂亮，可你兄弟 Hold 不住啊。”

“那你四姐给你介绍的那个呢？我也见过，那姑娘长得很漂亮，是个小明星！粉丝有好几万！你又为什么不满意？”

林佳木阴阳怪气地道：“哎哟，哥哥，你谦虚了吧？这位哪里是小明星啊？明明是世界级巨星——加菲猫啊！”

“……她是略微胖了一点儿，不过你也太夸张了，人姑娘才一百二十斤！”

电话那头，林佳木立马接一句：“……左腿吧？”

林中乔怒了：“林佳木，我听明白了！这明明就是你自己的问题，压根儿没有什么人能让你满意！我们几个再怎么折腾也没用！你明白说，是不是还想着周芸，根本不想找女朋友？”

林佳木哈的一声笑了出来：“哥，你居然还记得周芸？看来挺关心我的嘛。不过那都是哪个朝代的事儿了？何况周芸也就一般人，连你今天介绍的这个都不如呢。哥你这么一提，我才发现我眼光越来越好了，是不是？”

“行了，林佳木，你的后事我再也不管了！不是，你以后的事我再也不管了！”林中乔整理一下自己被堂弟气瓢了的嘴。

“哥，那我谢谢你，你要是能说服几个姐姐也这么想就好了。”

“你当我爱管你的闲事？”林中乔沉声道，“要不是爷爷总催着，我和你几个姐姐能这么努力帮你找女朋友？上次爷爷还悄悄问我你会不会是同性恋。老爷子问这话的时候脸煞白的，明显吓得够呛。”

“哟！”林佳木笑起来，“老爷子还挺时髦，哪儿听来的词儿？”

“林佳木，你也不小了，麻烦你成熟点，别让爷爷整天为你揪着心了！该找就找一个处着，又没有人逼着你立刻结婚，好歹让爷爷放心点。”

“放心吧，就凭我，只要想找，一个眼神过去，想贴过来的小姑娘都得排两个小时的队！”

林中乔彻底无语，放下电话。基本上不自恋的人不会找他整容，所以他见过的自恋人士是很多的，但像这么自恋的，却实在天下无敌。

林佳木端起咖啡喝了一口，皱皱眉头，咖啡有点凉了，他撇撇嘴，放下咖啡杯子。

身后坐着一对到西餐厅吃中午饭的情侣，女的和他背对背，男的坐女的对面。

女的正在说：“家铭，人家说左眼跳财、右眼跳灾，可不知为什么，最近好几天我两只眼都一起跳。”

林佳木轻声道：“应该是你的医疗保险要起作用了。”

女的因为和他背对背坐着，这句话听得清清楚楚，诧异地回头看他。林佳木端坐不动，那女的对着他的背影看了一下，头就又转回去了。

那男的压根儿没理她，一直在打电话，似乎很忙的样子。女的就帮男的切牛排、夹菜，照顾得十分周到，而那男的也就很自然地享受着，看来是早就习惯了。

打完电话，男的还是不抬头，用手机软件看股票信息之类的。女的忍不住说：“家铭，先吃饭吧，一会儿都凉了，你胃不好，吃凉的该胃疼了。”

“嗯，行了，知道了。”男的又看了几眼手机，也不看那女人，埋头吃了起来。

“家铭……”那女人过了一会儿又开口。

“你有什么事不能痛快说吗？吞吞吐吐的，弄得人胃口都没了！”

女人的声音有点迟疑，又有点羞涩，支吾一阵子才说：“我们这个月已经快二十天没见面了，我给你打电话，你总是说很忙，短信也不回，所以……”

男人口气软了一点儿：“哦……那个，小慧，你以前不是这样的，不是你总说我的事情要紧吗？我最近真的比较忙。”

“可是，家铭，你记不记得今天是什么日子？”

林佳木背对着他们做了一个呕吐的表情，这两位电视剧看多了吧？这对白还能更白痴一点儿吗？

男人明显迟疑了一下，随即笑道：“怎么会不记得？是我们认识五年的纪念日！”

女人有些失望：“不是，是我生日！”

男人立即笑起来：“哈哈，小慧，我逗你呢，你的生日我怎么会忘？”但声音里明显藏着一丝尴尬，“你等我一下啊。”

林佳木片刻之间就判断出这男的在撒谎，他肯定是忘了！对于女人要过各种莫名其妙的纪念日，林佳木本来是不屑一顾的，但生日不同，这是说什么也不该忘记的日子，何况从对话中听出来，两人已经相处五年了。五年居然还能忘了女朋友的生日，这男的真像自己嘴上说的那么在乎女朋友才怪！

哇，剧情反转啊！这下他来了兴致，转过身，专门看着两个人，想看接下来的后续发展。

他转过身，那女的背对着他，长什么样没看见，那男的倒是看见了。感觉也就一般人，打扮得倒是挺精致，领带上别着精致的领带夹，西装上衣看得出是修身的，衬衣也是精心搭配的同色系，作为服装设计师的林佳木一眼就能看得出来，这男的挺爱美。

只见那男的在包里翻了一下，找出一个钥匙扣递过去：“我特地给你挑的，生日快乐！”

林佳木一口咖啡差点没喷出来。

那女人看是个很普通的塑料钥匙扣，也露出失望的表情，但还是接过来，居然说了一声谢谢。

神转折还能有正常结尾？林佳木有点目瞪口呆，脱口说道：“你确定这是生日礼物，不是街边发的促销小礼品？”

这句话的声音可能略大了一点儿，离他远的男士听不到，但就坐在他背后的那女士应该是听到了，忍不住又微微往后瞟了一眼。林佳木端然稳坐，毫不在意，他得罪人是再经常不过的事儿，完全没怕过。

那女人也只是稍微看了一眼，就又低下头，并没有和这个嘴欠的“蓝毛”计较，倒让林佳木觉得有点无趣。

吃着吃着，男人的声音又传来：“对了，我有个同事爸爸过寿诞，让我帮忙买府东街街口老福华的点心寄回老家，你下午有空吧？”

“我下午要上班，东街也不顺路，明天好不好？”

“明天？生日还能改吗？我都答应同事了，都一个办公室坐着，要是说话不算我会很没面子。”

“哟，挺会来事儿啊，别人老爹的生日那么看重，什么同事，肯定是领导！这马屁拍得好！”林佳木冷笑。

背对着她的女人忍不住动了一下，似乎想回头看一眼到底谁这么讨厌，但最终还是没计较，而是和她男朋友说：“还是你的事情要紧，要不我中午去吧？一会儿吃完饭我就去。”

“嗯，行，买了之后按照这个地址寄回去。”那男的满意了，“还有，我三婶的外甥周末搬家，我公司有事去不了，你可别忘了。”

“不会忘，我已经记在备忘录里面了。”

“那好，行了，我吃完了，下午有事，我先走了！”

买点心？搬家？保姆也不能这样用吧？林佳木悠悠地说：“有你这么蠢的女人吗？生日都不陪着你，你男朋友根本不爱你！他当你是免费工人呢！”

小慧听见了，肩膀明显一下僵硬。

“不会……”她忍不住出声。

“什么？”那男人皱着眉头，“什么不会？”

“不信你让他留下来呀？”林佳木嗤之以鼻。

“我……我是说我不会忘了搬家的事。”小慧结巴了一下，身后传来林佳木明显的嗤笑声。小慧脸色涨红，忍不住伸手去拉了一下男朋友。

“还有事？”

“家铭……你今天晚上有没有空？”

“没有，我得加班。”

“果然！”林佳木微微冷笑，“你再问他周末有没有空。”

“那……周末呢？”小慧鼓起勇气问。

“周末……周末我也有事。”

“你看！你这么问，下辈子他都没空。你男朋友不爱你，多明显！你蠢死算了！”林佳木继续冷笑。

小慧脸上露出的表情十分哀伤，对面的男人只能停下来，缓和语气：“那个，我最近的确忙，你等我有空，有空我带你出去旅游！乖乖地等着啊！”

“骗子！”林佳木一句话，毫不留情地将小慧脸上露出的笑容击得粉碎，“他敷衍你呢！你要不信，直接问他什么时候结婚，看他怎么回答。”

那女人迟迟不语。

林佳木嗤笑：“不敢了吧？”

那叫小慧的女人迟疑片刻，才试探着说：“我过完生日就二十五岁了，你看我们认识也已经五年了。”

那男的脸色立即不好看，道：“小慧，你又来了！”

林佳木低低吹了一声口哨，抢答：“我们不谈这个！”

那男的也恰好说：“咱不是说好不谈这个吗？”

林佳木：“谁和蠢货结婚？你得乖乖让我骗。”

那男的：“你以前多乖，现在怎么了？”

林佳木：“信了吧？他根本不想和你结婚，你别指望了！”

小慧脸色暗淡，低声道：“那是两年以前，现在又过了两年了，我爸爸昨天晚上还一直追着我问，问我们打算什么时候结婚。我不知道怎么回答他好。”

“小慧，我不是不想和你结婚，但是你看，我现在连房子都没有，拿什么结婚？”

“我上次给你的钱，你说要买房子付首付的……”

林佳木：“我去，你还给他钱？不用说，不是炒股赔了就是家里人生病花了，总之肉包子打狗了！”

果然，那男的有点尴尬地说：“那个……我投到期货里了，最近市场不是不好吗？何况上次看的那房子太小了，等我赚了钱，我给你买个大房子！在西景山买！让你住得舒舒服服。”

“八宝山吧！”林佳木嗤笑。西景山是A市豪宅聚集区，他堂哥都没在西景山买房子。“我说傻子，恭喜你荣登我今年遇到的蠢人榜首位置！”他在一旁兴致盎然地关注着。“如果这男人继续跟你要钱，那他也荣登我今年遇到的最无耻的人榜首位置！”

话音未落，男的又说：“你说起这个，我看好一波行情，你那还有多少钱？”

“我去！”林佳木的声音带着高度的兴奋，“他真要啊！”

“我……五万多一点儿。”小慧的声音却很木然。林佳木声音很小，可每一句话她都能听见。

“怎么这么少？你不是才发了奖金不久吗？花哪儿了？算了算了，拿来吧！赚了钱我加倍还你。”

“哈哈，傻子，答应给他，看他怎么回答！”林佳木乐得想手舞足蹈，“你按我说的做，我教你好好耍耍他！来，声音放得嗲一点！说什么都愿意听他的！”

可是小慧并没有按照他的剧本，她的声音不但不嗲，还非常悲伤：“家铭，上一次你也是这么说，你每次都赔钱，不炒股了不行吗？”

林佳木失望地吐了一口气，觉得这女人太扫兴了。

男的声音顿时高了：“那次是股票，这次是期货！你什么也不懂就别乱说，期货和股票能一样？你和林志玲能一样？不就五万块钱吗？你是不是信不过我？”

“没劲！”林佳木道，“看看这恼羞成怒的样子！男人变心多半是遇上好的了。我看哪，你男朋友也差不多。痛快分了吧，别丢人了！”

那女人沉默不语，林佳木又道：“还不死心？骗他你发现他有外遇了！”小慧的肩膀明显抖了一下。林佳木又道：“我知道你这智商啥也发现不了，骗人你不会呀？……你可能真不会！教你一招，你说你昨天接到一个女人的电话……就这一句，看他怎么回答你。”

男的还在气呼呼，小慧慢慢抬起头，道:“家铭,昨天我接到一个女人的电话……”

男的脸色一变，小慧又低声道:“她说她是你的女朋友，还说自己已经怀孕了。”

林佳木眼睛一亮，赞美道：“不错嘛！原来你是慢热型的啊！”

“我……我，你别听别人胡说。”

小慧轻轻道：“她不但知道你的名字，还知道你很多事情，包括你身上一个胎记的位置……”

男的脸色变白：“小慧……嗯，我……这个……有一次我喝了酒，同事之间要应酬，我……”

“哈哈，您这应酬也是够拼的！”林佳木得意非凡，“我说对了吧，傻子？”

“家铭，你为什么要骗我？”

“我……”那男的涨红了脸，突然道，“男人逢场作戏算得了什么？你看看你自己的样子，土得都掉渣了！有聚会我都不好意思带你出去！让你好好打扮打扮，你越打扮越丑！你只要能拿得出手一点儿，我至于这么没面子吗？我就出去和人应酬一下怎么了？这又算得了什么大事？你叽叽歪歪和我说了又说！要是让我同事知道了，我脸往哪儿搁？别人的女朋友有你这么不懂事的吗？告诉你，你老老实实别管这些闲事，咱们也这么多年了，我不会抛弃你的！”

“你还等什么？一杯酒泼他脸上啊！”林佳木惊诧地看着小慧把头埋在手臂里，微微颤抖。她居然坚持到让这个男人说出了这么多混账话，这段话中好几个泼点好不好？赶上脾气烈的，硫酸都可以出手了！

“哼！”倒是那男的一声冷哼，站起来扯过外套，“你自己冷静一下，我处理完这个事儿再找你！”

寂静了好一会儿，林佳木回头，见那女人趴在桌子上，一动也不动，他向后靠，撞撞凳子背，道：“喂，他走了！你不是睡着了吧？”

那女人肩膀动了一下，依旧趴在桌子上，只闷闷地嗯了一声。

林佳木称赞道：“刚才表现挺好，装得像极了！果然只要是女人就会骗人。”

“我没骗人……昨天，我的确接到了那个电话。”

“不是吧，那你还请他吃牛排？你应该请他吃敌敌畏啊！”

“我和他认识五年了，以前他不是这个样子的……他对我很好的，我只交过这一个男朋友，我从来没想过将来不和他结婚……完全没想过……我希望这不是真的……”小慧缓慢而僵硬地坐直了身体。

“那你还不如希望通货膨胀不是真的！”林佳木嗤之以鼻。

“我该怎么办呢？”小慧的声音充满了哀伤。

“蠢！这种事还有别的办法吗？想得开你就过去，想不开可以跳河去！简单、快捷、高效，一次性解决脱发、失恋、更年期、弱智等各种烦恼！”林佳木很不屑地喊了一声。

那女人僵了一下，慢慢站起来，僵硬地往外走去。

“喂！”林佳木叫了一声。

那女人闻声回头，露出已经哭得一塌糊涂的脸来，问：“什么事？”

林佳木吹了一声口哨。摇摇头又点点头，挥手道："没事，你走吧。"

"那你叫我干什么？"

"我只是想看看你长什么样子，果然好丑！"林佳木哈哈大笑着站起身来，在咖啡店服务员都想抽他的表情中，高高兴兴地走了。

三、舍命救人

从咖啡厅出来之后，林佳木开车去城东的服装店看了一圈，消磨了个把小时。没几件衣服算得上好的，还有一些简直可以称为丑！真不知道当时这样的设计方案是如何通过投产的。

他很是鄙夷了一下现在的大众品位之后，刚好路过家铭和小慧说的那间老字号点心铺，来了兴致，顺便买了点点心。想起中午哥哥说老爷子惦记着他，准备去爷爷家看看老头儿，于是又一次路过城西，在一座桥上堵车了。

“嘀——嘀嘀！嘀嘀嘀！嘀——”前面的车不动，林佳木后面的车却一直按着喇叭，没完没了地催，听得烦躁无比，好像是他不想走似的。

林佳木停车下来，走到后面敲车窗，那车主摇下车窗，看着这个鲜艳夺目的人，有点气馁。一般这种造型的人不好惹，他声音明显弱了一点儿：“干什么？”

“哥们儿，商量一下！”林佳木扬着下巴问，“要不我帮你按着喇叭，你去想办法把前面的车挪开？”

那车主脸红了一下，不作声，也不继续按喇叭了。林佳木鼻子里哼了一声。立交桥上堵着不动，已经有几个车主都下来了，其中一个过来劝解：“没办法，前面好像有人要跳河自杀，大伙儿正劝着呢，折腾得谁也走不了，大伙儿都消消气。”

林佳木迈步就往前走，哼！自杀你倒是快点跳啊！堵在这里算什么？

出事地点比较明显，很多人围着，中间一个披头散发的背影，身子朝里坐在桥栏杆上，越靠近越能听见一群人在劝。林佳木很不容易挤进去，冷笑：“哟，您是自杀来了还是碰瓷来了？有点效率成不？倒是快点跳啊！”

这句话引得人人侧目，那披头散发的人也回头看了他一眼。林佳木眼睛立即瞪圆，叫了一声：“不是吧？蠢货，你真的来死了？”

正是咖啡厅里的那个小慧！

林佳木快步上前，道：“我去！我说让你跳河去是开玩笑的！你也太听话了吧？”

那女人只是看了他一眼，目光是茫然的，根本不清楚她看清楚了没有，林佳木刚到桥头，只见她就是纵身一跃……

周围人的惊呼声响彻桥头。林佳木抓了个空，气急败坏：“喂！我……”

他咬牙切齿，飞身蹿上桥栏，接下来的动作就不那么帅了。因为作势跳之前往下看了一眼，顿时腿就软了，桥建设得有一些高度，显得下方幽暗深远，滔滔江水奔腾着，浪花翻卷，气势惊人。林佳木觉得自己很是眩晕，小腹发紧，颇有尿意。

他心慌气短，很想爬下桥栏回家去。但眼看着那女人已经消失在河里，只有一个漩涡留下，已经不容他犹豫，于是狠狠心，露出一个恶狠狠的表情，大喝一声跟着跳了下去。

周围人发出更大的惊呼声，林佳木此刻看上去很是狰狞，心里把那女人骂了一百遍，要死他没意见，直接笨死多安静？为什么要兴师动众地跳河？跳就跳，为什么让他看见？

林佳木曾经是十项全能，游泳也是很厉害的！不过这桥高了一点儿，跳下去已经拍得头晕，水也凉了一点儿，救人和单纯自己游泳的难度也不在一个档次。他一入水就已经后悔了。哦，应该说，没下来之前就已经后悔，现在是更加后悔了。

怪不得游泳要穿游泳衣，现在湿了水的衬衫、休闲裤、灌了水的皮鞋都好像凭空重了十斤，就像有人抓着他往下拽一般。

好在他跳下来及时，那女人刚刚借着跳下来的冲力往水面上浮，目测就在离他三五米远的地方，林佳木知道时间非常宝贵，如果不能尽快抓住她，水流一动就不好抓了。

他使劲上蹿，尽一切可能快速靠近她，大概创了自己游泳的纪录了，只用了一两秒钟就来到那女人的身边。但是那女人此刻也清醒了，开始玩命扑腾，他抓了两次也没抓着，第三次好不容易碰到，却被疯狂扑腾的女人一巴掌打开了手臂。

跳下来的巨大的重力已经抵消了，水流开始起作用，那女人随着水流向下游走，林佳木三次抓空，女人就离他远了。

“救命！”那女人喊起来，玩命扑腾，但是显然不能冷静地判断水的流向，她的动作反而加快了向下游去的速度。

“你别动！”林佳木气急败坏地喊了一声，又使劲向她追去。

“救命啊！”女人眼睛瞪得大大的，满是惊恐的眼神。

林佳木用力滑动手臂，吃力地追她，可是真的很难追上，差得不算远，但就是碰不着。

“救救我……”那女人喝了一口水，还是扑腾，看着林佳木的目光充满恳求。显然在河里要淹死的情况下，不动是不可能的。

现在想活了，刚才为什么跳下来？你想死是可以死，但想活就未必可以活了！林佳木心道，我也想救救你，但是没把握啊。

桥上的人喊成一片，又有人下水了，但其他人可没林佳木这么勇猛，直接跳下去，他们都是绕到桥底下，在河边下的水。离着太远根本不顶事，照这个速度，捞出尸体都有困难，所以还是林佳木最有可能救到她。

林佳木也明白自己责任重大，他使出吃奶的劲头游过去，终于又一次靠近她了，但是离得近，她扑腾得厉害，还是无从下手去抓。

水流湍急，抓不住，瞬间又拉开了两米距离，那女人看着生存的希望和她拉开距离，挣扎得更激烈。

头上即将出口的欢呼，变作一片惊呼！

“我来救你！你他妈的放松，别动！”林佳木一边追她，一边骂。两只皮鞋沉得好像有两只猪拖着他一样！他的体力在急速消耗，他很想停下来甩掉鞋子，但现在一秒钟时间都是宝贵的，蹬掉鞋子的时间等于蹬掉一条人命，林佳木只能咬牙坚持。

但是这个时候动乃人的本能，根本不受控制，那女人尖叫着，扑腾着，别说放松，连安静都做不到。

林佳木疲惫至极，两人距离还是两米远，他知道不用多久，只需要一两秒钟，距离就会拉得更开，直到追不上，看着她死。

他咬着牙，一头扎到水下。游过泳的都明白，在水下游比上面能快一点点，他需要这零点一秒或者更短的时间。

那女人在上面连连喝水，挣扎也弱了下来，终于像一朵安静的云沉入水下，林佳木不顾眼睛生疼，在水下睁开眼睛，向着不断接近的目标用尽全力，换气的时间也舍不得用掉，只是忍着！眼看越来越近，他的体力和氧气都接近极限，真是把这辈子最大的爆发力都用上了，猛力一蹿，终于扯住了那女人的一只脚踝。

肺部憋得像要爆炸一样，他知道决定时间就是此刻，于是用尽力气向上推那个女人，自己也使劲向上游。当他带着那女人浮出水面的时候，岸上响彻巨大的欢呼声。

但是林佳木并不乐观，他大口喘着气张望，出水之后才发现已经离那座桥有近二十米远了，这里是河的中央，离岸边也有十米左右。

只不过游了二十米，他却已经疲惫得似乎一丝力气也没有了，此刻小手指都几乎动不了。这个女人的身高得有一米七多，重量自然也不会太轻，带着她上岸似乎都变成了不可能完成的任务。

林佳木眼前的景色模糊不清起来，连他自己都无力地向下沉去，呛了一口水，他清醒了一下，做出微弱的挣扎，勉强又带着那女人把头露出水面。但他真的已经把所有的体力都耗尽了，瞬间就又往下沉。

他死死咬着牙，又一次努力将两人撑出水面。他的嘴角渗出一丝血迹，不知道是用力咬牙咬的，还是过度用力伤到了脏腑。

“你放开我吧！”对面的女人似乎说了这么一句，林佳木此刻神志有些不清，也不大确定自己是不是听错了。

“谢谢你，你放开我吧。”这次听清了，因为那女人一边说，一边推了他一下。

林佳木已经毫无力气，又没有防备会被她推开，瞬间就脱手了。他手中一空，顿时大惊，眼睛瞬间瞪了起来。他使劲向前扑，手徒劳地挥了一下，还想抓回来，但心里也明白，此时此刻，就是这毫厘之差就足以改变结果了。

果然，就差几厘米，他没能抓回那女人，江水用无可抗拒的力量带着他向下远离。原本这一下就会拉开两人的距离，因为林佳木实在没有能力挣扎了，他只能放弃！

算了！我已经尽力了！林佳木心里这样想。他是真的已经尽力了，这个结果他已经无力改变。那一瞬间，他心里对这个女人还挺愧疚的。

的确，她就要死了，其中也有自己的原因。如果当初自己嘴巴没有那么刻薄，没说让她跳河去，她还会死吗？估计也会，她可能就去跳楼，那样自己就不后悔了。

就在这个时候，突然有什么东西抓着他的腿猛然向前一拽！林佳木被这一拽重新扑过去，不由自主地抓住那女人，然后跟着她一起沉进水里，咕咚咕咚地开始喝水。

原来是他裤子上的金属配件中有一个很大的船锚，在刚刚两个人纠缠的时候挂住了那女人的脚踝裤腿处，所以这一推并没有让他们两个分开，被反作用力扯的瞬间反而让他们靠在了一起。

脑袋浸入冰凉的水里，却让林佳木不知哪里借来了一点精力，求生的本能让他自然开始挣扎，尽一切可能向上游。这时候他又一次明白，刚刚他觉得自己已经尽力，原来那是对于救别人而言，他的确已经尽力。此刻到了自己也面临生命危险，这已经竭尽了的力居然还能再压榨出来一些！

林佳木死命扑腾了一会儿，两个人才勉强都露出水面，还没好生喘一口气，那女人却又开始推他，眼神很是哀伤。

“谢谢，这样你也会死，你还是放开我吧！”

这次听清了，这女人的确是这么说的。她一边说，一边又推了他一下，这次大概那女人决心坚定了，她用尽了全力！林佳木大叫一声“不要——”，“推”字还没出口，就沉下去了，咕咚一声又喝了一口水。但那女人很坚决地一推，他毫无抵抗余地，软绵绵地脱手，然后像个链球一样向外荡了一圈，又被裤子拽回来，重新靠近她，两个人又一次下沉入水。

“你……咕噜咕噜咕噜……”又沉下去，再浮上来，“别……咕噜咕噜咕噜……”

“我裤……咕噜咕噜咕噜咕噜……”

他只能再次拼命。玩命地挣扎出来，他折腾着张开眼睛，狠狠抱住那女人，咬牙切齿地看着她，如果有力气开口，他一定破口大骂！但此刻真的毫无力气，他只能勉强维持鼻子露一半在水面上，随着波涛上来才能换气，嘴巴一直留在水里，张嘴大骂就会干了这条江！所以他只能恶狠狠地瞪着她。

但那女人裤脚挂着他的腰部，远远比他高，所以是肩膀以上都在水面上的，还能继续说话。她此刻眼泪不断流下来，哭着说：“你放开我吧，不然你也会死，不要管我了！下辈子我会报答你！”

林佳木心道，你再推我，咱俩的下辈子马上就来了！

他怕那女人再给他来一次舍生忘死，于是用尽力气抓着她，手指都抠进那女人手背里了！他已经累得要吐血，真不确定再一次沉下去，他还有没有能力上来，所以拼死不放，杜绝那女人再推他的可能性。

他不断下沉，又不断挣扎着上来，只能靠着鼻子露出水面的一瞬间勉强换气，拼死抓着她，也拼命看着她。林佳木也不知道那些文学作品里描写的眼神能说话到底靠谱不靠谱，但他每次从水里露出半个脑袋，都死盯着那女人，努力地用眼神传达这样一个信息：“老实点儿，别动！老子裤子挂在你身上了！求你别推了！你再推我也跑不了！”

或许那女人把这个眼神理解成了“坚持，我不会放弃你的！”或者“我会用生命保护你！”之类。一次又一次之后，她的眼神软化了。

在这个时刻，有一个陌生的男子正在用生命保护自己，在这个世界背弃她的时候，还有一个人宁可自己沉进水里也不放开她！他那么有力地抓着自己，他马上就要沉进水中，却还把自己举得高高的，他用那么坚毅的目光看着自己，为她注入勇气！

这个世界上，居然有一个人把她看得比自己生命还重要！

已经绝望的眼眸又露出生机，她咬着牙，冲着林佳木狠狠点头，眼睛里全是泪水。

有效！林佳木心里一喜，又用眼神传达另一个信息：“跟我一起踩水，别歇着！老子坚持不住了！”

在小慧看来，林佳木目露喜色，不断冲她微微点头，那是在赞扬她勇敢地面对生命！于是重重点头，感动无比。她哽咽道：“你放心，我不会去死了！”

但她还是像石头一样沉，根本没有像林佳木希望的那样跟他一起压水增加浮力。

“屁！你还是去死吧！”林佳木心里大骂。眼神传达信息不到位，只能独立支撑。他觉得这是自己人生中做出的最大努力，已经超越了他的极限！什么高大上的形容词此刻也用不到他身上，就是直觉而已，他其实什么高尚的理由也没想，救命在此刻是本能。他拼命踩着水让两个人不沉下去，除了这个本能他也已经什么都做不了了。

多少次他支持不住沉下去，又憋得难受玩命出来，反反复复！记得谁说过来着，一个人跌进水里，游泳游得好不好都没有关系，他反正必须出去，不出去就得死？林佳木觉得这句话说得对极了，他也不知道还能不能活下来，反正只要还没彻底死，就得继续拼命，这是本能。

好在后来几个勇敢下水的人看出他已经脱力，正在努力游过来帮忙，他现在能留下一口气活下来就是胜利。

在激流里谁游过来都不轻松，林佳木又一次觉得神志渐渐模糊，终于有人抓住了他，带着他和那女人一起上岸。他听到救他的人在大声惊叹他居然能在水里坚持这么长时间，说着“小伙子真是勇敢！体能真好”之类的话，他心里一万只羊驼奔腾而过，他很想告诉那个叔叔，你要是裤子挂她身上了，你也肯定勇敢，体能也会突然变得很好！

救护车已经叫来了，几个人把他和那个女人一起抬上担架。他在救护车上只说了一句话：“关我什么事儿啊？”后续就不知道了。

四、仗义损言

“我的住院费有人替我交了？”林佳木坐在病床上，诧异地问小护士。

他累得狠了，也没顾上别的什么，先狠狠睡了一大觉。医生做了两个常规的小检查，判断他没什么大事，更多检查就安排在他睡醒之后。

这一觉居然睡了二十多个小时。林佳木是穿着衣服下水的，钱包手机什么的早就不知道被水冲哪儿去了。他的主管医生很不错，大概对于舍己救人的英雄人物，大家都是敬佩的，吩咐护士不要打扰他，等他睡到自然醒之后再去做住院登记。

不知道是出于对好人的钦佩，还是出于对林佳木颜值的高度肯定，小护士自己掏钱给他买了中饭，看上去还很想喂他吃，被林佳木拒绝也不气馁，做登记的时候非常兴奋，目不转睛地看着他，叽叽喳喳，问得很详细，还把自己个人的信息也告诉他了。

林佳木报上名字、电话等信息，估计着该交各项费用的时候，小护士却说已经有人帮他交了，押金押了四万。

“谁帮我交的？”林佳木问。他连名字都没报，也没有联系人，家里应该都不知道啊。

“是一个叫李晓慧的。”

“李晓慧？”林佳木摇摇头，不认识！

小护士道：“就是你救出来的那个啊，昨天和你一起入院，现在在隔壁病房。”

原来是小慧呀！林佳木恍然大悟。他问护士：“她怎么样？”

“情况不如你好，她呛了水，肺部有些感染了，不过也不太要紧，就是得住一个月左右的院了。”

林佳木心里也是高兴的，至少没白忙活，自己救活了一个人。不过这个人是不是因为自己的话才想不开自杀的，他也就不考虑了。

小护士要带着他去做一些检查，林佳木就懒洋洋地上了轮椅，让护工推着他出去了。

检查用了两三个小时，大毛病没有，小毛病多多少少有一点儿。最严重的也就是河水脏，导致眼睛有点小感染，上点眼药就好了，不算啥事。林佳木再回病房的时候，在走廊里就听到破口大骂的声音。

“你的钱呢？住院不要钱吗？你以为这医院是你家开的啊！”那是一个中年男人扯着嗓子的声音，就在他病房隔壁。

和他对话的人声音很微弱，只能听见这男的一个人叫。

“交了？什么叫交了？你才交了一万块，医生说你得住一个月！一万块钱能住一个月的医院吗？第一天的检查就花了这么多，你看看！你自己看看！你那一万块钱够住几天的？”

推着林佳木的小护士撇了撇嘴，小声告诉林佳木：“就是李晓慧的家属，没见过这样的爸爸，来了没说两句话就问钱。”

李晓慧的爸爸还在咆哮：“什么叫你没有？前不久不是和你说了你弟弟找工作要用钱，让你准备吗？你那个时候还说有五万，现在怎么就剩一万了？那四万呢？你要是真没有那就没办法，明明有钱还要让我出？你那四万呢？”

林佳木知道这钱在哪里，那四万给他交住院费了！

他从轮椅上站了起来，走到李晓慧病房门前。他原本就没事，自己行走没任何问题，此刻一大觉睡得除了眼睛有点红，精神很是旺盛。

李晓慧躺在病床上，脸色苍白，看着气息十分虚弱，咳嗽几声才轻轻道：“我真的没有了，爸爸，你先帮我垫上，我攒了钱还给你。”

“呸！我是要钱吗？”李晓慧身高一米七多，她的爸爸李大志身材也很高大，但身子有些佝偻，顶着个红乎乎的鼻子，一看就是个酒鬼模样。

“你住院没钱交住院费，我给你交就交了，养你这么大还差这些钱？我是问你，你的钱呢？是不是又给你男人了？你是猪脑子吗？别人谈恋爱能挣钱，你净是往外花钱！孝敬你老爹都没这么孝敬！我不管，你攒钱留给他，却和我要钱。没有！呸！”

“嗤——”门口传来一声轻笑，“又说交钱又说没有，这位是两个不同人格一起说话呢吧？”

李大志回头一看，见一个看着很健康、很精神的年轻人穿着病号服站在门口，正在笑。

李晓慧看见他，挤出一个苍白的笑容，想说话，但是她爸爸已经抢先开口了。

“你是谁？我教训我自己的女儿，轮得到你说话？”李大志喝道。

“哟，您这是教训自己女儿呢？我听着声儿大得惊天动地的，您在这儿手舞足蹈的，还当谁在医院放广场舞乐曲呢，您老够奔放的呀！”

“呸！老子念书少，说话就这么大声！”李大志已经被好几个人劝说这里是医院，请小声点，他都用这句话吼回去了。

林佳木慢悠悠地说：“念书少得多念，声音大也不够分量。就像一个屁再响，也比不上一泡屎啊，您说是不是呀，叔叔？”

李大志张着嘴，一时不知道该说什么才好，继续吼是响屁，不吼了是一泡屎，总之很难让人接着说。

他咬牙瞪了林佳木一眼，不理他，粗鲁地拿出一根烟点上，狠狠地吸上一口。

李晓慧张了张嘴，看着爸爸的表情，也没办法继续打招呼了，只能歉意地赔了一个笑容。

烟一点着，病房里的护士立刻道：“先生，这里是病房，不许吸烟！”

李大志正在吃瘪，顿时吼起来：“这烟就是在你们医院买的，你们不让在病房抽烟干什么卖烟？你们还讲不讲理？老子花钱买的，就要抽！”

林佳木顿时接口：“医院还卖手纸，感谢您老没在病房用用。”

李大志一时无言以对，李晓慧病房的护士很坚决，又说：“先生，请您把烟掐了，不然我就要叫保安了。”

李大志有点想要粗的念头，不过林佳木身高一米八多，染着蓝色头发，看着实在不好对付的样子，虽然穿着病号服，但李大志觉得自己的胜算也不大，而且他也明白护士不是说说而已，他要是继续抽烟，保安真的要来了。

他只得掐灭烟，用无比凶恶的目光恶狠狠地瞪了林佳木一眼，意思是你小子等着瞧。

林佳木夸张地拍着心脏问：“这眼神也是您在这家医院买的？新款吧？我还没见过这么狠的呢。”

李大志觉得自己完败，再和这个蓝毛说话就是自找不自在，索性当作没听见，只对自己女儿追问：“你那四万块钱哪儿去了？”

“我倒是知道。”林佳木接口，“……买智商去了。”

他刚想承认是给自己交了住院费，突然见到病床上的李晓慧急得脸色大变，用恳求的目光冲着他拼命摇头，他愣了一下，不知道这是什么情况，但还是改口。

“她自己觉得智商余额严重不足，得充点值。不然哪天脑子一抽再去跳个江河湖海什么的，多污染环境，咱们市这条河白治理了。”林佳木斜了李晓慧一眼，讽刺地说。

李晓慧用充满感激的目光看了他一眼，像是大大松了一口气。

李晓慧冲着他使眼色，周围的人又劝，林佳木也觉得有点精神不济，就回病房休息去了，耳朵里听见隔壁病房声音又高高低低地闹了一会儿，还有脚步声响。那个大嗓门的李大志没问出什么来，气哼哼地走了。

又过了一会儿，李晓慧扶着墙壁慢慢走过来，看着气息虚弱，没开口就先是一阵咳嗽。

“我是吸进去凉水，有点感染，不传染的。”李晓慧先解释一下自己的咳嗽。

“行了，我早就知道了。”林佳木皱着眉头，“你刚才为什么不让我说钱是给我交了住院费了？”

“我爸爸要知道钱在你这儿，他一定会要回来的。”李晓慧脸上现出一点尴尬。

“那你怎么会想起来给我交住院费？”

“你为了救我住院……我……想谢谢你。”

林佳木想起这件事就气不打一处来，他昨天可是差点把自己的小命也搭进去，这位给他四万块钱算什么意思？他是为这四万块钱拼的命？

他冷笑：“甭谢，你应该骂我，我觉得以你这超标的勇敢和不足的智商，以后跳河的机会还多着呢！说不定跳哇跳哇，还能跳个世界纪录出来，搞不好我还耽误你获得奥运会金牌了。”

“对不起，给你添麻烦了。”李晓慧垂下头，又咳嗽了几声。

“不麻烦，您这是看我钱少，给我找机会赚外快来了！喂，给你个建议，像这么一次四万地给不划算，还是包月吧！包月我给你打折。”

李晓慧垂下头：“林先生，我知道你的意思，我不会再跳了。”

林佳木心里稍微好了一点儿，却仍旧酸酸地说：“别介啊！失恋这么天大的事儿，不跳跳河哪能体现你的忧伤？”

李晓慧叹了一口气：“在河里的时候，我后悔极了，特别想活下来，特别希望能有人救救我。当时我想，如果有人救我，给他什么都行！可是等你真的救我上来了，我在医院里翻翻，发现自己其实什么也没有。”

她抬起头，道：“林先生，在那样的情况下，你是拼了命去救我的，我知道！”她的眼里突然泛起了泪光，强忍才忍了回去，依旧有点哽咽道：“我会永远记得你！我知道四万块钱不算什么，但我想不出暂时还能做点什么，只能再次谢谢你。如果日后你有什么需要我的地方，请联系我，电话掉进河里了，暂时打不通，不过我出院之后会尽快补上，号码不会变的。”

说着，她拿出一张纸，很认真地递给林佳木。林佳木接过来看了看，纸上写着她自己的电话、地址、工作单位，看来是早就准备好了的。

林佳木脸色也终于和缓下来，冷笑：“想准了，不跳了？其实你有足够的理由难过，你失去的可是个天底下独一无二的渣男，打着灯笼都难找到第二个！你下次想跳都遇不上这样的极品了，不如趁着这难得的机会多跳两次，过过瘾。”

李晓慧苍白的脸上露出一丝笑意，她这是第一次听见林佳木安慰人，而不是讽刺人，虽然这安慰也是用讽刺的语气说出来的，不过在这个再多安慰她也笑不出来的时候，讽刺却让她笑了出来。

她轻笑：“嗯，想好了。再也不跳了。这一次就像老天给我的一次机会，我突然就想通了很多事情！其实仔细想想，家铭说得也有道理。我不会打扮，他曾经给我买过化妆品，也给我买过好看的衣服，我都说上班不允许，就没试着去学一学打扮自己，的确不是很拿得出手，这么多年来，并没能让他觉得有面子。”

她叹气：“开始的时候，他们同事聚会他也带着我一起去过，但我总是没话好说，歌也不会唱几首，弄得大家都扫兴，渐渐他才不带我去了。化妆品买回来给我，我也不用，时髦的新衣服也很少穿，渐渐他才不给我买了。其实这些也不是不能学一学，算起来我也有错，不能怪他。”

林佳木用看外星人的目光看着她，李晓慧问：“怎么了？”

“现在你还觉得他说得有道理？还觉得问题出在你自己身上？”

李晓慧轻轻点头：“至少有一部分是我的问题，最初他对我还是很不错的，一点点走到今天这个地步，肯定也有我自己的原因，是我自己不够好，我应该努力让自己好起来！”

林佳木翻了一个白眼：“我突然明白了！像你这样的，不欺负你欺负谁呀？我说你是有病吧？脑袋是从旧社会带过来的吧？用不用我帮你联系个古董商？你这脑袋值大价钱啊！”

李晓慧愣了愣：“那应该怎么想？”

林佳木突然很烦躁，道：“为别人付出，你有什么好结果吗？都这个时候你还替别人找原因，你以为这个社会是很公平的？你付出就一定有收获？你好，别人就一定欣赏？嘁！你会好个屁！你将来也就这样了！没有家铭也得有个家亮，你长了个肉包子的样子就别怨有狗跟着你！”

李晓慧被他突然的冷嘲热讽刺激得连连咳嗽，目光中有点惊骇，显得慌张和无所适从。

林佳木被她那受欺负了一般的眼神刺激得心里发堵，听到她的咳嗽格外烦躁，也不知是烦躁这个人，还是烦躁自己造成的结果。于是喝道：“行了行了，回你的病房休息吧。智商都被你拉低了！你还是先用你伟大的人格当个被子盖盖吧，脸都白得跟死人一样！”

等李晓慧回去了，林佳木才想起来他原本是不想要李晓慧这四万块钱的，谁知说着说着忘了，又觉得憋气，暂时不想搭理她，便盖着被子睡了。

等第二天醒来，却被告知，李晓慧已经办了出院手续。

“她不是还得住一个月吗？”林佳木吃惊地问护士。

小护士撇撇嘴：“半夜她爸爸又来闹了，说是一点咳嗽，在家慢慢养就行。医生来劝，她爸爸就说医生准备讹人，喝得醉醺醺的，谁能跟他讲道理？摊上这样的病人……非要走不可，最后给开了药就出院了。”

“那会不会有问题？”林佳木忍不住关心了一下。

“得看怎么养了。”小护士说：“在医院里肯定保险一些，要是照顾得好，没有并发症，在家吃药也行，就是好得慢。不过我看她家里人那态度，恐怕够呛！”

林佳木忍不住看了一眼垃圾桶，昨天李晓慧给他写的那张纸被他团起来扔进去了，这会儿他在纠结，要不要捡出来。

“关我什么事！”林佳木手到桶边，猛然缩回来，呼地把被子盖在头上，翻身去睡。

五、拼命花痴

林佳木的病房里，文佳佳拿着一个苹果啃得咔嚓咔嚓响。林佳木站起来去倒水，她就跟着到暖壶前；林佳木去关电视，她就跟到电视前；林佳木回到病床，她又跟回来。身后一路咔嚓个不停，就像跟着一只硕大的老鼠。

“二货！你总跟着我干吗？”林佳木没好气地白了一眼文佳佳。

“因为‘货不单行’！”文佳佳咔嚓咔嚓地咬着苹果，笑呵呵道。

林佳木白了她一眼，这丫头美其名曰来探病，嘴就没停下来过。

“我看你也挺精神的，为什么要住院？”

“例行检查，那水上游有个化工厂排污，做个感染排除什么的，过两天就能出院了。”

“要是感染了你会怎么样？能不能有特异功能？”文佳佳眼睛顿时亮了。

“能，蜘蛛咬一口都能变蜘蛛侠，我自己也等着呢，要是变了僵尸先咬你一口，满足你的好奇心行不？够意思吧！”

文佳佳也不生气，他们是发小，一起长大的。林佳木现存没死的朋友都是很扛气的。她咬下最后一口苹果，问：“听说你英勇救人了！真没看出来你居然有救人胆量，那么危险你都敢下去！我真有点崇拜你呢！快说说，快说说！”

“没啥好说的，救了个比你还傻的！我听说你脑袋卡进栏杆里了？真没想到你居然有钻栏杆的胆量，你比我危险多了，我很崇拜你才对！过来让我看看，是不是光壳子弄出来了，脑子还留那儿了？”

“你脑子才留那儿了！”文佳佳满不在乎地一挥手，“本小姐可是因祸得福，本月的销售计划超额完成！奖金大大丰厚！预备大吃一顿以示庆祝，我来看看你好了没有，好了就带上你一起！”

“吃什么？”林佳木问，“猪脑？”

“喊！你吃猪脑吧。我想问问你哥爱吃什么。我能得奖金除了我自己的努力，也有他的贡献，想请他吃一顿！川菜如何？”

林佳木摇头：“你谦虚了，不过是你那六份保险都是他买的而已，他算啥贡献啊，没有他，你虽然业绩是零，但一样会自我感觉非常良好的。”

文佳佳瞪眼：“废话那么多，吃饭你去不去？”

“你说呢？医生给我开的忌口单子有快乐暑假那么厚。还川菜？我觉得我只能光合作用了！”

“那算了，你继续光合作用，帮我约一下你哥吧，我没他电话。”

林佳木笑道：“你这么坚持要约他，是不是看上他了？如果是，我帮你一次也无妨。”

文佳佳愣了一下，疑惑道：“不会吧，我才见过他一次呀？你哥年纪不小了吧？”

“比你大八九岁吧。”

“那已经可以形成不可逾越的代沟了！”文佳佳十分可惜地摇头，转眼却又笑起来，“不过你哥长得可真帅呀！”

林佳木道：“嗯，从初中那个篮球队长开始，你这花痴眼神就没换过，只要是个五官长全了的，你就说帅！都是帅，就没觉得有个车马炮？”

“你哥是真的帅！特别有气质！特别有味道！”

“那他可能做完手术没洗手！”

“才不是，你哥这个人哪儿都好看，隔着衬衫我都能看见他有六块腹肌！”

“对，他从小便秘，所以就有六块腹肌。”

“林佳木！”文佳佳怒了，“少废话，把你哥给我约出来！”

“行吧，反正我哥前些天也说了要对你表示点什么，还问我表示什么比较合适。我跟他说就请吃饭最好，你大脑是连着直肠的！肯定吃好吃的最合你心意！正好了！你们就同心协力地吃去吧。”林佳木懒洋洋地说。

“咦，不对！”文佳佳疑惑，“你哥为什么要请我？是他帮了我的忙啊！”

“他说要是他没让你等，你也不至于把脑袋卡栏杆里，所以很抱歉！我和他说了，你脑袋卡哪儿都有可能，卡下水道里都不稀奇，这事和他没关系！既然你也想请他，我再联系他一次，至于谁付钱，那就你们自己看着办吧。”

“好哇，你帮我联系，就今天晚上吧，一定得是我请！我发奖金了！”

林佳木拨通电话，林中乔还真有空，而且确实觉得对文佳佳有所抱歉，很有诚意请她吃一顿，于是亲自开车到医院接上文佳佳吃川菜去了，留下很无聊的林佳木算着还有两天才能出院，并计划着出院之后吃点什么。

“往前开，再拐个弯儿就到了。”文佳佳坐在后座啃一个巧克力派，带着一嘴的饼干渣渣兴高采烈地指着前方，“那边有一家特别好吃的川菜！先说好了，我请啊！我知道你有钱，但是今天你可别和我抢买单！你看你这么高大一男的，我肯定抢不过你！”

“文小姐别这么客气。”林中乔尴尬地回应。接下来就不知道该说什么才好了。他好久没和这个年纪的小姑娘一起出来，十分不习惯，只觉得文小姐的嘴巴不可以停下来一般，不是吃就是说，不然就是像现在这样一边吃一边说！如同失控的水龙头，从开始见面她就一直不停地叽叽喳喳，随便什么话题都能带出一系列的后续来，林中乔被她一刻不停的声音吵得脑袋嗡嗡的。

开车的是林中乔，不过他是带着医院里的助手一起来的。副驾位置那个小男生一脸青春痘，文佳佳从后面审视比较了一下，觉得没有对比还算了，对比之下，林中乔实在具备非同一般的观赏性。于是向中间靠了靠，放心大胆地看个不停。一边吃一边看，一边看一边吃，兴味盎然！

林中乔在后视镜里能看见文佳佳的目光，说真的，有点毛，这位姑娘看人也太持久了吧？弟弟这发小脑子应该没问题吧？

他这边分心瞟了一眼文佳佳，那边就遇到意外了。一辆三轮车骤然从马路边闯红灯冲出来，林中乔赶忙急刹车避让，文佳佳直接就从后座向仪表盘扑过来了，林中乔迅速伸手拦着，才避免她磕掉两颗牙，却被她喷了一胳膊的饼干渣。

再看那三轮车，已经毫不介意绕过这辆车，向前驶去，对给别人造成的危险一点不在乎。

文佳佳鼻子磕在林中乔的手臂上，此刻眼泪汪汪，见状怒道：“这三轮赶着去投胎啊？怎么不赶紧去死！自己找死还要连累别人！”

话音未落，就在前面路口传出刺耳的喇叭声。文佳佳眼看着三轮车绕过一辆车，被另一辆躲避不及的车挂了一下，轰然翻到，骑车的人飞出去两米多远，落在马路上。为了躲避他，一辆车急刹，又被后面的车追了尾，场面顿时无比混乱！果然是像她刚刚诅咒的那样，自己找死还连累了别人。

“我我我……我只是随口说说。”文佳佳脸色发白，这老天干吗这么认真哪！

林中乔眉头皱起，迅速在路边停车，对文佳佳说：“等我一下。”然后直奔马路中间而去，在那里，伤者倒在地上一动不动，到处血迹斑斑。

看到现场一大片血迹，许多人都躲得远远的，林中乔快速奔过去急救处理。

文佳佳哪里等得了，靠近过去，见林中乔半跪在地上，一只手按住伤者的股动脉阻止血流，另一只手翻开眼皮检查伤者的瞳孔，动作干净利落。

路人见到他是医生，都自动让开围着他看着。

林中乔扯下领带扎在伤者股动脉附近，又按着伤者另一处出血点，沉声问：“谁还有绷带？”

好几个人学着他解下领带递过来，林中乔扎好动脉出血点，用手在伤者胸口腹部反复点压，并一直观察伤者的表情。

“怎么样？”有人问。

“动脉破裂，不过裂口不大，血压暂时还可以控制，初步检查，内脏应该还好。”林中乔沉声说，他此刻眼神锐利而专注，充满了魅力。

第一次近距离看一个男子如此专注而耐心地做一件事情，并且还是救人的事情，文佳佳觉得林中乔此刻颜值爆表。

她的脑袋构造大概非同一般人，总之在这个血流一地的车祸现场，她脑袋一抽，见他半跪在地上，占便宜的念头不可遏制，于是缓慢地小幅度移动身体，让自己正对着半跪的林中乔，幻想他在向自己求婚。

“我愿意。”她小声说。

我去！真是感觉超级好！文佳佳乐得张开嘴傻笑，抱着看一眼沾一点便宜的心理，更加自得其乐地盯着林中乔看。

真是好看哪！文佳佳在心里赞叹不已，你说同样就是眼睛鼻子嘴，看人家是怎么排列重组的？气质又那么好！林中乔极度专注，哪怕这个伤者和他一点关系也没有，他依旧全力以赴。地上都是血，但是他极度沉稳，没一点慌张，坚定，坚持，自信，仿佛暗夜里的一盏暖灯。

因为扯下了领带，林中乔白衬衫的领口现在是张开的，喉结和锁骨都能看见一点儿，非常性感。他有一绺头发垂下来，搭在好看的额头上，带着点难得的随意。他的手指修长干净，他垂着头，睫毛的阴影落在脸上，是那样地动人……

突然之间，文佳佳就觉得，这才是帅，唯一的一个帅！其余她这辈子遇到的男人都是车马炮！

“我愿意。”她美滋滋地又说了一声。

“叫了救护车没有？”林中乔压根儿没有看她，冲着一圈人问，声音很沉稳，带着命令与绝对权威。

“叫了叫了。”有人回答。

“好，保持伤者不要失温就行，别动伤者，等救护车来。”林中乔脱下外套盖在伤者身上，只盖住上半身，他皱眉问：“谁愿意把衣服给他盖上？”

他抬头往上看，第一眼看见的就是死死盯着自己、面露笑容的文佳佳。而她正在很诚恳地说：“我愿意！”

林中乔伸出手，文佳佳呆了一下，脸迅速涨红，然后扭扭捏捏地把手放进了他手里。

六、巧智化糗

林中乔莫名其妙地看着自己手里多了一只手，干咳了一下，放开那只手，用眼神示意要衣服。文佳佳张口结舌地看着他，一脸蠢相。

林中乔以为她是害怕，于是安慰："别紧张，应该不会致命，不继续失血就不要紧。他失血导致失温，现在要帮他保暖以减低心脏负担。保暖——需要保暖！"说着，指指自己盖在伤者上半身的外套。

"啊？啊——好，好！"文佳佳这才明白过来，倒也知道羞愧，顿时面红耳赤。她是围着一个毛茸茸的大围巾来的，见状慌忙扯下来递过去，她扯得急，勒得自己翻了一个白眼。

林中乔冲她赞许地笑了笑，也不客气，接过大围巾给伤者盖在腿部。然后就是等着救护车来了。

文佳佳觉得自己没出息了，这个笑容居然让她有点心脏负荷过重，跳得好像准备自己逃跑一样。

过了十几分钟，救护车到来，随车的医生居然是认识林中乔的，管林中乔叫师兄。伤者移交救护车上时，前后已经折腾了半个多小时，因为这次意外事故，路上又是大塞车，到了饭店已经下午一点多，三个人点了菜就饥肠辘辘地等着。

文佳佳属于肉食动物，点的菜是大块的肉。林中乔觉得自己是请客的，必须点硬菜，也点了一个纯肉的。助手小李那一脸青春痘，一看就知道饮食习惯，点的菜也是大荤。

点完一看，林中乔皱眉道：“全是肉，怕文小姐不喜欢吃吧。”

文佳佳赶紧摇头：“不会，不会，我不挑食，什么都吃的！就这样挺好！”

林中乔觉得很抱歉：“文小姐，你饿坏了吧？真不好意思，没能好好请你吃顿饭。”

“不饿，不饿！”文佳佳说完，肚子就发出一连串的咕噜，她尴尬地抱了抱肩膀。其实是有点饿，起床晚了早饭没吃，不然也不会在车上一直吃饼干。不但饿，而且冷，大围巾沾了血，她直接给伤者盖走了没要，眼下是饥寒交迫啊！

林中乔想把自己的衣服给她，先不说这合适不合适，他外套也脱了，此刻就剩一件单薄的白衬衫，他也没法给。于是只好对助手说：“小李，麻烦你去最近的商场给文小姐买个围巾或者披肩来吧。”说着，递了银行卡过去。

助手小李接过卡，问：“买什么样的？”

林中乔对这些不了解，随口道：“上次陈女士来的时候说她的围巾很暖和，你不是还和她聊过一阵子吗？就差不多那样的就行。也帮我买一件外套，我穿的牌子和尺码你知道。”

他说的陈女士是他一个客户，来做抽脂的，家境巨富。林中乔不晓得自己这个人情做得大了，陈女士的围巾居然值几万块钱，话说知道之后，他也心疼了一下，但总不好反悔，也只能算了。

文佳佳听说要给自己买围巾，当然推辞，但林中乔态度很诚恳，而且她也的确冷得要命，揣着点小心思，她也特别想要林中乔给她点什么礼物，推了两下也就同意了。心里想的是自己那种百十来块钱买的围巾，倒也没多大心理负担。

围巾很快就买来了，真的好暖和！文佳佳觉得这是林中乔给她买的，就比自己原来那个温暖得多，好像一个人温柔地抱着她一样温暖！

因为饿时间长了，旁边的车马炮只顾自己吃，对面的帅却提醒她不要直接吃川菜，怕她胃部不舒服，帮她要了酸奶。

帅也饿了同样长的时间，吃东西的样子却还是很优雅。帅觉得好吃的东西会推荐她也尝一尝，还建议她不要吃那么多辣椒。帅觉得全吃肉并不健康，坚持又加了爽口的青菜和甜食给她，真是好细心，帅吃几口饭就忍不住看她呢，真是好贴心……

他这么关心自己，应该……多半……肯定……哈哈哈！

文佳佳心情暴好，喜气从身子里往外泄露，就像拥抱了仙人掌的气球，忍也忍不住。

其实林中乔是因为来找他的客户基本都是女的，并且基本都怕胖如同怕死，所以产生女性不喜欢吃肉只喜欢吃菜的错觉。总怕今天点的菜不合文佳佳心意，所以忍不住经常看看文佳佳是不是吃得很勉强。又总是忘不了第一次见面文佳佳脑袋卡进栏杆的事情，觉得这个女孩不会照顾自己，所以才格外关照了一些。

一个家里的长子从小就习惯了关照别人，性格要是比较有责任感的那种，像林中乔这样也不奇怪，天地良心，此刻他对文佳佳真没什么想法。

不过显然，文佳佳对他产生了想法，她心猿意马，吃东西已经辨认不出滋味。此刻她已经不那么好意思像刚才一样明目张胆地看林中乔，于是总是借着吃东西的各种动作偷偷瞄，难免对自己吃的是什么不那么上心。终于，有一次迷迷糊糊地把勺子伸进芥末酱的罐子里，舀出绿莹莹的一大勺，然后迷迷糊糊地送进了自己的嘴里。

好吧！她还是能辨认出味道的。

文佳佳猛然瞪圆眼睛，脸上迅速上色，红如国旗，脖子上的青筋突起，接着眼泪便不可遏制地奔流出来。

林中乔和小李本来在专注地吃，此刻一起抬头，惊问她怎么了。

文佳佳迅速低头，不让人看见自己的模样，她的脑袋抵在桌子上，根本说不出话来，眼泪鼻涕瀑布一样哗啦啦往外淌，完全控制不住。

“你不舒服吗？”林中乔站了起来，迅速绕过桌子来到她身边。

“我……呜……”文佳佳趴在桌子上，说什么也不愿意让他看到自己狼狈的样子。

“你肚子疼吗？还是胃痛？”林中乔有点着急，辣椒吃多了也不会这么急性发作，难道是阑尾炎？

“哪里痛？快点告诉我！”

“我，我……”文佳佳此刻鼻涕流了一脸，死也不想抬头，只是拼命摇头，挣扎着说，“我没事，请给我拿一张纸巾！”

小李递过纸巾，一张哪里够，连续递了好多张，文佳佳始终低头擦眼泪，擤鼻涕，喉咙里依旧在火山喷发。眼泪鼻涕旧的去了新的还来，她这一口吃了半罐子芥末，岂能那么容易了事，她只能用力缩着身子，生怕被人看见自己的模样。

林中乔见她越来越缩成一团，真的急了，伸手在她腹部按压，问：“这里痛不痛？”说着，另一只手也伸过来了，拦腰抱起她，预备上医院。

文佳佳无法拖延，只能在他怀中抬起头来，呜咽道：“我没事。”

这一抬头更加震惊，居然哭成这个鬼样子了！

文佳佳知道对面两个人都在等着自己解释，她也必须有个解释。她一边哭，一边想要不要承认自己吃了芥末。第一次见面，林中乔看到她脑袋卡栏杆。第二次见面，看到她大口吃芥末？哪怕是像她这样的二货，也实在羞愧。

她伸手制止了林中乔，哽咽道：“我真的没事，我只是……想起了我的二哥……你……你先放我下来，我二哥……呜……”

林中乔皱眉将她放下来，皱眉盯着她观察。

文佳佳低头，又呜咽一阵儿，擤鼻涕，擦眼泪，然后组织思路，悲悲戚戚地道：“小时候特别喜欢和我二哥一起玩，我笨得很，只有他愿意带着我，愿意照顾我……”

林中乔眼神有些疑惑，他记得林佳木和他说过，文佳佳是独生女，家里就这一个孩子。不过此时此刻，也不方便问，或许像他和林佳木一样，表哥堂哥那也很亲的。

文佳佳觉得这么惊天动地地痛哭，只说两句交代不过去，抽泣着又道：“大人忙的时候，不让我们出去，我缠着二哥带我出去玩，他就偷偷带我出去了。

“我们在路上遇到一条狗，那只狗眼睛红红的，伸着舌头不停流口水。我看了害怕，哥哥让我不要看，可是我越是害怕，就越是忍不住看，结果那只狗就冲着我们过来了。

“哥哥捡石头吓唬它，它就一口咬在哥哥的腿上，哥哥越是打它，它越是不松口。我吓坏了，大声地哭。哥哥让我别过来，快点去叫人，可是我害怕，一动没有动，就是大声地哭。哥哥很气很气地看我，我才跑去叫人。可是腿软乎乎的，也跑不快，也不知道叫谁才好，就是一个劲儿地一边跑一边哭！”

文佳佳擦着眼泪，眼睛已经是红红的了，她哽咽：“见到人我就拉，可是很多人都不听，我好不容易才找到人，可是我跑得太远，又忘记回去的路了。跟着我来的大人也不知道该去哪儿，我心想二哥肯定被狗咬死了，就坐在地上死劲儿地哭。

“后来二哥自己瘸着一条腿回来了，他自己把狗打跑了！本来他还气我找人找这么久，看到我哭得厉害，又说自己没事，哄我不要哭，二哥是最心疼我的人了。

“我只当他没事，谁知道过了十来天，他全身发抖，眼睛也红了，发烧，自己用头往床上撞，没到两天就死了！咬他的是一条疯狗！

"呜呜，我二哥没有了！我二姨家里都怪我，我要是早点叫人来，二哥就不会死……她也再不来看我妈妈了。呜呜，后来我也大了，我想着我一定要好好努力，将来我二姨我也要养着！所以我特别想多挣点钱！不能让我二哥在那边放心不下他的爸妈……我从小到大，就二哥总怕我冷了热了，总这么关心我，所以我就想起他了。"

她痛快地哭完，抬头一看，对面两个男人也都眼睛红了，显然是深受感动，觉得她哭得合情合理。

七、出院寻人

又过了两天，林佳木可以出院了，林中乔抽空开车去医院将他接了出来，觉得堂弟似乎比往常沉默，心事重重的样子，这在林佳木身上非常罕见。他关心地问：“佳佳，你是不是还有点不舒服？”

林佳木白了他一眼说：“哥，你能别叫我小名了吗？你实在想卖萌，叫佳木也行啊。佳佳我听着浑身起腻！我都多大了我！叫个女孩名好养活？”

林中乔瞪了他一眼，却也认同他的观点，改口道：“佳木，你中午想吃什么？”

林佳木沉默了一下，道：“云来居素菜馆你知道在哪儿吗？”

林中乔点点头：“我还真知道，就在长安街上，我没去过，不过听说那家能用全素的材料做出各种荤菜的味道，你想吃素菜？”

林佳木点点头，林中乔就开车往长安街驶去。

现在是下午，人并不多，云来居很大，装修得很有点禅意雅意，素食馆子需要一点情调的。

“佳木，你想吃什么？”林中乔见弟弟拿着菜单发呆，忍不住又问。

林佳木放下菜单，似乎很不经意地问服务生：“你们这里是不是有个厨师叫李晓慧的？听说她做菜还可以。”

服务生忙道：“之前是有个厨师叫李晓慧，不过她被辞退了。先生，我们这里的每一位厨师做菜都很好吃的，我给您介绍几个招牌菜？”

林佳木身体一震，问：“为什么辞退她？”

服务员道："因为她生病，咳嗽不停，老板说怕是会传染，我们饭店是养生店，厨师有病做出来的菜谁敢吃？所以就辞了她了。先生我给您介绍我们的主厨吧，您看这个八珍汤、千层卷，还有这个九转素鸭，可都是获奖的招牌菜。"

林佳木点点头，同意点这几个菜。

"先生要喝酒吗？"服务生很高兴地问，这几个菜可都不便宜。

"两瓶啤酒！快点上！"林佳木心里不知为什么空落落的，看什么都烦躁。

并不是他想吃素菜，而是李晓慧是云来居素菜馆的厨师，她给他那张纸的时候，他随便看了一眼，只记住这么点东西就扔掉了。林佳木总是记挂着李晓慧苍白着脸咳嗽的样子，挥之不去，想了解一下她现在怎么样，却又觉得自己莫名其妙，没一点理由。

如今他出院，李晓慧给的四万押金就花了几千块钱，剩下不少，林佳木一下找到了理由，决定去找李晓慧，但是居然找不到了。

当时他并没有想到李晓慧会突然出院，也没留个联系方式。其实李晓慧已经把自己所有的联系方式都写给他了，但是他随手扔了，瞟一眼只记住了一个工作单位，现在怎么办？

她没工作了？林佳木怔怔地想，她家里果然没有好好照顾她，病根本没好就让她出来工作，如今工作没了，还不知道会怎么样呢。

他突然问道："像李晓慧这样的厨师一个月能赚多少钱？"

"一万五左右，我们这里聘请的厨师都是很好的，所以工资都不低。"虽然觉得林佳木问得很突兀，但服务员还是回答了他。

林佳木吓了一跳，没想到李晓慧赚的钱比他这个服装设计师还多。不是每个人都有他哥林中乔那样赚钱的本事。林佳木重点大学毕业，工资在这个城市里不算少了，也比不上李晓慧。厨师这么值钱吗？本事啊！

转眼又想，她赚这么多，日子还过成这样？

对了，她有个那么爱钱的爸爸，还有个炒股成瘾的男朋友，并且有个特别软乎的耳根子！谁要钱都可以从她这里拿。所以这么多年下来自己都没攒下什么钱，不是给了渣男，就是给了爸爸。

她那么老实木讷的人，做厨师还是个素菜厨师，对口面比较窄啊！像云来居这样高档的素食馆，一个城市也养不了几个，工作可不像别的厨师那么好找。听服务生那意思，李晓慧也就是个一般的厨师，不是主厨，很可能手艺就那么回事，工作更不好找了吧？她还有病……有钱的时候都这样了，现在没有了会怎么样？

林佳木胡思乱想着，脸色一直不怎么好看。心情更是极度恶劣，也没像之前那样多话，林中乔和他说话，他就随便应付一句。

过一会儿，啤酒和菜陆续都上来了，个个都很好看，尤其是那个素鸭子，居然无论从外观还是味道都和真鸭子没什么区别，连骨头都有！但是林佳木食之无味，一点胃口也没有。

“喂！你过来一下！”他招手叫来上酒的服务员。

“先生，什么事？”

“你来看，这是什么？”

“啤酒。”

“我说我能隔着玻璃就喝到里面的酒，你信不信？”林佳木看着他说。

“不开瓶？”

“对！就用眼睛看着就能喝！”

“那……不信。”服务员摇头。

林佳木一拍桌子：“不信你不帮我启开？让我怎么喝？”

林中乔冒汗，连忙对服务员说：“麻烦帮忙开一下酒瓶！”

服务员不知道心里骂没骂，反正是赶快给他开了酒瓶，又帮他倒上，然后逃跑一样走了。

林佳木连着喝了两杯啤酒，都是一口闷掉，完全不吃菜。林中乔拦住他：“刚从医院出来就这么喝酒，不要身体了？意思意思行了！多吃点菜！”说着帮他夹了一筷子鸭子。

林佳木用筷子扒拉一下那做得栩栩如生的素鸭子，一点也不想吃，又灌了一口酒。

林中乔觉得奇怪，开玩笑地说：“佳木，这里的菜价可不便宜，素鸭子比真鸭子贵多了，你不吃还点，是不是不宰我不舒服哇？”

“不吃了！一点也不好吃！”林佳木把筷子一撂，故意大声说，“听人说这里有个叫李晓慧的厨师做菜特别好，专程从别的城市过来，结果还不在，这都是什么玩意？这鸭子是豆腐做的还是五金零件做的？当我是废品加工厂呢！真是没劲！

哥，要吃你吃，我要走了！”

林中乔一头黑线，迅速结账走人，明明很好吃偏说不好吃，弟弟这又是哪根筋不对了？

路上林佳木明显脾气暴躁，被一个人超车，他摇开车窗冲着人喊：“你急什么急？你要是真急，我建议你走残疾人特别通道！我可以证明你是脑残！”

“佳木！”林中乔忍着气瞪了他一眼，给人赔着笑把车窗关上，“你多大了？这不是没事找事吗？”

“带我回医院！”林佳木坐在车上突然来了这么一句，把林中乔吓了一跳。

“你哪儿不舒服，我帮你看看吧？”林中乔说着，把手往弟弟额头上搭一下。

林佳木推开他的手：“你看？你想给我整容啊？”

林中乔气结：“我看看你有什么毛病！”

“我没毛病了，都好了！就是要上医院去一趟，有点事！”

“什么事？有东西落下了？”

“嗯，算是吧。”见林中乔眼睛一瞪，林佳木赶紧道，“别唠叨啊！我知道你已经嘱咐过了让我好好收拾，但是就是落下点东西，你唠叨也是落下了。”

林中乔摇摇头，开车往医院驶回去。

回到医院，林佳木直奔护士台，林中乔以为他会问自己的东西，谁知他却问：“你们这儿有登记记录吧？709房前些天半夜出院的李晓慧联系电话是多少，能帮我查一下吗？”

那护士摇头:“对不起先生,没经过病人同意,我们是不能随便把资料说出来的。”

林佳木想了想，便冲那小护士微笑：“你真敬业，辛苦了。”

前文说了，他的颜值很高，比周围人明显高出很大一截来。林中乔不如他，还能让文佳佳看呆了，此刻他卖弄姿色起来，确实很难抵挡，那个小护士脸顿时红了一片。

林佳木又道：“你不认识我吗？李晓慧跳河，是我救上来的。原本也不应该麻烦你，只不过我好心救了人，那家人没等我病好就走了，是不是有点过分？”

小护士立刻点头，她知道李晓慧是自杀入院的，也知道有人不顾危险救下了她，只是不知道救人的是谁。私下里也不可能不讨论一阵，原本就对见义勇为的人心中崇拜，林佳木这么玉树临风地站在面前，那就更有分量了！

“我也没别的意思，就是想要个电话，问一声她现在怎么样了。电话号码而已，电话要是机密资料，也就不会有那么多广告打进来了是吧？我也不问地址，就问一下电话，万一我是个变态骚扰，她换个号码就行，都不用花钱。”

小护士脸一红，偷看了他一眼，觉得这人就是变态也会被很多人欢迎骚扰的。何况见义勇为的人怎么会是变态？开玩笑。

林中乔目瞪口呆地看着林佳木拿着写了电话号码的纸，高高兴兴吹着口哨出来了，和刚才的模样截然不同，问道：“你落下的就是这个？”

林佳木嘿嘿一笑，得意道：“刚才没吃饱，你想不想吃点别的，我请！”

“不用了，也差不多饱了。”林中乔摇头，“爷爷等你晚上回去吃饭呢，你得去露个脸，吃得香香的，省得让他担心你！这会儿饿一饿吧。你没事了，我就送你回去。”

到了林佳木的公司宿舍楼下，林中乔下车送他上去。林佳木在一家知名品牌服装公司做设计师，但不是首席，所以宿舍不大，只是个一室一厅。里面随便堆着些服装料子之类，并不算整洁，几个模特被他摆成了一出摇滚演唱会的姿态，都没穿衣服，很是滑稽。做医生的林中乔看了直皱眉头。

“佳木，你的朋友文小姐最近联系你了吗？她工作顺利吗？”林中乔坐在沙发上问。

“你问二货？最近电话打过一次，她工作也就那样呗，到处蹿，好像除了你之外，又被她糊弄出去一个单，乐得够呛，要请客呢。”

“文小姐很坚强乐观，她压力那么大，还能整天开开心心的，不容易。佳木，你要多学着她一点，别总是吊儿郎当的。”

“她压力大？”林佳木奇怪地问，“你从哪种神奇的角度发觉她压力大？我怎么不觉得呢？她小时候的梦想是做飞行员，因为想飞到天上去吃那些棉花糖，我觉得无论有什么压力都会消失在她坚强的胃里。”

“你怎么这么说呢？有压力发个声明给你听，那就不是压力了！”

林佳木还是坚持观点：“文佳佳就不可能有什么压力！这人的脑子是后配的，里面装的是卤煮！我跟你说，之前小学的时候我们一个班，那天我也忘了什么事，好像一次考试成绩不理想，老师发卷子很生气，拍着桌子骂全班同学：你们不是爱玩吗？现在就出去玩儿啊，去啊！你猜怎么着？

“全班都不出声，一片沉默，就这二货文佳佳兴高采烈、蹦蹦跳跳地出去了，以为老师真让她出去玩呢！至此一举成名！她能压力大？我怀疑她根本不懂压力是什么意思。”

林中乔也张大了嘴，一时间有点难以消化。想了想又道：“那也说明她乐观，有压力也不表现出来让别人看到。她对她的二姨很愧疚，想要照顾二姨养老，还有自己的父母，目前就四位老人，压力怎么会不大？”

“二货有二姨？我怎么不知道？”林佳木诧异。

“她二姨因为一件事，和她们家不来往了，我想应该是住在乡下。”林中乔想了想，组织语言把文佳佳那个悲惨的故事讲了出来，然后道，“你知道我客户有钱人很多，他们的保险意识也挺强，我想，和谁买都是买，让文佳佳来我们这儿谈谈也好。这几天我一直在留意，不少人都有意向，你可以让文小姐有空过来一下。”

林佳木脸色古怪，过了好一会儿才道：“哥，你先歇歇！我不知这件事是真是假，这么和你说吧，文佳佳很长一段时间的人生理想是当个作家，写过很多段子。”

林中乔愣了愣，摇头道：“不会吧，写故事和能说出来是两回事。”

“她也在大学话剧社做过演员。”林佳木又泼了一瓢冷水。

林中乔愣住了：“她当时哭得那么厉害，你的意思是那是假的？可有什么理由呢？”

“哭得很厉害？”

“哭得头都抬不起来，眼睛整个都肿了，声音嘶哑，应该喉咙充血，黏膜积液。”

林佳木被哥哥的医学形容恶心了一下，摇头道：“那我不知道了，二货倒是很少哭，有一次摔骨折了还笑呢。”

“我就说嘛，你看文小姐多么坚强！”

“对，脑子有问题的人看上去一般都比较坚强，精神病人无比乐观。”

“佳木，你真的要学着点儿！再看看你都多大了，还这么吊儿郎当，当初你那么聪明，咱们家里数你最聪明，你考试跟玩似的就能得第一名！我都一直羡慕你这聪明劲儿，你就不能好好地努力一点儿？”

林佳木拉开房门，林中乔顿时着急：“佳木，你要去哪儿？”

“我出去走走，你唠叨完给我电话。我说哥，你要不去医院检查一下内分泌吧，我觉得你这是更年期提前了，得治！”

林中乔怒目而视，只好闭嘴。

林中乔气呼呼地走远了，林佳木靠在阳台上，掏出写着李晓慧电话的纸看了一眼，撇嘴一笑。还有很多人相信这个世界是公平的啊！努力就一定有收获？他哥是这样还说得过去，因为他哥现在赚的钱下辈子都花不完，算个成功人士，那也是因为他没摊上不公平的事儿！给他看看这个李晓慧就明白了，

任劳任怨，温柔贤淑！努力的结果是什么？再比如他自己，难道他未曾努力过吗？结果是什么？林佳木又是嗤笑一下，这个社会就这样！

八、扮痞解围

林佳木没想到自己能又一次遇到李晓慧。

前两天，他用若无其事的口气给李晓慧打了一个电话，询问一下她的身体情况，那边回答是好多了，好多了，谢谢，谢谢。问她钱怎么给回她，回答是一连串的不用不用。李晓慧这样客气让他没法继续接茬儿，他讽刺了两句，烦躁地挂断电话，之后好几天心情都不好。

他的工作是服装设计师，所以在各个服装店寻找灵感是工作需要，因而经常利用工作之便逛街休闲，在咖啡厅、酒吧坐半天都是很经常的事，于是更加显得不务正业。

这天，他和往常一样懒洋洋地坐着，考虑是不是给李晓慧再打一个电话的时候，一个身影在橱窗外面砰的一声撞了一下，带着歉意地瞄了一眼，然后仓皇而走。

林佳木愣了一下，长身趴在窗户往外看，的确没有看错，就是那个跳河的李晓慧！

那是在一条繁华的商业步行街中心，众目睽睽之下，李晓慧正在和一个熟悉的身影追逐躲闪，就像谍战片一样。因为那个人拿着一束巨大的红玫瑰，打扮得油光水滑，吸引了许多人驻足观看，李晓慧涨红了脸，躲闪着他，在那么多人的注视下显得手足无措。

追着她的人是陆家铭，导致她跳河自杀的前男友。

他拿着好大一束玫瑰花，对着李晓慧紧追不放。

“那谁！”林佳木腾地站起来，往桌子上丢了一百块钱就冲出去了。

外面两个人已经走远了，陆家铭穷追不舍。

“小慧！”陆家铭大声喊，吸引了更多人看热闹，“小慧，你别生气了！我向你道歉还不行吗？我们在一起五年了！那么长时间了，你怎么舍得呢？怎么能因为我一个小小的错误就离开我呢？我一直都那么喜欢你！我不能没有你呀！”

“家铭，我……我……我觉得这样不合适……”李晓慧脸色涨红，完全不知道该如何应付这个场面，只能躲闪，“我，我，我认真地考虑过，我们算了吧……”

她的确认真地考虑过，认真而冷静，河水有多冷，她就有多冷静。只是被这么多人注视，实在是不习惯，完全不知道该如何是好，只想逃跑。

“小慧！”陆家铭声音很悲伤，“你还记得我们最开始的时候吗？我可是一直都记得！我是真的喜欢你！我知道我赚钱不多，我知道我没达到预期的目标，让你失望了！你觉得我没出息也应该，可是我一定会努力的！我一定让你将来过上好日子，不要离开我好不好？”

周围人望向李晓慧的目光立即带着点鄙夷，似乎很好联想，这个女的嫌贫爱富了！

李晓慧张口结舌：“家、家铭，不是的！我没有觉得你没出息！”

陆家铭立刻道：“那你是答应回到我身边了？太好了！”

李晓慧慌慌张张地摇头：“家铭，我没有我、我觉得……”

“小慧！”陆家铭悲声道，“你想要我怎么样？你说我都答应你！你要我跪下来求你吗？你要我把心掏出来给你看吗？”

“不不不……不是……”李晓慧慌张地往后退，陆家铭步步紧逼。

“你要逼死我吗？”陆家铭气势如虹，声音很悲伤，可是嘴角已经带着一丝得意的笑容！搞定李晓慧这样的女人有什么难的呢？一束花的事情！

她又勤快又贤惠又听话，还挺能赚钱的，这样的女友丢了还真有点可惜呢！

他已经把李晓慧逼到墙角无处可躲，很霸气地一手按在墙壁上，凑过去要强吻她，这件事要了结了！

就在这个时候，一只手伸过来拦在他嘴上，另一只手抢在他前面抓住了李晓慧的胳膊，一把把她扯了出来！

陆家铭愤怒回头，只见一个染着蓝色头发的高个子男人阴阴地看着他。这男人十分帅气，如同星辰闪耀，竟然引得围观的少女低低地惊呼了一声。

陆家铭平时也挺注意打扮，自觉也算风流小生，比这个人却天差地远，一个是人造的凑合顺眼，一个是天生的风流潇洒，比得他简直想逃走。

“你是谁？”陆家铭怒道。

“你问她！”林佳木冷冷一笑，下巴往李晓慧那边摆了一下，仍旧抓着她的手腕不放！

李晓慧看上去有些蒙头蒙脑：“林、林先生？”

“你还认识我啊！真不容易！我当你早就把我忘在脑后了呢！”林佳木痞痞地笑起来。

周围的惊叹声此起彼伏地响起来，剧情有转折啊！这个女的造型很一般，长得也就那么回事，没想到桃花运如此旺盛！前头那个也就罢了，吸引目光的主要是那一束玫瑰，后头这个简直帅得逆天啊！

没有任何理由，绝大部分少女就倾向林佳木了。她们的内心对于剧情有代入感，设身处地一想，如果有个像林佳木这样颜值的人追求，处了五年的男朋友那也顾不上了。于是再看向陆家铭，就带着一点怜悯，脸上分明写着“你认命吧！”四个字。

陆家铭怒火中烧，他从来没想过会有这种事，李晓慧就应该是他招之即来，挥之不去的那个备胎！备胎就要牢牢嵌在车屁股后面吃尾气，怎么可以自己滚走？

正准备放泼一闹，接下来的剧情又出乎意料了。

只见林佳木一把扯过李晓慧，冷笑道：“你没告诉我一声就出院了，是不是想赖账？”

“我……我……”李晓慧傻乎乎地看着他，没明白这句话是什么意思。

林佳木冷笑：“你以为跑得了？我告诉你，一百万，整数！少一分钱，我都要让你知道‘后悔’两个字怎么写！”

陆家铭脚步突然停下了，嘴巴张得老大，犹疑不定地看着林佳木。

李晓慧也被吓了一跳，结结巴巴地道：“一、一百万？”

“嫌多？”林佳木一阵冷笑，“我这就给强哥打电话，让他来告诉你多不多。强哥在这片有一百多个弟兄，我让他来和你谈，看看多少合适！哼哼，他可没我这么好说话，你可别后悔！”

李晓慧惊骇地看着他："林先生，可是……"

林佳木喝道："怎么？你想赖账？你不承认欠我的？"

"欠是欠，我会还的，可是……这么多钱……"

"怎么？多吗？"

李晓慧很惊慌："那个……我……我……我现在没有。"

"你承认会还就好！"林佳木冷笑，"现在没有，我也不是不能宽限个一天两天！你赶紧去借，让你爸去借，他不是天天都有钱上酒馆吗？你还认识谁？这个人是什么人？"说着，他放开李晓慧，一把抓住陆家铭的衣襟。

"你和她是什么关系？这衣服是名牌啊！看来你小子有钱，一百万，替她还了怎么样？"

陆家铭使劲挣扎，拼命摇头："你误会了！我和她没什么关系！真的没什么关系！"

"少跟老子扯淡！"林佳木道，"你和她没关系，这花怎么回事？送葬啊！你当我傻？"

陆家铭摇头："我们真的没有关系，我、我、我只是路过、路过。"

"呸！"林佳木冷笑，"你说路过就路过？都像你这么赖账，老子怎么和强哥交代？我告诉你，和她有关系的人一个也跑不了！她不是有爸爸、弟弟吗？还有你，你们这些人一人拿个肾出来，也就勉强凑够了。"

陆家铭极力挣扎，却发现自己没有林佳木力气大，他不知道林佳木曾经得过跆拳道的黑带，只当他确实是个黑道人士，他汗都出来了，慌慌张张地解释："我和她真的没有关系！她欠你钱你找她，不关我的事啊！我刚才认错人了，我根本不认识她。真的，不信你问她，我和她真的一点关系也没有！"

说着，将求助的目光转向李晓慧。李晓慧嘴巴张了张，并没有说任何话。

"真的？"林佳木狐疑地看着他。

"真的真的！"陆家铭赔着笑。

林佳木这才放开他的衣襟，冲他比画一下拳头："滚吧！反正强哥每天都派人在她家守着，谁和她有关系都跑不了！要是让老子知道你撒谎，看见你在她家周围出现，或者你和她在一起，你就给我等着拿个肾出来吧！"

"不会不会，我怎么会在她家周围呢？我和她不熟！不熟！"陆家铭一边说着不会不会，一边落荒而逃，连看都没看李晓慧一眼。当然，他不过是图她听话好使唤，现在她欠了一百万，还能有什么关系？

至于李晓慧这么老实的人是怎么欠了黑社会这么多钱的，陆家铭也没机会去了解，因为他已经听见李晓慧亲口承认欠钱了，如果不是真的欠，这么多钱谁会承认？李晓慧的确是有点不精明，可也不至于傻到这个程度。

看着陆家铭慌张地走了，李晓慧目光中难免失落，她付出五年的感情换来这个结果，心里现在说不清是什么滋味。

“看什么？舍不得？那你去追呀！”林佳木在一旁阴阳怪气地说，“我是不是不够善解人意，耽误你做圣母了？主说有人打我左脸，应该把右脸凑过去，你要是想凑过去，现在还来得及。”

李晓慧低下头，轻叹一声：“不是的，我已经想好了，我不是家铭想要的那种女孩儿，我们迟早是要分开的。”她吸一口气又抬头，道，“林先生，一百万，我……”

林佳木瞪了她一眼：“出去说，你站这儿跟耍猴的似的。”

李晓慧看着周围那么多的围观群众，脸又涨红了，低着头跟林佳木走出来。

两个人顺着街道走到停车场，上了林佳木的小车，看到四下没别人了，李晓慧才又开口：“林先生，那一百万……”

林佳木瞪她：“你还提一百万？”

李晓慧赶紧道：“我现在真的拿不出，我不是觉得很多，我很感谢你救了我，当时那么危险，你也是冒着风险救我的，我应该拿出来。可是现在真的没有，你能不能先等等……”

林佳木差点气得笑了，他转头说：“李晓慧，你不如去做个 CT 看看吧！我觉得你这脑袋里是不是一半装的面粉，一半装的水？”

“啊？”李晓慧诧异地望着他，思索这是什么意思。

“别动脑！没过年，不缺糨糊贴春联！”林佳木冷笑，“你真觉得我是想和你要一百万？”

“我……我也觉得林先生不会，可是林先生就算想要，那也是应该的。”

“应该的？就算你真的信了，你就没想过去报警？这是明显的讹诈！我要是真和你要一百万，那就是彻底讹诈！你也不看看你值这么多钱吗？我说下次再遇到这种事，你要去报警，法律会保护弱势群体，弱智也包括在内！”

林佳木简直不知道这孩子是怎么活到现在的！这岂不是谁想占她便宜都可以占？居然要一百万都准备给，猪都比她聪明！

想到这人可能随时随地被坑，林佳木就一阵烦躁，简直有先把她一把掐死，省得被别人欺负的冲动。真是前所未有地看不惯一个人！

李晓慧却露出笑容：“林先生，我也猜你只是想给我解围，谢谢你！你真是个好人！”

林佳木翻了一个白眼，这是第一次有人说他是好人，他觉得自己还是比较适合贱人这个称呼。

“喂，你好了吗？我没听见你咳嗽了。”林佳木过了一会儿，才很随意地问了一句。

“哦，好了，基本好了，谢谢你。”

“谢我干吗？是我治好的？关我什么事？”

“谢谢你关心。”李晓慧温柔地一笑，“我自己懂一些药膳，很多食物都能治病的，自己调理一段时间，就好了。”

“那你工作呢？”听她说好了，林佳木松了一口气，心情也好了点儿，于是又问。

“暂时还没找到合适的工作，我只会做素菜，所以就困难了一点儿。不过也不要紧，几乎每个饭店都招聘厨师，我降低要求，一家家地问，总能找到的。”

林佳木点点头，这就是一技之长的好处了，只要人还得吃饭，厨师就总能找到工作。

“你着急回家吗？”林佳木看她有点坐立不安的样子，总是看表，于是问道。

“哦，我要做午饭，我弟弟回家就立刻要吃饭，早上晾的被子得收回来，万一下雨就糟了，我妹妹说裙子有地方不合适，要改一下，还有弟弟的球鞋要刷……现在我闲在家里，总要帮帮妈妈。”

“哎哟，你比总统还忙啊！那你还出来？”

“家铭说有非常重要的事情找我，所以……”

“他有事你就出来？那么听话你怎么不去做接线员。”

李晓慧低下头：“我原本也不想出来，可他在电话里说是救命的事情，真的很需要我帮忙。”

“于是你就信了？乐颠颠地就来了？”林佳木气得几乎笑了，“李晓慧，你是为了显得高才带着脑袋上街的吗？”

李晓慧摇头：“我……我也不太信，所以把见面的地方约在人多的地方。我也没想到家铭会这样，这次真的多谢你了。”

她看着林佳木，是真的充满了感激，这个男人虽然说话难听，但一直以来，却是少数真正帮助她的人。他曾经冒着生命危险救了自己，那些说话好听的人，可没有一个做到他十分之一的程度。她只是淳朴，并不是傻，对于林佳木，她是真的感激并信任的。

“这次多谢，那下次再遇到这种情况，你准备怎么办？”林佳木问。

“下……下次？不、不会了吧？”李晓慧张口结舌，明显被吓着了，万一那个家铭又来找她，她真的不知道该怎么办。

林佳木又是气不打一处来，你说这种人帮了有什么用？

李晓慧见他怒瞪自己，感觉很是心虚。林佳木恶狠狠地道：“我想把你脑袋打开，把我的脑子给你放进去！”

李晓慧知道他是开玩笑，干笑两声，无言以对。

林佳木不出声了，她就只能局促地坐在后座上，两只手扭在一起，嘴唇不停地抿，显然紧张得口干舌燥。从认识这个男人开始，她就被他不停地骂，基本一点自信也没有，不对，应该是从还不认识这个男人开始就被他骂了。

李晓慧虽然老实，但人缘好，基本上谁见到她都还觉得顺眼，像这样横看竖看就是觉得她不顺眼，总是骂她的也没遇到过，真不知道该如何应对。

“李晓慧！”林佳木沉默地开了一会儿车，突然开口。

“什么事？”

“既然出来了，别急着回去，休息一下怎么样？”

“可是家里的事儿……”

“就算陪我。”

李晓慧愣了一下，眼睛迅速瞪圆，飞快地看了他一眼，又低下头，身子绷得紧紧的。

“去不去？”林佳木没有得到回应，不耐烦地问。

许久之后，后面传来几乎小得听不见的声音——“好吧。”

李晓慧死死地低着头，说什么也不抬起来，她只觉得林佳木在不停地打量着自己，越发心慌，不敢抬头，后视镜里只能看见她连耳朵都红透了。

林佳木的确是在看她，李晓慧做厨师，工作需要，所以她身上没什么女人该有的装饰物，手指甲剪得短短的，头发梳得规规整整的，穿平底鞋，不化妆，不擦香水，古板得像上个世纪的人，这是陆家铭抛弃她的主要原因之一吧。

还有呢？这人工作勤勤恳恳，越是休闲时间越忙，不去看电影，不去K歌，自己会做饭，连上档次的饭店也不用去，真是全身都写着“我是个不讲究的女人，追我不用花钱不用费心思”的字样。优点是老实，可是老实也就代表了无趣，不会撒娇，不可爱，没有见识！

她吸引不了什么优质男人！林佳木可以断定这一点，男人都是贱骨头，这么容易到手的女人想想就知道不用上心，林佳木觉得既然从河里把她捞上来了，顺便也在精神上、品位上捞她一把吧！

九、改头换面

林佳木带着李晓慧回到他的公司，那是一个大型的服装设计公司，经常有走秀演出，所以舞台、化妆师、造型师、摄影师……什么都是现成的，并且都是具备相当水准的。

“来这儿做什么？”

“你等着，我找人帮你打扮一下。”林佳木指着大镜子前的座位说。

“这……不用了吧？我今天特地换了衣服出门的。”李晓慧带着点慌张，却也带着些好奇，要拍艺术照片吗？

“我去！你这还是特地换的？”林佳木做了个吓着了的表情，“李晓慧，你知不知道你现在这个样子可以算是中华民族的文化瑰宝？”

“啊？什、什么？”

“金、木、水、火、你！还有，生、旦、净、末、你！”

李晓慧自己把原句在心里顺了一遍，不由低下头。

“行了，别浪费时间，坐过来！”林佳木命令。

李晓慧坐在椅子上，在林佳木的安排下，她做了头发，化了淡妆。还修饰了眉毛，涂了点润唇和润甲的东西，这让她散发出些许光泽。

女人真的需要光泽的，不到一个小时，李晓慧就发生了脱胎换骨般的变化！

她原本长得就还可以，足有一米七多的身高，底子很好。头发一做，眉眼一修饰，就改变非常大，其实这只能算简单的捯饬，和平时浓妆走秀的模特没法比，可是由于李晓慧往常太朴素，这对比就非常令人惊讶。

李晓慧脸色红红的，有些害羞，却忍不住一直偷看镜子里的自己，毕竟女人没有不爱美的，她确实没想到自己可以变成这个样子。其间有另外一个设计师走过来，看到她，眼前一亮，笑着问她是不是新来的模特，还说她的气质特别好。

李晓慧虽然害羞地忙着解释自己不是模特，也难免高兴，她没想到自己还有被人误会成模特的机会。

林佳木看上去也比较满意，他端详着她的身高、肤色和肩宽比例，又拿出一件裙子示意她换上。

那是一件紫色的长裙，领口是不规则的波浪形，带着三块泼墨一样大小不一的颜色，一块宝蓝，一块墨绿，还有一块是暗金色！两边袖子不一样长，领口和短的那边手肘下都缀着细小的流苏，领口的流苏又像水流一样斜向胸口，再断断续续蜿蜒到腰部。

这件衣服非常美，真的！李晓慧觉得在商场橱窗里都没见过这么美丽的衣服！这个颜色衬得她肤若凝脂、冷艳高贵，而且非常适合她的身材特点，可以完美地衬托她的锁骨和美丽的肩膀。可是这件衣服同时又很怪！这么抢眼的颜色完全超出她的日常接受度，浓烈得过分吸引目光了！而且李晓慧从来没穿过袖子不对称的衣服，她抱着自己半条露出来的胳膊不知所措。

不光是衣服让她不知所措，现在自己整个人的样子都让她不知所措。如果刚才是小清新，现在立即升到惊艳的地步了！美艳得扎眼！这个变化让她慌张。

“我能不能……换一件衣服？”

话一出口，李晓慧就发觉自己一定是做错了什么。林佳木原本看着她的目光是欣赏和得意的，但是自己说了这句话之后，他立即沉下脸来，仿佛心情极度恶劣。

“为什么要换？你觉得难看吗？”

“我……我有点不习惯。”

“就是说，你不欣赏这件？能告诉我为什么吗？”

“颜色太鲜艳了，我没穿过紫色的衣服，这么鲜艳的紫色，我……”

“哎哟，这可是本季公司销量最好的一个系列呢！林设计师最满意的作品之一。小姐，你这么说，小林可有点伤心啊。”

李晓慧抬头，见到一个穿着格子衬衫的长头发男子走过来，笑嘻嘻地看着她。

“这是杨志可设计师，我们公司的首席，设计总监。”林佳木淡淡地介绍。

“比不上林设计师呀！从新人开始，年年都是他的设计销量领先，真是后生可畏！”

“不喜欢就换下来，我们走吧。”林佳木淡淡道，“杨总监你忙着，我们有事先走了。”

“小林，你忙，多去服装店转转，咱公司就靠你呢。”杨志可笑得很慈祥。

李晓慧不明白怎么了，但以她的迟钝也能感觉出气氛不对，忙点头答应，拿着自己的衣服换回去，杨志可对着她笑，她也回个笑容。

林佳木沉着脸看着她，她自己的衣服已经很旧了，肥大老丑！一点也不配她现在的发型和妆容。他拿了一条墨绿色的格子围巾和一条细小的金色腰带，沉着脸帮她围上，然后淡淡地道：“走吧。”

李晓慧忍不住又往镜子里望了一眼，这一眼让她心花怒放。简直像奇迹一样，就这么一点点装饰，她的旧裙子居然变得非常时尚好看。没有刚刚那件紫色裙子那么惊艳极致的美，而是简单的时尚，对于李晓慧来说，她更愿意接受这种程度的好看。

女人没有不爱美的，她的确忍不住高兴，脸都涨得红红的，自己都觉得自己容光焕发。但身边的气场不对，李晓慧只能忍着，不敢表现出自己的高兴来。

走出去一会儿，见林佳木一直脸色阴沉，李晓慧小心地问：“那条紫色裙子是你设计的？”

“嗯。”

“真好看！”

“好看你不穿？”林佳木白了她一眼。

“我只是有点不习惯，不过樊－秀这个衣服品牌我知道，是很大牌的，你设计的能卖出去那么多，真是厉害！”

林佳木嘲讽一笑：“我是专门设计公司旗下一个低端品牌的，便宜，当然销量好。”

李晓慧有点吃惊，刚才那件衣服给她的感觉非常高档，她还揣摩这个不一定得多贵呢！

林佳木看出她的心思，撇嘴：“你刚穿那件是设计版，没有通过，所以没有批量生产，这个系列其他的衣服都没有这种水准。”

李晓慧很吃惊，脱口问：“为什么？”明明是好的设计，为什么不通过，要通过那些不如这件的？

“为什么？”林佳木淡淡一笑，“因为老板觉得看着高档了不好卖，因为经典款就只能是黑白灰，因为现在社会欣赏水平就是这样！越是夸张咋呼，买的人越多！人人都恨不能把别人的眼珠子抠出来挂自己身上挪不开！”

“什么能广为流传？”他冷笑，“全世界所有品牌的香水都算上，谁能在地铁上盖过一个煎饼？更别提韭菜馅的！”

从以撞色设计进入这家公司开始，他就负责设计颜色最显眼的服装，走低端的路线。他试图用自己的设计让别人认可，鲜艳的颜色也可以很高端。但是不行！没有人愿意冒风险，经典色经典款一直有稳定的客户群体，在不能确定那些高端客户能不能接受撞色之前，为什么要冒险呢？打出一个品牌用了那么多年，怎么能为了一个小设计师去冒险呢？

这个社会就是这样！谁说付出就会有收获，你找他算账去吧！林佳木在心中冷笑。

李晓慧忧虑地看着他，十分想劝他开心一些，却不知道该怎么安慰他才好。她原本就比一般人口舌笨拙一些，不会说话。比起林佳木，那更是笨了不知道多少光年去了，所以只能默默地跟着他。

倒是林佳木看到她这个样子笑了：“干吗跟默哀一样看着我？走，我带你玩去！”

“啊？去玩？”

“是啊，你不是答应了陪我吗？”

“刚才不是玩过了吗？”李晓慧迟疑地问。

“那叫玩吗？那是出去玩之前的准备工作！凡是女的，出去玩之前都要化个妆，换件衣服，你要是之前不明白，从今天开始就得明白了！记住了吗？最少打扮半个小时才出门！别跟我说没时间，你把给你弟弟刷球鞋的时间用在打扮上，球鞋让他自己刷去！听懂了吗？”

李晓慧张了张嘴，有点想反驳，却见林佳木凶恶地看着她，还是点头轻声答应了。

“你有没有卸妆水？晚上回去别直接用香皂洗脸！你要时刻记住，是女人就得要脸！你要不懂怎么用，自己回去上网查去！”

“卸妆水我知道！”李晓慧赶紧说，“我这淡妆也需要卸吗？”

“拉稀用不用擦屁股？”林佳木瞪她一眼，“你是不是没有卸妆水？”

“确实没有。”

“我就知道，我带你买去！”

林佳木带着李晓慧去吃了一次西餐，看了一场电影，在河边逛了一会儿，又到商场给她买了一套化妆品、一副适合她的墨镜，以及几条配什么衣服都好看的丝巾、手链之类的小东西，并指着商场里的衣服，教她该怎么搭配。一件件事情做下来，就已经很累了。本来想买名牌衣服的，但李晓慧坚持不要，最后买了价格相对便宜的丝巾。

这是谈恋爱的男女常常做的事情，但发生在林佳木和李晓慧之间，那就丝毫也不浪漫了。林佳木一点一滴地教李晓慧怎么做一个女神。下车的时候帮她开车门，吃西餐的时候帮李晓慧拉开凳子，看电影的时候让她坐着，自己去跑腿，李晓慧稍微谦让他就立即瞪她！这种女神该有的待遇、该享受的服务她都必须受着！

女人和女神有什么区别？其实不大！林佳木看多了长得其实不怎么样的模特化妆之后惊艳全场，他明白外形的改造太容易。外形改造过来之后，就剩心理改造了。

心理改造说穿了也很简单，只要不是太丑的女人，外形改造完成了，然后记得保持仪态，自己把自己当成女神，一举一动都显得矜持高贵，那别人自然也会把她当成女神了。

不过李晓慧的心理改造确实难度不小，她勤劳惯了，对于享受竟然抗拒！弄得林佳木经常不耐烦，一整天呵斥不离口：“你不要动，安心坐着。”“放手！你给我记住，和男人出去，他就该帮你拿东西。”“自己别动手，等男人来帮你开车门！这都是第三次了还记不住？你尿急？多坐三秒钟能急死你？”

夜幕降临，华灯初上，林佳木开着车，懒洋洋地在城市中穿梭。

“佳木，现在去哪儿？”李晓慧坐在后座，仪态万方地笑着问。

这个表情和姿势都是被林佳木纠正十次以上才记住的。称呼也从林先生变成了佳木，这也是林佳木要求的，见过几次之后就应该改变称呼，女神是高高在上，但别高不可攀，要让男人觉得多少有点门才行。这个他就没和李晓慧说了，估计说了她也听不懂。和她说话不能说为什么，因为解释起来足以累死人，好在她听话，直接说怎么做让她记住就好！

“对，记得微笑，必须多笑！你可以什么也不做，不管男的做了什么，你都这样看着他微微笑就行了。”林佳木对现在的李晓慧表示还算满意了。

他这里有李晓慧四万块钱呢，既然一提要还钱给她她就急得要哭的样子，那就帮她花了吧！顺便让她看看钱该怎么花！这一天下来，才花了不过三千多点！进展挺顺利，看来花不到一半就可以拯救她变成正常人了。

这是林佳木这辈子第一次见义勇为地救人，是难得的经历！同时她也是第一个无论被他怎么训斥都不会在心里想掐死他的人，让他难免看待李晓慧有所不同，换一个人他肯定没这种助人为乐的好心肠了。

真是有点奇怪的感觉，认识李晓慧并不久，却仿佛已经认识很久一般熟悉而自然，自然到要为她考虑的程度。

他懒洋洋地说："今天就到这里吧，我累死了！带你真的去玩一会儿。"一整天，此刻他嘴边才露出笑意，李晓慧觉得他放松了下来。

十、为你写歌

他们去了一个音乐酒吧，已经是晚上了，但对于酒吧来说，这个时间却还早，里面没多少顾客，环绕音响没打开，只有一个男的抱着吉他在台上轻轻演奏，环境很是舒适。

林佳木坐下来，敲敲桌子，冲弹吉他的人挥挥手，那人抬头看见是他，于是就笑了。

“那是我哥们儿，初中同学，严重不务正业，怀揣着音乐梦想的小屌丝！和你一样，迷信社会很公平，努力一定能改变命运，总觉得自己有一天能红遍全中国，实际上经常连吃饭都有困难。”林佳木介绍，“外号四歪！”

这人一抬头，李晓慧就知道他为什么叫四歪了。这个人长得很滑稽，整个都是不对称的，左右脸不一样大，左右眉毛、左右眼睛都不一样高，两个嘴角也一边向上一边向下。丑人见过，丑成这样的确实少见。

四歪高兴地从演奏台上下来，坐到林佳木身边：“嘿，木头！不给我介绍一下这位美丽的小姐吗？”他暧昧地看着李晓慧，嘿嘿地笑。

“美丽的小姐？你是什么时候瞎的？”

四歪在他肩膀上推了一下，显然两人很熟。

林佳木说：“这是李晓慧，我一个……朋友。”

“了解了解！”四歪笑得更加暧昧，手在吉他上拨一下，弹出个滑音。

“你了解个屁！”林佳木抓过他，在他耳边轻轻说了两句，李晓慧猜测他有可能在说自己跳河的事情，有些不安。不过四歪立即改变话题了，问道："对了，木头，你没看见二货吗？她也刚来！"

"看见了，不就在我面前吗？"林佳木笑嘻嘻地回答，不过他明白四歪指的二货是文佳佳，所以一边回答，一边抬头四下去找。文佳佳和他们俩是初中的同班同学，这个称号舍她其谁？四歪唱歌的酒吧也算他们这些老朋友的据点了，基本想喝酒或者想扯皮都会帮衬这里，偶尔碰上几次很平常。

"二货？"林佳木叫了一声。

"这里这里！"文佳佳在转角的地方听见了，挥手应答，很是欢快，对这个称呼没有任何不满。

"走，给你看看另一种极端，像你之前太老实不成，不过别大方过分，像她这样就没救了！"林佳木说着，拿起自己座位上的号牌，带着李晓慧坐过文佳佳的桌上。

"木头！木头！"文佳佳挥舞着手臂，十分开心地咧嘴大笑，热烈欢迎他的到来。

她见面第一句话也是问："这位美丽的小姐是谁？"

林佳木给她们相互介绍了，看到文佳佳脸色红扑扑的，一副喜上眉梢的样儿，问道："啥事儿这么高兴？"

"我……其实也没什么啦……真的没什么……嘿嘿嘿……"文佳佳自己得意地笑了起来。

林佳木摇头："你要是没中五百万，就真该去医院看看了！"

"去你个逑的！"文佳佳踹了他一脚，却又忍不住咕咕地偷笑，眉梢眼角都是满满的喜气洋洋。

"我说，你这到底是吃了什么不消化的东西了？"

"你看看我的围巾，好看不好看？"文佳佳扯着自己的围巾展示给林佳木，追问，"怎么样？我告诉你，这个可值钱了！特好看是吧？"

"特好看！"林佳木惊叫，"哇噻，这么好看的围巾，你怎么没整个容配合一下啊？"

文佳佳白了他一眼，才喜滋滋地道："别人给我买的！"

"看出来了，完全和你其他的衣服不搭，我还当是你们家沙发罩子呢。"

"我……嘿嘿……你说说，为什么有人对我那么好呢？"文佳佳故意叹气，"我有点烦恼哇，他那么周到体贴，对我那么好，人家都不知道该怎么办才好了。"实际上她满脸都是偷吃了鸡的黄鼠狼一般得意非凡，真看不出哪里烦恼。

"人对你好你烦恼，人抽你俩嘴巴？"

“你给我死开！”文佳佳瞪了他一眼，却仍旧掩藏不住高兴。

“二货，是不是你善于发现爱情的眼睛又帮你找到中意的男神了？这次是单恋还是互相勾引？”林佳木往椅背上靠，笑着问。这位就差在脸上写着“我在恋爱”四个字了。

“我也不知道，八字还没一撇呢。”刚羞涩了一下，突然文佳佳反应过来，怒瞪他道，“干吗又说？”

“是呀，干吗又说呢？可能是因为这是你第一百零一次告诉我你看上了谁吧！”

“哪有那么多？顶多二十！那还算上了小说里的人物！现实世界里没那么多的！”

“对，初中你还同时看上过三个人！鉴于第二天你就觉得他们三个都不好看了，我觉得可以把这三个算一个，那就算十八个怎么样？你有没有觉得自己很清纯？”

“这次不一样！真的一点都不一样！我第一次遇到有人这么关心我！他帮我介绍了好几个大单，我的业绩是噌噌往上涨啊！而且他特别特别英俊！特别特别细心！连我喝的水是凉的还是温的都会关心，他给我的感觉特别特别温暖！而且他第一次给我买东西，就花了这么多钱！我真有点担心，他会不会觉得我是喜欢钱呢？”

“那你喜不喜欢钱呢？”林佳木笑问。

“喜欢。”文佳佳承认，“但更喜欢他！”

说完，她自己也忍不住笑了起来。

李晓慧带着点羡慕地看着他们，她能感受到林佳木走到这里之后心情很放松，她完全插不上嘴。如果是别的女孩，可能觉得自己被忽略了，会很不高兴，可是李晓慧不会，她天生喜爱和谐的气氛，于是就那么安静地坐着，陪着他们，嘴角带着微微的笑意，是发自内心的微笑，不是林佳木要求的那种看着别人眼睛做出来的微笑。

李晓慧神情中散发着柔和的光泽，那是一种和现代社会并不一致，却惊人和谐的圣洁之光，可容天下！她的神态吸引了创作歌手，台上的四歪敲了敲麦克，等大家注意他之后，道：“今天我们这儿来了一位美丽的客人，就是这位李小姐！请让我替我的朋友林木头为李小姐献歌一首，感谢你的光临，希望你能喜欢。”

说着，他又退回台上，看了李晓慧一阵，构思一下，开口唱起来。

美丽的姑娘，神色里带着安详。好像风吹过的地方，到处是你的家乡！

宁静的姑娘，灵魂里浮动着暗香，好像有你在的大街小巷，到处是开满鲜花的天堂……

哦，你走到哪里，哪里就绽放阳光！因为太阳就是为你而明亮。

哦，你停在哪里，哪里就秋波荡漾，那是我偷偷追随你的目光……

李晓慧愣住了，这歌声真的好听，而且他是即兴作词、即兴作曲！这是她生活中没有遇到过的有才华的人！虽然她一直很平淡，却也明白这样的才华是很少人才会具备的！

歌曲终了，文佳佳热情鼓掌，手都拍红了。

“怎么样？”林佳木问。

“他很有才华！我不知道该怎么说好，可是，真的……很厉害！”李晓慧真心觉得好。

“是呀，但是这是个看脸的社会，他长得很抱歉，所以一直混得很惨。他写的歌给别人唱去了，演唱会需要露脸的也不会找他。”

林佳木撇撇嘴。昔日初中时，他和这个哥们儿四歪是并称的才子，都曾经怀揣梦想努力奋斗，只不过一个喜欢设计一个喜欢音乐。现在呢？都是混，他因为长得好，可以混个休闲自在、丰衣足食，四歪却弄得很不如意，他们两个相比，明明是四歪比他更加努力！这个社会有什么公平可言？

文佳佳也不停点头，表示同意：“四歪很缺钱，家里堆着五箱方便面！我一份订单没推出去的时候，来酒吧，都是自己付钱，不忍心宰他！等以后我让我男朋友看看有没有办法能帮上点忙！”

四歪又唱了两首歌，下来休息，自然和他们坐在一起了，有他加入更加热闹，一直玩到半夜一点多，这真的是纯玩！喝酒玩骰子，扯皮聊天，直到生活作息一直很规律的李晓慧实在困得受不了了，林佳木才把她送回家去。

不想见她爸爸，所以在路口就让她下车了。林佳木顿时知道剩下的钱该怎么花掉了，给李晓慧租房子！多大的人了，还和父母住在一起？知道这一条会拦住多少想追她的人？

李晓慧一直带着笑容回到家里，很小心地进门，不让父母发现。她一边蹑手蹑脚地走，一边暗自想，自己多久没这么晚回家了？久得都在记忆之外了！之前也被陆家铭带来过这样的场所，不过那时候她能敏锐地感觉到，围在一起喝酒聊天的人各怀心事，所以她感觉很别扭，没玩过这么开心。而此刻玩的是同样的东西，但由于身边的几个都是多年老友，那种不带功利心的默契和轻松让她感觉愉快，不得不承认，今晚的确是开心的。

事情大体上也是如此，玩什么并不重要，和谁在一起玩才重要。

春分篇

十一、化身厨娘

一个多月以后，天气更加冷了，早晨起来要哈一口气擦一擦才能看见窗外有什么。林佳木此刻就站在宿舍窗户前，擦开一块玻璃往下看。

“收破烂的要来了。”他自言自语。不一会儿，随着叮叮当当的响声，就见到李晓慧骑着自行车进了公司后大门。她停好车子之后，摘下车把上挂着的一大堆盒子罐子，先去门卫那儿留下一个盒子，然后拿着剩余的盒子走进公司。

照例是见到她的人都笑着和她打招呼，照例是一见她拿着东西就有保安连忙过来帮她的忙，人人都对她很亲热，同时也人人都对她很熟络。

是的！李晓慧成了他的同事！还有个名称很好听的职位——营养顾问。

这真是林佳木根本没想到的事情，估计莉莎和芭芭拉也没想到。

话说一个多月之前，第一次带着李晓慧来设计形象之后，他又带李晓慧来了两次。因为女神毕竟不能只有一个形象，教人穿衣打扮也不是一次就能教好的，公司自然是最方便的地方了。

其中有一次，有两个模特在化妆间里闲聊，见了李晓慧就和她搭了两句话，同样问她是不是新来的模特。

李晓慧身高是一米七二，在女孩里可以算高个子了！但是在模特这个特殊群体里就还不入流，还达不到最低一米七五的身高标准。不过差得也不算多，偶尔需要一些特殊气质的，或者要求没那么高的走秀的时候，也会有像这种高度的女孩穿着高跟鞋上场，所以见到她的人很多都不免这么问一问。上次那个设计总监杨志可也问过她是不是模特来着。

李晓慧很羞涩，连忙回答不是不是。

林佳木清楚地记得，当李晓慧红着脸，大幅度摇着手说“不是”的时候，那两个模特眼睛里同时流露出不屑的神情。

不是只有模特才会让她们看重，不是模特的人就瞧不起，而是李晓慧表现出来的神情，让这两个见多了时尚的模特顿时明白，她是个没见过多少世面的土包子。

其中比较八面玲珑的莉莎见她是林佳木带来的，仿佛关系还不错的样子，就继续和她闲聊，问她是做什么工作的，另一个比较傲气的芭芭拉已经对她没兴趣了。

芭芭拉很直接地走到林佳木身边，用比较腻的声音问：“林先生，都说你书读得好，是名牌大学毕业的呢，真的吗？我这个人就是脑子笨，读书少。好羡慕你呀！我最喜欢读书读得好的人了！”

林佳木笑眯眯地回答：“那我们的品位一样，我也喜欢读书读得好的人。”

“那太好了，那我们以后可以多聊聊！”芭芭拉此刻还没反应过来林佳木话里的意思，高兴地眨着眼睛道，“林设计师，你笑起来很好看！”

林佳木遇上这种智商的人也是噎了一下，才打量着她，慢慢道：“你也是，你看起来很好笑！”

林佳木在公司算是比较红的设计师，毕竟他也支撑起一个低端品牌，他青睐哪一个模特，也会让这些模特多一点儿出头的机会，所以这种事并不罕见。不过这个芭芭拉显然是没有详细打听他的人品就过来了，此刻一脸尴尬。

莎莉嘴巴在和李晓慧闲聊，眼睛却盯着这边呢，听到林佳木的回答，心中暗笑，觉得芭芭拉的语言太直接，很容易让人听出目的。应该用一些更加迂回的方法，于是她很诚恳地微笑，问：“林先生，全公司的人都知道你的品位最好！明天我有一场秀要走，是哥特式暗黑风格的，我想喷一种能符合这种气质的香水，林先生有什么推荐吗？”

“哥特式还要暗黑风格的呀？”林佳木做出思索状，“那可得特别一点儿了。”

“是呀是呀！所以请林先生给个建议。”

“要古怪还要气味浓烈！要霸道还得带着力量感！”

莉莎眼睛亮了，对哥特式黑暗风，这是很好的比喻。

“我推荐柴油！”林佳木笑眯眯地说。

两个模特走的时候，莉莎还勉强对着林佳木和李晓慧笑笑，芭芭拉已经满脸带煞。林佳木根本没注意李晓慧和她们聊了什么，好像没说几句话，没想到女人在这么短的时间内就可以交到朋友了。

他只是嗤笑着教导李晓慧："看见没？像她们两个这样，在大多数人眼里就是女神了！所以你要有信心，女神不难做到！你长得已经勉强通过，现在再长点心眼就成了！"

然而第二天，李晓慧就自己骑着自行车来了，带着两个保温饭盒让林佳木帮她找莉莎和芭芭拉。

"干吗？"林佳木吃惊地问。

"哦，我说我是药膳厨师，李莉就说她有胃病，问我该怎么调养。"她擦着汗，"原来做模特总是不能按时吃饭，那胃能好吗？我说了几个方子她都说记不住，不会弄，说要是我愿意帮她弄就好了，我闲着也没事，就帮她炖了点东西吃。"

"你傻！人家逗你玩呢！也就是随口说说，你还当真了！"林佳木觉得有点抓狂，之前和陆家铭是这样，现在和女朋友也是这样，李晓慧这种性格才是她倒霉的根源，就像你家大门开着不关，不想偷东西的人也要忍不住看几眼一样！

"你给她，她也不会喝的！模特每天吃的热量要精确到个位数的卡路里！你这家伙倒好，一大饭盒弄来，是什么养胃的？猪肚？"

"不是，我只会做素菜，这个主要是淮山和茯苓……其实素食更加调养脾胃。"

"你歇着吧！那也满满的都是碳水化合物！她们这些人吃一口就要叫胖死了，你还弄这么大一盒来？不对，是弄这么大两盒来？芭芭拉话都没跟你说一句，她也好意思让你煲汤？"

"她没说，可是李莉说，她们走秀的时候，十个小时不吃饭都是常事，这个就算没有胃病也很养胃的。"

"好吧，我带你去找她们两个，你自己看看别人会怎么对待你煮的这一堆，好歹也能长点心！"林佳木随意笑笑，带着李晓慧向另一个展览区走去。

"李莉！"林佳木冲着一堆模特叫了一声，一个人就高高兴兴地走过来了，好像昨天根本没有被人推荐用柴油当香水一样。她笑得很甜蜜："林先生，你找我？"

"我不找你，她找你！她把你昨天点的菜带来了！趁热吃吧！"

看到莉莎的时候，李晓慧根本没认出来，她在眼睛周围画了威尼斯风格的面具，涂着黑色的唇膏，眼皮上洒满了亮粉，身上的衣服也是全黑。

此刻，她就抬着自己金色闪光的眼皮，吃惊地看着李晓慧。她穿着足有二十多厘米的高跟鞋，李晓慧仰视着她，搬了个凳子放在小台子面前，打开保温饭盒，摆好勺子，笑着说：“吃一点吧，这是我昨天和你说的最养胃的那个药膳，费时多，但是效果最好。”

“呵呵……这么多我可吃不完，要不留给别人吃吧。”莉莎说得客气，但眼睛里那种明显的不屑谁都能看得出来。

……哦，除了李晓慧，谁都能看得出来。

“没关系，我还带了一盒来，这个你吃！吃一点儿算一点儿，现在正是应该吃午饭的时候，这个时候空腹的话，胃酸就会和胆碱综合，不但容易得胃病，还容易得胆结石呢！”李晓慧热情地说。

“我怕唇上脱妆，算了吧。”

“还可以再涂一下呀，要不一会儿我帮你补一下就好。总是错过这个时间吃饭那肯定会有胃病。我还带了几把勺子，大家都可以吃一点。”

“还是JOJO来吃吧，你还没涂唇妆。”

“算了吧，我怕热气弄花了睫毛膏。乔娜你吃不？”

“呵呵……我减肥，设计师说我再不减下来五斤，下个月就不带我去巴黎了。芭芭拉，你这么瘦，你可以吃点儿。”

“白花花的我看了恶心，不吃。”

一群模特都在轻声嬉笑着，推托着，没几个人认真看一眼那个保温饭盒，也没几个人认真看一眼做饭的人。

热气很快消散，打开的饭盒成了冰凉的一坨，并没有人去吃一口。李晓慧默默低下了头。

“看到了吗？长点心没有？”林佳木淡淡一笑，“带上你的饭盒和廉价的爱心，跟我走吧。”

就在这个时候，一个声音传来：“最后准备，三十分钟之后上场！咦，你们干什么呢？什么东西这么香？”

“张副总！副总好！”

无数莺莺燕燕一起围了上来，中间那个穿着黑衬衫的男人眼睛转一圈：“都别坐着了，最后准备一下！林设计师，你也在啊！你今天不休息吗？欢迎来看我们走秀！”打了一圈招呼就又被饭盒吸引了，“好香啊！我真饿了，能不能吃点儿？”

李莉第一时间递上勺子，笑容满脸：“那是我的荣幸！”

“是你的呀！嗯，好吃！”张副总含着东西点头，“不咸不淡、又糯又香！味道真好！可惜就是凉了。”

“这还给您留了热的！你看我这脑子，怎么给忘了呢？”

莉莎笑吟吟走过来，从李晓慧手里接过另一个还没开的保温盒，就像什么事也没发生一样热情地递给了张副总。

“你做的吗？”张副总吃得很开心，忍不住问，“小李，没想到你还有这么一手。”

“是呀，我也没想到，李莉，你手艺不错啊。”林佳木在一旁阴阳怪气地说。

莉莎脸色微微一红，道：“我正在学，还做得不好呢，这是我一个朋友做的。”说着，随便指了一下李晓慧。如果林佳木不在身边，估计这一下就不指了。

“嗯，好吃好吃！”张副总眼睛发亮。不过边吃还边嘟囔了一句：“这个吃多了会胖的吧？这么好吃，莉莎你可得忍住了少吃点儿啊。”

“不会的。”李晓慧道，“这里面都是粗粮，不但不会发胖，还能促进肠道功能健康。”

“真的？吃这个不会胖？”张副总有些怀疑地看着饭盒里的东西。

“嗯，不会胖！”李晓慧很肯定地说，这是她的专长，在这个领域里，她是有着足够自信的。

“很多时候，我们觉得自己胖，只是因为身体形态不够好，也就是脂肪分布不均，并不是说体重过高。运动员的体重基本都很重，超过正常标准，但看上去身材却非常好，这是因为他们的脂肪转化成了密度更高的肌纤维。而这些食物里的营养不容易转化成脂肪，反而促进多余脂肪排出，促进肌纤维转化，所以吃得适量之后，体重可能会重一些，但看起来肯定不会胖，只会让身材更加好。”

“哟？好像很有道理呀。你是做什么的？”张副总很感兴趣地问。

“我是一个做药膳的厨师。”

“学过营养学？”

“嗯，学过。”

“这些好是好，就是很容易凉了。我们的模特很多都有点毛病，其实不光是模特，这些摄影师、设计师什么的，工作起来也很少有能按时吃饭的，你看有什么办法吗？”

李晓慧想了想，道：“可以做一些小饼干之类，有时间的时候就吃一点。不过不按时吃饭终究对胃很不好。”

“那也是没办法的事情，你帮我们做点这样的饼干行不行？”张副总问。

“行啊。”李晓慧很痛快地回答了。

之后李晓慧做了饼干、谷物棒、蔬菜饼等几种点心，换着样儿地送来了几次，热的食物也送过来一些。如果这一次送来的东西不那么受欢迎，她就会想办法换一种做法。她的身边总是香气缭绕，挑战着饥饿的味蕾，所以大家最后或多或少都会管不住自己吃一点。

吃人家的了，难免客气两句，闲聊两句什么的，就会很自然说到这些食物，于是大家都知道李晓慧是个做药膳的厨师。

眼下只要是个人，就有点各种各样的小毛病，十个人和她聊过之后，倒有八九个会咨询一些小毛病的解决办法，每一个人她都会认真解答，认真地制定食疗方案。

其实没有人真的按照李晓慧给出的方案去吃，有些人借口自己做得不好吃，有些人借口时间不够，有些人借口某种材料买不着，吞吞吐吐地请李晓慧帮忙做好带过来。其实以上原因只一个字就可以概括——懒！还有一个心态可以形容——占便宜！

她答应了一个人，就有其他人也跟着开口，既然谁都可以占到便宜，我不去占岂不是吃亏了？

于是她做的食物越来越多，人人都心安理得地这么吃她带来的食物，没有任何人提到报酬的事情，她也没有做出这方面的要求。就是认认真真为这群特殊工作人群考虑，认真地做出又好吃又营养的各种食物。

林佳木非常愤怒，他眼睁睁地看着自己辛苦培育出的女神秒速变回厨娘！并且还屁颠屁颠地乐在其中！这叫什么？江山易改，本性难移，还是狗改不了吃屎？总之他的计划毁于一旦！

为此林佳木嘲笑过她很多次，讽刺过她很多次，在他看来，张副总也就是随口一说，她送一次来都是傻，送两次是二傻，一直这么送，那就不能用傻来形容了，分明是病。

李晓慧唯唯诺诺的，但还是觉得这些东西不费多少钱，既然已经答应别人了，力所能及，能帮就帮一把，于是还是经常把各种食物送过来。

这种被林佳木认定为病入膏肓的举动持续了二十多天之后，就在他终于忍不住想要暴力制止的时刻，突然之间，公司方面决定邀请她来做营养顾问了！

而且，关键的是，工资居然比林佳木的还要高！

林佳木目瞪口呆之余，也不知道该说什么才好。

十二、少女怀春

林佳木看着李晓慧将一个饭盒送给门卫的老大爷，便重新坐回床上，因为他知道，不一会儿李晓慧就要给他送吃的来了。

门卫老大爷有失眠的毛病，李晓慧觉得他需要一段时间的调养，所以食物里会有他的一份。第一个是门卫，第二个是自己，因为林佳木懒得起床，不吃早餐，营养顾问李女士觉得这样对身体不好，所以坚持每天送到他门前，希望他万一哪天早起，还是可以吃一点。

然后是莉莎、芭芭拉、乔娜、JOJO，然后是张王李赵各位总，然后是路人甲乙丙丁……没完没了，这个数字似乎还在增加中。

李晓慧停好自行车，这是他们公司唯一的一辆自行车，就那么孤零零地停在大门边。其余所有的人，包括像林佳木这样就住在公司宿舍里的人都是开车的。

她穿着很普通、很家常的衣服。在这样走在时尚尖端的公司里，除了她之外，人人都会在打扮上下一点功夫，无论男女。她和她的自行车一样，与世界格格不入。

因为要骑自行车，她穿着很是臃肿，上了楼之后停在林佳木的门边，林佳木听到外面传来轻微的细碎声响，就知道她正在搓手指，哈气，跺脚。一路骑车过来，放在车把上的手指都已经冻僵了，之前林佳木说她像僵尸，她进门就是生化危机！所以她之后每一次都活动开了再进来。

果然，过一会儿，轻轻的敲门声传来。

“进来，门没锁。”林佳木没好气地说。

李晓慧轻轻开门进来，带进来一片扑面的寒气。

“佳木，昨天你说馒头口感不好，我今天熬了粥，还有这些小花卷是加了红枣和枸杞的，你吃吧，我走了。”她笑着说，摆好粥和一口刚好吃一个的可爱小花卷，不在意林佳木今天看她的脸色比以往更难看。

林佳木阴沉着脸看着她，她的东西很多，都挂在车把上，就像收废品的，一路叮当作响！也很重，一看就知道她拿着无比吃力！她的脸也透出不正常的红来，这么大的冷风，再吹几天可能就要出红血丝，也不怕毁容！

“明天在家里等着！”他冷冷地说。

“啊？”李晓慧愣了一下。

“等着，我开车接你上班！”林佳木冷冷地说了一句。

此刻他心情奇差无比。明显感觉自己的智商被拉低了，但又不得不接受这个情况，当一个人的固执程度超过他的智商能Hold住的最高值，他败下阵来，心情怎么能好？

“关我什么事！”他在心里埋怨了一句。打从遇到李晓慧开始，就这句话说的次数最多！

日子就在林佳木的不爽中过去。一天晚上，他已经准备睡觉，电话铃响了起来，显示是比萨斜塔的图片，指代他的兄弟四歪。

“喂！”林佳木接通电话。

“你干吗呢？”四歪那边很吵，他声音很大。

“拉屎呢！”

“在哪儿？”

“废话，当然在洗手间，我骑你头上拉屎你让吗？”林佳木翻了一个白眼。

“你有些日子没来了，过来看看呗！”

“这么晚了！”林佳木看看手机，都十点多了。

“现在？晚？你脑子进水了！”四歪在电话那边很惊讶，十点多对于酒吧来说，那才刚开始营业没多久呢。

“有事？”

“大事没有，小事有点儿。就是想让你来看看，二货姐姐不对劲，她连续喝多好几天了！明显有心事！我要卖唱不大顾得上她，你来和她聊聊呗！我琢磨着她也是想找你，问了好几次怎么没看见你来。”

“二货想找我，直接给我电话不就完了吗？”

“我也不知道，许是有什么事儿磨不开说？那小眼神儿可幽怨了！我看着怪不落忍的。”

“哟！你这么关心她，是不是对她有点日久生情？”林佳木笑。

“二姐？可拉倒吧！”四歪骇笑，“要说日久，还是你们日久，你们认识得有二十年了，明明是你对她暗恋已久，我哪敢跟你抢这份殊荣啊！”

林佳木也笑，他们几个认识太久，确实熟到只余亲情。上初中的时候他和文佳佳曾经好奇想尝试一下和别的人一样出去约会来着，结果刚拉一下手，两个人就都笑喷了，文佳佳把冰淇淋都喷林佳木脸上了，气得林佳木抓着她头发擦。两个人心里都是明白他们不可能了。不过之后倒是经常互相拿这个开玩笑，互相说对方对自己那是魂牵梦萦，暗恋已久，他们的朋友也常常拿这事儿开玩笑。

“咋样？有空没？我瞅着今天她也要喝多的架势，搞不好还得有人送回家，我天亮才能下班呢，有空你还是来一趟，帮帮忙。”

林佳木只能打了一个哈欠，穿上外套，开车出门了。

不知为什么，突然想起李晓慧来，李晓慧可从来不整这种让别人操心的事儿，总是她操心别人！一点也不麻烦！这个也不太好，下次提醒她，别活得和标准好姑娘教科书似的，让别人想关心她都没门路，这样会少很多机会。

来到酒吧的时候，酒吧里人还不多，很容易就找到二货姐姐了。文佳佳看上去的确心事重重，并且也确实喝酒了，目光有些迷离，却还是清醒的。对着林佳木笑了笑，问了句：“四歪说你都要睡了，现在怎么睡这么早？”

之前林佳木是个夜猫子，经常夜里三四点才睡觉。

“因为现在早起。”林佳木不想谈这个问题，问，“二货，最近业绩怎么样？有没有一颗保险界的新星在我面前冉冉升起？”

“业绩挺好。”文佳佳兴致不高，依旧有一口没一口地喝着啤酒。

“有心事啊？”

“你怎么看出来的？”文佳佳闷闷地问。

“问得好。”林佳木郑重其事地点着头：“想看出你的情绪的确是一件很困难的事情，全世界范围大概得有五个做不到这一点的。”

文佳佳狠狠白了他一眼，不过也承认自己的情绪确实表达明显。

“我……”文佳佳迟疑了一下，神色复杂地看了他一眼，欲言又止。

“我明白了，你终于发现你无可救药地爱上了我？我很同情你，可是真的帮不了你了！”

“去你个逑的！”文佳佳踹了他一脚，紧接着又叹了一口气。

“你有事不说出来，是想把胸撑大吗？”

文佳佳瞪了他一眼，终于还是开口：“木头，你说，我要怎么才能吸引一个男的注意我呢？”

“裸奔！别说一个，你要吸引一群都没问题！”

“神经病啊！我是说我想让男人追我！”

“这样啊，”林佳木摸摸下巴，“你抢他包，别说他追你，警察都帮他追你！”

“我要掐死你！我现在快气死了，我要拖你垫背！告诉你林佳木，我想掐死你想很久了！反正我现在喝多了，我要掐死你！”

“想掐死我的人多了，排队去！”林佳木笑骂，“到底是什么人？还是你上次说的那个吗？”

“还是那个。”

“上次不是说有门吗？你说得好像人家都已经爱你爱得死去活来了一样，这会儿怎么又改不屑一顾了？”

文佳佳闷闷不乐，看了他一眼，欲言又止，脸上的表情好纠结。

林佳木又打了一个哈欠，他现在每天早上六点就得起床，六点半就要赶到李晓慧家门前，所以生活可规律了，比幼儿园宝宝都乖，此刻看看表已经快十二点，早困得要死了。

“我问你，木头，你……能不能……”文佳佳吞吞吐吐，说到这里又不出声了。

“能不能……”

“二货，我快神志不清了！你有话就说，再晚一点说我可就听不懂了呀！”

文佳佳终于问出来：“能不能……给我讲讲，你哥他、他对什么样的女人有兴趣？”当着林佳木惦记他哥哥，真有点心虚。

“我哥呀，他这个人对女人根本没兴趣……我哥？”林佳木骤然眼睛瞪圆了，林佳木吃惊地指着文佳佳，呆问：“我哥？”

“嗯。”细细的一声回答。

“你说的那个人……是我哥？”林佳木还是一脸震惊。

文佳佳红着脸，点点头。

“开玩笑吧？我哥？”林佳木的声音明显变味了。

文佳佳恼羞成怒，喝道：“怎么？不行啊！”

“他比你大八九岁呢！你、你、你不是说八九岁可以形成深深的代沟吗？”林佳木真的没想到，非常震惊。

“我怀旧！我乐意！”文佳佳怒道。

“你乐意管什么用？”

“什么意思？老娘差啥不能让你哥看上？你给我说清楚！”文佳佳怒吼。

“别的不说，你一米五八，他一米八三！他能看上你？他能看见你就不错了！”

“岂有此理！谁规定身高差不能超过二十厘米？照你这么个标准，姚明和郭敬明就都找不着老婆了！”

“那你俩差这么多岁……”

“差这么多岁怎么了？等他年老色衰我还风华正茂，有什么不好？要嫌弃也应该是我嫌弃！”

文佳佳很是委屈，她是等着林中乔和她表白的，但是左等右等就是等不来，等得实在急了，下了很大的决心自己去表白，结果林中乔也是这么一脸震惊的表情，也是用年龄差距来推托。和现在林佳木的德行一样！也就是比他客气委婉一些，但意思是一样的！

他给自己买几万块的围巾，还让自己来他的诊所，帮自己介绍了好几份大单！还在中午的时候请她吃了好几次饭，很细心，温柔细致、嘘寒问暖！

凭什么这些事情都做出来，就不喜欢她了？

要在自己不喜欢林中乔之前他就表现出不喜欢，那没关系！可是现在，她已经被林中乔打动，已经为那样成熟、稳重、细心又负责的男人心动不已，凭什么就不喜欢她了？

文佳佳的眼泪汹涌而出！她觉得委屈！在她已经爱上的时候说不喜欢，让她怎么办？她爱上的人嫌弃她，那该怎么办？

“二货？二货？”林佳木看着她哭，很是震惊，过一会儿才推推她，递过一张纸巾，“你……是认真的？”

“废话！”

“可这事，有点不合适呀！”

“哪儿不合适了？”

“怎么说呢？就是不合适……喝杰克丹尼要往里面放的是冰块，不能打进去一个生鸡蛋！”

“你的意思就是说我土！我是土鸡蛋，他洋！他是洋酒呗！你凭什么这么说？我哪儿土了？哪儿不好了？”

“二姐，真的不是不好，是你们两个感觉不合适啊！”

“哼！”文佳佳使劲擤了一下鼻涕，瞪着红眼睛怒视林佳木，“合适不合适你管？你今天必须给我说清楚，老娘差在哪里？你不说清楚，我就找爷爷去！”

“这……”林佳木叹了一口气，文佳佳说的爷爷不是她自己的爷爷，而是他和林中乔的爷爷！小时候这臭丫头总是在林佳木家里吃饭，也跟着林佳木去他爷爷家过，不用通过他人家也能搭上话。爷爷对她印象很好，非常喜爱，曾经一度反复磨叽林佳木不要放过她来着，后来见这俩人实在不来电才只能遗憾地算了。如果文佳佳真的找他爷爷去，林中乔估计麻烦不小。

“二货，你冷静一下，我跟你说说我哥的事儿吧！”

“说！”

“我哥比我大挺多的，在我们家这一辈儿他最大，属于长子长孙，打小就很照顾别人，不光对你，对谁他都是细心照顾的！”

“他见谁给谁买几万块钱的围巾了？我怎么没看见你有？”文佳佳杀气腾腾。

“……这个我也不知道为什么，不过你听我慢慢说。”

“说！”

“我哥以前是结过婚的，我那嫂子上进心很强，我哥本来学的是外科医生，是他博导最得意的门生，出师之后很快就小有名气了。

“不过我嫂子觉得整容更赚钱，而且不那么累，外科一个手术十几个小时是常事，整容都是小手术，个把小时就行。活少钱多责任轻，所以她让我哥改行，着实闹腾了一阵。不过我嫂子性子比较强硬，我哥最后同意了。我哥的博导是外科界的名医，原本打算让我哥继承衣钵的，为此还挺难过。”

文佳佳眼神有点松动了，继续听。

“我哥这个人也很轴，他觉得既然要选择，那就要负责。所以不顾我嫂子反对，专门出国，在他老师给推荐的整容医生那里又学了两年。好玩得很，那个德国整容权威居然认识一个中国的老中医，对他一些治疗手段推崇备至！所以我哥从德国回来我嫂子本来觉得可以熬出头了，结果我哥还是不愿意，紧接着又在国外那个老师的推荐下去江西神医那里又学了两年针灸什么的，完整围地球兜了一圈，毕业四年后才正式开业接诊。”

“那不是挺好吗？”文佳佳忍不住问。

“别的都挺好，就是我嫂子受不了他准备时间这么长看不到赚钱，抱怨太多，我哥估计也是有点受不了她的逼迫，那些年回家的次数少了点儿。我嫂子呢就无聊，她又很受欢迎，等消停之后我哥回家一看，呵！他戴过的绿帽子都够批发了！

“一阵折腾之后，最终还是感情破裂离婚了，不过从此之后，我哥都不太喜欢像她前妻一样性格外向的女孩子。”林佳木看了文佳佳一眼，“其实你身高、年龄的问题都不是主要问题，但性格实在是已经外向到外太空去了，所以……”

文佳佳张口结舌，慢慢低下头，过一会儿才抬头：“我……”

“你想改啊？恐怕……”

“改不了！”

“我也觉得是，脾气这东西基本难改，那就算了。各花入各眼，其实你真的挺好的……”

“但是，我不会放弃的！”她握住拳头，狠狠地挥了一下！

林佳木一个踉跄，差点摔倒。

“哥，这事真不赖我……”他欲哭无泪地想。

十三、为爱痴狂

林佳木现在有点头疼，文佳佳都追到他们公司来了！

“大姐！姑奶奶！祖宗！我真的不知道我哥喜欢什么颜色！”林佳木想哭，“我要疯了！我没那么细心，我只能勉强记得我哥小时候爱吃什么，现在爱不爱吃已经不知道了！至于他喜欢什么颜色……我的天，直接打雷劈死我算了！给个痛快吧！”

“那你知道他几点睡觉，几点起床吗？知道他听音乐爱听抒情的还是爵士的吗？知道不知道他业余爱钓鱼还是爱喝茶？爱喝红茶绿茶还是乌龙茶？”

林佳木不断摇头。

文佳佳怒了：“你是他弟弟，什么也不知道，要你有什么用？”

“二货，你看这样行不？你去弄点药，我帮你给他下碗里！”

“呸！看在我有可能成为你长辈的分儿上，我不跟你一般见识！我还有别的准备！”

“喂！醒醒。”林佳木在她面前晃晃手指，“林中乔是我哥，不是我叔叔！你就算得逞了那也不是我长辈！你发病太早了！”

文佳佳白了他一眼，拿出一个保温饭盒，对李晓慧说：“我准备从明天开始每天中午给他送饭！小慧，这是我早上做的菜，你尝尝味道还差什么，帮我指导一下。”说着，从保温饭盒里拿出三个菜来，把筷子递给李晓慧。

林佳木伸头过来看了一下，称赞道：“还别说，品种挺丰富啊！”

“那是！我做了一个早上呢！”文佳佳比较得意。

林佳木点头："虽然看不出原材料，不过从卖相说，这三个菜可以分成三分煳、五分煳和八分煳三种。"

李晓慧拿着筷子每样菜吃了一口，虽然没有林佳木说的那么夸张，但也的确难吃！她委婉地说："佳佳，你做得挺好的。要是能系统地从头学一下肯定能做得非常好吃。"

林佳木笑了起来："二货，恭喜你！你天赋超群，努力学吧！五百年后当略有小成！"

"哼！"文佳佳狠狠瞪了他一眼，"我不会放弃的！"

"和我说有什么用？你去和我哥说啊！"

"说过了！他只是摇摇头，笑笑就走了！就像我是个任性的小年轻一样！"

"他错了！你这不是任性小年轻，是个任性的小宝宝！"

"哼！我说了我不会放弃的！无论谁也阻挡不了我！"文佳佳浑身都散发着斗志。

"还少一句，我是迪迦奥特曼！"林佳木耸耸肩膀。

一旁的李晓慧轻轻拉了他袖子一下，小声说："佳佳现在这么不开心，你劝劝她吧，别总气她。"

林佳木笑了一下："你当谁都像你一样，气一下就想不开了？"

李晓慧的脸顿时涨红："不是……我不是被你气的，我是因为家铭，我爸爸又逼我，五年了，我一下子不知道该怎么办，真的不是因为你！我当时……我……"

"好了，好了！"林佳木看到她急得快哭出来的样子，有点后悔提起这件事来，"文佳佳这个人好处就是够生猛！你别看她现在着急上火，过一段时间就烟消云散了！没事！"

"我看佳佳很认真。"李晓慧低声道。

"她就那样，一个星期之后就会开始自我宽慰了，两个星期之后就会大吃一顿，慰藉一下心灵，这件事就揭过去了！之后月亮还是那个月亮，二货还是那个二货，你不用为她担心。"

"真的呀？"

"对，我和她认识这么多年，她最长的伤心时间记录是半个月，我哥有没有这个荣幸达到她最长伤心时间还不一定呢！"

林佳木出去了一个小时左右，再回来，看到文佳佳还没走，正和李晓慧在一起聊天。李晓慧声音轻柔得很，在温柔地哄她，文佳佳苦大仇深的脸上已经有笑容了，照这样看，根本用不了半个月。

“小慧啊，你说他是不是觉得我胖？”

“你不胖哪？”

“可是之前每次吃饭，他都觉得我吃肉多！你说是不是嫌我胖？”

“有可能吧。”李晓慧迟疑，谈话这一个小时期间，至少进来十来个模特，相比之下，身高只有一米六三、体态本就有点圆润的文佳佳很像一堆铅笔旁放的一块橡皮。

“那你说，怎么能在两个月减掉二十斤？”文佳佳咬牙切齿。

“截肢！”林佳木插嘴。

文佳佳瞪了他一眼。

一旁李晓慧忍不住道：“佳佳，你就是要减肥也得慢慢减，两个月减二十斤那会很伤身体。”

“我不管！我一定要减！时不我待！”文佳佳斗志昂扬，“小慧你给我介绍一下，有哪些热量少，容易饱的食物？”

“观音土！”林佳木淡淡地说。

“你等着！我非要追上你哥给你看看！你等着！不就是嫌我胖吗？好办！大不了我绝食两三天，据说绝食两天，人体的免疫系统就能重启！我还能顺便强身健体呢我！”

林佳木点点头：“不如直接绝食二十天，不光免疫系统，你的人生都能重启！”

“呸，不跟你说了，你就等着看吧！”文佳佳拎着包大踏步走了，动作气壮山河。

之后一个星期，文佳佳花样百出，但她也没其他的把戏，基本就围绕着一个成语，“死缠烂打”，电话能打通就打电话，打不通就去林中乔大厦前面等着，送饭送水送秋波，锲而不舍，当真是生猛得很！不过，作为一个从穿开裆裤就认识她的朋友来说，林佳木是真的了解她。

这股子生猛的劲头从第二个星期开始松懈，慢慢就消停了。

从小到大都智商超群的天之骄子林佳木不能理解，什么叫作求之不得，什么叫作无能为力！

就像小时候文佳佳也很想很想考第一。青春期的时候，她也很想很想像校花一样美丽，现在，她很想很想林中乔能喜欢她，但是最终，所有的事情都要为现实让步。

林佳木以为她是潇洒地放手了，内心毫无伤害。其实不是的，她到现在仍然很想考第一，仍然很想美丽夺目，仍然很想要那个英俊细心、体贴周到的男人，真的很想很想……

然而她的资质有限，最好的东西都和她无缘，她已经明白，不是所有的事情都能靠努力扭转。

因为老天不是那么安排的，所以不管有多喜欢，不管想要到了什么程度，都只能让步，在尽了一切努力还是没有得到的时候，不管有多难过，她只能让步……

十四、手术晕倒

林中乔并没有想和文佳佳发展的意思，所以尽量躲着，但是再次见到文佳佳的时候，他犹豫了很久，终于还是停下车来主动和她打招呼。

天气很冷，地上有雪，树上有冰，空气里呼啸地刮着寒风。文佳佳穿着不太暖和的衣服蹲在路边瑟瑟发抖。她抱着肩膀，不停往手指上哈气取暖，哆哆嗦嗦的，就像一团小刺猬。

这里是城郊的高速路，没有行人，她到这儿干什么？而且身边就一辆自行车，难道是骑自行车来的？林中乔无比疑惑，骑自行车上高速路干什么？

他没办法眼睁睁看着文佳佳像个弃儿一样蹲在路边还不停车。

看到林中乔的那一刻，文佳佳先是愣了愣，然后使劲揉眼睛，然后才露出大大的笑容，很像个孩子。

“林中乔！”她的声音里带着点委屈。

“文小姐！你……需要帮助吗？”

“嗯，需要！我车链子断了，脚蹬子掉了，刹车线也坏了，骑不了了！”文佳佳瘪着嘴说。那辆车如她所说，已经差不多散架。

“我已经等了两个多小时了，我好冷……”她可怜巴巴地看着林中乔。

“你可以先打车回家。”林中乔看了她破旧的自行车一眼，如果是林佳木，肯定会问：等两个小时干吗？等车自我康复？你这是变形金刚？

“我没带钱，不能打车。”

“那你……”至少应该打电话给家里人吧？林中乔心想，就这么一直在路边等着？

“我没带电话，我一直在挥手，也没有人愿意停车带上我。”文佳佳惨兮兮地说。

“没带钱也没带电话？什么都没带？”

“嗯！我本来想骑一小会儿散散心，兜一圈就回家。可是后来看天上一朵云很好看，就想着我追上那朵云就回家……”

“云？！”林中乔震撼了！这参照物找的，让他无言以对。

“谁知道骑了快两个小时，云还在我前头头顶没追上，我想那算了吧，想回头，可是就迷路了！”

“我借你电话吧。”

文佳佳摇头：“我家里没人，爸妈回乡下参加亲戚的婚礼去了！我打电话也没人会来接我。”

林中乔看着文佳佳穿着单薄的衣服，披散着头发，缩手缩脚，充满希冀地看着他，无奈地道：“先上车暖和暖和吧！”

他帮她把自行车抬上后备厢，开足了暖气，觉得文佳佳好像抖得更厉害了！犹豫再三，又把外套脱给了她。

文佳佳看着他，就像小孩子看棒棒糖！充满了要吃他一口的那种喜爱。林中乔觉得后脑勺发毛，干咳一声，才道：“文小姐，我导师叫我去医院做会诊，手术时间已经定好，我必须赶过去，现在不能送你回家，对不起。”

“没关系，没关系！我不着急的，我没什么事！”

林中乔心道，这我相信，有事你肯定不会骑车追一朵云。

“这个疗养院在郊区，车也不方便，我需要做手术，大概要下午才能送你回去了，你时间上不要紧吧？”

“好的，好的，好的！”文佳佳点头如小鸡吃米，满眼喜气洋洋。男神说什么是什么，这还用征求她的意见吗？别说下午，下半年送她回去她都没意见。

林中乔干咳一声，只能闷头开车，后视镜里，文佳佳如狼似虎地看着他，笑得都快开花了。他真希望自己没把小李留在诊所看家，要是此刻带来了，车里多一个人，好歹没这么尴尬吧？

“林中乔，你是去做整容吗？双眼皮？”

“哦……不是，是一台眼底病变的手术，外科的。”

“你不是整容医生吗？啊！我想起来了，你本来是外科医生，木头告诉过我。你偶尔还会做外科手术？”

“嗯，偶尔会做一下，这台手术不困难，我导师今年带的博士生要毕业了，叫我来想让他们观摩一下。”林中乔低声解释。

“哇！是想看大师兄露一手啊！我能不能也看看？”文佳佳双眼放光。

“手术你要看？”林中乔很诧异。

“是啊，是啊，我从来没看到过，我好想看看！”文佳佳讨好地笑，关于林中乔的一切，她都想看！

“这我不能决定，谁观摩是导师指定的。”林中乔皱皱眉，迟疑一下才道，“不过手术血淋淋的，不大适合女士，你不害怕吗？”

“我才不怕呢！又不是没见过血！”文佳佳不屑的样子非常认真，让林中乔相信这个女孩子应该是真的不怕。

“你就让我看看吧，不然那么长时间都没人理我，我干什么呢？”文佳佳一脸渴望地请求。

“那得征求导师意见，我可以给你说说。”林中乔神色有点复杂地看了文佳佳一眼。

照理说，文佳佳不是医学院的学生，是没有资格观摩的。不过她是林中乔带来的，老导师慈祥地看着他们，一下子就答应了。并且给她留了一个观看的好位置——三助！

三助是一个术语，指的是手术里给主刀医生当第三助手的人。基本上辅助工作都是由第一助手完成的，第二助手只是跟在一助后面，递一下止血钳纱布、报一下血压心率数字之类。三助通常是不需要的，但偶尔紧急的手术，比如多处动脉需要止血，也会安排一个辅助二助的人，没有具体工作，二助需要他做啥就做啥，在这里文佳佳就暂代了这个秘书的秘书的秘书的工作。

这次是个小手术，也没什么需要文佳佳做的。实际上她也做不了什么，她不认识止血钳，也看不懂各种仪器，所以二助给她安排了一个只要是个人都能干的简单工作，就是端着医疗用的不锈钢盘子等着，二助把各种手术里用过不要了的东西放她盘子里就行了。

正式进入手术室之前，先要进行仔细的消毒，然后进无菌室喷杀毒液，最后从头到脚换上无菌装备。

这对于文佳佳是一次难得的体验，整个过程文佳佳都很兴奋，一个叫燕玲的女学生帮着她穿戴完毕，带着她进入手术室里。

林中乔已经准备好了，冲着她微微点头就凝神做术前检查去了。在一堆穿着浅绿色衣服、戴着大口罩的人中间，文佳佳也能一眼认出他来！

真是太帅了！他的身姿怎么就那么挺拔呢？穿成这样还玉树临风，简直没天理了！他眉毛怎么就长得那么好看呢？他眼神怎么就那么专注呢？其实左右看看，除了她，任何一个人的眼神都是专注的，不过文佳佳就是觉得林中乔那眼睛才值得看。

林中乔平时看上去并不这么出色，平心而论，他长得远不如弟弟林佳木，但是只要开始工作，他就立即变得魅力无穷！上次在马路上抢救伤者是这样，这次手术也是这样，文佳佳就是被这个样子迷住的，无可抵抗。

时间到，病人被推进来，已经完成全麻，那是一个女患者，安静地躺着，长得还挺漂亮。

接下来发生的事情就成了文佳佳的噩梦了！

她以为自己胆子很大，以为自己根本不可能害怕！有什么好怕的？不就是流血吗？她又不晕血！别说是个小手术，大手术也吓不着她！别的和其他美女比不了，这胆量一项可是完胜女神！这是她凭着感觉得出的结论。

还没下刀，她就明白了，她对自己的判断严重不正确！

这些人用古怪的仪器把患者的眼皮尽力撑开，露出整个眼球！

妈呀！整个眼球！没看过的人无法想象，一个本来还挺美丽的女士，一边眼睛露出整个眼球的样子是多么恐怖！

文佳佳脸色惨白，手脚冰凉，满眼就是那个死瞪着她的大眼睛！

然后林中乔拿着极小的手术刀过去了，然后就是一刀下去，血从眼底浸出来，那颗恐怖的大眼睛就一半泡在血里了！

吸了血的纱布从前面传过来，被二助放在自己端着的盘子里，文佳佳呆呆不动，眼前的血红纱布突然在她眼里变成了两块。

耳边是低低的窃窃私语的赞叹。

“快看！师兄托着眼球的手势多么纯熟！”

“哇！这一刀太帅了，刚刚好探入眼底神经的空隙！”

“好快好快！快看，师兄这么快就碰到病变区了！”

“割除病变却不破坏眼底神经！也就师兄有这个把握！”

“嘘！别说话，仔细看师兄下刀的角度！哇！是囊肿病变呢！”

盘子里的血红纱布棉花球和用过的止血钳什么的不断增多，二助也很专心，根本没发现文佳佳端着盘子，已经像抖筛子一样了。

“加压加压！好手法！眼球突出眼眶了！”

眼球突出眼眶了！文佳佳知道不妥，但还是着魔一样看了过去，然后……

然后她眼前都是血红一片，血红一片中间一个血红的硕大眼睛，大眼睛中间被药物麻醉后的空洞瞳孔黑乎乎，这片黑色越放越大，越放越大……耳朵边窃窃私语的赞叹声变成一片惊呼：“不好了，三助昏倒了！”

三助昏倒了！这下可好了！文佳佳如释重负地倒在地上，人事不知。

十五、头骨练胆

就在半梦半醒中，她想起自己说要看手术，林中乔那个欲言又止的复杂眼神，他为什么答应？很可能，就是为了吓跑她吧！

自己在林中乔眼中，就是一个任性的小姑娘，给她看看手术到底是怎么回事，医生到底是什么工作，一个娇滴滴的小姑娘就被吓跑了吧？

文佳佳承认她之前把林中乔理想化了，医生在她印象里就是酷帅高冷，林中乔帅哥，你像电视剧里看到的摆着 Pose 手术的样子不是挺好吗？用不用这么真实？

丢脸就一次到位！醒了之后，她又吐了一次，一群医学院的学生帮她收拾吐了一地的东西。文佳佳脸色惨白地看着，那些林中乔的学弟学妹，原本对她都是很热情的，如今眼睛里都带着不屑，这些人分明觉得自己配不上他们的偶像师兄！

最让她感到受伤的是，林中乔看着她的眼神放松了很多，温和地笑，轻松地笑。就像卸下了一个大包袱，她宁愿林中乔紧张严肃地对待她，好歹承认她的威胁，这算什么？

觉得她肯定会知难而退了吗？认定她已经败下阵来，偃旗息鼓了吗？笃定她以后会望风而逃，他林中乔就安全了吗？

你想得美！

文佳佳因自己的幻想而愤怒，她咬牙切齿，愤愤不已地做了个决定！

“我要练胆子！”她拉着燕玲的手，“你帮帮我行不行？”

“这……要怎么帮？”燕玲很为难。

“告诉我，你为什么不怕？”

“我是硕博连读，都学七年了！尸体都解剖过几具，要一直害怕还得了？”

“最开始的时候，你也不怕吗？”

“开始的时候，那倒是害怕的！教授拿了个骷髅头让我们摸着找手感，我每天回寝室洗十几遍手还是不敢拿筷子吃饭。”

“多久不怕了？”

“忘记了，一个月之后吧，我们要考试，每天都恨不得抱着头骨不撒手，顾不上怕了。”

“燕玲，你借我一个行不行？”

“借什么？头骨？”燕玲吓了一跳。

“求你了！”文佳佳咬着嘴唇。

“不行！头骨在医院里不能拿出来的！我可没这个权利！”

“求求你了！”文佳佳很执着。

“不行！别开玩笑，这是严令禁止的！”燕玲决然摇头。这时候，一个老人的声音突然传过来：“小姑娘，你真想借吗？”

“对！”文佳佳很坚决。

“那就借你一个！你要是改变主意了，记得还给我！”

“教授！”燕玲回过头，惊讶地看着导师。

“难得有个姑娘乐意这么用心，我也得帮我那傻徒弟一把啊！”马教授笑呵呵地冲着燕玲使了个眼色，“去三楼拿一个头骨借给她。”

燕玲恍然大悟，点头答应了。三楼放的不是真的人头骨，而是树脂高仿的！因为是给医学院订制的高仿品，不但重量和真的头骨差不多，颜色形态上也完全和真的人头骨一样，一部分有些黑，一部分有些黄，有些还带着点致命伤痕迹。

燕玲拿着的这个头骨就带着一个子弹孔，模拟被枪击杀死的人头骨。

这个骷髅一拿到手里，文佳佳又是一阵肠胃翻腾！泛黄的骨头带着点冷冰冰的质感，黑乎乎的眼洞里似乎还有些死人的气味。和之前想象中那种白色骨头不一样，这个骷髅看着阴暗陈旧，但远比那种看着真实可怕。

情感在叫嚣，这是个死人骨头，快扔掉！

理智在劝慰，为了男神！为了不被人小瞧！拿稳了！

“这里是个子弹孔！这是被射穿前颅导致大脑额叶严重受损死亡的！也就是爆头！”燕玲详细给她解释，“你看，这个孔正好和手指一样粗，你手指勾住这里会好拿一些，一只手就能拿住了。”说着，拉着她的手指要往孔里放。

文佳佳觉得自己看头骨又变成两个了！她血压降低，心率失衡！这是刚听到的两个词，应该是没错了！她投降了！她想放弃！

这时候，一只手伸过来接过头骨，却是林中乔换了自己的衣服回来，正好看到这一幕。他不悦地看了师妹一眼，道：“你吓唬她干什么？”

燕玲吐了一下舌头，跑掉了。

林中乔对文佳佳说：“走吧，我打好招呼了，现在就送你回家，这个别带着了。”说着，扬了扬那个头骨。

“不，我好不容易借出来的，我要带着！”文佳佳鼓起勇气说，她看到林中乔拿那个头骨的时候，也是很自然地把手指头伸进子弹孔里，丝毫没有膈应的感觉。她觉得自己和这群医生差距太大了！不行！一定要拉近这种距离！一定！

“给我吧，我自己拿着！”文佳佳的表情是英勇就义的烈士死前的表情。

“好吧。”林中乔很是无奈，把头骨递给她。两个人上了车。他看着她哆嗦着把头骨拿在手里，脸色一片惨白，根本不敢低头去看。

“文小姐……”林中乔刚开口，文佳佳一声尖叫：“啊——！”倒把他吓了一跳。

“没事，不要说话！”叫完之后，文佳佳倒是很愤怒。

“我是说，头骨已经掉在地上了。”头骨从她手里掉在地上，然后滚到前座，碰到了他的腿，文佳佳也没发现，她的手还僵硬地维持一个抱东西的姿势，这得紧张到什么程度？

“啊——！”又是一声尖叫。

林中乔无奈地捡起来：“你别带着这个了，给我送回去吧！”

“不！”文佳佳脸色狰狞，咬牙切齿，“还给我！”

“文小姐……”

“还给我！这是我的！”

“……好吧……”林中乔看着她的样子无奈叹气，脱下自己的外套包住了那个头骨才递给她。

包起来的确好了很多，文佳佳坐在车后座，慢慢地镇定下来，听不到她牙齿咯咯打架的声音了。

开车到文佳佳楼下的时候，她抱着衣服里的头骨，带着视死如归的神情走上了楼。林中乔真的觉得不放心，送她上去，又说：“这个给我带回去吧！”

“不要！我可以！”文佳佳咬着嘴唇说。

“唉……那好吧，你要改变主意了，给我打电话。我马上来把它拿走。”

“知道了！”

林中乔只好下楼，想了很久还是不放心，所以并没有立刻走，就在她家楼下车里坐着，闭目休息，想着稍微过一会儿确实没事了再走。今天做的是个必须集中精神的大手术，他已经很累了，就这么靠着，居然慢慢睡着了。

林中乔出门前把头骨放在茶几上，文佳佳根本不敢动，只毛骨悚然地看着外套里突起的圆球形状。她仔细想想，今天家里没人，爸妈都不在，这个东西在茶几上，晚上万一她要上厕所就得路过！

想想都惊悚！不行，得换个地方！

放衣柜里？念头刚一出来，很多恐怖片里衣柜藏着鬼的桥段顿时跟着一起出来了，紧接着什么床底下桌下窗帘后面似乎都有点奇怪的动静！文佳佳脸色惨白，强迫自己不要遐想了，想林中乔！不想鬼！想林中乔！帅哥、帅哥！好半天才缓过来一点儿，再看那圆球可以勉强理智对待了。

这玩意到底放哪儿才行呢？要不关在冰箱里？这倒是个好地方！就是文佳佳不能说服自己从此从冰箱里拿食物了。

放哪儿呢？文佳佳愁眉不展地想了一会儿，终于找到了一个她能想到的最好的地方——神龛里！

她家里有个神龛，供着长得一模一样的几个祖宗的画像，是爷爷留给爸爸的。就放在饭厅角落里，过年的时候爸爸会烧上三根香，让家里人每人说上几句话，大体是请文家的祖宗保护他们这些后代子孙的意思。

文佳佳不信这个，平时对此视而不见，这会儿却觉得有必要请祖宗保佑一下她了。

她把神龛擦干净，把头骨从外套里掏出来摆在上面，学着爸爸的样子燃了三炷香，念念有词地祈祷了好一会儿。不但拜托了自己的祖先，还祭奠了一下这个不知名的头骨主人。

大体意思就是，大家都是鬼，你也不知道死了多少年了，和我肯定有代沟，就别来找我了！不过可以和我祖先聊聊，估计你们会有话说。

想想说话聊天应该会口渴，文佳佳又倒了一杯水。又想晚上聊天或许会饿，她又找了些水果点心放在神龛里，摆得满满当当，闻了闻点心喷香，应该是可以了。

还别说，心理暗示是很重要的，做完这些之后，文佳佳不那么害怕这个头骨了，虽然还是不想摸，但看着没啥心理负担，觉得也就那么回事。于是又祈祷了两句，请它慢用，自己就心安理得地回卧室睡觉去了。

文家祖宗真的有灵，肯定会被她气得半死，神龛放她家里这么多年了，又是烧香又是上供的这还是第一次！对外人比对祖宗还客气，很多人都这样！

十六、骷髅吓病

十二点多的时候，一只老鼠从暗处慢慢探出头来，点心的香味吸引着它。

它小心地看着四周，没有发现任何危险，便抽动着小鼻子爬上神龛，愉快地享用起文佳佳准备的贡品来。城里的老鼠警惕性较低，人类这种大生物在它们看来又迟钝又笨拙，不需要特别紧张。

头骨在老鼠旁边静静地放着，在头骨底下有一个比拳头小一些的洞，那是脊椎通进去的地方，洞里就是大脑了。现在是空的，这个外小里大的空洞很适合老鼠的身材，老鼠这种生物天生喜欢狭小的安全空间，它很愉快地拖着一块点心钻进去吃去了。

屋子里的文佳佳迷迷糊糊，听到客厅里不断传来一些奇怪的声音，好像砰砰又好像咚咚，总之就像什么在不断碰撞的声音，断断续续的，没完没了。

她起床、开门、开灯，顺着声音的来源去看……

头骨在神龛里晃动！文佳佳的头发一下就竖起来了！

她想尖叫，但是声音卡在嗓子里完全发不出声音！她想逃跑，但是根本想不起来腿在哪里！

她动不了了，但老鼠能。老鼠被突然的灯光刺激，第一个想法也是逃跑。于是在文佳佳眼睛里，那个头骨动得更加激烈，然后砰的一声从神龛上掉下来，在地上滚了两个圈！

冲着她滚过来的！

这个声音像是打开了文佳佳的声音开关，她凄厉地尖叫起来。

电话电话！给林中乔说马上把这个拿走！文佳佳一边尖叫，一边哆嗦着自己软得像方便面一样的腿脚往电话机面前走。求助林中乔是她第一个能想到的念头，也是现在脑子里唯一的东西了。

电话！电话！她用软得像抹布一样的手挪开电话，颤抖着拨号，整个人像是帕金森综合征病人一样乱点。

号码拨错了！头骨又离开她一点，突然停下来不动，她极度警惕地盯着头骨，勉强要自己镇定，重新拨号！

电话拨通了！林中乔带着磁性的熟悉声音传来："喂？"

一动不动的头骨突然跳了一下，咕咚咕咚地向她快速滚过来，神经早已绷得高度紧张的文佳佳发出一声惨绝人寰的尖叫。

"是文佳佳吗？你怎么了？"

"啊——啊——啊——"文佳佳根本不回答他，只是用尽力气不断地尖叫，撕心裂肺！

"你别怕！我马上过来！"林中乔在电话那边顿时急了。

"别放下电话，听我说话！认真听！跟我一起读！"林中乔的声音很大，盖住了文佳佳的叫声。

"观自在菩萨，行深波若波罗蜜多时，照见五蕴皆空，度一切苦厄……"

文佳佳不会背这个，读是读不了，也听不懂，但是她听进去了，虽然不知道说的是什么，但林中乔的声音莫名地给她带来安全感，她的尖叫声慢慢停下来。

"……舍利子，色不异空，空不异色，色即是空，空即是色，受想行识，亦复如是。"

"啊……呜呜……啊……"文佳佳开始哭了起来。

"是诸法空相，不生不灭、不垢不净、不增不减，是故空中无色，无受想行识，无眼耳鼻舌身意、无色声香味触法、无眼界，乃至无意识界，无无明、亦无无明尽，乃至无老死，亦无老死尽……"

"林中乔……呜呜……它活了！呜呜……它动！"文佳佳开始号啕大哭。

"嗯，我知道，没事的，没事的！我很快就来了。"林中乔松了一口气，能这样大哭出来就好了。至少她神志正常，没有产生更严重的后果。

“它冲着我冲过来了！”

“你打开门，我马上就来了。别放下电话，继续说话。”林中乔的声音有点气喘，他正在用闪电侠般的速度爬楼梯。

门开了，文佳佳像个软趴趴的毛毛虫玩具一样倒在他怀里。

当晚文佳佳就发烧了！高烧近40度！开始说胡话。

她白天在外面冻了两个小时，又被这么惊悚一吓，发烧不奇怪，不发烧倒是奇怪了。

林中乔听了听她的呼吸，肺部声音很沉重，恐怕是诱发了肺炎。他压根儿就没回家，所以也并没有任何药物，于是用了个毯子把她抱下楼，开车送她去医院了。

打上吊瓶已经是凌晨三点，今天折腾得不轻，林中乔很是困倦，额头触在文佳佳床边，闭眼假寐。

“呜呜……”文佳佳哭了起来，声音很小。

林中乔抬头见她满脸通红，并没有睁眼，想必还在梦中。

“没事了，没事了。”他轻声安慰。

“我错了。”文佳佳嘟囔。

“没事，没事，快睡吧。”

“对不起，我不要林中乔了！”文佳佳嘟囔，“鬼大人，你要你就带走吧！”

林中乔顿时愣住，随即超级无语。

“我不敢和你争了，呜呜……鬼大人，你把林中乔带走吧！”

林中乔好气又好笑，看着这个胡说八道的女人不知道该怎么办好。

“呜呜呜，我知道我错了。我明明和老天打的赌是追上那朵云就把林中乔给我，可是我没追上！我还是想要，我错了！”

林中乔愣了一下，这才明白为什么文佳佳会骑着车子追一朵云。他心里升起一股不知道是什么样的滋味来，默默地看着那个呼吸急促、满脸通红的小女人。

其实当时文佳佳只是看着这朵云特别好看，突发奇想，于是就说，老天，如果我追上，你就把林中乔给我好不好？然而这只是她一厢情愿，老天什么时候说接受她的赌注了？

然后她就开始追了，越追越远，一个女人拼命踩着自行车追一朵云，一直一直不愿意放弃！她一定是脸色狰狞地，拼尽了全力，直到脚蹬子都飞出去一个，云还是没能追上。

所以她只能停下来，就像以往任何时候那样，已经拼尽全力仍旧求之不得，那就只能停下来了。在一个完全陌生的地方、在凛冽的寒风中停下来，接受老天给她安排的结果。

但这一次却有了转机！就在她最无助的时候，林中乔奇迹一般出现在她的面前！所以她一时贪心，还想继续努力……

“我没追上……应该愿赌服输，呜呜，我错了！”文佳佳呜咽，“鬼大人，林中乔给你了！我不要了！真不要了！你带走吧！”

林中乔突然有一种冲动，想在她屁股上狠狠打一巴掌！

“不过你可不可以不要吃了他？呜呜……他长那么帅，留着看也挺好的。”文佳佳继续在梦中和鬼沟通着。

凌晨三点多，林中乔在她低低地和鬼商量怎么吃他的呢喃声中，慢慢睡着了。

文佳佳早晨退了烧，神志也清醒了，手一动摸到了一个毛毛头，不由得吓了一跳。

林中乔被她一动就醒了，他先伸出手在文佳佳额头探了一下，感觉她退了烧。然后笑了笑，道：“我去给你倒点水。”

现在人得病的多，医院病床很抢手。像文佳佳这种小问题还轮不到住院的程度，林中乔是租了一张急诊区的床位让她躺着打吊瓶的，他自己可没地方睡，只能蜷曲着趴在病床边上迷糊了一会儿，此刻四肢麻木，好半天才站起来，动作有点笨拙。

文佳佳看着近在咫尺的那个帅哥脸上压着一道痕迹，头发有点毛乱，眼神有点惺忪，他倒了水过来扶她起来喝。动作不是那种之前做手术时候的霸气果断，而是笨笨的、不太协调的，这不是男神偶像，就是家里人一般。

水到面前，文佳佳没有喝，而是伸手过去，掐了林中乔脸蛋一下。

林中乔一咧嘴，水一抖都差点泼出来。这下掐得真扎实！用得着使那么大劲儿吗？

“我居然不是在做梦？”文佳佳惊叫起来。

林中乔不知该说什么好，他深切地感觉到两个人有代沟！

文佳佳已经兴高采烈：“林中乔！你怎么在我家？”

“这不是你家，现在在医院里，你昨晚发烧了！”他简单地解释。又把水递过去，“喝点水吧！”文佳佳看上去精神状态不错，应该好得差不多了。

文佳佳又是一声惊叫，因为她想起昨晚的事情了。于是她一双眼睛里顿时满是恐惧。

林中乔忙道："别怕，没事了，那个头骨我已经拿走了！来，先喝水！"

文佳佳缩了一下，艰难地看着他，道："林中乔，我决定了！不会再找你了，你走吧。"眼神是很不舍得，但是她的确被吓惨了。上次说话不算数导致骷髅跳上脚背，这次要还是说话不算数，老天还不知道要怎么找她算账呢！林中乔确实很好，她确实超级想要，但还没到准备不要命的程度！

"你先喝了水，听我说。"林中乔无奈。

"不不！你不要对我好，这很危险！我已经决定把你让出去了，你赶紧走吧！"文佳佳把脑袋埋进枕头里，转身屁股对着他，这几句话说得心头淌血啊！

"让出去？"

"哦……那个……反正都一样！我不要你了！你赶快给我走！"

"文佳佳，等一等。"林中乔非常无语加无奈，"今天我有手术，晚上再来找你，要不要的事情晚上再说。"

"不要说了！不管你说什么，我都不要你了！……"文佳佳突然悲从中来，大哭起来，"我不要了，我……我觉得这事一点也不靠谱！你爱找谁找谁去吧！都跟我没关系了！我以后再也不去找你了！你给我买的围巾等我还给你！你送给别人去吧！"

"为什么？"林中乔皱眉问，"因为你怕鬼？你把我送出去鬼就不吃你了是吧？"

"你又老又丑！我看不上了行不行？"文佳佳哭道，"我图财害命……不是，我见色起意，现在又看不上了。你可以走了吗？"她变成号啕大哭。

"可以走了。"林中乔道，"不过我想和你说一下，那个骷髅是假的，塑料做的。"

"所以没有鬼？"文佳佳呆呆地问。

"没有。"

林中乔把水杯放在桌子上，道："你自己记得喝水。"然后站起身走了出去。

"没有鬼？"文佳佳呆呆地在床上坐着，看看水杯，看看林中乔趴着睡觉压出的痕迹，骤然瞪圆了眼睛。

没有鬼！那她不用怕了！林中乔不用让了？林中乔一接到她的电话，半夜赶来照顾她，这是什么意思？是有门啊！文佳佳耳边仿佛有巨响在回荡，心里完全就是这几个字！

完蛋！她刚才都说了什么呀？她气急败坏地跳起来往门外冲去，鞋都没来得及穿。

所以这一天在医院的病人都能看见一个女的光着脚在走廊里边跑边喊：“林中乔！我能看上你！你又帅又年轻！真的，你特别好看！特别好看啊！”

“市二院也收精神病人吗？”一个病人低声问。

“看样子应该可以。”另一个很肯定地回答。

于是，只要是那一段时间二院的病人，都记住了有一个帅哥名字叫作林中乔，并且知道这个人被一个精神病人惦记了。

十七、狼狈误会

文佳佳神经反射弧太长，她反应过来追出去的时候，林中乔已经离开医院，自然是没能追上了。她停在走廊边上，四周都是窃窃私语的人。

要放弃了吗？这次真的又要放弃了吗？

她像是得了瘟疫的鸡一样，垂头丧气地回到急诊区。没精打采地穿上鞋子。急诊区的护士看她回来，瞪了一眼说：“你的家属已经帮你定了留观区的床位，今天还要在医院里观察一天，你要有什么事需要出去，最好先跟我说一下！”

“他不是我的家属。”文佳佳闷闷地说，“估计没可能了。”

护士看了她一眼，露出一种“我看也是这样”的表情。

“我想回家。”文佳佳低声道，“我可以回家吗？”

护士看了看她，点头：“其实昨天我就说了，你这种情况不用留观，一个吊瓶就好了的事情，你家属……哦，不是，那男的说这里能有人照顾，钱都交了。我们这里的床位紧张得很，正好有个老大爷身体有点不舒服，我正琢磨怎么帮他安排个床位呢。你真要走吗？”

文佳佳点头，护士很高兴地给她量了一遍体温，把开的药给她，然后就打发她出院了。

回到家里，文佳佳看着神龛发呆，骷髅已经不在里面了，家里的一切给她的感觉都既熟悉又陌生。昨天夜里林中乔用衣服包住骷髅放在茶几上，然后就坐在沙发上忧心忡忡地看着她。文佳佳觉得就在那一夜之间，他们的感情迈上了一个大台阶。

她能明显感觉到这种变化，可是到了今天，就又是她一个人了！

她把事情搞砸了，就像搞砸了一次重要的考试！但考试还有补考的机会，她还有吗？

文佳佳就那么呆呆坐了两个小时，突然就一跃而起。

这次不一样，她对自己说。这次是有门的！不是全无希望的！虽然现在被她弄得基本全无希望了。但至少这次曾经一度是有门的！那么就等于一次考试，她是会的，只是忘记了，但曾经还是会的，那就应该有一次补考的机会！不管补考会不会及格，至少要去考！这么多年的生活经验告诉她，做事要竭尽全力！哪怕没有希望，至少没有遗憾！

她煲了一锅鸡汤，用保温饭盒装着，又把保温饭盒装进大手袋里。然后精心打扮自己，翻看衣柜里所有的衣服，最漂亮的一件是为取悦林中乔新买的红色礼服裙子，但这是前段时间买的，现在穿就太单薄了，会很冷！

文佳佳在美丽和温度间犹豫了一会儿，一咬牙还是穿了这件裙子！今天对于她来说是最后一次补考，她想要的并不是能不能合格，而是没有遗憾。只有做到了她能做到的所有，她才会不留遗憾。

想想林中乔的高度，特地挑了一双细高跟的高跟鞋。对着镜子仔细看了看，妆容是从林佳木那里咨询来的，做菜是从李晓慧那里学来的，目前均已经达到她能做到的最高水平，于是便向着目标出发了。

这是去补考！最后一次机会。之前无论是打扮得花枝招展，还是送吃的，嘘寒问暖，她都试过了，都没用！她并没有新招数，所以很可能仍然不及格，但她依旧要竭尽全力试一次，最后一次！

此刻她的心情是悲壮的，带着苍凉和决心。老天也很配合她的心情，下起了暴雨，更平添几分“风萧萧兮易水寒，壮士一去兮不复还！”的悲怆。

于是这个穿着大红裙子的女战士就面容凛然地打了一辆出租车，向“敌人”的阵营发起冲锋！

可惜事情和安排的并不一样，出租车开出几条街区之后，速度一点点慢下来，最终静止！

这是暴雨中城市必然出现的一幕——大塞车！

前面的车就像黏在路面上一动不动，一辆辆车尾灯蜿蜒伸展，就像一对又一对的红色眼睛，无穷无尽，直到视线范围之外，都是红红一片。

雨刷哐啷哐啷地刮着玻璃，文佳佳眼看时间一点点过去，心急火燎！可是城市塞车是经常突发的，比如这次修路加交通事故，把主街道塞得和停车场似的，压根儿是纹丝不动啊。

补考的机会也没有了吗？而且出租车还在嘀嘀地跳表啊！文佳佳摸了摸包包里的鸡汤，又摸了摸钱包的厚度，咬牙切齿地做了个决定，剩下的路跑着去！

她跟出租车司机交代一声，然后拉开车门。红色的小A裙热情地裹着她的大腿根本分不开，只有一双小腿是自由的，于是她就迈着无比滑稽的步伐，划船一样轮着两只脚在路边飞跑。

不放弃，我不放弃！她打着一把小雨伞，向着目标发起冲锋。

不得不说，按照这个姿势评价，文佳佳跑得是极快的。天色很阴沉，因此红色的文佳佳显得十分靓丽，成了马路上一道风景线，吸引很多人注视，这一刻，她是美丽的。

可是听过人会有最倒霉的一天吗？眼看胜利在望，过马路就是终点！文佳佳心花怒放，一脚踩在路边下水道上，高跟鞋的小细跟卡在不锈钢缝隙里拿不出来了。

一辆车毫不减速地开过来，路边积水就像冲浪一样溅了文佳佳一身。她精心挑选的红裙子立即贴在身上了。她气急败坏，一句脏话刚出口，手指头还没放下来，又是一辆车过来，溅起的水花更大，这一次连胸部也贴身上了！她的鞋子卡在下水道里无处可逃，接二连三的车辆过来，只有少数车减速，大多数车辆都按照正常速度行驶过去，一遍又一遍给她浇水，仿佛她是一颗缺水的发财树。

伞面对低角度泼过来的水已经完全失去了作用，大概二十辆车过去，文佳佳就跟参加了泼水节一样了。

这也不能怪人们素质低，谁让文佳佳不在人行道上，跑马路边上站着，车来了也不让！塞车时间长了，有点火气也可以理解。

林中乔收拾一下东西准备下班了，他今天有事，所以决定走早一点，开门之后，被迎面走过来的一个东西吓了一跳。

那东西抬起头来，露出文佳佳披头散发的面孔，她正顺着消防楼梯艰难地走上来。

她头发湿透了，脸色很苍白，红裙子湿漉漉地贴在身上，一只脚上没穿鞋子，另一只脚却穿着高跟鞋，于是便一瘸一拐。这还不算完，她的新裙子第一次穿，是掉色的，红色的水顺着裙角滴滴答答淌在地上，看前面披头散发，看后面血流成河，绝对的女鬼且女厉鬼的形象！

“文佳佳！你怎么会在这里？”林中乔惊问。

“我来给你送鸡汤喝！”文佳佳抿着嘴，尽可能露出一个笑脸来。

“胡闹！你应该在医院老实待着！”林中乔看着她全身湿透，哆哆嗦嗦的样子很是生气。

他飞快地翻了一阵，找出一套病人穿的病号服，又找了一条大毯子扔给她。自己进屋打开空调热风，又去烧了一壶热水。

回来的时候，文佳佳已经把病号服换上了，围着毯子坐在床上，可怜巴巴地看着他。

林中乔脸色很难看，皱眉道：“你这是干什么？”

“我……我就是想着你手术应该累了，喝点鸡汤补一补。”

文佳佳觉得气压阴沉，心里好紧张，她舔着干巴巴的嘴唇，强笑：“我煲了两个小时呢，走上来又好累，你喝一点好不好？”

林中乔沉着脸问：“你觉得我应该喝点鸡汤，那你知不知道自己应该做什么？”

“我……呵呵，我只是想给你送点吃的……”文佳佳的声音越来越小。

“我这是三十八楼，你为什么不坐电梯？”

“哦，那个……电梯检修，没开！”文佳佳编瞎话了，其实是她自己觉得自己全身湿透的样子奇怪，不好意思搭电梯，而且她一瘸一拐并不是林中乔认为的扭伤了脚，而是实在拿不出来那只卡在下水道里的鞋，高低差造成的。看着狼狈，却并不疼，所以她才能爬楼梯。但像这样编了个瞎话之后，想到一会儿下去的时候必然是要搭电梯的，于是赶紧补救，加了一句：“我在下面的时候没开，现在可能已经修好了。”然后努力转移林中乔的注意力，“来，你试试这个汤好不好喝，我还记得带了勺子呢！”

林中乔沉默地看着她，许久之后，终于开口：“我今天早点下班是想去医院接你的。”

“啊？真的啊！”文佳佳眼睛都亮了，好高兴！她还以为林中乔会再也不想理她了呢！

“你真的不生气了吗？”她欢呼，“说让鬼把你带走，这你也不生气了吗？”

“我原本就没生气！”林中乔摇头，“这种事情有什么可生气的？你一个女孩子胡思乱想而已，我记得当时就和你说了，让你在医院休息，我晚上过来找你。”

遇到危险的时候，文佳佳把他送给鬼了。要说高兴肯定也做不到，心里是不爽了一下。但他真的没为这件事多生气，这只能让他感觉文佳佳幼稚，跟个没长大的孩子似的。这么点度量还是有的，不至于跟她计较这些虚无缥缈的事情。

“可是当时……我……我以为你再也不想理我了！”文佳佳瘪着嘴。

“当时你根本不让我说话！我今天这台手术却早就定下了，必须做，没办法才让你在医院自己休息，医院里有护士照顾，三餐我都已经订好了，你只要在医院里等等我，我就会过去了。”

“耶耶耶！”文佳佳跳了起来，简直是欣喜若狂啊！他怎么会这么好呢？怎么会这么好呢？真是太贴心了！真是太满意了！一个虎跳扑上去抱住了他。我是来补考的啊，怎么就给了个满分呢？原来我的素质是这么高啊！

林中乔却慢慢地推开了她，眼神很复杂地看着文佳佳，道：“你听我说好吗？”

文佳佳发觉不对，从他身上溜下来，紧张地看着他。

“年龄的差距会带来很多东西。”林中乔沉默一下，才道，“我认真地考虑了我们能不能彼此适应，我想过要为此付出努力，尽可能地去适应你。我想过，我应该照顾你适应你，不要让你感觉到我们年龄差带来的不舒服。可是真的很抱歉，我觉得我做不到，是我能力不够，是我不好，对不起。”

林中乔轻轻叹了一口气，他已经动心了，有一个人为他这样锲而不舍，为他那样努力克服恐惧，他觉得自己何德何能，他已经想要去珍惜。他已经想着自己未来的生活中多出这样一个生机勃勃的小女人之后，会是什么样子了。那要改变很多，他知道，已经规划好的生活要打乱重组是一件大事，但他已经动心，要主动迎接这样的改变了。

可是文佳佳是这样为达目的“不择手段”！

之前文佳佳做的一切都在他能理解和感动的范围之内，但今天不一样了。所有的事情都有一个极限，今天文佳佳的做法超过了“可以接受”的极限！感动就变成了反感。

她在病中，但是她不顾疾病，故意穿着那么单薄的衣服给他送鸡汤，这还不算，还硬是在暴雨中走过来，让自己一身湿透，再加上扭伤一只脚，并且拖着一只扭伤的脚爬三十多层楼，这大概是她能想到最可怜的样子了！

她不知道自己生病吗？不知道生病的时候应该好好休息，而不是煲什么鸡汤吗？不知道一定要送鸡汤的话，要穿正常厚度的衣服吗？不知道下雨要打伞吗？不知道有电梯的时候可以不用爬楼吗？

怎么可能不知道？任何智商正常的人都知道的事情，她这样做是为什么？为了让他感动！她这么狼狈，而且是为了林中乔才如此狼狈，所以她想得到林中乔的感恩戴德！

这是很极端的做法！这样的极端让他无法接受！林中乔不知道是只有她一个人这样极端，还是像她这么大年龄的人都是这一类，总之，他无法接受！

这女人看出自己的弱点，然后无所不用地打击他的弱点！逼他投降认输，乖乖地听话。这种事情林中乔已经经历过一次了！

他上一次失败的婚姻里，就是遇到了一个这样的女人！非常强势地追求，非常果断地拿下！他曾经以为这是真心的爱，以为他的太太那么爱自己，所以一心一意地对她。以至于在特别不情愿的情况下，依旧听了她的话改作整容医生，宁可让导师伤心。

可是后来他发现，那只是占有的欲望，他的前妻有想统御一切的欲望，对于想要的东西，她会想尽一切办法去争取。她爱的并不是自己，而是一切尽在手中的感觉。她就像一个投资就必须立刻看到回报的商人一般，强势地要求林中乔一切都听她的。比商人更加不讲理，因为她的付出并不是林中乔需要的。

今天的文佳佳给他一样的感觉，她病了，应该在病房休息。可是她出院，冒雨、穿得楚楚动人，瘸着一条腿爬楼梯给他送鸡汤！

她察觉自己会心软，于是故意万分狼狈，故意雪上加霜，冒雨来送什么鸡汤！故意站在道德的高位上，让自己负疚！

是的，他很容易被人捏住软肋，但是一次已经够了！他很怕这种人，从心里感到惧怕，所以他现在很怕文佳佳。

“对不起，我年龄大、工作忙，我除了会割双眼皮，什么也不会，是我不好，我觉得自己实在配不上你！文小姐，你一定能找到比我好得多的人！”

老天是很厉害的，很多事情无论你怎么做，结果都得看老天的安排。

老天依照文佳佳的性格和林中乔的经历安排了一点小小的误会，很小，但结果却这么自然出现了。

文佳佳是来补考的，她没有新招数，只能带着原本意料之中的不及格黯然回去。

林中乔是原本就心有余悸的，一个温暖的壁炉被他当成烧过他的火海，他只碰触一下发现烫，就仓皇逃跑了。

时间似乎恢复成以前的样子，文佳佳再一次不得不恢复到“月亮还是那个月亮，二货还是那个二货。”林中乔仍旧忙忙碌碌，仍旧封闭自己。

林佳木依旧尖酸刻薄吊儿郎当，李晓慧依旧脾气好好任劳任怨。对于天道轮转，他们都是毫不起眼的小东西。

十八、试镜机会

通常情况下，我们的生活是不会改变的，但一旦改变，就可能像推动多米诺骨牌一样，引起很大的变化！

比如说，一向打扮得让人感觉像晴天霹雳般的林佳木，收废品一样地拿着一大堆饭盒挨个人送，这一天也会到来！他第一次送的时候，接到饭盒的每一个人表情都像吃了原子弹！

“林、林设计师……这个是给我的？”保安小王张口结舌。

林佳木不耐烦之极：“难道弄错了？这个绿边的不锈钢盒是小王的，李晓慧都叮嘱我六遍了，你不姓王了？”

“姓！姓！”小王一缩头，赶紧接过来，“谢谢林设计师。”

“莉莎、芭芭拉、乔娜、莫培培……还有爱谁谁，自己过来拿！赶快！”

“还有蓝色布套的这个给张总，小饭桶是杨总监的，你们帮我送过去。趁热吃，凉了有毒！”

“啊？真的？”模特莫培培吓了一跳。

“废话，当然是假的！”林佳木瞪了她一眼。李莉拽了莫培培一下，低声道：“别搭茬儿，看着心情不好。”然后赶紧上前将十来个饭盒接过来放桌子上。

“我走了！”林佳木哼了一声。

“林设计师，李晓慧怎么没来上班？”

“我说她拍电影去了，你们信不信？”林佳木问。

“林设计师，你真会开玩笑。”李莉先是愣了一下，随即笑了起来。

“那你就笑吧，多笑几天！”

林佳木到现在也觉得这是个笑话，但又怎么样呢？他没有说假话，李晓慧是真的拍电影去了！事情要从昨晚四歪找他吃饭讲起。

两个人吃饭基本都是林佳木掏钱付账，实际上四歪穷得很，谁和他吃饭都会下意识不让他付钱，大家也都习惯了。四歪呢，就会在他们这些朋友来酒吧的时候请他们喝点东西做补偿，他在酒吧里拿些饮料请朋友用不了多少钱，大家多年好友，心意到了就行了，彼此都方便。

可这一次林佳木刚掏出钱包，四歪居然立即给他推回去，谄媚地笑：“我请！我请！”

“干吗？”林佳木奇怪，“和我客气？你终于看破红尘，想散尽钱财了？”

“真是，我红尘滚滚就不能请你吃个饭了？”四歪说着，把林佳木的钱包抢过来抓着不让他数钱，坚决地说，“这顿我请！”

“好吧。你付就你付。”林佳木无所谓，他们俩这顿就吃了个拉面而已，没几十块钱。

四歪付了钱，刚准备把钱包还给林佳木，却发现林佳木的钱包里夹着一张李晓慧的照片，顿时猥琐地笑起来。

“喂！”他冲着林佳木笑着眨眼睛，“这是什么？”

林佳木白了他一眼，一把就把钱包抢回来，神色有些不自然。

这是李晓慧入职的时候拍的照片，证件照很难看，他帮李晓慧办入职手续，当时照片没用完，剩了这么一张。他也不知道自己怎么想的，一边鄙夷照片拍得好丑，一边就直接夹进自己钱包里了，每次掏钱的时候顺便看看，感觉挺不错，林佳木自己都没发现最近掏钱频率增加很多。钱包是很私密的东西，并没有别人知道，李晓慧本人也不知道自己有一张照片在他这儿。

他已经习惯了，四歪又和他太熟，抢他钱包他都没感觉，一时间忘了钱包里有照片这茬儿了。

四歪见了，顿时笑起来：“嘿嘿，老实交代，你把人家照片放钱包里什么意思？”

“辟邪！”林佳木哼了一声，很是高傲。

“呵呵，木头，这是不是就是传说中的此地无银二百五？”

“是三百两。”林佳木瞪了他一眼。

四歪豪迈地一挥手：“不差那五十！”

“我这就是随手放的！”林佳木无奈地瞪了他一眼。

“看你小子嘴硬到什么时候！”四歪不屑地摇摇头。见林佳木瞪他，于是摇手，“好，辟邪的！你说辟邪，必须就是辟邪的！”然后他谄媚地笑，“嘿嘿，木头！俗话说吃人家的手短……”

“你手的确挺短！”林佳木点头，“不过没关系，霸王龙手也很短，不耽误人家拉风！你可以学着点。”

“去，我想说的是吃人家嘴软。”四歪瞪着他，“你小子懂不懂？都吃了我一顿，怎么嘴巴还这么硬呢你？你应该先说点感谢的话，然后拍着胸口说有事包在你身上！”

“包我身上是够呛了，包我脚上你看行不行？”林佳木白了他一眼，四歪抢着付钱时他就知道是有事！

“什么？”林佳木目瞪口呆地看着四歪，有点不敢相信自己的耳朵。

“李晓慧？拍电影？你不是得了臆想症吧？”林佳木实在怀疑，李晓慧长得不算差，可也绝对没到能被星探挖掘的程度，她去拍电影和武大郎去打篮球一样违和！

“还要导演看看才能决定，即便拍也就几个镜头，比群众演员好也有限，你不用大惊小怪，快点给我李晓慧电话号码，我答应了导演明天把她叫过来呢，这说不定是你哥哥我这辈子最好的机会了，你可别拆我的台！”

“到底怎么回事？”

“嘿嘿，你还记得我给李晓慧写的歌吗？”四歪得意地笑了一下，更是嘴歪眼斜。

“记得，我智商一百六十八，过耳不忘，那歌怎么了？”

“我在酒吧里唱这首歌的时候，被一个来休闲的制片人听见了，问我这首歌是哪里学的？哥哥我一看机会来了，自然赶紧套近乎，说是原创啊！结果你猜怎么着？哈哈！这位制片正在筹拍一部电影，影片中的女主角集合了所有女性的优雅和知性！他正在给电影找主题曲，觉得我的歌很合适啊！”

“知性优雅？”林佳木疑惑，“这是形容李晓慧的？我怎么觉得呆傻木讷更贴切一点呢？”不过四歪能卖掉自己原创的歌曲，林佳木还是挺为他感到高兴的。这么多年以来，他身边没被他气死的朋友已经不多了。四歪在他们几个老友里是最努力的一个，却也是最不得志的一个，实在已经够苦了。

四歪是真的高兴极了，他点头道："木头，你说得对，李晓慧一般情况下是有点笨笨的，但是不知道你有没有观察过她放松的时候，这种神情她就露出一次就被我抓住了！

"就是你第一次带她来酒吧那次，我在台子上看你和二货连喝带唱、吆五喝六的，都没有人理她。可是她就坐在角落里，微微笑着，看着你们说话，眼神很柔！整个人很静！不是安静，是安详或者宁静，不是平淡，是平和！"

"我从来没在别人那儿看到这种骨子里透出来的平和！这辈子第一次见到！卡座黄光在她头发这里围了一个圈……"四歪用手在自己头上比量了一下，"朦朦胧胧地闪亮着，我真觉得自己看见天使了！"

"我突然就觉得，这个姑娘圣洁无比！一切到她这儿都不算事儿，所以我才突然有灵感唱了那首歌。"说到这里，他轻轻地哼了起来——

美丽的姑娘，神色里带着安详。好像风吹过的地方，到处是你的家乡！

宁静的姑娘，灵魂里浮动着暗香，好像有你在的大街小巷，到处是开满鲜花的天堂……

哦，你走到哪里，哪里就绽放阳光！因为太阳就是为你而明亮。

哦，你停在哪里，哪里就秋波荡漾，那是我偷偷追随你的目光……

"就是这首歌被制片人买了？"林佳木问，"好像也不怎么样啊，都没有个高音。"

"我还得再改改，但基调就这么定下来了。除了这个，还有另外三首，制片一共看上我四首歌！也有不这么安静的。再说一首歌好不好那要看用在哪里！这个电影正需要这么个调调！你看这样抒情的电影，难道主题曲要听'路见不平一声吼'？"

"恭喜你，但这关李晓慧什么事？"

"这个……"四歪挠挠头，"我去导演那儿试唱的时候，看见导演正拍一个差不多的镜头，那个女主长太漂亮了，安静地坐着也艳光四射，我就多嘴说少了点味道，然后导演问我怎么才算够感觉，我就说了，嘿嘿，然后……"

"然后导演就让你把李晓慧找去看看？你不是说了，你是吹了吧？是不是吹得没边儿了才把导演给忽悠了？"

"我也就推荐一下！推荐自然要加点润色，你懂的！她又不是主演，不过几个长镜头，当背景用的！就像挂着的美丽油画，增添味道，用得着那么谨慎吗？"

“油画倒是油画，抽象派的！”

“哎，我说哥们儿，这可是好事啊，有报酬又露脸，你怎么好像不乐意似的？”

“我有什么不乐意的？关我什么事！”林佳木嗤笑一下，“你想问你就问去，她答应你才怪，她肯定会说，啊，不行、不行、不行。我不行、不行、不行，你瞧着吧。”

“看我的吧，你给我李晓慧电话，我自己和她说。”四歪满不在乎。

林佳木没任何理由拒绝，只好给他号码，看着他躲到一边角落里，说了没几句的样子，就放下电话走回来了。

“怎么样？”林佳木装作满不在乎地问。

“也不看看是谁出马！她立马就答应了！”

“答应了？立马？”林佳木很意外。

“是啊，开始的时候，她的确说不行，但我说，如果她不去，我的歌就卖不掉了，我这个机会就没有了！我就得接着穷困潦倒了！她就马上答应了。你看，很简单嘛！对了，你记得明天帮她捯饬得好看一点儿啊！能不能拍还得导演看了才知道呢！”

林佳木看着四歪，突然没有刚才那么为他高兴了。

十九、怒放生命

接下来几天，李晓慧早上还是来公司送饭，但一送完食物就急匆匆地走了。开始的两天，林佳木早上接她来上班的时候还能说上两句话，李晓慧也给他讲点儿拍电影遇到的新鲜事儿，反正挺累的，林佳木也会冷嘲热讽几句。可是后来两天，她忙得不能按时过来了，见林佳木接她，李晓慧高兴无比，直接把无数个准备好的饭盒交给他，请他帮忙送公司去！

无数个“谢谢”加“对不起”，林佳木就不得不接替她变成叮叮当当送盒饭的人，形象大毁！心情好得了才怪！

关我什么事！为什么是我送盒饭？但是他还是莫名其妙地乖乖送了盒饭，并且在送完之后，还是按照李晓慧嘱咐的那样，乖乖给她打了一个电话报告情况。

“都送完了，吃不吃我可就不管了。”

“谢谢你，佳木，你晚上记得把饭盒都给我带回来，不然明天没东西装了。”

“哼！”林佳木这样回答，但还是乖乖地听话，下班的时候收拾了所有的饭盒，叮叮当当地走出大门。一路上大家都用惊悚的目光追随着他，人们都被震得无语了。

林佳木当然知道大家都在看他，穿成这么时尚的人拿一堆饭盒，不认识的也难免多看几眼，何况是这些对他知根知底的人。坐进车里对着后视镜看自己，脸色都是绿的。

为什么变成了自己听她的话，不是一直都是李晓慧听自己的吗？让学走路就学走路，让学说话就学说话，让跳河她都去跳了。这会儿到底怎么了？林佳木想不明白，所以格外不爽！

他开着车，先去常去的饭店坐下来，打算吃过晚饭才去李晓慧家里，他跟李晓慧的爸爸李大志有过节，直到李晓慧说自己的工作是他帮着找到的，李大志才转变态度。可林佳木还是不乐意看到他，这个点儿她家吃完晚饭了，李大志该出去找酒馆喝酒去了，过会儿再去省心！

“都这么大的人了，还和爸妈住在一起！租房子的钱都不舍得花，挣那么多钱留着数着玩吗？”林佳木不爽地嘀咕，觉得这让自己很麻烦。他早就想给李晓慧租房子了，但是她没同意，此刻他暗下决心，不管她同意不同意，自己先租下！至少离公司近一点儿，离她那个闹心的家里远一点儿！上次他还看见大冷天的，李晓慧给弟弟刷鞋！搬出去这些活儿就眼不见为“净”！也能让她的手不那么粗！对！就这样愉快地决定了！小样儿，难道他林佳木还就管不了她了？

他不是去饭店就是去咖啡厅，衣服装备又追求时尚，日常生活开销很大，没攒下多少钱。按照李晓慧这个活法，估计现在积蓄已经比他多了。不过也不一定，她爸爸弟弟妹妹都经常跟她要钱，她还是穷光蛋的可能性也很大。租房子得租个经济适用的，不然她又该推三阻四、叽叽歪歪，不过通风采光都要好，环境也不能差，还要安全！安全性更重要！算了，不管花多少钱租的，跟她说的时候说少一点就行，反正也是自己和房东打交道，不让她知道就成。

林佳木一边思索，一边往里走。这家酒店很幽静，走过长廊立即就像进了桃源，闹市的声音都听不到了，只有悠扬婉转的音乐声包围着自己。他坐在舒适的椅子上，松了一口气，生活是需要一点享受的。

“林先生！”饭店领班热情地迎上来，“牛排是今天下午才到的！特别新鲜！还有新鲜的大海螺，一共就十个！配点白葡萄酒最好。要不要来两个？”

“嗯，好，就来两个刺身吃……牛排要五成熟……还是算了，给我一份炒饭吧。”林佳木道。

“炒饭？啊……好，好！还要什么？牡蛎汤要不要？”

“不用了，就一份炒饭，一杯温水。”

“好，呵呵。林先生今天胃口不太好哦。”

林佳木胃口不错，今天干体力活了，现在肚子咕噜咕噜的，一会儿炒饭上来，高级饭店的菜品分量不多，而且价格也不便宜。林佳木吃得干干净净，也没太饱，心想，这家饭店以后要少来了，得开始攒钱了。

想法一出来，随即就是一愣，他想攒钱？为什么？爷爷和哥哥早就劝过他攒钱，他觉得这是老古董的思想，可是为什么突然间，他就自然而然地觉得，需要攒钱了？

好吧，他其实并不是完全不知道，他的智商有一百六十八！但是他烦躁！他不愿意承认这一点！

车子在夜晚的车流中穿梭，李晓慧家是老房子，住老城区，开过去要近一个小时，到李晓慧家门口的时候，正好看见她穿着晚礼服裙子，手里拿着一件大衣，急匆匆往外走。

吱——林佳木把车停在她面前，然后摇下车窗。

“佳木！”李晓慧很开心地叫他。

林佳木冷着脸问：“你半夜三更打扮得跟个家禽似的要去哪儿？”

“哦……我去片场。”

“就穿这个？你去冬游？”

“我还拿了一件大衣，拍的时候穿这个，停下来可以穿上大衣。”

“不就是一个背景吗？为什么都两天了还没拍完？”林佳木不开心。

“导演说感觉很好，给我加了几个镜头。”

“导演又给你加镜头了？你们这个导演怕是弱视吧？”

“没有没有。我就一些背景镜头，不露出脸的。但是导演说整个片子里都需要一种氛围，很多地方都最好能衬托一下。”她赔着笑说。

“衬托很多地方？”林佳木一下就怒了，有这么使唤人的吗？真当她是一幅油画了！而且这幅油画还能换衣服，百搭啊！

“我要去问问四歪！这要是他半夜三更，冬天穿夏天的衣服当背景烘托气氛，他答应不答应。我就不信了，难道没你衬托，他的歌剧组就不买了？那到底是他卖歌还是你卖身？”

“不是不是，佳木，你别急啊！和四歪没关系，这是我答应的。”李晓慧赶紧抓住他，“最开始说的就是三个镜头，后来都是我自己答应导演的。”

“李晓慧，你还挺上瘾哪！怎么着，想改行进影视圈发展了？”林佳木鼻子不是鼻子、眼不是眼地瞪着她。

“不是的！佳木，你别急，先听我说啊。我刚去的时候处处出错，越是想着这关系到四歪的歌不能出错，就越是紧张出错。身边那么多群演，谁都比我好。我还想着这肯定不行了呢，谁知道导演专门过来和我说话聊天，还给摄影师偷偷拍我休息的镜头给我看，她说四歪没有说错，我在一旁安静等着的时候的确就是她想要的那种感觉。让我放松，不用那么努力……她那么忙，还分心照顾我，一个晚上下来跟我聊了几次，后来我才拍好那三个镜头的。

“四歪的事情已经做完了，是隔了一天，导演又给我打电话说还想让我多加一些离主演很近的镜头，她有很多场景都需要一个安静坐着的女孩做烘托，就是要那种隐喻，我也不是很明白，但她那么照顾我，我很感激她！她特别想把这个电影拍好，我想我能起点作用的话，就想出点力。”

“不去行吗？”

“佳木——！”李晓慧目露恳求。

“哼！你吃饭了吗？”

“吃过了。”

“那上车。”林佳木冷哼。

“去哪儿？”

“去哪儿？带你去月球我带得了吗？带你去拯救世界你做得出来吗？当然是送你去片场！你半夜三更打扮得跟个家禽似的想去坐公交？”

“是想打车的，导演说给我报销交通费。”李晓慧愉快地说到这里，看到林佳木的脸色，马上闭嘴了，赶紧爬上车。

片场闹哄哄的，好看的地方就是一小块，摄影机能拍到的地方布置得很好，其他地方就乱得可以，等转下一个镜头，很多东西再挪走。很多人东一堆西一堆就坐在地上休息，等着下一个镜头开始。

林佳木把李晓慧送进去，她瞬间就被化妆师接走，开始抓紧时间做发型、化妆去了。留下林佳木自己随便走走。

他一路撇着嘴，四处用他毒辣的眼神挑着毛病。走过一个沙发背后屏风搭出来的转角，他停下脚步，因为他被一阵歌声吸引了。

那是一个非常非常帅气的男演员，正抱着吉他，轻轻唱着一首歌。他的好朋友四歪围着那个演员团团转，不停地指点他，哪里唱得高了或者哪里还要慢一点之类。所以歌声是断断续续的，但就是这样断断续续的歌，却让林佳木默默地驻足不动。

逆风飞翔，

是从什么时候起，你心中再无梦想？

是从什么时候起，你眼里再无方向？

人生的道路，四下迷茫。

我们不敢超越、不敢张扬！

逆风飞翔，那需要多有力的翅膀？

逆风飞翔，那需要多坚定的理想？

我退回芸芸众生的世界里，默默熄灭心中的渴望。

时光流淌，我想要什么我已渐渐淡忘……

暖风吹，暖阳照，红尘浑浊了眼里的光芒。

和大家一样。

平静平稳平常平安，就是我平凡的人生，平淡的理想……

“停一下！这一段再来一遍。”四歪在低声说，“这首歌的名字虽然叫作《逆风飞翔》，但开始的时候，要把迷茫的感觉、沉沦的感觉唱出来，要很闷、很低沉。”

那个男主演不大乐意，却也低声说：“我唱得好不好不要紧，反正是你后期配音！我又不是学声乐的，本来就唱得没多好。”

四歪摇头：“你得先把那种感觉演出来我配得才好啊！”

男主低声嘀咕：“一个配音的比导演要求都高！”

不过他还是比较配合，弹着吉他又重新开始唱：“时光流淌，我想要什么我已渐渐淡忘……”

林佳木沉默地站着，心里也在跟着那生涩的旋律唱：“我想要什么我已渐渐淡忘……”

“和大家一样，人生的道路，四下迷茫。

“我们不敢超越、不敢张扬……”

四歪太专心了，以至于林佳木在他眼前，他都没看见。李晓慧很忙碌，抽空看他两眼也就忙去了。林佳木独自一个人走出片场，开车到四歪驻守的酒吧里要了一瓶劲儿很足的酒。四歪有事儿，现在驻场唱歌的是老板临时请来的一个摇滚乐队，唱的却不是原创，而是大家都耳熟能详的歌曲。

四歪自己写的歌，却没机会自己在电影里唱，只能配音，哪一个看电影的观众会关注主题曲是由谁配的音？但是他仍旧那么努力。李晓慧并不想拍电影，她根本不喜欢这个，但做起事来的时候，依旧全力以赴。

林佳木知道自己，他是很喜欢做服装设计的，他其实特别热爱这个行业！这是他的兴趣、他的梦想、他的愿望！甚至他的信仰！

但他是用如此吊儿郎当的态度对待信仰的！

一股燥热蹿上心头，这几天林佳木一直觉得自己不对劲，从送饭盒，到开始准备攒钱，总之到处不对劲！他是怎么了呢？

舞台上已经换了好几首歌，贝斯手满台子上乱窜，主唱声情并茂，好像在嘶吼，气氛超级 high！很多客人都跟着一起嘶吼。

直到心头燥热的林佳木也跟着一起吼了出来，他才确认自己是怎么了——他想要好好过日子了！

我想要怒放的生命！

就像飞翔在广阔的天空，

就像穿行在无垠的旷野，

拥有超越平凡的力量！

是的！他想要怒放的生命！一直想！

哪怕是当初那场受到不公正对待的设计发布会，让他将这种渴望深深埋藏了，但其实，这种渴望一直存在于心内，他不想一辈子做低端设计，他不想一辈子混得不上不下，他不想自己三十年后的样子现在就能看到！他不想浪费上天赋予他的智商！

苟且活着还是壮烈死去，这是一个问题！

林佳木一口干掉瓶子里所有的酒，带着胸腔里直蹿出来的灼热转身就走。他回到公司，半夜三更进入后台库区，那里有为明天一场重要的秀准备的衣服。

这些衣服是设计总监杨志可的作品，是明年春季的主打！现在是冬季，但服装是要领先一个季节发布的，他们公司为保密已经特地压一下时间了，不可能再拖。这场秀很重要、很关键，整个公司上下都为此鸡飞狗跳了一阵。

原本一切都已就绪，每一件都通过领导审核了。此刻林设计师借着酒劲，却开始拿起剪刀和一些装饰品，在每一件衣服上做起了改动。

二十、偷改设计

改动并不大，他并没有时间做更大的改动，但这组衣服推出的时候，他早就在心里挑过很多次毛病，也早就在心里改过了，所以此刻动作飞快。

杨志可是世界一流服装学院毕业的，从业多年，经验很丰富，他的设计并不差，只是缺少变化，所以也并不需要大改。杨志可靠着已经熟悉的风格走了太长时间，他过于保守！他欠缺一点灵性！

林佳木将一条亚金色轻纱装饰在一件薄外套背后，细细地捏上流水般的褶皱，一点点固定。这是最耗费工夫的一件衣服了，纱的下摆比原来的卡其色修身外套略微长一点点，如同仙子的翅膀。

天亮的时候，林佳木眼睛熬得通红，最终也只完成了大概五分之一的部分。像这样重要的一场秀，杨志可那么多人的协助下也用了三个多月，他是不可能全改掉的，一个晚上能改这么多，已经是超水平发挥了。

天还没完全亮，后台就忙碌起来。发布会定在早上九点钟，模特早早就赶过来等化妆师给她们弄造型，灯光师、摄影师也都齐备，场务更是前后联系，嗓子都有点哑了。

负责这次秀的副总张明堂也一样忙上忙下。“服装呢？”他问场务。

“还在库里。”

“杨总监确认了吗？”

“昨晚就确认了。”

“拿出来让模特换上吧，也快了。”

张明堂看了看表，又问：“杨总监还没到吗？小王催一下！”

“好。”场务答应一声，忙活去了。服装从库房里拿出来，趁模特穿上整理的时间，他打电话给杨志可，催他快点来。

“好了好了，我已经在路上了，不就是一场秀吗？该准备的都已经准备好了。年轻人何必这么着急。”杨志可在电话里的声音老神在在，很是沉稳从容。

但实际上他没那么稳当，他为这场秀连续工作三个月，昨晚又记挂着，有些失眠，睡得太晚，今天就起得晚了些。所以就遇上了塞车，被人一催，心里也急得很，为了面子才不说的。

塞在马路上的车多了去了，比杨志可着急的也不见得没有，反正不管你有什么事，也只能跟着车流走。

等赶到公司，离发布秀就剩了不到一个小时的时间了。大部分的模特都已经化好妆，穿好衣服等着，灯光等设备已经检查了几遍，等他来确认一下，就要准备开始了。

杨志可到后台区后反而放慢了脚步，展现出温和从容的样子：“嗯……好好……大家都辛苦了……咦？”他的小眼睛陡然瞪大了，模特莫培培的连衣裙下摆好像短了一小块。

差得不多，但原本刚好到膝盖的长度变成了在膝盖以上，裙子看起来就稍微蓬起来了一些，显得俏皮。每一件衣服由谁穿都已经定下来了，莫培培这是个子变高了吗？

“杨总监！你设计的这条裙子真漂亮！昨天我试穿的时候还觉得有一点老气，可能天黑了我没看清楚，今天穿上再试试，觉得一点也不老气了，特别高贵时尚！你可真厉害！”莫培培说。

“哦……哦……没什么。”

杨志可心里还在嘀咕，自己应该是错觉，接下来两个走过他身边的模特都很正常，刚准备放心下来，一转身，乔娜腰间多了一个刀锋一样的斜向褶皱，使得她裙摆底端变得一边高一边低。

这可绝对不是错觉了！杨志可眼前有一片白光闪耀。

乔娜见杨志可盯着她的腰部看，特地还转了一个圈，笑盈盈地说：“昨晚试衣服的时候腰这里是平的，这么一改好看多了，杨总监，你昨天那么晚还来后台了啊！”

“看我的，我这件多好看！”芭芭拉轻盈地走过来炫耀她背后那一片波浪般的亚金色流沙。就像披着一缕阳光走过来一样，迎来一阵赞叹的声音。

到李莉走过来，杨志可彻底崩溃了！他眼前一阵发黑，李莉的裸色春装前面从中间直直地剪开了！成了两片！中间镶嵌了一条极为简单的白色纱制宽边，和领子融为一体！就像一条直直通到底的领子！简洁、大气、时尚，里面衬着简简单单的小背心七分裤，这件原本收身名媛范儿的衣服变得中性帅气，却又不失妩媚，很配李莉的气质。

“杨总监，近期我穿过的衣服，最喜欢的就是这件了！你可别定价太高哦，我是说什么也要买一件自己穿的。”

“谁？……谁？谁让你们穿这个的？”杨志可气得浑身哆嗦。

众模特面面相觑，惊愕异常。谁让她们穿的？难道不是你自己吗？

“都给我脱下来！换掉！换掉！”杨志可眼睛发红，冲进库房检查他的衣服，每一件被改动的都被他一把抓出来扔在地上，跳上去一顿乱踩！

“昨天晚上谁来这里了？”他抓住场务小王恶狠狠地问。

“我、我不知道。”小王吓了一跳。

“有钥匙的人能有几个？调出监控查一下！”杨志可咬牙切齿地说，“你们是怎么看家的？这是闹了贼了！真是家贼难防！我要报警！”他咆哮着大吼。

门被人从外面打开，副总张明堂走进来，脸色很阴沉，喝问道：“后台怎么回事？吵什么呢？不知道前面已经有很多记者了吗？你们在后面吵得前头都能听到了，是想明天见报还是上电视？”

他巡视一圈，发现杨志可正在呼哧呼哧地喘着粗气，其他人则噤若寒蝉，不敢出声，他皱眉问：“这是怎么了？”

场务小王低声道：“杨总监的设计出了问题。”

“杨总监，怎么回事？马上就要上场了！”

“张总，没问题。你放心！”杨志可咬着牙道，“一点小问题，我马上处理好，肯定不会给公司带来麻烦的。”

“嗯，你加油！”张明堂拍了拍杨志可的肩膀，深深地看了这群人一眼，道，“我出去招待客人了，你们最后准备，二十分钟后暖场。”

杨志可被任命为设计总监，和他本身的学历经历有关，也和他一直以来能扛住事有关，很显然他的设计不知道出了什么问题，但在这个时候，张明堂只能选择交给他解决。

杨志可深吸一口气，平定情绪，然后他盯着已经穿好衣服的模特，有四件是被改动过的，他扯出那几个人，要她们几个立刻换衣服！其实不用调出监控，他心里也大体知道是谁干的了！

并不是每个设计师都有明确的个人风格，比如杨志可就是含混的百搭，不过不失的那种倾向。但他们公司有一个人的个人风格非常明显，这种用色块和材质做出偏向几何的结构性设计，是林佳木的风格！

林佳木刚入公司的时候拿出的成套设计就是这一类。当时惊艳了全场，被所有高层一致全票通过。杨志可认定这是一种威胁，他曾经像这样，在林佳木推出设计秀的前期强行给他改动过，就和这一次他自己秀前被改动一样。只不过他没有这样的破坏力，一夜之间靠自己一个人就能做出改动，他是用了几天时间动用了很多人手才做到的。当时还美其名曰，这是他这个前辈在不遗余力地支持晚辈！他为新人林佳木的秀忙前忙后地出力，大家都看在眼里，最后林佳木得到的评价不过不失，也成了他的一份功劳。

杨志可在随后每一次林佳木推出设计的时候都否决其中几款最好的，只留下部分，同意量产。他是设计总监，没有他的批准，很多东西都到不了高层的眼前。但他总是说这是领导商量后的结果，理由是冠冕堂皇的！比如某个颜色太挑肤色，或者某个样式很难搭配，或者某个细节过于抢眼，不够含蓄。他不断向普通常见的方向引导林佳木，一次次之后，林佳木锐气消磨，果然如他所愿，去设计那些最容易通过的作品了。

林佳木是个绝顶聪明的人，聪明人的特点是总能想出办法少走弯路！他稍微动动脑就能想到哪一种类型的设计最容易被通过，没有激情之后，为了省事，就会不自觉地随手做一些肯定能通过的设计出来。

这个公司里有一流的品牌基础、丰厚的福利、自由的工作时间，以及还算不错的报酬。不需要那么认真，只要做一些对于林佳木来说随手就能完成的东西，他就可以继续生活在这个温床里，认真就会受打击，懒洋洋反而活得舒服愉快，在这种情况下，很少有人可以不懈怠。

然后懈怠形成惰性，才华变成让他自己都怀疑的东西，慢慢磨些年头，他就不会去设计太出格的东西了。

当一个天才相信自己平庸，他自然就平庸了。

像这样的新人，杨志可对付过好几个，林佳木已经算最难缠的一个！他意志也不比别人坚定，但他智商实在比别人高得多，稍微动点脑子都让人惊艳，所以经常有让杨志可心惊胆战的设计出来，杨志可对付他算是绞尽脑汁了！还是经常会有纰漏。

但绕过艰险是聪明人的本能。上天给一个人智商的同时，就赋予了他这种本能。所以社会上真正绝顶聪明的人很少取得高成就。克服本能是多困难的事情，林佳木没有这样坚强的意志，他的绝顶聪明也让他渐渐进了杨志可的套子里。他现在还会不爽，还会冷嘲热讽地面对这个让他不爽的社会，等再过几年，他就会成为芸芸众生中的一员了，就像四歪歌词里唱的那样，不敢超越，不敢张扬！

只不过，林佳木和别人不一样的地方，不光是他够聪明，他的脾气也远比别人讨厌！所以他比别人难搞定很多！之前每次否决他的设计，都要遭受他一定程度的回击，杨志可每次都是冒着被气得心脏病发的风险，用坚强的意志力带来的超强忍耐心才坚持下来。

直到最近，林佳木表现出懒得和他分辩的架势，杨志可的日子才慢慢好过一些，在杨志可觉得已经可以松口气的时候，这次来了个大的！

一定是他！不可能是别人！一次次的打压使得杨志可熟悉他的风格！甚至他还偷偷借鉴过这种风格！所以他看了那些改动就心知肚明，一定是林佳木！除了他，谁能设计出这种样式？除了他谁有这么大的胆子？

好哇！杨志可气急败坏地想：“原来林佳木是明白的，他一直在扮猪吃老虎，一直在等这么个机会！他现在肯定在得意，肯定等着看我的笑话！你当我必须认了吗？呸！你休想！”

林佳木并没有得意，他熬了一夜，天亮时候回去补了个觉，此刻正睡着呢。他能做的已经做了，结果怎么样已经不去想了，喝酒加熬夜，此刻睡得巨沉无比，一切等睡醒了再说！

杨志可以为他明白了自己所有的用意，其实没有，林佳木只是想为自己争取一个机会！他真正喜欢的设计总是无法露面，现在时间不多了，杨志可硬着头皮让模特穿他改过的衣服上场的概率非常大，反正他改动过的只是五分之一，不会影响整个秀！对于杨志可关系不太大，却是个把他的设计展露出来的机会，他想为此冒险争取一下！并且还是借着酒劲儿干出来的！他太年轻，虽然对杨志可很不爽，但只是觉得他讨厌，并没有猜测到他的险恶。

谷雨篇

二十一、惊才救场

“抓紧时间！都给我换好衣服！”杨志可冷静下来。

那四个模特乖乖换上别的衣服。这并不容易，因为好多衣服都是几套成为一个系列的，换了就不那么和谐。

外面开始跳暖场舞，张明堂在讲话，场务过来示意，就要开始走了！

“李莉这次不要出场了，你们五个多走一个小段，把时间拉平！”他冷静地做着调整。林佳木，我会对你低头吗？你才出过几场秀？论经验，我甩你一万里远！

李莉很是委屈，瘪着嘴默默退下来，却不敢出声。

随着场务手势，其他五个模特陆续走到前台上展示衣服去了。咔嚓咔嚓的照相声在后台都能听到。

张明堂皱起了眉头，这次出场的应该是六个模特，可是前面两队走过之后，芭芭拉是单独出场的。一般系列中最重要的一件衣服才会单独出场，可是她穿的和别的模特都差不多，并不见特别出色。而且她一个人走在中间，应该是带出一种女王般的气场才对。这样才能压得住方寸T台！

但芭芭拉并没有那种气场，她本人原本就没有这种气场，此刻还有点畏首畏尾似的！几个人的节奏也踩得不好，应该在音乐最强的时候走到台子最前端潇洒转身的，可她们几个都脚步慢悠悠，最强音节都过了才走到最前面，这样转身的时候就缺了力道！

外行大概是看不出什么问题的，镁光灯还是狂闪不停！但张明堂却觉得有好些破绽，他不知道后台出了什么问题，难免心就悬了起来。

又是几组走过来，前面两组是正常的，接下来又遇到一次类似的情况。这次一队直接少了两个人，为了拖时间，前面四个模特都走得慢吞吞的，步子很小，看着就有点有气无力的样子。而且排练好的节奏临时改变，两个人配合得不够默契，一组走得很不整齐，另一组总把眼光瞟向对方要找齐，又显得姿态难看。

场外的圈内人也很多，窃窃私语的声音就大了。

张明堂脸色很是不好，他只能故作轻松地和几个圈内人聊天，转移注意力。

后台，杨志可已经使尽浑身解数！临时调整是那么容易的吗？他恨不能长出三头六臂！

场务从门口一溜小跑进来，到他耳边小声道："张总说，请杨总监注意一下把握节奏，现场的反响可不太好。"

"知道了，知道了！"杨志可擦了一把汗，大冬天他已经汗流浃背了。忙得眼前发黑，身上快虚脱的感觉一阵阵涌现。他强打精神，说："请张总放心，我会注意！会注意！"

另一段音乐又响起，几个模特在杨志可的催促下匆匆登台。

整场秀过半的时候，场面更加冷下来，连记者都发觉有些不对了。他们虽然不是圈内人，但经常来报道、拍摄这种场景，对时尚也是有感觉的。这场秀水平算是低下的！很多衣服成系列，那是要都出场才完整，偶尔缺了一两个还行，缺得多了就像桌子少了腿，感觉不舒服。

而且已经有脾气不好的评论家低声说："樊 - 秀的衣服是一年比一年差了。到现在我还一件特别好看的都没见到！"

"哎！你不喜欢不代表别人不喜欢，我就觉得樊 - 秀的还不错。"

又有人劝解："你还不知道托尼，他就那么个臭脾气，稍不入眼就挑刺儿，谁都一样。也不是针对樊 - 秀。"

虽然大部分人都说好话，但这也代表着大部分人都在说话！只有在觉得无聊的时候才会说话，如果特别吸引，就不会有人说话了！

张明堂有点坐不住，小王又往后台去了两次，杨志可的压力也越来越大。

他年纪不小，血压不低，真的已经拼了老命了！

"咦？前台说话的声音小了！还有掌声！"杨志可刚松一口气，可眼睛望向后台的实时屏幕，顿时又觉得心脏一阵收紧。

“那件衣服！那件衣服！”他心里恨得咬牙切齿！

一件衣服的背后腰部有个同色的V形装饰！因为是同样颜色，被他忽略了！后台灯光是单向的，那个角度不反光。他忙得头昏脑涨，没看见这个改变，就让模特穿着上场了！

可这个深深的大V装饰是不同材质的！在秀场的灯光下显眼无比！非常非常地突出！整件裙子简直就是为了这一个大V做出的陪衬！模特转身的时候，背后光华闪耀，靓丽无比！模特一转身，台下就发出热烈的鼓掌声！

那个爱挑刺的评论家托尼还这样说：“就像一群华贵的妇女中突然走出了个青春靓丽的小姐！而且那位小姐还是高贵的大家闺秀！”

杨志可的心就像被人狠狠攥住了似的！有人正在攥着他的心脏挤汁！用不同材质营造光影下的不同效果，这也是林佳木的显著风格！

他的风格就是这么鲜明！几何！炫彩！还有眼下这个！出神入化地利用不同材质营造光影，一件造型简单的同色衣服，总能在不同的光源下显现惊艳的效果！

一口气还憋在胸腔里，又一个纰漏被他看见了。这是一串银白色珠子做的装饰品，是挂在衣襟里面的，动作小的时候没看到，所以杨志可也没发现，就让模特穿着上场了。可在场上，随着模特大动作走猫步，那串珠子就从敞开的衣襟里荡漾出来，划出一道闪电般的光芒！看台下的观众就随着这一抹飞出来的光芒欢呼着。

杨志可觉得自己血压飙升，眼前一阵阵发黑！怎么办？即便现在马上仔细检查一遍，刚才的两件衣服也已经上场，被人看见了！

他倒是丝毫不意外那一阵阵掌声。杨志可虽然设计风格偏保守，但不妨碍他的审美眼光，如果他只是一个评论家，此刻他也会鼓掌！“点睛”两个字就应该这样诠释！如果不是明显感觉到林佳木的威胁，他又何必费尽心思去对付他？

林佳木！惊才绝艳的林佳木！他控制不住了吗？

小王兴奋地跑过来，对着杨志可竖起了大拇指，道：“张总很高兴！说请杨总监加油！”

张总很高兴！杨总监很不高兴！怎么办？怎么办？这件事处理不好，他半辈子的努力就可能付诸东流！杨志可咬着牙，深深吸了一口气，然后露出笑容。他捡起地上一堆被他扔掉并且踩了好几脚的衣服，用很平静的声音道：“这组不用动，下一组，芭芭拉穿这件，莫培培穿这件！你们两个走中间，其他四个前后等着！”

歇了一下之后，前台爆发出雷鸣一般的掌声！

杨志可眼角微微抽动，他低声叫过保安，吩咐：“如果林设计师过来，一定要控制住，不许他进秀场！就说让他等一等，老总找他有事！让他一直等着，明白吗？”

保安低声答应。杨志可置换着心情，最终绽放出笑脸。

一场前期平淡的秀突然在后面掀起高潮，这种反差很刺激。比始终都高水准还反响强烈！前台掌声迭起，欢呼不断！气氛感染了所有人。连带杨志可自己的不过不失的设计都有人不停叫好！托尼主动认错，张明堂笑得合不拢嘴。

这是樊－秀空前成功的一次发布会！高层趁热打铁，大力宣传之下，业界许多刊物上，樊－秀都成了头条！国外许多敏锐的服装界人士都对樊－秀大加关注。

张明堂觉得姜还是老的辣！杨志可这个欲扬先抑的办法用得太妙了！平心而论，很多设计都是粗糙的，手工也粗糙，效果虽然好，但仔细推敲，毛病也不少！但就这么一招欲扬先抑，硬把中上等水平推高成了国际水平！

当然，后续的宣传造势是几个月内逐步完成的。当时大家都还只是兴奋，没有周密计划下一步。而这一切的始作俑者林佳木还在呼呼大睡，他一瓶洋酒灌下去完成了壮举，劳累过后，松懈下来，酒劲儿上涌，他直接放倒了！

其实他原本是打算小睡一会儿去看秀的，这样的事情他没可能不关心结果。但醉倒不比睡着，那是非主观意愿能控制的，不是想清醒就能醒得过来的，他在宿舍一直睡到晚上才醒。此时秀已经结束了八个多小时，庆功宴也开始了。令杨志可担心不已的情况并没有发生，林佳木算是老老实实配合，没有给保安添一点麻烦。

二十二、鸿门宴庆

林佳木是被敲门声惊醒的，打开眼睛的时候脑子还混沌着，有点摸不着头脑。

“来了来了！”门已经被持续不断敲了好久，不开显然不行。敲门声始终不急不躁，显然，门外的人很有耐心。

林佳木皱着眉头去开门，他宿醉头疼！门开了，设计总监杨志可的脸出现在门外，笑意盈盈。

“小林，你怎么还睡呀，庆功宴就要开始了，大家都在等你呢。”

见到是他，林佳木的酒刹那就醒了不少：“杨总监，我……”

林佳木此时此刻对着杨志可还是非常心虚的，他可是连夜偷偷进了人家的库房，很是作了一顿。当时酒壮人胆，都做好鱼死网破的准备了。杨志可会用什么态度对待他，林佳木设想了好几种，但每一种都是暴怒的，实在没想到杨志可见到他会这么喜笑颜开。

“你看看，现在我亲自来迎接，你总该移步过去了吧！”

“我，我先洗个脸。”林佳木愣了一会儿，才道。

“行！不着急，你慢慢收拾，我就在门外等你！”

林佳木匆匆洗漱了一下，冷水泼在脸上，他就完全清醒了。事情先在心里回放一遍，慢慢地理清了头绪。他随便换件衣服，让自己精神精神就出门了，他也不能真的慢慢收拾，让杨志可慢慢等着。

杨志可看着他，赞扬道：“小伙子多么帅气！无论你穿什么都这么好看！”

林佳木觉得背后发痒，很是难受。他和杨志可相处得可没多好，他脾气坏，每一次杨志可让他修改设计他都没好脸色，着实没少顶撞。

在林佳木看来，杨志可不喜欢他是很正常的，反正喜欢他的人也不多，他也不在乎。杨志可对他面子上还过得去，只能算凑合相处，如今突然变得无比热情，让他感觉不自在。

“杨总监！那场秀怎么样？”林佳木淡淡笑了一下，很直接地开口问起来。

能让杨志可态度转变还能是什么事情？尤其是转变得这么突然，时间又这么凑巧，只能是那场他准备破釜沉舟的秀了。

“呵呵，你猜呢？”杨志可笑呵呵地看着林佳木。

“我猜……有杨总监在，那自然是一切平安了！”林佳木心中多了几份笃定，嘴边露出笑意。他是嘲讽，杨志可总喜欢说一切平安就好，所以私底下林佳木给他起了个“一切平安”的外号。很多人都知道，杨志可自己也听过，这时候说可就是明明白白地讽刺了。

“应该说,有我们两个在,那自然没有问题了！呵呵。”杨志可看着他,笑了起来。

林佳木眉毛一挑，饶有兴趣地看着他，想知道他接下来准备说什么。

杨志可脸皮够厚！此刻他不厚也不行。他哈哈一笑，道：“小林，别的话我也不说了。这一次我们合作得非常愉快！你的功劳我一定会向上面报告！你就等着升职加薪吧！”

“噢？合作？”林佳木似笑非笑地看着他。

“是啊！多么完美的计划！我负责做基础设计，你负责打开一个新的角度！我们两个联手，就将那些评论家和业内人士全镇住了！这件事情我们俩都保密才会有这种效果，现在到了该公开的时候了！小林，我们成功了！哈哈哈！”

“哈哈哈哈……”林佳木大声笑了起来，彻底明白了杨志可为什么要这样。

他想要和自己平分功劳！林佳木心里有数了！这场秀一定是非常成功，而且，多半是因为他的改动！

他觉得扬眉吐气！是的，这么长时间以来，他一直是憋屈的！他被一次次地否定！一次次地挑剔！此刻终于到了必须承认他才是对的的时候了！哼！老家伙！你倒是继续说我不接地气呀？继续说我的设计很怪呀？继续说我不成还要锻炼哪？

他非常兴奋，他赌赢了，从此以后，他可以有自己的一席之地了！

杨志可表面上是笑的，精神却很紧张，他仔细看着林佳木的任何一个细微表情，他这边已经摊牌，能不能和局就要看林佳木的了。

“小林！以后你可就是我们公司的中坚力量了！”杨志可盯着他，笑着说。

“那我以后的设计……”林佳木斜着眼睛问。

“好说好说！能者多劳，以后要辛苦你了！”

“那就好！”林佳木点头，眉宇之间打开了。林佳木性格张扬，他不屑掩饰，顺不顺心很容易看得出来。

杨志可觉得心里一块大石头放了下来，顿时喜笑颜开：“以后我们应该还有很多合作的机会，小林，你好好努力，未来不可限量，我老了，将来就要看你们的了！”

“合作，再说吧……”林佳木笑得不阴不阳。

庆功宴就在公司的招待大厅举行，樊－秀这个大厅非常豪华，不少市里的活动都曾经向他们公司借过这个场地，为了这场秀又准备了一个多星期，此刻金碧辉煌，美轮美奂。

一进门，镁光灯就开始闪烁起来，这场秀的确轰动，看秀的记者意犹未尽，几乎一个都没有散去，还有一些闻讯赶来的，庆功宴的场面比上午走秀的时候还热烈。

杨志可和林佳木一起走进来，但大家眼睛里只有杨志可，看到年轻又漂亮的林佳木，还以为他是个模特呢！许多人都围了上来，杨志可殷勤地打了两个招呼就被带进人群里了。

托尼端着一杯鸡尾酒道：“杨总监，我敬你一杯！你的设计让我看到了蓬勃的张力！从巴黎周云远设计师的婚纱秀之后，我已经很久没有这样激动了！”

他说的是一位世界闻名的资深设计大师，别说杨志可，就是整个樊－秀都没人家一半的影响力，这可真的是极高的评价了。

杨志可高兴得满面红光，连声谦虚：“你过奖了！我怎么敢和周大师相比呢。”

托尼摇头道：“我来中国那么久，也学不会你们中国人那么含蓄。周大师的作品你的确比不上，但那种感觉，我说的是那种直直打进心里的感觉！哦，杨先生，你能打动我的灵魂！你是很棒的！我相信你继续努力下去，成就一定越来越高，为什么不敢和别人比呢？”

果然是没学会中国人的含蓄，周围的人都笑了起来，但都是善意的，杨志可也跟着笑。

过一会儿，张明堂举杯致辞，对参与庆功宴的来宾示意："各位！列位！诸位！"一个好像清末江湖上的招呼就让大家都笑了起来，热烈的场面又顿时亲切了很多。

"欢迎各位朋友来到鄙公司，能邀请到各位来，我们非常荣幸！樊－秀今天可以算鼓起勇气在大家面前献丑，各位朋友如此捧场，我真是非常感动，在此诚挚地敬大伙儿一杯！"

有人叫道："张总你谦虚了！能见到樊－秀这么精彩的表演，是我们的荣幸才对！"

"全靠大家支持！"张明堂乐得满面红光。

"樊－秀明年的春装不愁销量了！"

"对，预祝樊－秀春装大卖！"说话的是全市最大的商场总经理。

"哈哈哈，"有人笑道，"胡总，你光预祝不行，还得实打实地支持！张总，你问问他愿不愿意给樊－秀多开一个专柜啊？"

"好说，好说！"

张明堂赶紧道："开玩笑的，胡总你别当真。"

胡总摇头："我这也是近水楼台，樊－秀的销量始终不错，你们是有底气的！就冲你们明年春装的设计，多开一个专柜没问题！"

"真的？"张明堂眼睛发亮。

"我回去就给董事会交报告，一个专柜的主我还做得了！"胡总道，"春季先把台子搭好，夏季才是销售旺季。只要杨总监再接再厉，按照这个趋势，明年夏装销量更值得期待！多一个专柜还不一定应付得来呢。"

"杨总监一定信心百倍吧？"有人跟着烘托气氛，向杨志可举杯。

"哦……呵呵，当然！呵呵，当然……"

"我最佩服才华出众的人，杨总监的设计真是让人眼前一亮再亮！鄙人无比佩服！我敬杨总监一杯！"说话的是另一个男装品牌的老总。

杨志可赶紧跟他喝了一杯，只觉得这杯酒发苦。

"以杨总监的能力，樊－秀就要步步高升了！杨总监，夏装的设计你有没有方案啊？能不能提前透露一点，让我们也偷偷师，学一两招？"说话的是一个女装品牌的设计师，动作很柔。

问到夏装设计的方案，杨志可眼睛不由自主地瞄向大厅另一边，林佳木也端着一杯酒，远远地看着他，眉梢眼角都是嘲讽。

杨志可心里咯噔一下，这个冷笑的表情他见过不少次了，之前每一次他否决林佳木的设计，他都是这种毫不掩饰的表情，之后就会反击。

杨志可简直不愿意回忆他的各种反击表现，总之他为了对付林佳木，算是豁出命去了，好几次差一点被气得心脏病发。林佳木说的每一句话都气人，做的每一件事都欠抽！而且他还敢说敢做！不畏权贵，不会妥协，不哄好他，后果可谓惨烈！

杨志可觉得林佳木已经在爆发的边缘了，他不耐烦了！他必须要有所表示才能安抚这个人，虽然万分不愿意，但他还是握了握拳头，换上了一个宽厚的笑容。

在这里，杨志可犯了一个错误，他以己度人，觉得只有给林佳木露脸的机会才能让他开心。但此刻林佳木其实没有不开心，相由心生，他几乎就长成那副冷嘲热讽的样子了，一遇到点催化就会露出来，此刻远远地看到杨志可和一群人互相吹捧的德行，他有那么一点看不惯，所以就成了这个冷笑的模样。

但心虚的杨志可看到他的样子就更加心虚，虽然最不想的就是给林佳木出头的机会，可是这是妥协的必要条件，如果一点好处都没有，换了自己肯定是要闹的。杨志可觉得自己不能反悔，必须做出表示。

“咳咳！”杨志可咳嗽一声，道，“各位，请允许我在今天这个场合，为大家介绍一位年轻的设计师！”然后把手臂伸向远处，高声道，“佳木！快过来，和各位前辈见见！”

林佳木对这个亲切的称呼非常反感，对杨志可好好地叫他过来应酬这些无聊的人也觉得不爽，但这个时候不便拆台，于是皱着眉头，冷着脸，从一群人中走过来。

他的出现，带来一片低低的私语声。这小伙子太帅了！他从人群中走来，什么都没说就已经光彩夺目。还不知道这位设计师是谁，看着他的目光就已经一片称赞。

杨志可妒忌得心脏一阵抽搐！觉得胸闷气短，他就知道会有这种场面！林佳木的优秀难以抵挡，哪怕是这样的表情，依旧酷帅。有些人的天资确实可以秒杀绝大多数人，什么也不做，他就拥有站在大部分人之前的本钱了。

“佳木！”杨志可走上前，亲切地挽着林佳木的手臂，很慈祥地冲着他笑。

“杨总监。”林佳木扭着手臂从杨志可的胳膊里抽了出来，却还算有礼貌地点头和大家打招呼，“各位前辈好！”

“瞧瞧！瞧瞧，人家这小伙子长得，这么精神！”

“呵呵。”林佳木扯着嘴角笑了笑。

“看看这样子！明星似的！哪里像设计师，倒像个模特！”

“呵呵。”林佳木觉得这类话只能用语气助词回答。

“各位别以为他长得漂亮就没有实力，这位是我们樊－秀的新晋设计师林佳木！特别优秀的一个小伙子，这次的秀场也有少部分是他参与完成的。”

杨志可一边说，一边小心地看着林佳木的反应，看看说到这个程度他会不会满意，如果实在不行，他还可以再让步一点儿。好像还行，林佳木并没有露出他眉毛一挑，准备开口的经典表情。

“噢，是吗？”有人善意地笑，“小伙子还不错哦，这场秀精彩得很。”

“过奖了。”林佳木继续应酬，“我只是随便做做。”

“哟！看这后生仔多懂得说话，随便做做都能造成轰动，那你要认真做做，可更加勿得了了呀！”说话的是一个满面泛光的矮胖子，“小伙子，被你说得我都觉得自己老了，比不上你们了，好担心自己不行了，你可要同我道个歉才行。”他笑着说，其他人也一起跟着笑。

“那是我错了，其实衣服我是认真做的，但话是刚才随便说说的，您老人家别担心，估计您还是行的。”林佳木一本正经地说。

“哈哈，劳伦斯，你看你就是这么爱开玩笑，人家小伙子以为你说真的呢，还真给你道歉了，你也好意思呀？”

只有杨志可知道林佳木这可不是道歉，连忙道：“呵呵，年轻人没见过世面，你们这些前辈可别欺负他了。”

“杨总监，这是你徒弟吧？”

“不是不是。”

“不可能，不是徒弟你这么护着？”

“一定是徒弟了！张总，你们樊－秀真有福气，杨总监这么忠心耿耿，现在就开始想着带徒弟的事儿了！”

“哪里哪里！佳木是我的同事，可不是我的徒弟，我们算是合作关系，合作关系！”杨志可看见林佳木在听到别人说他是自己徒弟的瞬间眉毛扬起来了，连忙解释。

他对林佳木很上心，所以颇为了解，生气了下一步就会说难听的，所以得赶紧稳住。

“合作关系！杨总监真是谦虚。这位林设计师肯定是很不错的，但怎么可能有老前辈这样的功力呢？有这样的机会，要多跟杨总监学着点儿，后生可畏呀，哈哈。”

杨志可心道，你们可别再说了，这位瘟神也是能惹的吗？

他连忙道：“你们这次可是误会了，佳木呢，年轻，胆子大，脑子活，要是没有他，我还真想不出那么多主意。有好几个地方，都是我先有了思路，他顺着提点意见，我一听，的确不错，改了之后效果也很好。所以我们真的就是同事关系！”

“那也是杨总监侬栽培得力！小年轻能有这样的机会，真是羡慕得我眼睛都红掉！顺着你的思路改一下，那也能学到许多东西！年轻人，你可不好骄傲，要好好谢谢你师傅啦。”劳伦斯又开口。

“呵呵，这个……过奖了。”杨志可在擦汗。

“杨总监真是，还怕别人抢了你的不成？不是徒弟你这么上心，自己的秀还让他参与？有这样的机会不如也让我参与一下好不？”

“呵呵，年轻人需要机会。劳伦斯你都是前辈了，还和佳木争什么？”

“你瞧瞧，你瞧瞧，还说勿是徒弟？这么护着他，不是徒弟难道是……哦，哈哈，我晓得，我晓得！杨总监你不说，我要去问问嫂子好啦。”此人笑得牙都飘出来了，有一类人就喜欢赶着出头，越不让说越来劲。

二十三、损失不起

“这位劳伦斯先生，请问你是哪儿的人？”林佳木突然问。

“哦，这可真说勿清楚哉，鄙人出生在苏北，很小的时候就跟着长辈去了瑞士，后来又在澳洲和香港分别待了一段时间，回国后玩得好的又多半是宁波人，哪里的习惯都有一些些，见笑了，见笑了！”

“难怪，口音很丰富，就是有点听不懂，要是能少说两句就好了。”林佳木点着头说。

劳伦斯愣住，脸色变了，尴尬无比。

“佳木！”杨志可轻轻呵斥了一声，然后对着劳伦斯赔笑：“您别见怪，小孩子不会说话。”

“我小孩子是不如老人家会说话，这位劳先生别见怪。”林佳木道，“您说话声音其实很好听，就是含糊了一点儿，和舌头上套了一只袜子似的。”

“佳木！怎么说话呢？还不快点道歉！”

“哦？我又说错话了？对不起！看来像我这种不会说话的，还是少说两句吧。杨总监，你们聊，我去让服务员帮你们拿几杯酒过来。”林佳木彬彬有礼地笑了笑就走。

“哎，佳木！林佳木！”杨志可叫了两声，见人家根本不听，尴尬地对大家笑了笑，道：“别理他，小孩子失恋了！来，我敬大家一杯！”张明堂也赶快过来救场，满嘴胡扯打太极，要把气氛转过来。

过一会儿，杨志可从人群中挤出来，走到林佳木身边，低声道：“小林，你这是干什么？”

“我没义务帮你应酬。”林佳木冷冷道，“我不擅长这个，你本来就不应该找我！”

杨志可惊讶：“你怎么这么想呢？这场秀虽然是我的，但也是你的呀。”

“哪里能看得出是我的？”

“我不是介绍你给大家认识了吗？”

“美国还介绍拉登给大家认识了呢！”

“小林，你要是不满意可以说，事情我们私底下商量，你怎么能得罪客人呢？”

“他讨厌！别人怎么不像他那么多话。”

“那你也不能骂人！”

林佳木冷笑一声：“我这就叫骂他了？杨总监，要不要我真的骂他两句你听听？”

杨志可怒道：“我们不是说好了吗？这时候只能互相捧场，怎么能互相拆台？”

林佳木冷笑地看着他，道：“就是不想拆台，我才出来的。”

说真的，没走进圈子里之前，林佳木只是看不惯，进去听了几句话之后真憋气！而且能憋住气的就不是林佳木了，这个结果他自己已经觉得很克制脾气了。杨志可居然还不满意。

他冷笑：“杨总监，别人练铁布衫，你练铁面具的吧？你再说一遍，改动的地方是你先有的思路我后提的意见？你说话习惯倒叙是吧？”

“你才改了多少？大部分都是我的思路！”杨志可有些气急败坏，“我说的有什么错？你不是在我设计的基础上改动的吗？”

“大部分是你的思路？就是在一匹布上我也能改！这么说我们穿的每一件衣服都要感谢一下纺织厂了。按照你的逻辑，应该说大部分都是纺织厂的思路！”

“林佳木，你不要太嚣张！”

“说事实都叫嚣张的话，那你岂不是狂躁？”

“林佳木，你到底想怎么样？”

“我也不想怎么样，就是不想继续听你们说话了，我的设计都成了你的了！再不走我怕你还惦记点别的！想要什么，阑尾要不要？”

“那是在我的秀场走出来的！怎么不能说是我的设计？”

林佳木扑哧一下就笑了：“这么些模特也是在你的秀场走出来的，这么说都是你的，那你可得注意身体！”

“林佳木！你这是胡闹！我没有抹杀你的功劳！我们本来就是有主有次，难道我要说都是你的设计你才满意？我没亏待你！我刚刚不是在大家面前介绍你了吗？是你自己胡搅蛮缠！”

“那你要回去小学重学一下语文表达了！你这介绍除了引起误会，显然没别的作用！”

“我这是给你机会，你别给脸不要脸！”杨志可脸色红得像猪肝，“你还想怎么样？像你这样的新人比苍蝇还多！如果不是我给你机会，你只能躲在角落里，等着烂掉！”

“机会是你给的？”林佳木冷笑，“你敢到老总那儿把事情经过说一遍吗？括号，正叙！”

杨志可咬牙切齿：“我不敢说，难道你就敢说吗？你半夜三更偷偷进库房，改公司已经定下来的设计？我不信你敢说！我告诉你林佳木，你这是犯法，你要坐牢的！”

“改你的设计就要坐牢？你以为你设计的是国家宪法？杨总监，才喝多少就这么自我感觉良好了？你这酒量不行啊！”

“林佳木，我告诉你，识相的你就乖乖配合，说是我让你改的！以后才有你的好日子过！否则我最多丢脸，你可是要吃不了兜着走！”

“你让我改的？好！杨总监，这次我可以说你让我改的，可别忘了你还有夏装设计等着呢！到时候你的思路再拿出来，恐怕我就没什么意见了！”

“你这是威胁我？”

“哪有啊！”林佳木阴阳怪气地道，“明明是你威胁我。我胆小，被你一吓还能有什么主意，当然是等你的经验了！”

“大不了鱼死网破！我豁出去丢脸，你等着吧！”杨志可满脸血红。

林佳木没接话，只是盯着他看。

“你看什么？”

“杨总监，你脑壳里本来就没什么脑子，脸要是再丢了，那脖子可就闲着了！我琢磨一下能派点什么作用？”

“你——！”杨志可觉得心脏一阵阵抽痛。

“林佳木！”他使劲按捺自己的情绪，低声道，“我承认你有点本事。可你要知道，我已经在设计界有了名声，而你没几个人知道。这里水深得很，光有本事也未必蹚得过去！今后我们可以一起合作，你也算借了我的势！等我退下来江山就是你的！这是对我们都有好处的事情，但你要不识相，我想再找你这样的没问题，只要我想，等着出人头地的年轻人多了去了。可你……”

“对，我想再找你这样的可找不着了！我猜也找不着，怎么可能那么倒霉？人渣都被我一个人遇上！”

“姓林的！”杨志可气得脸色狰狞，心脏痛得像有人拿螺丝往里拧一样，一阵比一阵更尖锐。

“你们在干什么？”一声低低的呵斥传来，张明堂脸色阴沉地看着他们两个，“没看见已经有人注意你们了吗？到底什么事？”

“没事！没事！”杨志可立即换上笑脸，“一点小问题，哈哈，一点小问题。”

“看来还是不舍得丢脸。”林佳木微微冷笑。

张明堂沉着脸看着他们两个，低声道：“不管有什么问题，我不希望你们破坏公司的重要活动。”

“张总放心，不会不会！”杨志可连忙说，“我一定以大局为重，全力维护公司形象！在公司利益面前，牺牲一些个人利益是小事！无论损失点名声还是什么，都不要紧。”说完之后，他死死看着林佳木。

“小林，你呢？”张明堂转向林佳木。

“我阑尾疼！”林佳木淡淡说了一句，“恐怕是替杨总监损失不起了。”

杨志可脸色先是猛然涨红，然后惨白，接着便两眼一翻，咚的一声倒在地上了。

二十四、意气辞职

杨志可被送去医院，林佳木被赶出大厅，宴会居然还正常进行了！不得不佩服张明堂还能维持住场面，也不得不感叹这群客客气气的人其实没啥真感情。

之后两个月左右，樊－秀利用这次秀的影响力追加了许多广告费用，想了许多办法营造声势，把品牌向上推高了一个水平，也迎来了两个专柜都应付不来的销售量！

但这些荣誉的最初推动者完全没有得到一点好处，与之相反，他受到了公司成立以来最严重的处罚！

“你说什么？”林佳木被叫到总经理办公室单独谈话，此刻他眉毛都竖起来了，“你让我写检查？”

张明堂沉着脸道：“这是公司上层的决定，你要写检查，停职一个月反省，扣发本年度奖金，还要去医院看望杨总监，向他诚恳地道歉！”

“我道歉？你去问问杨志可到底是怎么回事，他敢不敢让我道歉？”林佳木冷笑。

“不用问杨总监，我们也知道事情的经过了。”张明堂沉着脸说，“监控录像里，把你一个晚上的英姿都记录得清清楚楚！凡是被你改动的设计都已经挑出来单独挂着，这次保证没有遗漏，你要不要去确认一下？”

“那你们还让我道歉？”林佳木吃惊地跳了起来，“难道我改动得不好吗？”

“很好！非常好！”张明堂道，“就是因为你改过的衣服挂在那儿，每个领导看了都赞不绝口，你才有这个反省道歉的机会！不然是压倒性票数要炒了你的！”

“凭什么？”林佳木脸色涨得通红，“是因为我的设计才取得了成功！难道不是吗？”他喘着气，这个结果实在让他意外至极。杨志可怕他出头，是怕公司看重他超过看重自己。但是现在他已经展露出他的能力，公司不是应该看重他吗？

这次和最初那次受到不公平的待遇不同啊！那一次他收到的都是毁誉，这一次已经经过事实证明，他受到无数业内人士的赞誉啊！他应该被承认了才对！

“你们还是觉得，我不如杨志可设计得好？”他带着点迷茫，看着张明堂。设计是没有标准答案的东西，他虽然觉得自己好，但一次次的打击使他也有些迷惑，“我的缺点在哪里？能不能有人直接告诉我，不要用各种办法打击我，只告诉我不行，却不说我的缺点到底是什么？”

“不！小林，我再次重申，这和你的设计能力无关，而是你做错了事，严重违反了公司的规章制度，造成极其恶劣的影响。我们给予你的已经是商量之后的最轻处罚。你应该认真写这份检查，仔细去想到底哪里做错了！”

“你是说，我做得挺好，但要写检查？”

“你做得好不好不谈，检查一定要写。”

“我要是不肯写呢？”

“林设计师，”张明堂神色复杂地看着他，“你年龄也不小了，意气用事可要不得，这方面你真要和杨总监学一下！”

“学他？”林佳木冷笑，“他倒是没意气，但他不成事！”

“十几年来，樊－秀的小半市场都是杨总监支撑的！”

“那他的功劳岂不是比得上驮石碑的赑屃（注：一些宫殿、祠堂、陵墓中常见到的长年驮载石碑、形似乌龟的石龟，也叫霸下，相传是龙之九子之一。）了？失敬失敬！”林佳木阴阳怪气地说，“那公司还招新员工干什么？就指着他一个多稳当！”

林佳木此刻的怒火已经攻心，声调都扭曲了。

“庆功宴开始之前，杨总监和我提了，说这次秀你给他提了些改动意见。”

“他是怎么说的？”

张明堂看了他一下，才道："杨总监的原话是，这场秀他希望有些创新的元素，所以向下征求意见，你的思路不错，他研究之后加上了改动，部分采纳了，这次合作得很好，年轻人难得有积极性，所以这场秀也要给你记一功。"

"征求意见？"林佳木声调立即变了。

"对，杨总监是这么说的，还说以后都愿意和你合作。他的意思已经很明显了，你在公司里以后会有更多的机会！"

"哼哼！好大方啊，之前他为什么不给我机会？"林佳木冷笑，"他当然愿意合作！他说他改动了我的设计思路，那请问他改动的地方在哪里？"

"小林，"张明堂道，"杨志可是我们公司的设计总监，理论上说，你们每一位设计师的设计他都要把关，他做出改动才是合理的。"

"你还是想说我做出改动不合理是吗？"

"对！你不应该这么做！"

"改得好也不应该？"

"不应该！你觉得自己好就动手改，那么以后要是有个新人也觉得他的作品比你好，请问他是不是能改动你的东西呢？"

"随便，只要他真的好！"林佳木冷哼。

"你言不由衷，"张明堂道，"我问是不是可以改你的东西，那一瞬间你的眼睛都冒火了！你是接受不了这种事情的，那就应该可以理解为什么杨总监也接受不了！"

"那不一样！"林佳木怒道，"从入职以来，他改了我多少东西？我的首秀他就改过！不止五分之一，他几乎改了所有的！"

"于是你就要报复？"

"不是！我是认为他的设计不够好！我有十足的把握可以改得更好！事实证明，我确实可以改得好！"

"看看，还是'你认为'，'你觉得'，小林，你有些自以为是，你发觉了吗？"

"我还真没发觉！请张总指教！你能说出杨志可哪里设计得比我好吗？"

"杨总监走的始终是经典路线。他风格稳定、内敛，不容易过时，还是有很多客户始终支持他的。你看不到特别好看的，却也没有一件是难看的对不对？杨总监的设计保证的是稳当！"

“嘁！要稳当，去大门口拿着球趴着多好？”

“小林，你说话别这么刻薄！至少他是前辈，又是你的上司，你应该对他有起码的尊敬！他的职位在这里，就是改了你的设计也是合情合理的！”

林佳木气得笑起来了：“好，好，我自以为是！他改动我的设计就是合情合理，我改动他的设计就天理难容！你们都是这样，都是这样！陈旧老朽！你们的眼光、你们的脑袋都是这样的！做什么都不能跃出框架，是吗？”

“是！做什么都不能跃出框架！”张明堂沉声道。

“那我没什么可说的了！”林佳木脸色铁青，猛然站了起来。

他才不信呢！杨志可要是那么好，公司业绩为什么开始下滑，以至于要开启以他为主的低端品牌？说那些好听的干什么？什么叫作他错了？他错在哪里？不过是他得罪了杨志可，公司要替杨总监出头而已。不是杨志可多重要，而是杨志可比他林佳木重要，仅此而已！

矛盾闹出来了，要平息，需要有一个人牺牲！公司选择了牺牲他，归根结底，他还是不重要的那一个！还是被人当作可以丢弃的那一个！哪怕这一次，大家已经肯定了他的才华，但结果依旧没变！他仍旧得到了不公平的待遇！

认为你没有能力是这样，认为你有能力也是这样。

“公司领导让你写检查，这是大家深思熟虑的结果，不是拍脑袋决定的！你该想想大家为什么这么做？”

“当然不是拍脑袋决定的！你拍不着你没有的东西！”

“不要说了，你现在就回去给我仔细想想，写一份检查给我看！”张明堂也跟着站起来，喝道。

“不用麻烦您了！我语文学得不好，不会写！”

“这是公司的决定！”

“公司决定不了我了！我辞职！”

“小林！”

“干吗？辞职还不行？你想要我的命？”

“你应该认真想想！遇到挫折就退缩，你这是懦弱的行为！”

“错了！”林佳木身子猛然俯冲，双手扶在桌子上，居高临下地看着张明堂。“你们不能接受新的事物，不敢承认别人的好处！死死守着权威，不敢超越，不敢张扬！只要有人冒犯了所谓的规矩，你们就折腾得和开锅了一样！你们害怕改变，这才是懦弱的行为！”

“林佳木，你会后悔的！”

“张明堂，你也会后悔的！”

二十五、失意醉酒

林佳木连宿舍里的东西也不要了，直接上车，开大油门冲到马路上。

这时候是下午两点多，道路算是顺畅的时候，但毕竟是个城市，也不可能有条件让他一脚油门踩到底那样开，不断有车堵着，不断有红灯挡着。林佳木越来越烦躁，开到一个小超市门前，他把车门随便一甩，进了那个超市，把货架栏上的一排酒全买下来，用牙咬开，一瓶接着一瓶地喝。

都是很小瓶的鸡尾酒，度数也不高，但喝多了还是有些感觉。酒液顺着他的嘴角流下来，他揉乱头发，一头撞在方向盘上，喇叭被他额头顶住，发出巨大的声响。

他喝了大概半个小时，一排鸡尾酒全干掉了。脑神经此刻高度兴奋，还想继续喝，于是带着酒劲儿又一次开车冲上马路继续找卖酒的地方。

喝了酒，确实有点反应迟钝，路上摄像灯闪了几次，林佳木都没反应过来是违章拍照，反而抬头看了看天。

“要下雨？”他嘟囔道。

下午三点多，不是上下班高峰期，这又是一条比较僻静的路，车不多。林佳木开得正爽，身后警笛直响，一辆警车冲过来拦在他面前。林佳木停下车，看着警察来到他车前敬了个礼，然后敲他车窗。

“下雨了？”林佳木摇下车窗看着警察。

“先生，你一直在超速，请将驾驶证出示一下。”

“超速？有吗？”林佳木此刻脑子还是清醒的，觉得自己开得并不快。

“这条路限速三十，你已经开到五十一了。”

“为什么限速三十？”毕竟城市里至少也可以开到六十、八十，限速三十也太不合理了。

“哦，这条路是学校路段。”

“哪有学校？”林佳木前后看，他一路过来的，根本没看见学校。

“学校搬迁了，三个月之前拆掉了。”

“那为什么还限速？学校搬哪条路上你就限哪条路的速啊！找自己老婆得回自己家，非要去邻居家里找自己老婆，万一找到，你也没什么可高兴的吧？”

警察脸色黑了黑，但还是沉声道：“先生，更改限速路段这件事要等上头通知，不是我们可以决定的。你的意见我可以代为反映，不过现在你还是超速了。”

“就超那么一点儿也不行？”

“当然不行，这是规定！”警察斩钉截铁地说。

林佳木此刻对这两个字无比痛恨：“地铁里还规定不能饮食呢！学校里还规定不能谈恋爱呢！建筑物还规定必须能抗八级地震呢！食品局还规定不能用添加剂呢！你怎么不去管管？”

警察眉头皱起来，道：“我是交警，那些事我管不着！你超速了就归我管！都像你这么超速，一天得出多少交通事故？请你配合，请把驾驶证出示一下！”

“那你限速三十不够！”林佳木冷笑，“直接限速五公里，大家都轮椅上路，什么交通事故也出不来，遇到碰瓷儿的还可以反碰，多好！”

“限速三十，别说五十一，三十一也是超速！少废话，驾驶证拿出来！”警察都已经快暴跳如雷了。

“那我要是不拿呢？”林佳木冷笑。

……

镜头切换，林佳木走在路上，狠狠踢了一脚马路牙子。

拉扯中，警察发现了他酒驾，对于他那个“虽然喝酒了，但绝对没喝醉”的理论，警察当成个屁！不但驾驶证扣了，连车也扣了！

他现在的确只能限速五公里！

他的愤懑积攒到了极点！天空有雾霾，灰蒙蒙的就像一床肮脏的棉被冲他压下来，要将他紧紧裹住！闷死拉倒！

他觉得无处可去，也无处可逃！这个世界向他展示出冰冷的眼光，默默无语。

他就那么一直走一直走，在城市里随便顺着一条路往前走，放任身边不断流转的车水马龙，走到天都快黑了。肚子饿得发痛，可他什么也不想吃，等走到一个便利店门前，他伸出双手，能拿走几瓶酒就买几瓶。喝完了再去寻找下一个卖酒的地方，继续这么做。

他也不知道自己还剩多少钱，不知道自己该做什么，就这么一直走，一直喝。

那一个晚上，谁也找不到他，到快天亮的时候，他终于被朋友们找到了，此刻他就在当初李晓慧跳河的那个桥栏杆上坐着呢，一边唱歌，一边吹风，已经双眼迷离，样子十分憔悴。

“我想要怒放的生命——”他扯着嗓子唱。

就像翱翔在广阔的天空，就像穿行在无垠的旷野，拥有超越平凡的力量！

扯着嗓子唱了几句之后，声音又转而低沉：“时光流淌，我想要什么我已经渐渐淡忘……”

不敢追求高处的风光，因为皮肤下，随处可见创伤……

岁月那么长，我如何按捺躁动的希望？

人生那么长，我难道要等待安静的死亡？

“我的歌哪有这么难听！”一个声音传过来。林佳木颤颤巍巍地转头，冲着那人笑了起来，很是开心的样子。

“木头，你赶紧给我下来，在桥头上蹲着，你以为你是石雕啊！”

“四歪！哈哈，哥们儿，你来得正好！我们一起喝酒吧！我都想你了！”

“想我你挂我电话？”四歪冷笑，“你一听我的声音就挂断，让我找了这么长时间，现在居然还说想我？”

“你给我打电话了吗？”林佳木疑惑地看着他，“为什么没听见啊？我电话有问题了？你说话声音太小了吧？哥们儿，你是不是消耗过度？”

四歪气得鼻子都歪了！

他这一个晚上，简直就是城市一日游！把往常住了十年都没去过的地方都走遍了，就为了找这个浑蛋！“你电话有问题，那为什么小慧的电话你就能听见？”

林佳木这才看见，四歪旁边站着一个很熟悉的女人。他笑起来：“傻子，你怎么也来了？”

“佳木，你先下来好不好？”李晓慧哽咽地说。

“你还问她为什么来找你？”四歪鼻子不是鼻子、眼不是眼地说，“你昨天晚上打电话给她，说你要飞翔在广阔的天空，问她要不要跟你一起去！”

是吗？林佳木完全不记得。他打电话给李晓慧了吗？什么时候的事情？酒鬼要能记得就怪了！

“说完你就挂了，小慧急得不行，打回电话问你在哪里，你回答你在璀璨的星河里！她就一定要出来找你了。片场里她就和我熟，我能让她半夜三更一个人出来吗？自然得陪着一起了！结果给你打电话，你一会儿说你在天地之间，一会儿说你已经魂归故里，就是不肯老老实实说你在哪里，小慧都急得哭了，我没看出来你还挺有诗意啊！”

“哈哈哈，天生我在，天地之间，化作神话在风中流传……”

“想得美！你能化作蛋白质在土里转化就不错了！别嘚瑟，快点下来！”说着，上前一步。但林佳木在桥栏上左右摇晃，他一时不敢靠近。

林佳木这个状态很危险，四歪其实心一直揪着，说话虽然镇定，但其实已经手心不停地冒汗了。

“土里转化？”林佳木回头看看身后，滔滔江水在夜里是一片黑乎乎的。他摇头道：“应该是水里蒸发！不信我去试试……”

“木头！”四歪一声惊呼，脸色瞬间一片惨白。

话说就在几个小时之前，他还在片场屁颠屁颠地跟着导演，虽然其实拍片子的时候没他什么事，事后配音的时候才用得到他，但四歪始终坚信机会是自己寻找的。对于他七沟八梁的人生来说，像这样的机会肯定不多，他能在导演面前混个脸熟也好。于是，他勤勤恳恳、任劳任怨地跟着，眼看着片子就在今晚杀青，导演特地要他留下来一起吃饭，谁承想就在这个关键的时刻，林佳木开始闹腾了！

李晓慧正在录最后一个镜头，突然就那么带着惊恐地跑了过来，场务在后面喊她，她也不顾，一见到四歪就慌张地说：“佳木好像出事了！”

“木头？”四歪惊道，“怎么了？”

“他刚才打电话过来，说他要去天空翱翔！”

“开玩笑的吧？”四歪问。

“我也以为是开玩笑，可是他说完之后，我就听见他大声吼，又笑又叫的！好像……好像……”

“喝多了！”四歪一砸拳头，很肯定地说，“木头酒品不咋地，喝多了就闹，每次都这样！我们都不敢可劲儿灌他！”

“对，我也觉得他是喝醉了！他还说他要去警察局抢车去！”

“警察局？木头为什么要去警察局抢车？他不是有车吗？”

“我也不知道啊！”李晓慧很着急。

“没事，没事！”四歪安慰她说，“警察不会跟一个酒鬼一般见识的。”

“可是我又打电话过去，他接了电话之后，就和我说了一句看我的，然后就真的和别人打起来了！我听见打架的声音了！四歪，他会不会真的去警察局闹事了？警察会不会……会不会打死他？”李晓慧脸色一片雪白。

“不至于吧？”四歪也蒙了，有人袭警，这个会不会再客气呢？

“我实在担心，就打了个电话回公司，结果有人告诉我，佳木今天在经理室大吵大闹，然后就辞职了！他一定是出了什么事！”

“被炒了啊？难怪他喝多了，我知道木头其实是很在意这份工作的！”四歪点头，“那他可能有点儿受不了。”

“我要去找他！”李晓慧咬着嘴唇，直接往外走。

“这么晚了！你一个人去不安全。”

“不行，我心里很慌！我不去不行！”

“哎呀，好吧好吧，我和你一起去！”

四歪也顾不得在片场刷存在感了，和李晓慧一起出门，心里嘀咕：“这可上哪儿去找啊？”

消息有好有坏，好消息是林佳木显然还活着。过了一会儿，李晓慧再打他的电话就能打通了，询问他刚才发生了什么事，他很得意地回答他打架打赢了。

坏消息是说完这句话之后，他宣布自己又准备去璀璨的星河里徜徉！

林佳木现在是什么状态？酒醉？打架？到处乱跑？打架居然打赢了？是和警察打的吗？这下不光李晓慧慌了，四歪也有些慌了。他们两个反复拨打林佳木的电话，但林佳木基本不接，只是过一会儿就给李晓慧打一个过来，胡说一两句话马上挂断。

四歪无法，只能打电话给林中乔，把这种情况说了一遍，让他帮忙一起找。

“我该去哪儿找？”林中乔很着急。林佳木和他的生活习惯差别很大，弟弟私底下喜欢去的地方他并不知道。

“哥你听我说，你先去这个地址接上文佳佳，木头常去的地方她每一处都很熟，东城区归我和小慧，西城区你们俩，咱们得快点找到他，这小子现在肯定喝得迷糊了，开车随时都可能出事！”四歪说着急匆匆报上文佳佳家里的地址，然后就挂断了。

林中乔沉默了一下，他曾经用外套包着头骨模型送文佳佳回家，这个地址不用四歪说他也知道，大概四歪一时着急，把他们的关系给忘了。或者四歪对这件事并不完全清楚，因为的确是很短，之前都是文佳佳的单方面努力，他们刚刚产生交集就又分开了，所以四歪并不知道。不管怎么样，他有点不知道该用什么态度面对文佳佳。

但在这个时候，毕竟是林佳木的安危更加重要，他只能开着车来到文佳佳住的小区。路只走了一两遍就很熟，电话号码直接就记得。林中乔拨通电话，尽量让自己的声音显得正常，道：“我在楼下，你准备好下来了吗？”

“我就在前面。”文佳佳并不在家里，她已经等在路边一会儿了，见到林中乔之后，她的表情也很尴尬，不怎么和他对视，也并没有坐在林中乔身边，而是坐在后座上。上车之后直接说：“先去新城广场吧！”

车开了，两个人都不说话，连喘气都是轻轻的，车里面就像坟墓一样寂静。

二十六、连夜寻人

林中乔忍不住从后视镜里瞄过去，却发现文佳佳也正在看自己！正面的时候他们没有对视，在镜子里倒是看起来了。林中乔看了一眼就匆匆转移目光，但文佳佳却盯着他看个不停，并不做什么掩饰，好像不应该这么大大方方？让他不禁怀疑这个丫头是不是以为驾驶位上的人后脑勺对着她，所以根本看不到后排情况？

这个样子的文佳佳让他很困惑，实际上，从那天他说出了拒绝的话之后，文佳佳的表现就让他很困惑。按照过去积累的经验，女人不会放手，会用各种凶猛的手段折腾到大家都筋疲力尽，折腾到林中乔也损失惨重之后才会放手！他已经准备舍弃很多东西，准备付出一些代价了。可是文佳佳一点动静也没有，就那么带着失落的眼神安安静静地离开了。之后的一天没有闹，两天没有闹，一星期一星期地过去，她始终没有闹。就像一个讲道理的人一样，接受了这个事实。

可是女人是讲道理的吗？林中乔觉得自己实在搞不懂女人。女人讲道理的话，或者说文佳佳讲道理的话，她那天为什么要做出穿着暴露、淋雨、瘸腿送鸡汤的怪异举动？

如果讲道理，文佳佳应该表现正常，不会像那天那样疯狂。

如果不讲道理，现在她应该发脾气或者对他不屑一顾，总之不应该一边表现平静，一边还像这样死死盯着他看！

林中乔被她看得心慌，干咳一声回头问：“要不要听音乐？”

“不用，我随意就行，你专心开车吧。”他一回头，文佳佳的目光就移开了，等他身子转回去，她就又一次盯着他。

林中乔越发地怀疑，文佳佳应该是不知道后视镜的作用。可是他知道呀，于是他就越发被看得难受。

气氛沉默而诡异，新城广场到了。文佳佳让他下车，两个人分头围着广场绕了一圈。他负责看林佳木的车是不是停在这里，文佳佳负责看广场上的人里面有没有林佳木。这个广场里经常有人跳街舞，林佳木很喜欢看。

一圈之后，两个人碰头了，都有些气喘吁吁。互相对视，摇摇头，眼神里都带着担忧。

那一边四歪的电话打过来，他们也没有收获。谁的电话林佳木也不接，但他期间又给李晓慧打了两个电话，只不过都是说一句胡话之后就挂，除了表达他醉得更加厉害，什么用也没有！于是担忧又加了一倍，只能继续去找。

“去暴怒酒吧！”文佳佳又道。

“暴怒？”林中乔听这个名字都傻眼！压根儿不知道城市里还有这个地方存在。

“就在前面一条街上，你往前开，然后右转！”文佳佳指路，“那个酒吧音响设备特别好，震撼指数七星！除了四歪那里，木头就只去这个酒吧。”

车子开到暴怒酒吧，门口接待员的表情就是暴怒的，他吼道：“这里是暴怒酒吧，隔壁一条街上是暴跳酒吧，也是我们老板开的，你要找哪一家？”

“就是暴怒！”文佳佳回答他，示意林中乔进去。音响的确很好，还没进门，林中乔就觉得自己失聪了！进去之后就觉得站都站不稳，音浪要把他掀翻了！

里面的灯光可以用光怪陆离来形容，阴暗且不断变换颜色，人多得简直恐怖！林中乔不知道为什么这家叫暴怒，明明场子里每个人都在暴跳，扭动着身子，摆着各种夸张造型！他只能从腋下、腰旁、腿上……各种奇怪的空隙里钻来钻去地通过，一会儿就一身大汗，居然还有人对着他鼓掌，以为他在串场跳舞呢。文佳佳和他分头找了一圈之后，他们俩都失散了！林中乔不见弟弟，也不见了文佳佳。越来越着急，最后只能扯着喉咙叫：“文佳佳——文佳佳——你在哪儿？”

好吧，开始的时候看一眼都觉得尴尬，此刻用尽所有的肺活量还嫌不够！

直到一只手抓住他，林中乔才发现文佳佳披荆斩棘地回到他身边了。

“没看见——”文佳佳声嘶力竭地喊，“你呢——”她脸上被灯光打得一会儿蓝一会儿黄，十分诡异。

林中乔刚才叫她，已经把嗓子喊哑了，此刻只能凑在她耳朵边叫：“没找到！没有！”

“走！”文佳佳在前，林中乔在后，紧挨着往外走，生怕一个不小心就又失散了。

从酒吧里丢盔卸甲地挤出来，突然之间，文佳佳再看他，就自然了很多，但林中乔正相反，有点不敢去看文佳佳。现在换成他尴尬了。

“上车，去鸿园街后街！有很多人晚上在那里摆摊算命！”

“佳木算命？”林中乔吓了一跳。

“他不去算命，他喜欢逗那些算命的玩。”

林中乔一头冷汗，觉得弟弟能平安长到这么大已经是奇迹了。

到了神算一条街，发现不仅有大量算命的，还有卖假古董的，偷偷摸摸问要不要手机光碟的。还有一个穿着道袍的人从街头追到街尾，大声招呼他们俩：“小两口停一下！鄙人可以免费送你们一卦！看你们俩面相，如果听我的，一定能生个男孩！”

“我们俩不是小两口！”林中乔没说话，倒是文佳佳大声说。

“啊？还不是，那也没关系，你们停下来给我看看手相，我觉得你们俩双双红鸾星动，好事临近哪！”

“我们没关系！就是普通朋友！”文佳佳瞪眼道，“你瞎说什么？”

“不可能，你们面相特别和！那可谓天生一对、地设一双！你看那小伙子偷偷看你呢，那叫一个柔情蜜意啊！姑娘你就别害羞了！来来来，鄙人免费送你一卦如何？”

林中乔确实在偷偷看文佳佳，想看看她说两个人是普通朋友的时候是什么表情，眼神的确是偷偷摸摸的，但被人说成柔情蜜意，闻言备觉惊悚，赶紧收回目光。

“行，就你吧！”文佳佳伸手，掏出二十块钱晃了晃，“不算卦，就问一句。你自打算命以来，在这条街上见过的最讨厌的人是谁？”

“那是一个特别欠抽的家伙！”算命的稍微一回忆，立即表情扭曲。

“那你见过长得最好看的男的呢？”

“也是他。”算命的犹豫一下，立马肯定地说。

“和他长得有点像不？”文佳佳扯过林中乔问。

“还真有点儿像，不过这位小伙子不如那个好看。”

“没错了！我问你，今天见过这个人没有？答完就给钱。”

“没有！”算卦的摇头。

“不会漏吧？”

“不会，整条街的道友都防着他呢，只要一个人看见，就会奔走相告！”

“好吧，看来真不在，我们去下一个地方！”文佳佳把钱塞进算命的手里，叫林中乔快走。

算命的喜笑颜开，问个问题给二十，真不少！那算命至少五十，再随便来个破解命格之类，能忽悠多少钱，就无上限了。

他热情地追着叫：“两位还是来算一卦吧！你们俩的的确确是天上的牛郎织女，地上的并蒂莲花，古代的潘金莲和西门庆，现代的大雄和小叮当……那是命格和得不能再和了！尤其是那位姑娘，你看小伙子含情脉脉的目光，你就答应了吧！鄙人师承玄机真人，你要相信专业！要信任专家，我是绝对不会看错的！”

林中乔颇为尴尬，脸都红了。文佳佳却不大在乎，道：“别理他！咱们走快点吧。木头不在这儿。”说完扯着他就走。

林中乔跟着她匆匆向前，期间又和四歪通了个电话，林佳木还是没有找到。倒是在车载收音机里听到刚刚发生了一起交通事故，出事的车辆恰好就和林佳木开的车一模一样。林中乔听了大惊，也顾不上想事情了，飞快开车奔向事故现场。

出事地点就和他们隔了两条街的样子，林中乔到的时候，救护车已经走了，伤员不知道生死，现场只能看见一辆已经撞得不成样子的车，一地都是玻璃碎片、金属零件，还有大片暗黑的血迹。很多人见了都惊叫，但林中乔和文佳佳却不约而同地长出了一口气，互相对视，全是还好的表情。

那辆车是银灰色的，而林佳木这么骚包的人是不会开如此大众颜色的车，他的车是金色的！所以不是他。

车祸现场，文佳佳突然轻轻笑了一声。林中乔诧异地看了她一眼。虽然人都是自私的，出事的不是自己人，庆幸一下情有可原，但也不至于笑出来吧。

文佳佳看着他的表情，道：“我想起了一点别的事。”

她想了想，终于大大方方地说：“就是你给我买围巾的那一次，我们也遇上一场车祸，你还记得吗？”

林中乔点点头，他记得，他还下车去急救了，但这有什么好笑？

文佳佳道："那一次我也想了点稀奇古怪的事儿，都没听见你和我要围巾，等我反应过来，我就使劲扯啊，用力太猛，差点把自己勒断气，回家之后我妈问我是不是睡觉落枕了，怎么脖子总是扭着呢？"

林中乔推理不出来，她能在车祸现场想什么稀奇古怪的事儿，死人了？可那也不应该笑啊！又忍不住看了她一眼。

文佳佳心道，干吗这么别别扭扭的呢？那时候是不好意思说，现在都烟消云散了，说说也没什么了。于是咧嘴笑笑，道："你那个时候一条腿跪在地上，正好面对着我，我就想，这个姿势很像求婚啊！别人都是拿着钻戒求婚的，你是拿着一个血淋淋的人来求婚的！然后我就开始想，如果按照城堡公主、喷火龙、王子的设定，你拿着猎物来求婚，那应该是喷火龙！公主一般的情况下是答应王子的，但是要真有个喷火龙来求婚，那也很酷啊！越想越觉得特别帅！所以我就说，我愿意！"

林中乔一脑袋黑线，怪不得说是稀奇古怪的事儿，文佳佳挺有自知之明啊！这哪里可以简称为稀奇古怪，分明就是神经错乱！

他回想起文佳佳那次神奇的表现，现在明白了。为什么自己要衣服的时候，文佳佳说了愿意，然后羞答答地把手递给了自己，原来当时两个人不在一个次元里！他一个始终生活在现实世界里的人，很难和一个有本事在不同次元随意穿梭的人接轨！

他不知道该说什么才好，又觉得什么都不说也不好，此刻自己心里到底是什么感觉也说不清楚。于是只能看着文佳佳欲言又止，眼神确实是复杂得很！

"林中乔，被拒绝的人是我，没被人看上的也是我，我都不纠结了，你还酝酿情绪干什么呢？"文佳佳踮起脚尖，拍了拍林中乔的肩膀，"行了，大哥，没事了呀！"

林中乔涨红了脸，道："我不是没看上，我……"

"对对，按照你的说法，是你不够好，只会开个双眼皮什么的，没内涵，别看你有个年轻帅气的外表，但内里老气横秋、行将就木，所以自己觉得配不上我。"文佳佳撇撇嘴，这么说她难道就好受了吗？除非她是弱智！

根据过往的人生经验，没得到这么想要的东西，没什么可以让她高兴起来了，除了时间！她只有等，等足够多的时间过去，她就自己好起来了。

现在虽然还没有彻底好，但比起当时已经好了很多了。容易受伤的人好起来快！这是天赋！显然林中乔没有这个天赋，看到林中乔这个样子她还觉得心疼呢！文佳佳安慰着林中乔，同时也是说给自己听：“没事了，过去就好了！”

两个人一起沉默往前走，重新回到车里。从暴怒酒吧钻出来之后，车里气氛本来已经好了许多，此刻又是一片坟墓般的静寂。文佳佳忍了一会儿，觉得憋得慌，没话找话，问了一句：“你觉得木头会出事吗？”

“我也不知道。”林中乔眉头紧皱。弟弟心高气傲得很，抗挫折的能力一直都很弱，几年之前有过一次了！那一次……林中乔只要一想心就揪起来，越发想快点找到林佳木。

“我觉得不会有事！咱们都是瞎折腾而已！”文佳佳斩钉截铁地道！

“真的？”林中乔忍不住望着她，难道是直觉？女人的第六感通常比男人灵验。她能在幻想世界和现实世界无缝穿梭，说不定第六感更加灵验！

“那谁知道真假啊！”文佳佳撇嘴，“我只是觉得，事情还没真的发生，就要往好处想！哪有那么多倒霉的事情会落在自己头上呢？不会的！不好的事情不会和我有关系！我每次遇到对我人生而言特别重大的事情都是这样想的，每天想一百遍！结果你猜怎么样？长这么大，我就倒霉过七八次，大部分时候都好端端的！”

她得意地道：“你看灵吧！这叫作精神暗示！你也跟我一起想吧，木头今晚不会出事！根本不可能出事！想一百遍！”

林中乔再一次无语，原本不好的事情发生的概率就不大啊！长到二十来岁遇到七八次倒霉的事情，那已经算很倒霉了好不好？

他的神情被文佳佳看在眼里，却误会了，嘟囔道：“干吗那么看我？不就是在你这里失误了吗？天气预报还有不准的时候呢，你不能盯着准的时候看吗？”

林中乔顿时低下头来，这种事儿他觉得理亏。在文佳佳送鸡汤的时候他实在太恐惧了，所以只往坏处想。现在仔细想想，文佳佳和他的前妻不能算同一类人，他前妻做的一切事都是当着他的面的，一定要让他知道的！对他的各种好都是疯狂且他不可以不接受的！就这么疯狂地追到了他并一直到了大学毕业，始终牢牢把他抓在手上。在这个过程中，她做了很多类似的举动：明知道林中乔在上课，还穿着薄衣服，特地在下雪天在系门口外面等半天；连饿几天不吃饭，昏倒在路边，只为了给林中乔买个手表；高烧了还坚持要替林中乔打饭。别的不说，光是因为觉得林中乔没那么在乎她了，就自杀过两次！

当时别说全系，连隔壁大学都知道他的女朋友可以为他舍生忘死！以至于所有的人都告诫他，你要珍惜哦，她对你那么好，你要做对不起她的事儿，你就不是人了！

柔情蜜意是有过的，但更多的是恐惧！这个女人把林中乔吓死了！留下了深深的恐惧，让他完全不敢不听她的话，只要稍微露出一点不重视她，她就会做出各种匪夷所思的事情，于是他只能听话，哪怕是让他改行、让导师伤心，林中乔都听了。等终于把这件事摆脱之后，他那口气不是一般地松，再也不想让自己陷入类似的境地了！所以他最怕女人做出匪夷所思的事情！遇到了能躲多远就躲多远！

林中乔也算比较倒霉，第一次动心的前妻，第二次动心的文佳佳，都是女人里少数做事比较匪夷所思的奇葩。所以当时文佳佳从医院里出来冒雨送鸡汤，把林中乔吓得迅速和她分开了。但现在仔细想想，文佳佳和他的前妻还是有区别的，至少文佳佳在同样做了很多匪夷所思的事情时，很多事情是默默做的，并不是要他必须知道。

比如说他在路边捡到她的那次，文佳佳的自行车链条断了，车把歪了，脚蹬子都飞出去了一个！那一路得是怎样拚命地追那朵云呢？无法想象！但这一切她是独自做的，绝不可能像他前妻一样让系里每一个人都看在眼里。因为她不可能知道自己会路过郊区。

认真地总结一下，应该是他前妻行动奇葩，文佳佳思维奇葩！

再比如现在，她如果不说的话，林中乔不会知道她曾经把和自己的关系列为对她人生有重大影响的事儿，并且每天想了一百遍自己会很爱她！

那么长一段时间里，每天想一百遍自己很爱她，那一定会信了吧？那么拒绝的时候，她是什么感觉呢？林中乔突然之间，觉得有点呼吸困难！

“来啊！跟我一起说——好人不长寿，祸害活千年！林佳木一定不会出事！”文佳佳根本不知道林中乔正在想什么，雄赳赳地指挥着！

“哦……好吧，佳木不会有事。”林中乔只好跟着说了一遍。

“大点声啊！好人不长寿，祸害……”文佳佳挤眉弄眼，示意他接着说。

“活千年！”林中乔只能接口。再一次肯定，这明明是思维奇葩。

“林佳木不会出事！”文佳佳气宇轩昂地宣布。

“林佳木不会出事。”林中乔无可奈何地跟着说，觉得自己现在算是逆生长了！智商和三岁时候一个水准！

“怎么样？感觉好多了吧？”文佳佳得意地问。

“好多了。”如果敢说不好，不知道还有什么等着他。

“那就接着说——林佳木不会出事！”

“佳木不会……”

就在这个时候，四歪的电话打过来，文佳佳刚刚接听，话筒里就传出他近乎吼叫的声音：“快来——木头出事了！”

二十七、如何存在

那一瞬间，两个人脸色都骤变。

文佳佳惊叫道：“不能怨我！我虽然有点乌鸦嘴，但也不是每次都灵的！”

林中乔顾不上风度安慰她，一把抢过电话，急急地问：“在哪儿？”

“曲江桥！”

“我马上来！他、他现在怎么样？”林中乔咬着嘴唇才能说出这句话，都磕巴了。

“他在桥栏杆上蹲着，刚才差一点就掉河里了！”四歪喘着气说，“明显喝多了！现在摇摇晃晃的，随时都可能掉下去！满嘴胡说八道，不让我靠近他！哥你快来！”

“好！马上，我离那儿不远。”林中乔深深吸了一口气，“四歪，你先稳住他！”

“好，你快点！”四歪放下电话，手心里全是冷汗。

林佳木还在那儿摇摆不定，喝醉的人很是执着，他歪着头问：“我给她打电话，那你为什么来呢？我也给你打电话了吗？”

“这么半夜三更的，小慧一个女孩子出来找你，我不放心就跟着出来了。”四歪瞪着他，故作若无其事地说，“片子都差最后一个镜头没拍！你没听见我说话，赶快给我下来！”

“噢！原来是这样啊！”林佳木点头，然后又问，“你怎么知道我在这儿？”

“找了一个晚上找到的。”

“谁找我？”

“小慧！”

“为什么？”

“你给她打电话了。”

“我也给你打电话了吗？”

“没打。”

“那你怎么来了呢？”

四歪：……

“你说话呀！”

“打了！”四歪咬牙切齿，好想啃了林佳木！

“打什么了？”

“打电话了！你给我打电话了！所以我就来找你，都是你告诉我的！”

“我给你打电话？”

“对！就是给我打的！”

“都说什么了？”

四歪咬着牙道：“说我很好，说话有道理！你最愿意听我的话！来，现在听话，下来！”

“扯淡！”林佳木很肯定地说，“你说话哪有道理？只有口气！”

四歪：……

他觉得自己稳不住林佳木，他现在很想把他推下去！

林中乔和文佳佳此刻飞车而至，闯了好几个红灯，他们俩车门都没顾上关就冲过来，见到林佳木骑在桥头的样子，紧张得都快得心脏病了。

四歪叫道：“木头，大家都来了，你自己睁眼瞅瞅！你一个人能折腾这么多人，荣幸吧，你还不快点下来？”

林佳木转头，发现文佳佳和林中乔也在那里，所有人都无比紧张地看着他。

“咦？你们怎么凑在一起的？万圣节是今天吗？”

“我去！还是让他跳吧！”文佳佳小声感叹。

“我问你们呢，你们是怎么凑到一起的呢？”他指着这几个人的鼻子一个个数，“我给你们都打电话了吗？”

“没有，你就给小慧一个人打电话了，一共打了二十多个，说两句就挂断！她打给你你也接，别人的都不接，但也是说一句话就挂，根本不告诉我们你在哪儿，小慧没办法只能叫上我们一起找了。”

“那是谁找到我的？”

“谁也没找到！找了大半夜，后来是你自己告诉她，你正在感受她跳河的时候是怎么想的呢。小慧就带着我们过来碰碰运气。”

“噢！原来是这样啊！”

“那你们怎么来了？我给你们都打电话了吗？”

“没有，只打给小慧一个人，是小慧带我们来的。”

“她怎么找到我的？”

“你告诉她的。”

“那你们怎么知道，我也给你们打电话了吗？”

……

如此循环了一下。等他再问：“我给你们都打电话了吗？”

“打了！”四个人一起点头。

“谁找到的我？”

“我们！”四个人一起点头。

“你们怎么找到的我？”

“是你告诉小慧，我们才能找到的！”四个人一起说。

“谁最厉害？”

“你！”四个人整齐划一。

“我就说嘛，她那么笨能顶什么用，我要想藏起来，给她八辈子她也找不到，是我自己告诉她的呀！这才对嘛！哈哈哈。”林佳木嚣张地笑起来。他连续两天都喝多，倒也根本不害羞。

“我突然上前把他拉下来成不成？”林中乔低声问，他脸色都白了，实在已经紧张到准备休克的地步，医生也快坚持不住了。

“恐怕不成，这个桥栏很滑，他稍微挣扎一下就下去了。还是说点什么让他自己下来比较好。”四歪吸着气说，“大家快想想，说点什么才能把他哄下来，他这会儿总应该好哄一点了吧？”

“佳木。”林中乔道，“下来好不好？你要想想爷爷，他怎么能受得了你出事？”

“我出事？咦？你们都知道我出事了呀！”林佳木疑惑地说，这一低头，身子就是一阵摇晃，吓得对面几人冷汗直冒。

“哥，这样不行，别往出事那上面绕！”四歪擦了一把冷汗，“我看木头不像是想跳河，倒像是心里不痛快，又不知道做什么才好，这会儿脑子糊涂着呢，别再提醒他。”

但是已经晚了，林佳木坐在桥上疑惑地道：“对呀，我出事了！他们看不上我的设计。所以我跑过来要跳河，是吗？”

“不是的不是的，你只是过来看看风景！那个……欲穷千里目，更上一层楼！今晚月黑风高，风景真好啊！”文佳佳赶紧说道。

“更上一层楼？”林佳木扶着栏杆居然就站在上面了，四下眺望，摇摇欲坠，惹得所有人脸色一片惨白。文佳佳哭丧着脸道：“我现在说我刚才是胡说八道还来不来得及？”

“佳木，你先下来好不好？”李晓慧抽泣着说，“我已经知道了，工作没有了没关系，一切都会好的。”

“呸！工作算什么？我想找一份工作那还不容易？连你这样傻乎乎的都能找到工作，凭什么我找不到？”

“能找到！”大家赶紧说。

“可是找到了又能怎么样？还是这样！什么都还是一样！我还是一个没用的人！我不是想找到一份工作就算了！不是！我想要活出个人样儿来！”林佳木瞪起了眼睛，“是不是连你也瞧不起我？”

“不会不会，你肯定能找到！你那么聪明，人那么好！你想做什么都行的！”

“他人好？”四歪咧着嘴道，“你哪里得出的结论？”他吸了一口气，道：“木头，我认识你这么多年了，你不是一直挺傲气的吗？这么点小事你就尿了吗？要学个娘们儿似的寻死觅活？”话一出口觉得不好，匆匆看了李晓慧一眼，道：“对不起。”

“没关系，我们该怎么办呢？”李晓慧这个时候还哪里顾得上这些。

“佳木！”林中乔喝道，“想活出个人样来，你就要努力呀！在这里喝酒发疯有什么用！收获就得付出，这个道理我都和你说过多少次了，你还不懂吗？我要像你一样整天闲逛喝咖啡，我现在一样什么都不是！”

“你才不懂！”林佳木叫起来，“你以为我想像你一样？你活出人样了吗？才不是！你只是赚到钱了！社会对你说，你是成功人士，说你活出人样了！你就乖乖地信了！傻哥哥！你问问你自己，你现在的生活是自己想要的吗？你就在你那小医院里，没完没了地割个双眼皮、抽个脂肪，这就是你想要的生活？我才不信！如果这就是你想要的生活，那你为什么不开心？十几年前你那开心的样子哪儿去了？都变成钱了！你教训我之前，先问问你自己真的活出人样了吗？你活的是别人的样！不是你自己的样！你活得那个人样，是和所有人一样的那个人样！”

林中乔脸色巨变，竟然无言以对！

“那还能怎么办？我们都是成年人！我们有责任！”林中乔喝道，“你也长大了，该有责任感！”

“哼哼哼哼……我就知道你要这么说！”林佳木笑道，“我还不得不承认你说得对，社会就是这样，就是这样！我不敢超越，不敢张扬！否则就是不负责任！我现在就有责任活着，不管活得难受不难受，是吗？”

“他脑筋很清楚呢，真的醉了吗？”李晓慧低声问。

“这是醉得厉害了！你不知道木头，我经常怀疑他长了两副脑子，正常人越该当机的时候，他脑子转得越快！平时他都是三言两语，只有醉了的时候才会说很多话！还都能一针见血！你没发现他今天话很多吗？”四歪道。

“发现了。”李晓慧点点头，光电话就给她打了二十多个，怎么不多。

四歪换成一张轻松的脸儿，用很轻松的语气道：“木头！你说得太对了！没有人能逼着你该怎么生活，像我一样也能活着不是吗？咱是人不是机器！和那群俗人不一样！开开心心的就好，咱们俩从初中想得就一样，还是咱们哥俩是一路人！不需要他们理解！走，下来，我们一起去喝酒！”

“我们一样吗？四歪，你倒是死心眼，一门心思死磕你想要的东西！无论多困难，无论多无望，你都在执着地追求。可是你得到了吗？这次剧组买你的歌给了你多少钱？四首歌，两万！还不够你买一个好吉他的！你还能坚持多久？我让你摸着心问问自己，还能坚持多久？你别咧嘴，笑得比哭还难看呢！你连个女朋友都没有！前两年你喜欢上一个姑娘，追都不敢去追，提都不敢去提，甚至压根儿不敢让人家姑娘知道你喜欢她！这是为什么？如果你真像自己说的觉得自己挺好，为什么你连试试的勇气都没有？你其实自卑得要命！

“四歪，你是个勇敢的人，我真的很佩服你！这样还能坚持着，我真的很佩服你！你是我见过最勇敢的人！可是我真的没你那么大胆，我不敢啊！你现在一个人活得都困难，以后呢？想成家吗？想让老婆过好日子吗？你拿得出来什么？四歪！你还说你开开心心？你骗得过你自己吗？就是你现在不开心的日子，你真的保证自己可以一辈子坚持下去吗？现在放手你还有年轻这一个资本，等到了四五十岁，你还有什么？你敢和我说没想过放手吗？”

四歪脸色惨白，两只手一起揪住自己的头发，十分痛苦。

的确，林中乔按照社会经典线路走，四平八稳的，不快乐。四歪披荆斩棘地向着自己想去的地方走，千辛万苦的不快乐。而聪明的林佳木早就看穿了这两种生活，他不敢学四歪，却不甘于学林中乔，于是走在大路上却始终惦记着小路上的风景，正因为他看得明白，所以加倍不快乐。

“我该如何存在……”林佳木似长叹一般唱了起来。

二十八、到我这来

“想不明白就别想了！”文佳佳左看看右看看，身边两个男人都被说闭嘴了。于是她觉得自己应该上。开口之前先挤了个干干的笑容出来，“嘿嘿，木头，高！我要有你这脑瓜就好了，和别人骂战我还没赢过，我记得你就没输过！我是没什么能耐了，也不知道该和你说什么才好。不过我可以拍着良心说，我确实没觉得有啥不开心的！算不算开心我也不知道，实在想不明白就不想了，实在做不到就算了！你下来，我领你去一家特别辣的川菜馆，辣得都快昏过去了！吃完睡一觉就没事了。不过我没带钱，你先帮我垫上！”

“二货，别说，我确实挺羡慕你的。”林佳木带着忧郁的目光看着文佳佳。

“我？”文佳佳不可置信地指着自己。高富帅林中乔都被他批评得一无是处，她居然得到了肯定？

“别人都是装的，我们这些人里面还真就你过得好！敢爱敢恨，拿得起，放得下，随性自在！”

“真的啊？”文佳佳顿时喜气洋洋，“我其实刚才只是随便说说的。不过让你这么一说，我确实觉得自己不错。”

“是，你确实不错。”林佳木又一次肯定她。

文佳佳乐得合不拢嘴了：“那这样，你看不上他们俩，那就学我！等我想想该怎么做呢？那个……一时间我也说不清楚，总之以后别那么较真了，事情该做就做，实在做不到就算了，能开心尽量开心，不开心的话就少不开心一阵子，你哥给我发好人卡的时候，我那么难受不也过来了？作什么作？我们好好活着，不给社会添乱就挺好。”

“做不到就算了，可只能让你开心，却不能让你得到想要的啊！”林佳木摇头，“二货，实际上你还是没得到自己想要的！你几乎啥也没有！你不是不想要，但你几乎啥也没有。换个想不开的，都可以死几回了！你还能乐呵呵的，我真佩服你！我想学你，可是我学不来！你没那么多智商，想不明白当然可以不想了，我多余的智商不可能不想！它留在那里自己会动！我控制不了它去想！现在我就是想知道，到底有没有人能得到自己想要的东西？这个世界上，到底有没有人能真正活出个人样来？”

他眼光从每一个人脸上掠过，然后抱着肩膀，轻轻叹气：“一个都没有！我没有看到一个人得到自己想要的东西了！”被他说的人也跟着脸色惨淡，一时间默默无言。

“佳木，你下来说！别在那里，很容易掉下去！”李晓慧急得眼泪都流出来了，“你下来好吗？”

“不好！这里凉快！我要哪里凉快哪里待着！哈哈！”说着，他还在桥栏上晃，惹得四歪倒吸一口凉气。

“佳木，你下来，不管怎么样，你先下来。”林中乔道。

“哥，我没打算跳河，我就是想吹吹风，我喝多了脑子不清醒，吹着舒服，吹着我才能想。”林佳木说着还摇了摇。

“那上面很滑，风又大，你现在是个酒鬼，万一掉下去怎么办？”林中乔怒道。

“那就下去呗！”林佳木嘿嘿笑了一下，“反正我不知道该去哪儿。”

“你给我下来！”林中乔上前一步。

林佳木指着他：“站住！”他打个嗝道，“我可不听话噢！你再龇牙我就要跳舞了！砰砰恰，砰砰恰！”随着他的舞蹈动作，他又大大地趔趄了一下。

文佳佳一声惊呼，四个人都往前扑想抓住他。但是林佳木哈哈大笑又站稳了，指着他们道：“还有谁敢过来？”

“砰砰恰！我向左了！咦？我又向右了！要是有人过来我就向后了！”

谁也不敢过来，文佳佳紧张得一把抓住林中乔的手臂，死死握着。两个人本来已经好久不见面了，这个晚上出来找林佳木，也没顾得上尴尬，此刻吓得魂都飘出来的时候，林中乔对这个动作毫不排斥，他的心随着林佳木的动作都到嗓子眼了，就差和文佳佳一起大叫。

“你们别管我，就给我一个晚上时间！我得想想，我能去哪儿？我不跳河，你们就让我安静想想就成！总得让我想想吧？”林佳木捂着头轻叹，“我该去哪儿呢？”

“我想去哪里？我找不到方向——”他又唱起了四歪那首“逆风飞翔”。

怎么才能，为心灵找个栖息的地方？

梦在何方？遍体鳞伤！

我在迷茫！无处可藏——

我想寻找那样的地方，种下梦的种子，就能生长。

我寻找那样的地方，不要真的让我一世彷徨！

“到我这儿来。”李晓慧突然道。

“啊？”

“佳木。”李晓慧吸了一口气，轻声道，“你到我身边来，好吗？”

林佳木呆呆地看着她，李晓慧一直静静地和他对视，待了一会儿之后，林佳木呆呆地说：“好。”

“来——”李晓慧伸出一只手来。

林佳木呆呆地看着那只手，居然就慢吞吞、摇摇晃晃地爬下来了，乖乖地来到李晓慧的身边，像一只乖乖的小狗。

“就这么简单？”文佳佳不可置信地望着四歪。

“好像是。”四歪也瞠目结舌。

“佳木，还有我啊！”李晓慧轻声道。

“嗯！”林佳木点头。

“你说，你想知道有没有一个人得到了自己想要的东西。有这样的人，我呀。”李晓慧轻声说：“我有我想要的，我很确定。我有对我很好的人，我有我喜欢做的事儿。”她轻声呢喃：“我想要的东西，都在我身边呢。”

其余三个人都默默看向她，此刻在灯光下，她的头发上围着一个光圈，的确美不可言！

二十九、酒醒表白

林佳木呻吟着睁开眼睛，觉得脑袋疼得要掉下来了。

一个人闻声赶来，轻轻问：“佳木，你头疼吗？”

林佳木看清楚那人是李晓慧，有些发愣，问道：“咦？你怎么在这儿？不对，我这是在哪儿？”

“在哥哥家。”李晓慧低声道，“哥哥硬要把你带来的，说你还是住他这儿方便。”

“那你怎么也在这里？”

“哦，你睡了一天一夜都没醒，哥哥上班去了，我留下来照顾你。”

林佳木坐起来，四下看看，眼睛有了焦距，认出这果然是林中乔家里的客房，他倒也不是第一次睡这张床了，此刻呻吟一声又倒了回去，头好疼啊。

“你醉了，要多休息，喝点液体吧。”李晓慧端着水杯递过来。

“那我能喝什么？固体？气体？等离子体？”林佳木白了一眼。

李晓慧不在意地笑笑，还是把杯子递过去，林佳木也就乖乖喝了。

“你喝太多酒了！哥哥觉得你都有点酒精中毒，想带你去洗胃呢。后来你……出了不少汗，看着好一点了，才算了。”李晓慧说到这里，语气停顿了一下。林佳木打死不肯上林中乔的车，就只肯跟着她走路，一口气走了两个多小时，她累了还非得要背着她走，直到把她一个跟头摔在地上，爬起来还要继续背着，如此折腾，不出汗才怪。

喝断片前的记忆又回来了，林佳木想起自己愤而辞职，连续进了几个酒吧喝酒唱歌……顿时一阵憋屈愤懑的情绪从心中升腾起来。

“你不去上班吗？”林佳木斜着眼睛道，“我现在可是闲得很，你们都那么忙，那么重要，可别耽误了你的大事！”

他非常明白这事儿和李晓慧没关系，但是此时此刻，他尖酸刻薄的本能发作，话还没过脑就直接从嘴里出来了，出来之后他立刻有些后悔，这算什么呢？讽刺不着杨志可，回家欺负李晓慧？

这要是别人欺负她，自己是不会答应的，可是仔细想想，欺负她最多的人正是自己。但李晓慧并不在意，笑了笑：“没事了，我也辞职了。”

林佳木张口结舌地看着她，李晓慧低声笑笑，又重复了一遍：“我也辞职了，所以现在和你一样很闲。”

“可是……”林佳木知道她家里是指望她的，没有工作之后，她的日子会很不好过，更加知道她根本没有必要辞职，樊-秀容不下他林佳木，却很欢迎她李晓慧！

“这有必要吗？你傻啊！我辞职你就跟着辞职，那我要去跳楼呢？”他恼怒地说。

“我不知道。”李晓慧低声道，“我可能确实有点傻，很多事情都想不明白。但我和佳佳不一样，想不明白的事情我就做，管它结果怎么样呢？我只会做，做着做着，结果如何我就不去想了。”

“那和你辞职有什么关系？”林佳木捂着脑袋问。

“因为你辞了，我也想辞。”李晓慧做出一个就是这样的表情，低下头不说话。

突然之间，似乎被什么东西给狠狠击中，林佳木心中又是酸又是痛，却隐隐升起一股非常喜悦和骄傲的感觉。一向伶牙俐齿的他仿佛被这种感觉黏住了，眼睛里热热的、酸酸的，要努力控制才不会让眼泪流出来。

“你脑子有病！”林佳木许久才能捏着嗓子开口，“你和我一样吗？我辞职之后很容易就能找到工作！你呢？你岂不是又要看你家里人的脸色了？”

李晓慧低下头，不说话。

林佳木也低下头，他明白了李晓慧为什么要辞职，因为他慢慢把昨天的事情想起来了，他就是喝醉了也比别人脑子好使，事情虽然不至于完全还原，但大体的经过还是记得的。

他记得李晓慧冲着他伸出手来，记得她轻轻地呼唤自己到他身边来的样子和声音。

尤其记得的是那一种感觉，李晓慧眼睛里含着一点泪光，对他轻轻地说："佳木，你还有我啊！"

李晓慧从来和别人不一样，她不会说，只会默默地做！她默默地关心着他，默默地支持着他，无怨无悔！

因为他需要，所以她辞职了，让他明白就算没有了一切，也还有她呢！

有她，是比什么都重要的事！

长久以来，李晓慧从来没有做过这样的表示，他也没有，他们之间连暗示都没有过。但是他是喜欢她的，这一点已经毫无疑问，他早就已经明白，自己是非常非常喜欢她的，所以刺猬一样的林佳木，才会那么听一个人的话。哪怕是他人生很糟糕的时候，他心情最不好的时候，一样会听话。

他这样放心大胆地欺负她，不就是因为他早已经明白和确认，这个女人已经成了自己生命中的一部分，绝对不会离他而去吗？

他用手轻轻捂住了胸口，否则那种酸酸的幸福感就会淌出来一般。

李晓慧却不知道他正在想什么，见到他用手捂住胸口，慌张起来："佳木，你难受吗？是不是想吐？我去帮你拿个盆来！"

"不想吐。"林佳木伸手拦住了她，"你别忙活了，过来这里坐。"

李晓慧嗯了一声，坐在他身边。

林佳木看着她，心里涌起的柔情泛滥成灾，他轻轻问："小慧，昨天晚上，你说过什么吗？"

"我，"李晓慧被他看得有些心慌意乱，结巴了一下才道，"我、我也没说什么啊。你才是一直说一直说，说个不停呢！"

林佳木嘴角噙着笑意："那你跟我学一学，我都说了什么吧？我这个人吧，一喝醉就喜欢胡说八道。"

李晓慧脸颊一下就红了，昨晚林佳木一定要背着她走的时候，曾经凑到她耳朵边上，用很含糊的声音，如同叹息一般说："我好爱你啊。"她当时一下子心慌意乱到手脚发软，那个声音又太模糊了，她甚至不敢确定是不是真的听到了。自己长久以来心中的渴望，到现在就像是做梦一样，实在无法确定，似幻似真。

"说说嘛！我昨晚说了什么了？"林佳木含笑地看着她，"你记忆最深的是哪一句就说哪一句呗！”

李晓慧突然低下头，轻声道：“也没说什么，就是一直在唱歌。”

“就只是唱歌了？”林佳木凑过来上下打量着她，“你真的只记得我唱歌？我就没有说别的什么话……让你印象更深刻点儿？”

“没、没什么了……”

林佳木似笑非笑地看着她，李晓慧脸色迅速就涨红了，坐立不安的样子，“真没什么……真没什么……”

“那好吧。”林佳木点点头，“不过我倒是还多少记得一点儿你说过的话，好像昨天晚上有个人说，会一直和我在一起，说离不开我，说过她想要的人就是我，那个人是谁呢？不会是你吧？”

“我没有，我只是说让你到我身边来！”李晓慧辩驳。

“你为什么要我到你身边呢？”林佳木似笑非笑地问：“是不是因为你看上我了？”

“我、我……你当时那么危险，我得想办法让你下来啊！”

“只是想办法让我下来呀？就没别的心思吗？”

“你说什么呀？”

“李晓慧，你口是心非！你看着我，好好看看，就没什么别的想法吗？”

“什、什么想法？”

“喜欢啊！”林佳木道，“觉得我哪里哪里都好！哪里哪里都让你动心！仔细看看我，是不是你发现自己爱上我了？是不是觉得无法离开我了？失去我就会难受得想去死？或者世界就再也没有意思？如果是的话，你可以说了，我喝醉了酒之后一向随和得很，这会儿我就很好说话，你要是趁现在对我说喜欢我的话，我说不定会考虑考虑哦。”

李晓慧又是害羞又是恼怒：“凭什么我要说，要说也应该是你说。你这个人……”哪有这么自以为是的人？再怎么说她也是女孩子啊！她脾气再好，也不是说一点脾气也没有，这时候也羞愤交加了。

“好。”林佳木脸上笑容一收，很认真地看着她。

“什么？”李晓慧一愣。

“我说，我听你的，那我就说了！”他从床上坐起来，慢慢下床，扶着李晓慧的腿，跪下一膝。

他收起脸上所有的似笑非笑，收起心里所有的冷嘲热讽，用最真实的声音，最真实的情感在说话。

他一个字一个字地，说得很慢、很认真："李晓慧，感谢上天让我遇到你！我觉得你哪里哪里都好！你说的话、你看我的样子、你的一举一动、你的一颦一笑……哪里哪里都让我动心！我觉得我无法离开你了！如果失去你，我就是得到世界也没什么意思！我非常非常地爱你！就像你昨天晚上说的一样，我想到你身边来，我可以没有一切，只要还有你！小慧，你能让我做你的男朋友吗？"

李晓慧捂着嘴，眼泪一个劲儿地流出来，什么话也说不出。世界在她眼前一片模糊，只剩下那个人了。

"喂！你还没答应呢！"

"我……呜呜……"

"你不要吓唬我好不好？你不会不答应吧？我刚丢了工作，我刚受了打击，你不能在现在这个时候落井下石啊！好歹先答应下来行不行？要是过几天你发现我哪里不好了，你再把我甩掉也行啊！"

"好的，佳木，好的！"李晓慧哽咽着说。

"过几天就甩掉？"林佳木看着她笑。

"不是，不是。"

"那……你是答应做我的女朋友了？"

"是的，佳木，我答应！我也非常非常爱你。我的梦想就是能和你一直在一起，你那么好，对我又那么好，你是我遇到的最好的人，我、我特别地、呜呜……特别地喜欢你。"李晓慧哭得难以呼吸一般。

林佳木站起来，没有再说什么，而是用他一米八三的身躯将他的女友紧紧揽入怀中。这是他预料之中的结果，追女孩这件事林佳木不在意，都是女孩子追他来着，他在女人面前就从来没有碰过壁，别说像这样用点手段，就是不用也没问题！对付李晓慧，更是轻松拿下毫无困难！可是他也从来没有现在这样的感觉，排山倒海地骄傲和喜悦！发自内心地喜悦！他被自己的心给震撼了！

世界上的一切困难，此时此刻都似乎不重要了！他此刻充满力量，勇气似乎无穷无尽！

他的思绪翻滚着。原本想着辞职后，玩一段时间，好好想想再说。现在看来，得努力找工作了。当初李晓慧被樊－秀聘用，还是他努力争取让张明堂给李晓慧开出那么高的工资，现在惨了，他要是赚得太少，交代不过去啊！

他心里在合计，她之前估计至少会把一半工资给家里吧？如果不让她在家里遭白眼，还要保证两个人的生活，自己得赚多少才行呢？房子还是要租的！这个钱不能省，好在自己积蓄还有一些，能支持多长时间？之后需要找到月薪多少钱的工作才够？当然要越多越好，他可还没买房子呢！

哎，压力好大啊！可是他一边想着压力好大，一边心里升腾起莫名的喜悦，嘴角竟然带出一点笑意来，忍都忍不住。

三十、约会落跑

林中乔觉得非常诧异，弟弟最近的举动很反常。这次辞职似乎反而为他注入了一点能量，林佳木休息了两天，就重新精神起来。而且一反常态，不再总是懒洋洋的样子，而是精神振奋，动作都快了很多。

确定他身体没问题之后，李晓慧当天依依不舍地回家去了。她父母都在身边，管得还挺严的。晚上不回去要是惹得爸爸来闹就更不好了。

李晓慧一走，林佳木就积极整理自己的简历，当天就在网站上投了十来个职位。

这种积极的态度让林中乔很是吃惊，他憋了一阵子，终于忍不住问了句："佳木，你是准备好找一份工作吗？"

"是啊。"林佳木回答，"哥我准备学你，好好干！努力干！争取升职加薪！"

"可是……我这样其实也没多好。"林中乔欲言又止。

"那你至少有钱啊。"林佳木笑嘻嘻。

"佳木，你想要钱的话……"

还没等林中乔说完，林佳木就一摆手，笑道："你打算给我？就算你把我当你儿子养，那养到十八岁也就够了，我早就超龄了，我得自己赚钱！"

"好吧。"林中乔点头，要是往常，到这个时候他就会忍不住教导一些人生道理，林佳木说他更年期了他都忍不住。弟弟比他小八九岁，他又有点少年老成，初初看到那刚出生的一团他就责任心爆棚。林佳木就这么一个哥哥，从小就爱缠着他玩儿，他的确有点长兄为父的架势。可是自从前天晚上被林佳木反过来教导了一顿，并且还说得他哑口无言，他突然就觉得没有底气开口了。

之前他始终觉得自己是对的，所以才能用自己的人生经历教导弟弟，可他现在从心里认同了林佳木的话，不觉得自己对，那也无法当榜样。

“该做就做吧，我得赚钱。”林佳木继续寻找网站上适合他的工作。

第二天林佳木起了个早。林中乔家里是一个复式，林佳木住在楼上客房，只听楼上叮叮当当响个不停，也不知道他在上面忙什么。

“佳木，吃早餐！我都准备好了。”林中乔在楼下喊他。

“等等！我找衣服呢！我今天要面试！”

“这么快就有回应了？”

“那当然，也不看看我是谁？”林佳木得意地道，“简历上午发出去，下午就有人打电话约我面试了！你把车借我开吧！”

“行，今天我不用上班。”林中乔知道他酒驾车被扣了，并且觉得扣得好，不然那天他都喝成那样了！真保不准他会出事故。

“你快点下来吃饭！淮山粥是今早上小慧送来的，都快凉了！”

“知道了，知道了！我找衣服呢！我今天得穿得让人眼前一亮才行！”

过一会儿，楼上传来林佳木的叫声：“哥，我那件纯天蓝色、白色滚边、鸡心领带、墨绿色花纹、袖口胸前有红色装饰线的衬衫上哪儿去了，你穿走了吧？”

林中乔：“……给我钱我也不穿！”

林佳木精神振奋地走了，林中乔却沉默地坐下来。

他工作比较忙，各种预约都排到三个月以后了，不过偶尔他也会推掉一些客户，给自己放个假。这几天佳木出事，他就多给自己留了点儿时间，此刻无事可做。

难得的休息时间，应该做点儿自己喜欢的事儿吧，可是他想不出什么事情是自己喜欢的。仔细想想，其实这么长时间以来，他并没有做过什么自己喜欢的事情。

类似瑜伽冥想一样静坐了一个上午，脑子里闪过的一幕幕都是文佳佳带着他找林佳木那一晚的样子。快中午的时候，他掏出电话，犹豫了很久之后，拨通了文佳佳的电话。

文佳佳看到电话号码的时候，很是愣了一会儿，纠结了一下，还是接了。

“喂！”她打招呼。

“喂——”林中乔低低回应之后，不知道该说什么才好。

文佳佳在另外一头吐了一口气出来，道：“是你啊！我刚才看见号码还想，你怎么可能给我打电话呢？看错了吧？仔细一看还是你电话。又想，很有可能是木头拿了你手机给我打的！接一下看看吧！结果一接，半天没听到动静就知道是你了，你这个人不爱说话！”

她这样连珠炮似的一顿说，林中乔不知为什么，嘴角上翘，居然笑了一下。

“啥事？”文佳佳问。

“嗯……那天的事儿谢谢你，我想请你吃饭。”

“不用了。”文佳佳立刻摇头，“我还不到三岁就认识木头了！他的事基本属于义不容辞的范围，用不着你跟我瞎客气。”

被拒绝……林中乔沉默了一会儿，才轻轻说：“反正中午了，也要吃饭的。没那件事也可以吃个饭。”

“你要早说还差不多，我现在正在吃呢！”

林中乔看了一眼挂钟，还差几分钟才到十一点！

文佳佳知道他想什么，叹了口气道：“今天早上睡懒觉了，一直睡到十点多，于是就两顿一起吃了。我都快吃饱了，你自己吃中饭吧。”

她突然轻轻一笑：“要是之前我肯定不敢和你说，你这么正儿八经的人估计看不上睡懒觉的，我确实挺懒的。我本来都把睡懒觉戒了，这会儿不用再和你见面，没忍住又捡起来了。”

“佳佳，其实我们也没有必要不见面。”林中乔沉默了一会儿说。

啥？文佳佳疑惑，他什么意思？这种事情崩了之后不就是互不见面吗？憋着忍着靠着熬着，直到时间够久，不那么在乎了，才有可能见面。多半也是偶遇，毕竟尴尬嘛！

“你是说，我们还可以做个普通朋友？”文佳佳问。电视里经常可以看见这样的镜头，某一对男女分手，说：“我们不合适，还是做普通朋友吧！”

这叫和平分手，男女双方都理智冷静，属于比较斯文高档的。文佳佳心道，林中乔应该是属于理智冷静型的没错了。斯文高档……也算吧！所以就要走这个套路，不然会怎么样？负疚终生？应该不至于！辗转反侧，寝食难安？或许有可能！就像编程没有编完，以后不能正常运行。

这……文佳佳有点纠结，她现在还有点打怵，不怎么想见林中乔，心里还是难受的。虽然能吃能睡，那是她的天赋，但见面毕竟还是很难不去想。

“是呀，我们毕竟还是朋友，也不需要故意躲着我。”林中乔道。

“我故意躲着你？”文佳佳一听就叫了起来，“大哥！是你故意躲着我好不好？你看见我就像看见瘟神似的，逃命一样，这会儿你还说我躲着你？”

“我没有，我……”林中乔顿时脸都红了。

“好了好了，前天晚上不是说清楚了吗？都过去了！谁躲着谁结果不是一样？”文佳佳安慰他，“你也不用内疚，我好得快，差不多好了！”

“那我们还是朋友吗？”

“是，是，当然！”

“那么一起出来吃个饭吧！”

“我不是说了吗？我都快吃完了。这会饱得想吐，什么也吃不下去呀！”文佳佳心道非得要把套路走完吗？不过电视里的确两人多半都是吃了散伙饭，在饭桌上和平分手的。他们俩就惨了点儿，水都没喝一口。

“我说晚饭。”

“行！吃吧吃吧！”文佳佳心想，不就吃个饭吗？有什么理由认尿？早就知道他是个按照套路出牌的，那就走个套路吧！要是前天晚上之前他要自己出来，很可能还不敢，那时候心里还难受着呢，压根儿不敢想再见到他。不过前晚上真的见面了，倒还凑合，她还挺得住。

这玩意怕的就是第一次见面，第一次都能挺得住，之后应该更加没问题了。

林中乔似乎很高兴，约了时间过来接她。文佳佳既然已经答应，就爽快地全答应下来了。

放下电话她就呆了！似乎刚明白过来要面对什么事情。那种感觉是骤然而来的，突然就把她吞噬了！之后一个下午，吃下去的饭就像石头一样顶在胃里。文佳佳发觉，辗转反侧、寝食难安的那个人是自己！

她心慌气短，手脚出汗，牙关紧咬，不知道该如何才能缓解，只能不停跑厕所。

紧张！紧张到了胃痉挛、脑抽筋的地步！非常非常地不想面对！逃命一样不想！

我去！这是怎么了？文佳佳慌张地想，不是已经见过面了吗？那个晚上他们不但见面了，还拉手了呢！当时她也没咋地啊！怎么这会儿自己竟然有食言反悔、夺路而逃的冲动?

对了！文佳佳想到了原因，当时林佳木出事了！他们俩都特别担心，心里有更重要的事儿顶着，谁能顾得上伤春悲秋、黯然销魂?可是没挡箭牌了，她都彻底暴露在箭雨里。于是她顿时就明白，她好了?好个屁！她不是自愈能力超强，而是脑子比较不好，自己吹个牛自己就信了！电话里没感觉，上次见面有事情挡着，也不算，现在可不就尿了吗?

很明显，时间还不够！最好再撑一段！但这会儿还有什么事情顶在面前呢?木头还能不能再出个事?

文佳佳也知道这个不靠谱，只能另外想办法。有什么借口可以不见呢?我这会儿出个差来不来得及?可是领导不需要我出差！要不探亲吧！很久没去乡下看看家里的亲戚了！

文佳佳是个想到就做的人，行动力远超思维能力！于是她就霍然站起，扯过外衣穿上，立刻直奔汽车站回乡探亲去了。

晚上，林中乔来到文佳佳家里想接她，结果人去楼空，只有一条短消息来了句抱歉。他只能像那天送头骨的时候一样，呆呆地在人家小区停车场坐了很久。只是这一次，没有人半夜打电话需要他了。

小满篇

三十一、尴尬电话

时间是相对的，对于有心事的人，或者等待中的人，两周的时间恍若两年，而对于没心事儿，或者心大的人，两周简直如弹指一瞬。

两周后文佳佳从乡下二姨家回城了，林中乔又打过两次电话想约吃饭，文佳佳这下学乖了，坚决不答应！万一答应下来肯定还得跑！二姨短时间内不让她去乡下，她跑都没地方跑！谁坚决要抵制自己答应他的冲动！

林中乔很失落，远比他自己想象中的更加失落，甚至到了很沮丧痛苦的程度。但他也只能算了。有人是主动型的，有人则是被动型的，文佳佳在失败了一两次之后，还有勇气去尝试三四五六乃至七八九十次，他却没这么勇敢。三次已经是他的极限！原本他就不是个主动的人，能争取到这个程度已经尽力了，还是没有结果，那他只能接受。就像无数次文佳佳也只能接受结果一样，高富帅的林中乔，在人生中命运对他也没多客气，吃过亏之后，所以他不敢了。

他失落了大约一个月，还没觉得自己好一点儿，正熬着，没想到文佳佳居然主动给他打电话了！

那一瞬间，他看到电话屏幕闪烁的号码，几乎不敢去接听！

“喂——”他很久才能发出声音来。

“呵呵呵，哈哈哈，那个……嘿嘿嘿，好久没联系了！你最近忙不忙？”文佳佳的声音明显十分尴尬，套近乎的倾向非常大。

“我……”林中乔觉得嗓子黏住了，一时间无法出声。

“呵呵呵……你还是那么不爱说话，呵呵……那个，那个……你不是说有木头的关系在，咱俩至少还是普通的朋友吗？不会不认账了吧？”文佳佳在电话另一头干笑。

“不会！”林中乔终于可以说出话来了。

文佳佳明显松了一口气，“认账就好！呵呵……呵呵……”她干笑着。

“呵呵……”林中乔虽智商高却不擅长说话的艺术，关键时候经常急得出汗却说不出合适的话来，也跟着干笑，急得心跳如鼓，越发羡慕弟弟的口才，觉得自己这张嘴算是白长了，奇笨无比！

文佳佳明显觉得这样不是办法，于是找话题问：“木头最近还好吧？找了个什么新工作？我都快一个月没联系他了。小慧呢？她没工作，家里人不会欺负她吧？”

“佳木他……有点小状况，他……”林中乔心一下就沉下去了，文佳佳打电话原来只是问问弟弟的状况，脑子清醒，舌头就回来了。

他强打精神回答：“他没找到新工作，倒是小慧找了个很好的工作。”

“啥？”文佳佳大吃一惊，“不会吧？木头没人要？是不是他要求太高了？怪不得这么长时间没找我们吃喝玩乐了！那他现在怎么样？要不要帮忙？”

“没什么的，这事别人也帮不上。”林中乔沉默了一下，心更是向下沉去。

“哦，那也是。呵呵……呵呵……”文佳佳又是干笑。这次林中乔始终沉默，连干笑也没有了，电话那一边沉寂一片。

林中乔也不想想，文佳佳如果是想找林佳木，何必打他的电话？当然是找他的！但他通常都只能在事后把事情理顺，所以论起智商，他其实是比不上弟弟林佳木的。

时间静静地过，两个人都在数秒。电话费啊！文佳佳在心里哀叫，只好死皮赖脸地开口：“那个……林中乔！我觉得吧，哈，我们不应该是普通朋友。”

林中乔心里一收缩，难过得要命，很久才能干巴巴地说：“哦……”

文佳佳等他等不来想要的答案，只好硬着头皮自己上，故意笑嘻嘻地说：“其实吧，我觉得我们应该算是很好的朋友！你看我们都这么熟悉了，而且你和木头是什么关系？我和木头是什么关系？我们也能算好朋友了吧？是不是？”

林中乔只觉得一股热流冲进喉咙里，顿时失语。

文佳佳等了一下，见没有回应，叫道：“大哥！你别那么小气好不好？你说说，咱们在一起经历过多少事儿？不高兴的就不谈了，就那次找木头半夜三更我还和你单独出去了呢！半夜啊！单独啊！我好歹是个小姑娘！不是很好的朋友我能信任你吗？我说咱们应该算很铁的好朋友才对！难道不是吗？”

“是！”那是很肯定的一声回答，“很好的！”林中乔在电话另一头深深吸气！一口气屏住的时间太长了点，他现在觉得头晕缺氧！

我去！等得我一头汗！文佳佳这口悬着的气终于吐出来了。她打个哈哈，先“好朋友一辈子不容易碰上几个的是不是呀？”，“缘分啊！不能不珍惜呀！”之类没营养的话套了一会儿近乎，听着林中乔挺配合的，估摸情绪尚好，然后才觍着脸说出今天的目的。

“那好朋友找你做整容能不能打折？”

“你要整容？”林中乔呆了一下，半天才能说出话来。

“你就说能不能打折吧？”

“能！当然能！可是你不需要整容，你长得已经非常漂亮了！”

“谢谢！”文佳佳顿时高兴了，但随即又追问，“别管那么多，你说说能打几折？”

她扭捏了一下，然后问：“一折成不成？”

“不要钱。”林中乔道，“你如果一定要整容，我不要钱。但你真的不需要整容。”

他苦涩地想，哦，原来认个好朋友，是为了打折……他感觉自己要被玩坏了。

“不要钱不好，这样你收个成本价吧！说真的，我说一折心里都打鼓！很可能我连一折的钱都出不起！你收费太贵了！不过成本价应该没问题。就像上次我跟你去手术用的那些纱布呀，还有钳子呀什么的，你收个成本价吧！要不这个人情太大了！我得多不好意思啊！”

林中乔只能默默地点点头，想一下文佳佳的样子，正是风华正茂的时候，脸上一个小皱纹都没有！眼睛也是原装的双眼皮，她哪里需要整容？

并不是来了病人他就接的，林医生在圈子里很有名的一点就是往外推病人！很多来找他隆个鼻子、削个下巴，他认为没有需要，都不肯做，像文佳佳这样的，他认为去美容院做个皮肤护理就足够了，还钳子纱布？那叫止血钳，大手术才用得着好吗？

“行，我收成本价。”林中乔心道随她高兴吧。他说话已经没什么力气了，觉得自己好像生病了一般。

“你要做什么？”他问，“我可以事先准备一下。”他想的是文佳佳如果要什么精华，什么精油之类，他可以去进一点货，总也比美容院用的会好一些。

“呵呵……要整容的不是我，是一个小妹子。事情是这样的……”文佳佳在电话里和林中乔详细地解释起来。

三十二、留有骨气

文佳佳骗自己说是因为欠了林中乔的人情，于是送点什么好吃的过来意思意思。接着她发现自己很爱干这个送点好吃的，过来意思意思的工作，于是更加积极地意思意思。实在很是想念，就会用各种借口骗自己过来一次。虽然她也知道这样不是办法，结果不会太好，但心里那份渴望难以控制。

林中乔没赶她走，她就赖着吧！她实在是爱看他工作的样子！

完了完了！文佳佳心里想，前面的时间都白熬了！可是没办法，林中乔工作的时候是最魅力四射的时候！别的样子她还可以抵挡一下，含糊一下。可林中乔越是不看她，只盯着工作的时候，她越是无法抵挡。大概每个人都有属于他的最好面，文佳佳就扛不住林中乔这个面儿，能多看一眼是一眼，拖着吧。

就当是追星了！文佳佳心里想，之前也有她一喜欢就是十年的男明星，倒也没影响自己的生活，换个心态，就当追星！对，就这样！

而对于林中乔呢，他早就不敢说了。好朋友也比没朋友强啊！这种感觉很是不错，他一向不是急性子，感觉很不错，更加不敢破坏，虽然有点暧昧，但他享受这种暧昧。所以也赖着呢。

现在两人彼此的感觉一样，只要你没开口赶我走，那就赖着！

这段时间林中乔日子过得很滋润，这苦孩子多少年以来最滋润的就是这个时候了，如果家里没有闹心的事儿，他肯定更加滋润。

可惜……

他下班之后，坐在家里，看着天色渐渐黑下来，林佳木果然还是没有回来。

这是第几次了？根本数不清！林中乔叹着气，锁上门，发动车子去找弟弟。

就那几个地方，现在他不用文佳佳带领也知道弟弟经常去哪儿了。好歹林佳木还没学青春期的小青年玩离家出走，他还能有地方可找！

今天运气好，首选四歪唱歌的酒吧。没让他城市环游，第一站就找到林佳木了。

桌子上已经摆了一排精致的小酒瓶，林佳木本事没长，酒量倒是渐长啊！

“佳木！你又喝这么多酒，不是说让你没事出去锻炼锻炼身体吗？喝酒也不是不行，该有节制，哪能隔三岔五地喝醉！你都快成酗酒了你！”

林佳木坐在高高的吧凳上，斜着眼睛看下来，很是居高临下的高傲样子！今天应该还没喝多，因为他还能冲他举杯，还能露出高傲的表情来。

四歪见到他来了，从台上下来，给他点了一杯果汁。

林中乔基本不喝酒，烟酒不沾的好男人，和弟弟林佳木反差很大，酒吧这种地方，没有特殊情况他是不会来的，所以也很少见到四歪。林中乔和四歪寒暄几句，问了问他现在好不好，客气两句，四歪就重新回台子上工作了，剩下他们哥俩自己待着。

“佳木，别喝了，该回家了！”林中乔看到弟弟又伸手去抓酒瓶，忍不住一把抢了下来。

林佳木也不在意，转手拿着他的果汁喝了一口，摇摇头，示意自己还不想回去。

“小慧明天没事，还说一早就要来找你呢！你跟我回去早点睡，要不明天没精神了。”

林佳木仍旧没有什么反应，只是漠然地望着前方。

“唉，你别这么傲气，早就能找到工作了！樊－秀最开始能打招呼的也就那么几家，是你自己态度太嚣张、居然动手打人，这才闹大，现在成了大家都知道你是个刺猬了！”

“他欠揍！”林佳木淡淡地说。自己第一次去面试的时候，那个面试官中的一个居然是被他骂舌头上套了袜子的劳伦斯！他还记得对方最初的惊讶立即变成幸灾乐祸看着他！

宁得罪君子，勿得罪小人！哥哥屡次和他说的话，这回他有切身感受了。他已经做到了原本做不到的忍气吞声，直到忍辱负重的程度，但显然对方还觉得不够。当林佳木明白他不会得到工作，只会得到一场羞辱后，那一记左勾拳就出去了。

原本已经被他的作品征服的面试官一片哗然，他被警察带走了。劳伦斯不依不饶地告他故意伤害，非要把事情闹大，还好林中乔的客户里属于巨富阶层的很多，多少算有点门路。他找了一个自己的客户，托了关系才摆平。但林佳木的人身档案上已经留了一个进过局子的案底。

后来林佳木又试着找了两次工作，但都是听了他的名字就没有下文了，还有一次别人故意叫他去面试，其实找了一堆对他好奇的人，专门为了看他长什么样子。原来是劳伦斯先生在业内为他进行了长篇累牍、连续不断的宣传。

林佳木哪里受得了这个？如果不是对方人多，估计他又要进一次局子了。

于是乎，从开始的斗志昂扬到如今的意气消磨。林中乔必须承认，弟弟不能说很脆弱，他这段时间的打击加起来确实超过了能承受的程度。林佳木实际上已经远比他预期的坚强了，他一辈子没受过的委屈都集中在这一段时间尝过了，他坚持的时间比林中乔预期的长很多。但是那又怎样？过程如何并不重要，结果就是他现在仍旧无业！

林中乔迟疑了一下，还是开口道："张总又打来电话了，佳木，我觉得他挺有诚意……"

林佳木把头轻轻地摇了摇，神色很坚决。

张总就是樊－秀的张明堂，林佳木找不到工作的事情和他也有关系，他在林佳木刚辞职的时候就和一些关系好的单位打过招呼，估计说了不少不中听的话。所以林佳木最初找工作才会不顺利。但他自己倒是很想要林佳木再回樊－秀工作，电话前后打了好几个，曾经还因为林佳木不愿意听他电话，特地约林中乔好好谈了一次。

张明堂在私底下是很看重林佳木的。他并不是故意要整他，而是就事论事，现在这个局面他也不愿意看到，所以才会几次三番打电话过来。

林中乔忍了忍，又道："佳木，我觉得张总这个人值得信赖，他说的话很有道理，很多都是我想和你说的。我不是因为你现在没工作应该回去，只是你跟着他我放心，不考虑一下吗？"

林佳木还是淡漠地摇摇头。

"张总也说了，你要实在不愿意回去，他也可以帮你介绍个公司……"

林佳木伸手制止了他继续说下去，毫不犹豫。

林中乔叹了一口气，道："佳木，你记恨他有点没道理，张总对你挺关心的。"

“我不是记恨他。”林佳木慢慢开口，“但我不能接受他的好意，不管让我回去工作，还是他帮我介绍工作，都省省吧！”

“你还说不是记恨？”林中乔道，“小孩子脾气！”

“别说了哥！你也省省吧！”林佳木抓起酒瓶子直接灌下去。

很小的一瓶鸡尾酒，度数不高，但好歹也是酒啊！林中乔看得气急败坏，吼道：“那你到底要怎么样？整天就这么喝酒打架？你书都读到狗肚子里了，年纪都活到狗身上了！上次你在面试的时候打架被警察带走，爷爷都急得住院了！你还想怎么样？气死他才算完？”

“我不会再和人打架了。”林佳木淡淡地摇摇头。

“不打架，爷爷就不担心你了吗？对，你现在不打架了，你开始酗酒了你！”林中乔怒道，“看你这个吊儿郎当的样子我就来气，你到底什么时候才能长大？”

“我已经长大了。”林佳木横了他一眼，淡淡道，“不然就冲你这唠叨，我早就离家出走，躲你远远的！”

林中乔先是一愣，随即更加生气：“岂有此理！我说你两句你就想离家出走？怪不得张总说你你就辞职了！你这是逃避问题！小孩子的态度！你……”

林佳木斜了他一眼，头一偏，看都不看他了。

“哥，算了吧，你别劝木头了。”不知什么时候，四歪又走过来。

“他这个样子我看了来气！”林中乔咬着牙，“难道他就这么混下去了？这件事是他不对在先，张总说得有道理！人家现在欢迎他回去，一切都既往不咎了，还要怎么样？他怎么不知道好歹呢？”

“哥，这件事上，我支持木头！”四歪沉默了一会儿，才低声道。

“你说孩子气也好，你说不知好歹也好！木头必须留着傲气！哪怕为这个吃亏摔跤，跌得头破血流，他骨子里的傲气也得有，没这个就不是他了！”

林中乔看着他孤独而萧瑟的身影，一时间悄然无声，不知道该说什么才好。他关心林佳木，但并不算了解他，所以始终不明白到底该怎样才能帮到他。

三十三、认识高人

第二天，李晓慧按照事先约好的时间找林佳木出去玩。

其实李晓慧根本不会玩，她来来去去就是那几样。看电影，逛公园，要不就在河边溜达吹吹风，还都是林佳木带她玩过的地方。但林佳木现在的状态大家都看在眼里，她没任何办法，只能尽量找时间约他出来玩，散散心。林佳木就默默地走在前面，她就默默地跟在后面，两个人走了很长一段路，都没说话。

李晓慧自己也没想到，两个人都辞职了，林佳木一直到现在都没找到工作，她倒是很快就找到了。

原本她是不好找工作的那个！她一个只会做素菜的药膳厨师，对口面很窄！全市能请得起大厨的素菜馆子就那么几家，厨师也不缺！别的大饭馆都要求厨师十项全能的，一听她只会做素菜，全部摇头，没必要专门养这么一位！

小饭店更是荤菜至上，用不着手艺好的大厨！上一次她都快找遍全市也没找到合适的工作，要不是林佳木，她可能要降低标准给人洗碗去了。

谁知这一次她才刚刚辞职，导演电影杀青，感谢她帮忙，就随便问了她一句工作的事情，她也就随口说辞职了，还没找新的。导演就给了她师傅的电话，让她去联系一下试试看。

是的，不是老板，是师傅！

导演认识的这位鲁师傅，是已经传了十三代的鲁家菜的掌门人！专门做素斋的鲁家菜，别说在全市，就是全国、全世界，那也是鼎鼎大名的！

鲁大师已经六十多岁，准备退休了，他一生收了七个弟子，现在个个都是国家顶级的厨艺大师。

这些都是事后才知道的，在当时，李晓慧只是抱着不要辜负导演好意的心思，上门去拜访一下，她没把这看作一次工作机会，也不知道在菜园子里亲自给萝卜培土施肥的人居然是一派宗师。

地方还是当初林佳木开车带着她去的，当车子开到城外，越走越偏僻的时候，林佳木还曾经讥笑，这地方能开饭馆？开个传销窝点倒是比较合适！

林佳木建议李晓慧转身就走，但小慧觉得导演郑重交代，再三嘱咐，前后和她说了那么多遍让她一定好好表现，就冲着导演这心意也应该认真对待，至少要拜访一下她说的那位老板才对。

林佳木在那个时候心情应该是很好的，对她很是包容，眉毛眼睛都带出“谁哄你你都听，算了，就当踏青郊游吧”的意思，还是很配合地陪着她去了。

她按照地址辗转来到城郊，看到的只是几间很普通的房子。压根儿没看见饭店的招牌，也只看见了一桌客人。确实就像林佳木说的，这生意也太差了点儿！

这种地方应该是不会请厨师的，李晓慧很容易就得出这样的结论，收入根本抵不过成本。但她还是按照面试的流程认真对待这次会面。就算那个导演介绍的老头儿是在菜园子里见的她，也依旧认真恭敬。

“你们导演说的又是大厨又是老板的，就是这个老头儿？”林佳木问。他和李晓慧顺着服务员的指引，来到屋子后头。他们走过挺长一段路，绕过篱笆，才远远看见菜园子里有个消瘦的老人正蹲在地上拔菜，手边已经堆了一些了，他还在不知道鼓捣什么，沾了一脚的泥巴。

“应该就是吧。”李晓慧也不确定。

“他是厨师？”林佳木撇嘴，“他瘦得放个屁都能往前冲好几步，他会是厨师？”

看到李晓慧张着嘴看着他，似乎要反驳却不会说的样子，林佳木举手投降：“好了好了，我知道，厨师也不一定就是胖子，偶尔也有一两个减肥成功的，还有像他这样估计吃不上饭的，我不应该以普遍现象看待特殊人士。我错了，你去吧！”

越是靠近菜地，林佳木越是走得慢。马上靠近了，他捏着鼻子皱着眉头问：“这里怎么一股……一股……”

“粑粑味儿？”那个瘦巴巴的老头突然抬起头，笑呵呵地接口，露出个慈眉善目的样子来。

这位耳朵够好使的！和猪八戒沾亲吧？

林佳木心里嘀咕了一句，离得很远，他声音又很小，这位居然也能听见，不是老年人都有点耳背的吗？可这位耳朵明显比他这个年轻人都灵。

“我早上刚施了肥。不过应该味道不大，用的都是青肥，也就是牛粪。牛吃青草的，粪不算臭，农村人还用这个烧火做饭呢。小伙子，你不要紧吧？”那瘦老头笑呵呵地问。

“哦……还好。”林佳木只能笑笑。这人长得面善，哪怕是他这样的刺猬看了也很有好感。

“你们两个谁是来面试的呀？”老头笑问，“应该是这位吧，小田说是个姑娘。做菜是个辛苦活儿，姑娘能干好的可比较少！”

知道你还问？林佳木心里腹诽了一句。

李晓慧已经上前打招呼：“您好，田导演介绍我来的。请问您是鲁先生吗？”

那瘦老头抬头笑眯眯地看了一眼，说：“是啊，我姓鲁。小田和打我过招呼了，她爸爸妈妈和我的关系都不错，怎么也要给点面子啊。你是叫……叫……什么来着？”

“小慧，我叫李晓慧。”

“小慧。好！你等等，我把菠菜秧子盖上再和你说。”

“鲁先生，我帮你吧！”李晓慧上前一步说。

“你会弄？”老头笑眯眯地问，“你知道我要怎么盖？”

“用土盖上薄薄一层，让菜苗不要吸收太多阳光，这样可以长得慢点儿。等吃的时候更加甜。”

“哟？小姑娘伺候过园子？”老头笑呵呵地问。

“嗯。”李晓慧点头，“我姥姥家里有前后两个菜园子，不但种菜，还种了些果树呢。用土盖其实还不够好，菠菜还是冬天那一茬儿最好吃，直接用雪埋上，等吃的时候扒开雪窝子，菠菜都成了墨绿色，根儿是鲜红鲜红的，有小指头这么粗。拔出来带着青青的香气，又脆甜又浓郁。什么都不用加，清炒就很好吃了。”

“要焯水吗？”

“要焯水，不焯水会涩。”

“那你错了！你说的那种雪窝子出来的冬菜不用焯水。清炒也不是最好的，要分成两部分，前面几片叶子的部分就直接凉拌，其他的你再炒，味儿不一样！”

“我没试过这么做。”

“那你下次试试看。萝卜知道怎么弄吗？”

“萝卜有点腥气，所以……”

“打住！”老头一摆手，不屑地道，“萝卜那叫腥气吗？那是萝卜特有的味道！嫌萝卜味儿你怎么不去吃棉花？棉花没味儿！”

“知道萝卜怎么煮会不但不像你说的有腥气，还能提那种鲜香味吗？我提醒一下，是能去萝卜的生辣气的？”老头拍着手上的泥巴问。

李晓慧咬着嘴唇想：“加些生姜？”

“普通！”老头撇嘴。

“青橄榄？”

“有点意思了，不过你考虑味道了没有？青橄榄是酸的啊！”

“用青橄榄加些白果？”

“加多少？比如说这么大一个萝卜。”老头指着手边拔出来的一个萝卜问。

“我可以尝尝这个萝卜吗？”李晓慧迟疑地问。

老头有些意外地看了她一眼，就笑呵呵地帮她剥掉萝卜沾了泥的外皮递过去。白色的肉晶莹剔透，带着很浓郁的香味儿。林佳木很意外地看了看这个萝卜，突然觉得自己也很想咬一口。萝卜见得多了，但是就算大饭店里，似乎也没有这个味儿。

李晓慧轻轻咬了一口，汁水顺着缺口流下来。林佳木接过这个萝卜看了看，忍不住也咬了一口。

吃生萝卜！还出乎意料地好吃！林佳木心道，农家菜还真不一样，平时不觉得，这样一对比可就不同了。

“小姑娘很踏实！不过其实菜甜不甜不用尝，用指甲划一下外皮，看裂开的程度就应该知道了。”老头笑眯眯地说。

早不说？林佳木心道，都吃了再说还有什么用？他啃着萝卜，翻了一个白眼。

“这个萝卜很甜，应该不用加太多，三颗足够了。”李晓慧回答。

“确定吗？”老头问。

“嗯……就三颗。”

“那好，你煮吧。厨房里就有白果，你说的都有。”

“她现在煮萝卜？”林佳木吃惊地问。

“是啊。”老头很随意地说，“这不是面试吗？厨师面试能看什么？当然是看做菜，不煮萝卜难道我还让她画个画儿？”

“佳木，你等我一下啊。”李晓慧拿着这个萝卜往里走。

林佳木跟着她走了几步，忍不住低声说：“这也太没效率了！随便炒个什么不也能看出水平来吗？用不了多长时间。”

“很多菜时间短了就不好吃，不能急的。”

“你还真当回事了？”林佳木撇嘴，“这地方根本请不起厨师！你傻呀！你搁这儿待多久也白搭！”

李晓慧低声道：“佳木，你就等我一会儿吧。”

好吧，林佳木耸耸肩膀，跟着她走。李晓慧不是笨，应该算愚！愚公移山那个愚！山都拗不过她，林佳木也基本拿她没辙了。

林佳木无聊地坐着，李晓慧把厨房里的东西一样一样打开看，这边一溜小罐子都是各种高汤，那边篮子里是五花八门的配料、干鲜，在那边又有瓷碟子里的诸多调味品。上头是各种工具，下面又有一溜盖碗，里面是发好的和需要腌制的各种食材，让人眼花缭乱。林佳木是第一次进饭店的厨房，觉得好玩，倒也津津有味地看了一会儿。

李晓慧选她要的东西往里加，过一会儿，萝卜煮好了，掀开盖子，顿时香气四溢。她盛了一小碗给老头，又装了一小碗给林佳木，眉眼带笑地等着，显然她自己也是十分满意的。

林佳木吃了一小块萝卜，清甜满口，觉得十分好吃。说实话，这是他人生中吃过的最好吃的萝卜！

“怎么样？”他问老头，心里很得意。

老头这时候也刚放下勺子，依旧笑眯眯地说：“不好吃，重做！”

林佳木几乎原地跳了起来，这位要是板着脸说还正常，但他就那么笑眯眯的，居然说重做？“你面部神经痉挛还是精神分裂？”他叫起来。

“佳木！”李晓慧使劲拉他。

“做不做？小姑娘，你自己考虑吧！就这样的水平，在我这儿可还找不到工作！”老头居然还是笑得很慈祥。

“就您老人家这小饭店还有这么高的要求？”林佳木气得笑了，“您老追求很高啊！下次飞船上天就靠您老的追求推动了！能给国家省多少钱！我们达不到您的要求，走吧！”说着，拉着李晓慧就要走。

“佳木，等等，其实我还可以试试别的方法……我……”

“他要你呢！”林佳木道，“你还看不出来吗？他没打算请厨师！”

“我、我……我……”

“难不成你还想做？”

“嗯。”李晓慧点头，柔声道，“佳木，你就等我一会儿吧！”

于是乎，李晓慧又一次拿个萝卜扒开皮尝了尝，仔细在各种调味料里观察，又选了几样放进砂锅。

这一次出锅的萝卜不是上一次那样的清汤，而是带着一点奶白色，是另外一种香味，似乎更加好了。老头依旧笑呵呵地吃了一口之后，说：“不好吃，重做！”

林佳木脸色铁青地看了他一眼，再看李晓慧一眼，居然没发作，不用李晓慧再说什么，就老老实实等着了。老头在一旁倒是笑起来：“一物降一物啊！有趣！你们两个小家伙真有趣！”

“有趣，您就多笑笑吧。”林佳木板着脸道，“看您牙口还好，大牙笑掉了，还有小牙。够您笑一阵子的了。”

像这样又重复了两次，四次用的材料都不一样，但老头全都说不好吃。李晓慧陷入沉思之中，十分为难的样子。林佳木觉得胃部生疼，快要气饱了。气别人欺负李晓慧，更气她乐意让人欺负！

“不能做了吗？”老头还是笑着问。

李晓慧皱着眉，很久之后才叹了口气：“对不起，我想不出来了。其他的食材就算搭配味道也不会更好，我真的想不出来还能怎么做了。”

“终于可以走了。”林佳木活动着早就坐麻了的腿，站起身来。看都不想看那老头一眼，因为看了那张笑眯眯的脸，真想一拳挥上去，又知道李晓慧肯定不让，于是只能不看，对着李晓慧道：“走吧！”

李晓慧跟着他站起来，还对那老头客客气气地鞠了一躬，两人一起往屋外走去。

屋子里只有一桌客人，从他们进来的时候就在，现在居然还在！林佳木就没见过吃饭这么慢的！至于吗？就那么几碟子菜！你们是吃饭，还是服毒呢？至于那么小心翼翼吗？

他从后屋钻出来，见这些客人都望着自己，于是咧了咧嘴："各位慢用！小心硌牙，我们先走了。"

"要走了？"老头也从后屋出来，笑问。

"不走怎么着？你请她？"林佳木不屑地随口说了一句。

"对！"老头拍了拍手，"小姑娘虽然笨了一点儿，但人真不错！我可以考虑请她来打个下手！"

"不用了，这里有您老人家一个就可以镇宅，多了浪费。"

"你不信我真想请她？"老先生还是笑容满面，眼睛却眯了一下，闪出锐利的精光来。

"你请她？"林佳木嗤笑，万分的不屑，"你请得起吗？打算给多少钱？"

"五万一个月，如何？"老头依旧笑眯眯。

林佳木先是愣了一下，随即冷笑出声："你先去抢银行成功了再说吧！祝你好运！"

"站住！"老头一甩袖子，道，"小伙子！光冲这丫头，最多就值这个价！不过冲你，我就换个说法，她白给我干三年，我一分钱不给她开，如何？"

林佳木顿时怒了！什么意思？冲着李晓慧给五万，冲着自己就一分钱没有了！想磕碜他是吧？这位老人家应该先去打听打听，之前所有想骂林佳木的人都是什么下场！

"老家伙，你开玩笑呢！"

恶言一出，所有客人都大惊失色地看着他。

"小东西，我还真不是开玩笑！"老头一直笑眯眯的脸色也沉下来，"就为让你小子看看，我给她个机会！跟着我，白给我干三年，一分钱不拿！以后是能挣五千还是能挣五万，是穷困潦倒还是金山银山，就看她自己的本事了！"

刚才林佳木出口骂人，客人都还是惊讶，老头此言一出，客人眼神却全都发生变化，用一种奇特的目光看着李晓慧，那是一种看到一个幸运儿中了头奖的那种表情。

"你……你……"这场面太像电视里某某皇帝微服私访的时候遇上傻子的情景

了！林佳木觉得有些不对，但又有点不可置信。到底还是忍不住来了一句：“你谁呀？”

袖子被一个客人拽了拽，然后那个人把自己手机递过去给他看，手机搜索栏里从上到下，一溜都是这老头的名字。

很多地方都用红色加粗的字体写着——中华存瑰宝，绝世鲁家菜！

三十四、我相信你

隔行如隔山！林佳木是压根儿不关心这个，李晓慧是还没到能接触这个的档次！他们两个是真的不认识，但这一桌客人可没有不知道鲁大师的。鲁大师根本就不为钱工作了，他们今天能坐到这里并不是因为给了钱，而是鲁大师来了兴致。可遇不可求的机会！

相比他们，李晓慧更加是得到了可遇不可求的机会——鲁大师的关门弟子！她就是用白水煮根木头都会有人花钱想尝尝是什么味道！这位哪怕从此一点东西没学到，光有这个名字，那就一生都有保障了！比中了五百万都更加难得，谁都忍不住多看李晓慧两眼。

从那时候起，李晓慧就忙起来了。鲁大师的教导颇为严格，所以她没太多时间和林佳木在一起。林佳木呢，因为她虽然找到意料之外的好工作，但根本不挣钱，所以觉得压力不小，自己更加应该好好找个工作先顶着，也很是忙碌。他们两个有一段时间各自奔忙，只是没想到林佳木接下来会遇到那么多不顺利的事情，李晓慧也没别的办法，只能有空就来找他散散心了。

林佳木的几个朋友全都是如此，只要有时间就约他，弄得他还挺繁忙的。但林佳木心情不好，谁叫他，他都不愿意出去。一来二去，其他人就偃旗息鼓了，只有李晓慧依旧不停来找他。一次又一次，坚持不懈地找他。哪怕等他一整天，他不出来也无所谓，哪怕找来之后他根本不说话，干坐一整天，李晓慧也陪着他。所以慢慢地，林佳木又开始肯出来见人了。

现在李晓慧再约他，他会出来，他自己已经很失意，不愿意再看到李晓慧眼中失落的神色。

他们顺着河滨路走着，有人过来兜售氢气球，林佳木只是停下来看了一眼，露出点感兴趣的意思，李晓慧就马上过去买了一个。

“佳木，喜欢什么颜色？”

“红的。”林佳木说。

他一路都在沉默，只是说这么简单的两个字，李晓慧就很高兴了，眼睛笑得弯弯的，拿着那个红色的气球走回来，心满意足的样子。似乎只要听到他说话，就很满足。换成别的男女朋友约会，这男的应该被女的甩掉几十次了。

林佳木知道小慧对他好，这段时间他已经尝到了无数人情冷暖。落井下石的眼光他看得多了。哪怕是自己哥哥林中乔，都是一看到他就皱眉，和他说话的时候也都是训斥的时候多，林中乔自己可能都没发觉，他不自觉地对弟弟的态度轻视起来。

不是不关心，不是不关爱，只是不自觉地看低了他，就像对着一个弱小的孩子，不会平等看待。这是人这种社会动物的本能吧？对弱小无能的人即便关心也难免轻视。林佳木并不觉得不对，放在之前，他就是那个最喜欢轻视别人的人，而且他还不关心！

只有小慧一个人，在他失意失落的时候和得意扬扬的时候，小慧对他的态度完全一样，始终温柔、尊重，并关心。不只是对他这样，对谁都是这样，她从来不轻视任何一个人。之前林佳木觉得是因为她已经笨到极点，没有人比她更低能导致的，但现在看来不是的，李晓慧似乎能克服人的本能，真是奇异的事情。

她是自然而然发乎心的，林佳木能感觉到，哪怕现在他们两个已经转换了角色，有工作的人是小慧，没工作的是自己，她态度依然没有丝毫转变。她现在明面上是更加小心翼翼，很是顺着他，很怕刺激了他似的。但从那眼神中，林佳木可以感觉到，李晓慧不同于身边任何一个人，她依旧是相信他的，她依旧坚信他能行，丝毫也没有怀疑过！

这种相信很盲目，没任何根据。好像什么也不因为，只因为他是林佳木！

林佳木知道哥哥林中乔曾经拜托小慧劝说自己，林中乔觉得小慧说话他是肯听的，所以嘱托她劝自己，别喝酒啊！别熬夜啊！要振作啊！别自暴自弃，只要努力总会有收获之类。但是李晓慧并没有和他说过这些。

“小慧！”他突然问，“你为什么不让我少喝点酒啊？”

李晓慧一愣，迟疑了一下才说：“你也没喝很多啊？之前你也是差不多这样。打那天之后，你一次也没喝醉过。”

是的，自己一次也没喝醉过！但只有李晓慧看在眼里了！别的人都是一看到他喝酒就以为他在借酒浇愁。没有仔细想想，他其实和从前没多大区别，喝酒也只是偶尔去，并非天天如此。因为他现在是个失败的人，所以和之前一样的举动都应该有失败的解释了！不以一时成败看人的，只有身边这个傻子！

“小慧，我认真地想了很久，决定试一试！”林佳木突然说，声音很轻。他靠在桥栏上，看着外面绚丽的晚霞，他做了一个关于人生的重大决定，现在是说给李晓慧听，也是说给自己听。

“试一试什么？”

“我想创造一个自己的独立品牌。”

“哦，好啊。”李晓慧点头。她根本不知道创造一个独立品牌，需要多少的努力，需要多大的魄力，所以也并没有大惊小怪。

“你觉得我能行吗？”林佳木轻轻问。

“行啊！”她回答得很肯定。

“因为我是林佳木，还是在你的概念里，觉得谁都可以成功？只要乐意做就成？”

“啊？”李晓慧呆呆地看着他，认真想了很久才说，“因为你是佳木。你比别人聪明那么多，所以你能行。”

林佳木哈哈地笑了起来，聪明如果能帮助成功，那世界上还有李晓慧这样的人的活路了吗？中国老早就有例子，龟兔赛跑，赢的可是乌龟！林佳木知道自己还差得远，好在身边有个乌龟做例子，一个全心全意欣赏他、相信他的乌龟！没有男人能抵挡这种信任！没有乐意辜负这种信任的！他这个兔子不能让乌龟失望！

这段时间以来，他出入广场酒吧，到处闲逛，到处看，并不是像哥哥觉得的那样混日子，而是在认真地思考他将来的设计方向。他要看市场愿不愿意给他留一口饭吃，要看从什么角度才能接到这一口饭。高端还是低端？大雅还是雅俗共赏？适合什么年龄段的人群才最好？从什么位置切入，才会让他有可能插进一只脚，才有可能占据一席之地。

他只是个设计师，对行业内其余营销、推广手段都是陌生的。可以想象，困难重重，所以他不能冲动，要想好了再动手！

他的繁忙和苦苦思索被看作不务正业，甚至自甘堕落！林佳木骨子里骄傲无比，越是被人看不起，就越是不愿意解释一句！只有对李晓慧，他乐意解释，虽然很明显她听不懂，但他乐意说！

他细细地解释："我现在没有钱开门市，所以想先做网店。服装也联系到一家郊区的制衣厂了，因为单子小，他们给的价格不低，但这家质量比较好，相对放心。我按照最初准备五十款，每款各个尺码两组计算，布料配件加上加工费，也要接近十万！"

"那你缺钱吗？"李晓慧问，林佳木还是第一次和她仔细谈关于钱的事情。但她也没说要帮忙凑钱，一个是她没有，一个是林佳木所有认识的人的财产，加起来也没他哥财产的一个零头多。如果是想要钱，就不会找她说了。所以她只是问问，一点也不着急。

林佳木笑了笑，怎么不缺钱？他之前花钱太大手大脚，现在积蓄不过几万！别人要问，他会很傲气地说："不缺！"但李晓慧问，他就点了点头，轻轻说："是啊，缺的还不少。不过不用担心，我想好了，卖掉我的车刚好就够了。以后你有事我就借车接送你。"

"卖车啊？"李晓慧哦了一声。她知道林佳木是很要面子的，本身也很喜欢车。卖车肯定是不舍得，但在李晓慧的价值观里，车是很奢侈的东西，没有条件的时候的确不应该开车。

林佳木就喜欢她这个不大惊小怪的样子！眼下这个时候，这种笨笨的、乖乖的、对他没有同情只有信任，一切都交给他决定的反应，他特别喜欢。

对于别人来说，林佳木卖车是落魄，对于小慧，这只是他林佳木的一种选择，他无论选择什么，都会得到理解和信任。

突然之间他觉得满身都是力量，如山如海！而这如山如海的力量化作漩涡，好想把这个女人放在漩涡中心捧起来或者包进去，紧紧地，不留一丝空隙！就是这种感觉！

林佳木一把把李晓慧拉进自己的怀里，把下巴顶在她的头上默默地摩擦，感受那一份只属于这个女人的干净而温暖的气息。

为什么那么多人喜欢把头发弄得香香的呢？有没有试过这种干净的味道是多么好闻！

“小慧，我不能保证会给你这个世界上最好的，但一定是我能做到的最好的，你信吗？”他轻声问。

李晓慧觉得心跳停止，大脑缺氧，好久之后才轻轻嗯了一声。

早就信了！当初她在河水里挣扎的时候，这个男人一次次把她举出水面，用尽所有的力气保护她的生命，不断用充满感情的目光看着她的时候，她就已经信了！

生死考验的时候，他已经给了她能做到的最好的了！他已经把自己的生命都垫在她生命之下了，还需要什么承诺？还需要什么更好的东西？怎么可能还不信他？

他们拥抱的时候，氢气球脱手飞出，慢慢上升，最终融进艳丽如火的夕阳里。

三十五、不泯于尘

之前林佳木只需要画个设计版就行，其他只要往助手那一送，过几天样板就给他做好了，不喜欢马上重做一个。想用什么材料就用什么材料，任何一个配件让他不合意，他的助手都要全世界去给他找，工艺、成本这类问题根本不需要他来考虑。

现在他要自己挑选布料，自己寻找配件，需要核算价格，很多时候为了成本要先做一个试试，更多时候因为单子太小，服装厂不愿意为他做工序复杂的部分，他还得手工做上去。

他没有了一切空闲时间，每天房间的灯都亮到深夜，经常连吃饭的时间都省下来，就一边画样板，一边啃一口冷掉的馒头。如此一段时间下来，他面容憔悴，迅速消瘦。

但同时，他脸上那种永远冷嘲热讽的样子不见了，身上那种漫不经心的样子也不见了。现在他走路带着风，脸上带着笑。

完全没有经历过奋斗的人生是不完整的，自我完善的过程虽然艰难，却弥足珍贵。他正在一砖一瓦地为自己搭建人生舞台。

这是个丝毫也不浪漫的过程，枯燥乏味，疲劳痛苦，投入自己的全部却无法预测未来，成功的概率并不大，但所有成功的人，都是在这个过程中能像李晓慧一样坚持下来的人，所以林佳木要学一学她。这个时候不能太聪明！想得多就会做不到了！他选择把自己累到要死的程度，不要多想！

认识林佳木的人绝对不会想到，他现在正用力拉着一辆搬运车，咬着牙往家里走。

服装厂在郊区，离最近的地铁站足足七八公里路！他的订单小得不送货，只能自己去取。车子已经卖掉，搬运车还是服装厂借来的，用过要还。他东西多，公交车上不去，打出租没有钱……

“我想要怒放的生命！就像飞翔在广阔的天空，就像穿行在无垠的旷野……”他大声地唱着。

林佳木深深地吸了一口气，汗水刺得眼睛生疼！七八公里的路，推车已经沉重得像个怪兽！这个大坡太陡了！他怎么也推上不去！

你能行！你真有劲！你什么也不怕！他在心里不停地说。终于最后一步推上来了！

“拥有挣脱一切的力量——”他用力地吼着。

路过的车都忍不住看他。

这是一个非常养眼的小伙子！很值得多看几眼。就算在这种情况下，他依然打扮得不同于众人。他的衣服裁剪合适，勾勒出健硕修长的身材，休闲裤很潮，一条腿是橙色的，一条腿是黄色的，显得他腿部几乎不合比例得修长却又十足抢眼。哪怕像这样大汗淋淋地推着一大车货物，都有一种别人不具备的美感，像漫画里的美少年。

无论在什么情况下都不泯于凡尘，这就是林佳木。

看成败，人生豪迈！怕什么几次三番从头再来！

看成败，人生豪迈！只要是历经艰难本心不改！

到了地铁站，林佳木已经汗流成河。没有车的这段时间，他已经明白了乘坐公共交通工具的生存之道。绝对不能谦让，要眼疾手快，要行动如风，不能有半秒钟的犹豫，要拿出战场拼杀的劲头！这样的话，即便抢不到一个座位，至少能抢到一个能站着的地方。不至于没有立足之地！

地铁来了！林佳木占据有利地形，发挥他灵活的优势，以力拔山兮的爆发力扛着大包、拖着折叠好的推车，猛冲进去！运气很好，有个空位！

他根本没容眼睛看清楚就扑过去，地铁里大概宽度高度的银白色光芒就是座位，不然还能是什么？等看清楚就绝对不可能有座了！

果然，哪怕他这么反应迅速，依旧是两三个屁股同时往下坐，他也就快了那么零点零一秒，第一个沾上椅子！成功！

另外两个失败者恨恨站起，林佳木打开两条长腿大大地舒了一口气。舒服啊！

就在这时，门外低头冲上来一个五十来岁的大妈，和刚才林佳木的姿势一样勇往直前！她直扑到林佳木身边，毫不犹豫地强势地把林佳木一边橙色一边黄色的两条腿往两边一掰，很霸气地说："这两位小伙子麻烦让一让！"

然后她咣当，就坐在林佳木两腿中间了！

经过近三个月的准备，林佳木的网店开张了。他投入所有积蓄和精力的结果，只让他成了一个很不起眼的淘宝店小店主，服装销量非常非常小，几近颗粒无收的程度。

在这个充斥着宣传的页面上，林佳木的小店根本没有机会让顾客看到。即便偶尔看到，他的衣服干巴巴地挂在衣架上的样子也吸引不到多少人驻足停留。林佳木明白视觉效果有多重要，樊－秀公司每年用于宣传的预算都是巨额数目，但是他没有请模特拍照的钱。他的衣服是小批量生产的，成本很高，所以卖的价格也不便宜。初入江湖的林佳木什么优势也没有，宣传没有，效果图片没有，价格优势没有！知名度的优势更加没有……

惨淡经营了一段时间之后，除了堆满一屋子的服装，除了林佳木嘴角的火泡，一无所获。

"小慧，我能行吗？"这话他没有问出口，但是再看李晓慧的时候，就带着点迷茫了。预料到了辛苦，但没有预料到不被承认，这种感觉是无望而痛苦至极的。林佳木觉得自己就像陷阱里的困兽，还是挣扎了很久，已经极度疲惫的困兽。之前所有的努力就像跳梁小丑一般，是一场笑话。

李晓慧觉得他瘦得厉害，现在不管多忙，天天都会来，每次都做些调养身体的好吃的送过来。

"佳木，你是不是特别累？"她发愁地看着他问，"有没有我能帮得上忙的？我力气挺大的。"

“……还好。”林佳木摇摇头，心想力气大管什么用，难道会有男人把力气活让女人做？真是异想天开！突然想起，之前那个陆家铭就让她帮什么七大姑八大姨的亲戚搬过家。

这女人没过过好日子！林佳木认真地想，他很想让她有女神该有的待遇，但是他现在毫无希望，比之前的陆家铭更加不如。陆家铭至少还有一个相对体面的工作，而他呢？

林佳木自嘲地笑了笑。李晓慧被这个比哭还难看的笑容惊到了，问：“佳木，你是不是不舒服？”

“倒没有不舒服。”林佳木很坦诚地说，“就是心里沉甸甸的。生意很不理想，如果不是我哥收留我，估计我现在只能住大街上了。所以我哥这段时间叽叽歪歪的，总让我还是去上班好。但是我不甘心，小慧，你觉得我该上班去吗？”

“我不知道啊。”李晓慧摇摇头，“我听你的。”

林佳木失笑，这倒是简单，亲朋好友里劝他进一步咬牙坚持的有，劝他退一步海阔天空的有，有人给他加油鼓劲，有人给他疏通排解，每个人都是一套一套的人生哲理，倒垃圾一样倒给他，他其实都不乐意听，最想听的只有小慧的意见，最重视的也唯有她的意见。结果倒好，她说不知道！

“听我的？”

“嗯，你是林佳木，你那么聪明，肯定会知道怎么才是好。”

但是我现在真的不知道，林佳木沉默了。聪明没有你想的那么有用，也许能解出个数学题，但解决不了人生中遇到的问题。也许，我不值得你那么相信……

但是这样的话，别说骄傲的林佳木，只要是个男人就说不出口，他只能在心里苦涩地笑，却还要装作风轻云淡。

李晓慧也冲他笑笑，拿出煲好的汤和菜，一碟碟摆满桌子。然后放上碗筷，很习惯地帮林佳木先盛了一碗。

两个人现在都穷，饭店去不起，娱乐活动就剩自己做饭吃了。不过眼下也没几个饭店能做出李晓慧这样水准的食物来，所以他们的生活还算不错。

“都是萝卜？”林佳木吃了几个菜之后，却忍不住问了句。一桌子眼花缭乱的菜品，各种颜色都有，煎炒烹炸各种做法都有，但原材料居然是一样的，都是萝卜！

都是！一桌子菜，全是萝卜！当他是兔子呢！

李晓慧很不好意思地点点头。

“你做这么多萝卜菜？超市萝卜打特价？”

“哦……萝卜……顺气去火……你多吃一点好……”她说完这句话，脸都红了。

如果是别人，林佳木可能会觉得是讽刺他呢，但李晓慧这是很明显地第一次撒谎，慌不择语，简直一戳就穿！

“该不是你师傅让你拿来的吧？”

李晓慧立即点头，的确是师傅说的：“拿去给你家那小浑蛋吃去！反正他那舌头也吃不出好赖。”

怪不得李晓慧每天带来的菜越来越多，如果是专门为他做的，那也太多了，吃不完。原来自己成了厨师学艺时候的试验品了。不过这是家属的责任和权利，原来他现在属于厨房垃圾桶那个角色啊。

“他现在教你萝卜的各种做法？”一顿饭十来碟都是萝卜，林佳木只觉得好笑，倒也不排斥。他问，“你做的老头满意不？”

话一出口，只见李晓慧脸色立即变成苦瓜样，眼神那叫一个愁苦啊。

“怎么了？那老头子很凶？骂你了？给你气受了？”林佳木追问。

李晓慧不由自主地点了点头，要真的教给她就好了！问题是师傅不教！而且确实很凶！师傅虽然整天笑呵呵的，但严厉得很，做得不对就骂她笨！最让她苦恼的是，师傅很多时候都不告诉她该怎么做，只是说：“不行！再想！”可是偏偏动脑不是她的强项，她真要想破脑袋了！

“佳木，我要有你这么聪明就好了！”她低声笑了笑，“有时候我觉得实在没办法了，就特别想你，真的想让你帮帮我。”

“那怎么没找我啊？”

“师傅不让。”李晓慧摇摇头，“师傅说，想不出来就试！试着不行就再想！天无绝人之路，死不了终究能想出来办法来。”

林佳木嘬着牙花子：“真能装，拽得跟二五八万似的。别信他！武侠片里每个高手出来都得先傻笑一阵子，就跟生怕大家误会他有智商似的。其实一板砖就能撂倒！”

“不是的，佳木，师傅做菜很好！”

“他做给你吃过？”

“没有，他只是让我自己使劲做。”

“那你怎么知道他做得好？”

“我做得咸了淡了，火候大了小了，他都不用尝，鼻子一闻就能知道！”

“那也只能证明他是个吃货！做得好不好谁知道？王语嫣还能各家武艺，如数家珍呢，其实一招都不会。”

“佳木，不会的，师傅很厉害，是我不够好。”

林佳木看了她一眼，没说话，因为嘴上虽然这么说，但他心里也是相信鲁大师水平的。现在这个信息时代，虽然有炒作上位的事情发生，但像这样享誉几十年，则必须有真本领，没有什么炒作可以让人几十年长盛不衰。

他吃了一块煎的萝卜饼，又喝了一口煮的白汤，再来一口凉拌的三丝，各有特色，每一种都很好吃。鲁大师一直觉得不好，但林佳木明显感觉得出来，李晓慧做的菜是越来越好吃了。

李晓慧在进步，但自己还不知道。那他呢？他的出路在哪里？

李晓慧见他吃得挺香甜，忍不住偷偷笑了笑，当时师傅说：“你这都做的什么玩意？只配给猪吃！拿回家给你那小浑蛋，他那破舌头没见过好东西，估计能吃下去！那小浑蛋和猪没什么区别，而且没猪可爱！真不知道你看上他什么了？还有，他要是说好吃，你别得意，你给他抓把烂泥他都会说好吃，你可别被他骗了！”

“小慧，你这萝卜做得很好吃，别听那老头的！他估计太老，味觉退化了！”偏偏林佳木这时候又来了这么一句。李晓慧顿时笑了出来。

林佳木愣了一会儿，不知道自己这话哪里戳中了笑点。但这段时间每个人看着他都是愁眉苦脸的，笑的人可真是好看！尤其是李晓慧，她笑起来特别温暖。不管哪句话戳中的笑点，至少她笑得非常真实，没一点苦中作乐的勉强。的的确确就是开心的。林佳木觉得她的处境应该和自己很类似，为什么自己笑不出，她还能笑得出？

“小慧，你一直想，却什么办法也没有的时候，难受不难受？”

“不算难受。”小慧抿嘴笑了，“佳木，你知道，我脑子笨，其实我很少能想出来什么的，都是试试再说。”

“试一百次也不行呢？再试一百零一次，对吗？”

“嗯。”李晓慧喝了一口汤，很肯定地回答，“师傅总是说，做菜其实就是那么回事，谁做都是一样的，生的弄成熟的，办法也就那么多种，不好玩的。差别就在于重复的事情是不是能认真去做、认真去想。让我自己掂量，认真想不出来，就先认真做。”

她伸伸舌头：“其实好多次我都是试过了的，都是忘了，又重来一遍。有时候做到一半想起来师傅说过的，这样不行，可是已经做了，就硬着头皮做完，端上去的时候，师傅脸色都绿了。”

林佳木若有所思地看着她。

小慧被他看得不好意思起来：“佳木，要是你，肯定不会忘。”

“是啊。”林佳木点点头，他是不会忘，在一个地方跌倒就不会再去了，所以也没机会征服那个地方……他凝视着李晓慧，一言不发。

“佳木，怎么一直看着我，吃饭啊！”

“好。”林佳木微微笑了，端起汤来也喝了一口。

李晓慧的确没有主意，什么话也没给他说，她只是做给他看了。她的所作所为已经等于为他指引了方向。

很久以来，他都觉得这个笨姑娘是他的软肋，让他变得愚蠢。现在他才明白，她不是他的软肋，而是他的盔甲！

三十六、命中软肋

半个月之后，林佳木终于打破僵局，为自己服装中比较潮的部分设计请到了拍摄模特。那是新城广场上跳街舞的一群年轻人，这是他锲而不舍连续磨了好多天的结果。

他守在广场边，帮他们搬运器械，把李晓慧给他做的各种点心带来给这些人吃，为他们收拾场地，和他们一次次诚恳地谈话。这中间每一件事情，都是之前他绝对没有想过自己会去做的。

但是他只能想，想不出就去试，试着不行就得接着想！李晓慧羡慕他的脑袋，他也同样需要李晓慧的坚持。

没有摄影棚，没有专业的灯光和摄影师，没有专业的模特，没有专业设备。只有一群被他诚意打动的年轻人，在昏暗的路灯下穿着林佳木设计的衣服拍摄了一组又一组的照片。

效果会是什么样呢？效果是……

特——别——好！

很接地气的路灯和好似身边人的场景，一个个频闪的动作，街舞的热情，年轻人的朝气和拼搏，坚持不懈！这一切都被定格在一张张照片里了。

林佳木不是摄影师，但他是个很出色的设计师，哪怕根本没做过一天的摄影，但他的天赋依旧让他对气氛、灯光、环境的把握非常敏锐，骨子里技术达到了艺术的高度。而他的模特，也同样是用灵魂在舞蹈，用生命在热爱的一群人。

这样的组合成了另一个层面的突破，比不过别人的专业，却非常能打动人心。

这几组照片贴上去，一个淘宝店的货物图片居然成了艺术品。许多年轻人自动发帖子称赞他的创意，很多人在贴吧里主动链接网站的地址帮助他宣传，连篇都是赞誉之声。因为这些人觉得，能拍出这样氛围的照片，能用这种方式去表达概念的人，才是真正理解时下年轻人追求的设计师，那是对他们的理解和接近。这份理解让他们乐意花更多钱去买林佳木的服装。

有些人会深得老天的眷顾，只要他稍微努力一下，就能得到远比别人更多的收获。林佳木就是这种人，所谓的天之骄子。他的付出对于自己已经算不小，但对比许多艰苦奋斗的人群来说，真是微不足道。

但就是凭借这一个点子，几张创意贴图、几组画面都不算清晰的照片，他居然就很轻易地让自己的服装品牌迈出了第一步。

这一步并没有给他带来滚滚财源，只是有了生存的可能。但这已经很不容易了，如果有人看过统计数据就会知道，像他这样贸然进入一个新领域的创业者，百分之九十几都没能看到生存的可能，就被市场无情地淘汰了。

而林佳木就十分幸运，他只用了五十款设计中针对年轻潮人的十款就收回了全部前期投入，并略有盈余。换个经验丰富的老手，比如像樊－秀宣传团队那样的，会尽量扩大这种宣传效应，让这批款式带来最大化的品牌推广和经济效益。但林佳木不成，他根本不具备这样的平台，能到这个程度已经超出他所付出的努力了。

但也就是这样了，他只是收回了成本，并没有赚到多少钱，因为他准备不足！

他共设计、制作了五十个款式，其中适合最潮流的只有十款，每款两手，也就是各个码数两件而已。这一组照片登上去，这点可怜的库存迅速就卖光了。接下来陷入没有衣服可卖的窘境，立即找服装厂追加也需要时间，更何况他的衣服很多配件都是他自己手工缝上去的，忙死了也来不及。

但事情就是那么奇妙，因为他没有足够的货源可以提供，下定金排队等着的顾客越来越多，人们开始称赞他对品质的坚持，因为看得出来，很多位置是手工的，在现代这个机械化的社会显得难能可贵。因为买不到，他的品牌居然持续升温，影响力缓缓向上。

因而，不得不说，有些人的确是被幸运之神眷顾的。别人跌倒了会摔断腿，他跌倒了会捡个金元宝。林佳木居然仅凭几个月的时间就在激烈的服装竞争市场勉强立足了。

有一款设计方向得到承认，他就有了最基本的生存基础，卖得慢一点就慢一点，他陆陆续续把衣服做出来，销量就一直有，没有特殊情况发生，林佳木至少不会吃不上饭了。更重要的是，他找回了信心，曾经被打击得七零八落的自我认同感又回来了。

他再一次像小慧那样，相信他自己，林佳木可以做到。

过一段时间之后，他可以偶尔像个正常的男朋友一样，放下手边永远也忙不完的工作，把李晓慧约出来散散心了。

最近忙起来，两人已经很少有这浪漫的时候了，虽然每天都见面，但见面的目的就是吃李晓慧学厨过程中的各种衍生品，属于不能浪费的解决需要，这么长时间的萝卜吃下来，虽然鲁大师说他是猪，但真的给猪吃这么长时间萝卜，估计猪也有点坚持不住了。

林佳木有时候觉得鲁大师这是故意整他，报复他见面的时候对他的不敬。傻乎乎的李晓慧就是帮凶，自己还不知道。他实在快吃吐了，觉得自己整个就是个大兔子，喘口气都是萝卜味儿。

不过，他能坚持地努力到现在，也是因为每天吃的都是李晓慧做的萝卜。

每天吃，这说明李晓慧每天都在做！成功之路并不波澜壮阔，如果有谁一直波澜壮阔，他肯定死得很惨。成功之路可能会遇到偶然一个契机，但更多的时候，就是这样重复的过程。林佳木不缺波澜壮阔的头脑，缺的是反复坚持的毅力。

这个世界上绝大多数人都是如此，浅尝辄止，稍进便停。所以大家也就信了，人生就应该如此。

而林佳木不同，他每天吃的萝卜，就代表了有一个毅力超群的人正在做给他看，事情不应该这样做，有人正在告诉他什么才是坚持。他不能被这个人落下，这是他坚定的信念。就像他每天咬着牙吃萝卜一样，他每天都在咬着牙坚持着向目标迈进。

前面一段时间都是李晓慧约他，但是她只会傻走，走累了就坐下休息，休息够了接着走，跟行军似的。这次换成林佳木约她出来，李晓慧蛮高兴的。

这可怜孩子，两个人正该浪漫的时候，她却没享受到什么。女人被追求的时候应该有女神的待遇，很可能这辈子她就只有这段黄金时间了。按照林佳木嘴甜、脑子反应快的资质，她本来可以浪漫不停、惊喜不断的。但林佳木这阵子顾不上，李晓慧在这个黄金时段依旧是厨娘待遇，浪漫甜蜜都一筷子一筷子吃下去了，比当初和陆家铭刚在一起的时候都不如了。要说能受得了还毫无怨言的，恐怕只有李晓慧一个人，就这样偶尔被男朋友约出来一次，居然就高兴得嘴都合不上了。

林佳木稍微留出点脑子安排了一下，带了一块户外垫子，两个人就去城市公园爬山加野餐，吹着小风，坐在阴凉地里吃得高高兴兴。

“夏天居然都快过去了！”林佳木长长地伸了一个懒腰，“我好像憋在家里几个月没出门了一样。”他回头看看小慧，认识一年多了，时间真快！他何其有幸，当初裤子上带了个外挂！这样的人间绝品也能被他钓上来。

“嗯，你确实两个多月都没出门了。”李晓慧随意地说，“上次哥让你去交一下有线电视费用，你都不肯，还说你们俩都不看电视，交那个干吗？那天我也在，我就去帮你们交了。不过后来发现你说得对，你和哥两个人确实都不看电视。后来还有一次，哥让你去下面超市买沐浴露，你也说买那个干吗？你们俩都不洗澡！哥当时脸色黑黑的，说你才不洗澡呢！都快臭在家里也不出下门，后来他自己下去买了……”

林佳木听着她唠唠叨叨地说着家里的话，感觉无比温馨，一点也不浪漫，但是十分地舒心，他慢慢靠过去，闭上了眼睛。

李晓慧觉得肩头沉了下来，侧过头去看他，发现林佳木已经睡熟了。她安静地看着他睡着的样子。阳光下，林佳木的侧脸就像精心雕刻的艺术品一样，非常完美，百看不厌。在这个阳光灿烂的午后，小慧觉得生活让她心满意足。

林佳木觉得自己有幸，李晓慧也同样这么觉得，她原本没有想过，自己可以拥有一个近乎完美的人。或许在别人眼中他有缺点，但李晓慧却觉得，他是完美的。他对自己好得无可挑剔。

她非常非常喜欢这个人！就像看待人间至宝。

李晓慧睁开眼睛的时候，发现她已经换了一个位置，靠着林佳木的胳膊睡得舒舒服服，林佳木却正凝视着远方，不知道想些什么。

“哎呀，佳木，我怎么睡着了？”她很不好意思地坐直，发现半边身子都有些麻了，估计睡了不短的时间。刚刚还是林佳木靠着她睡，根本不知道什么时候自己也跟着睡了。

“我睡觉轻，你往这边一倒我就醒了。”林佳木笑了笑。他当时刚一睁眼，李晓慧右边脸就倒过来，直接凑在他嘴上，正好让他亲了一下。现在想起来，心里还是软软的。

“佳木，你还困不困？”李晓慧觉得他眼睛里红血丝很多，一副疲惫不堪的样子。

“还好，我也习惯了。”

“佳木，你最近是不是都没睡好？”李晓慧看着他的样子，心里很发愁。

她知道他现在是很忙，可是忙得要累坏身体总是不对的。

“嗯，昨晚想了一夜，完全睡不着。”林佳木低低应了一声，他在李晓慧面前并不嘴硬，前段时间因为有销路高兴了一阵子，还和李晓慧去看电影。这段时间又变得半死不活，她又不傻，说很好，她也不会信啊。

林佳木心里不算轻松，他算是插足进入服装界了。但这也就是勉强摇摇晃晃地站住一只脚，在这个激烈竞争的市场里，只站一只脚是很危险的，随时还会被挤出去。

林佳木其实比之前更加忙了，他一个人要应付很多服装的配件，就像一个缝纫工人一样不断重复高强度的劳动，他觉得自己手巧了很多，无论画图还是装订，速度都又快又好。但当一个缝纫工自然不是他的目标，所以夜深人静的时候，林佳木不停地思考今后的方向。

这是一个创业的人的必经之路，所谓摸着石头过河。能在市场里插进一只脚已经是不容易了，如果守着这份来之不易的收获，日子立即变得枯燥而疲劳，赚的也只能是一点辛苦钱。要是不满足，要么重新冒险，重新努力，做足了一切之后，再去看是拓宽道路，还是之前的努力付诸东流。要么就扩大眼前的市场，形成批量化，靠重复固定的风格真正占领一部分市场，再追求一些细微变化，之前樊－秀就是这样做的。

离成功还远得很，林佳木不过才走出去了第一步。他现在刚刚好面临第一个纠结痛苦的时期。是固守还是奋进，这不是一个简单的选择，而是要赌上他现在拥有的全部。无论怎么选择都不容易，无论哪个方向都前途坎坷。

“那你睡吧，我给你挡着风。”李晓慧道。

林佳木轻轻笑了，小慧就是这样，不问为什么，只问他现在要不要睡一会儿。不像他哥哥一样说什么身体是革命的本钱之类他当然也明白的道理。

有人如此信任他，他当然要注意身体，当然不会辜负这样的信任。因为他知道，无论走向哪一个方向，背后都有人默默支持着他。

“过一会儿回去再说，我今晚早点睡，现在还睡不着。”

“那靠一会儿吧！我帮你揉揉脑袋，我爸爸喝醉了我帮他揉揉，他都说会舒服一些。”

小慧把两人的背包放一起，在垫子上给林佳木布置了个舒服的位置，帮他轻轻地揉着太阳穴。

林佳木这次没有拒绝，他躺上去伸长了腿。

比起其他人，他还是很幸运的，住在哥哥家里安全舒适，还不要钱，有些人别说复式，地下室都租不起呢！这一块就省下他许多精力，还有一个如此善解人意的人在时刻体贴地照顾他。

“对了小慧，你怎么样？那老头有没有再为难你？”林佳木轻声地问，“他直说没有？到底加什么才行？”昨天李晓慧带来的菜终于不是萝卜了，林佳木推测可能有点转机了吧？

提起这个，李晓慧长长地吐了一口气，说：“原来萝卜要去生辣气什么也不用加，只要煮到一个时间开锅放出来点气就行了！”

“什么？”林佳木几乎跳起来，“那老头一直问你要加什么，那不是故意误导你吗？”

这么长时间以来就琢磨这么点事儿了，早说不用加，至于把小慧难为成这样吗。

“师傅只问我怎么让萝卜没有生辣气，并没说要加什么才行啊。是我自己想岔了，一个劲儿地来回试各种东西。师傅只是没有拦着我，他并没有误导我。”李晓慧吐吐舌头：“我都把师傅珍藏的材料糟蹋一半多了！他估计很心疼，都笑不出来了。好些材料都是有钱都不好找的，师傅也没有多少，用一点就少一点了。有一小罐子七十年的陈皮，我放一块，师傅脸颊的肉就抖一下，后来大半罐子都被我糟蹋了，我也手软得不行，问，师傅，还要试吗？”

“他怎么说？”林佳木坐起来，想着总是一脸坏笑的鲁大师笑不出来的样子就觉得舒畅。

“师傅眉毛直跳，但还是咬着牙说——试！做坏了给猪吃！我倒要看你笨到什么程度！”

“哈哈哈哈。”林佳木大笑起来。

“萝卜没煮出来，倒是好些从前没想过往一起配的材料，现在我都知道配出来是什么味了！”李晓慧也笑，“我终于做出来之后，师傅一脑门都是汗，比我看着累多了似的。”

林佳木笑得从垫子上跌了下来，捂着肚子在地垫上翻滚。他深深理解鲁大师的感觉，自己最开始面对李晓慧的时候也是这种气急败坏又无可奈何的样子。因为每次退让的都是他，所以他才会觉得李晓慧是他的软肋。怪不得林佳木前段时间抽空去接小慧回家的时候，鲁大师对他无缘无故就横眉竖目。他只当这老头是旧恨，原来是没办法对李晓慧撒气，只能对着他撒了，属于新仇啊。

习惯就好了，哈哈。鲁大师，你习惯就认命了。

“那老头，哈哈……那老头……笑死我了。”

“佳木，你别叫他‘那老头儿’了好不？”李晓慧很严肃地说，“师傅是好人，我能分得出谁对我好！”

“背后叫也不行啊？”林佳木翻白眼，“他当面不是叫我‘小东西’，就是叫我‘小浑蛋’，从来没好脸色，你没听见？”

李晓慧不说话，只是看着他。

林佳木举手做出投降的样子：“师傅！师傅！你让我叫祖宗都行！可以了吧？”

他已经认命，李晓慧的话，得听！

三十七、当我模特

林佳木远比李晓慧敏感，他有天生不容忽略的优势。龟兔赛跑，兔子如果睡觉，赢的肯定是乌龟，但如果兔子跟乌龟一样咬着牙拼命跑，那自然还是兔子赢。

但人生不是一次赛跑，而是无数次，能到什么高度还要看兔子能坚持多久。由于林佳木吃了那么长时间的萝卜，兔子风范初具。他此刻正在盯着面前报纸上一个整版的消息心潮起伏不定。他在繁忙之中，总觉得自己在冥冥之中等待一个机会，而眼前的消息让他几乎立刻知道，这就是机会！

林佳木又是激动，又是紧张，许久之后，他把报纸用力铺开，用笔在标题上重重画了一下——潮流之都，浪漫新城，A 市首届服装节将于一个月之后举行。下面一行小字写着，“欢迎各位业界同仁共襄盛举”。

A 市换了一届市领导，预备将市风引导到潮流时尚上去，这当然是创汇和吸引商机的办法。而对于林佳木来说，也是一个契机。

所谓的服装节，由许多环节构成，传统的展会还是重头戏，会有许多的款式和品牌在展会上就把一年的销量都定下来。但除了室内的展会，还有许多户外的活动，市政府拨款的大型走秀宣传节目就是其中之一，更别说各种媒体都肯定会来大凑热闹了。

服装节定为三年一度，这是首届，受到各方面的关注。对商户的资格限定也很宽松。林佳木算了算自己的资历，刚刚好够得上可以报名参展的底线！他闭着眼睛思考了一会儿，就按照报纸上的号码拨通了服装节筹备组的招商电话。

“喂！”电话接通。

“喂。”林佳木努力让自己的声音很稳定，“你好，我在报纸上看到关于服装节的消息，想问一下，你们的展会还有剩余展位吗？我的服装品牌注册于2016年，叫作LIN！”

展会那边核查资质的人员费了不少劲才查到这个叫“LIN”的新注册品牌，弄清楚情况之后很是鄙视了一下。

嗅出商机的人早就行动了，消息远比正常渠道灵通，所以展会的位置在报纸报道之前就定得七七八八，等到大家都知道的时候，黄花菜都已经凉了，好位置早就没了。

如果是像樊－秀那样的大品牌，这个时候想进去就晚了，不过很幸运的是，‘LIN’这个牌子因为小，却碰巧还有机会。

这次展会深受市领导的重视，为了体现兼容并包的胸怀和政府扶持中小微型企业的意愿，展会特地为小的品牌留出了专门的展区。LIN这样的牌子刚刚够得上扶持条件底线而已，虽然注册时间、品牌效应都是垫底的，但毕竟是够资格了。

更加巧的是，和他类似资质的商家多半都是帮人贴牌生产的山寨，或者随便注册个品牌专门做低档货。参加这样的大型展会的意愿很小，因为他们的品质和知名度在一众大牌里肯定是炮灰！凭着低价做市场的，有什么必要和高端市场竞争呢？根本比不过啊！而且也没必要，这一次的参展费用那么贵，谁愿意花钱去给别人当衬托？所以在给小微企业预设的低档展区，名字还没报满。

“5号展厅的西北区还有部分展位剩余，先生您有意向吗？”工作人员还是很有礼貌的。

“有意向。”林佳木很肯定地说。

“那我就为您登记了。请您记录一下以下信息，参展费用、展出条件、需要申报的资料。请带齐上述文件资料，于三日内到××报名参展。”

林佳木深吸一口气，他听见自己用很郑重的语气说：“好，我会准时报名。”

接下来的一段时间，就是林佳木的筹备时间，一个月的时间，对别人来说是备展，对他来说则是备战，破釜沉舟的备战！

林中乔觉得，前一段时间弟弟窝在家里做针线活不出门他发愁，这段时间突然根本不着家，他也发愁。总觉得自己这个弟弟实在不能让人省心，累成这样也不是个办法啊？做什么要这么拼命，那也肯定不是好工作了！什么时候才能让人放心呢？唉！

但林佳木此时此刻却并不是在拼命工作，他特地去和鲁大师要了一天假期，带着小慧去游乐场跟一群小孩子去玩机动游戏去了。

他们在摩天轮上看风景，在旋转木马上眉来眼去，在娃娃机上夹回来一大堆娃娃……这些举动很是幼稚，但由林佳木做出来就极具美感，实际上他就没有做出来不好看的事情，走到哪里都引人注目。李晓慧跟他在一起，不喜欢的事情也喜欢了。

“去不去鬼屋？”他问小慧。

“我不敢。”小慧咧嘴笑了笑。

“没事了，我保护你！”林佳木笑道，“我告诉你，一般鬼会躲在哪里，就那么几个地方，你仔细留意一下就能看出来，你跟着我进去，咱们抢先吓鬼一跳好不好？”

小慧脸红红的，笑着摇头。这种恶作剧可不好，鬼屋的工作人员要都遇到这种游客，估计都要得心脏病了。做人要厚道！这种事李晓慧可干不出来。

林佳木也不勉强，买了两个大棉花糖，一人一团吃着走。他自己穿着设计感很强烈的撞色衣服，很是打眼，李晓慧也被他临走的时候配了个帽子，打扮得漂漂亮亮的。两个人这样拿着一大团棉花糖走在游乐场里，就像移动的美景，到哪儿都会被人多看几眼。

小慧也习惯了只要跟着林佳木就会被人看，这样颜值的人想藏也藏不住。她觉得林佳木今天很高兴，别人多看他两眼，他有时候还会笑一下，要是之前，绝对是一个白眼过去。

玩了两个多小时，李晓慧有些累了，林佳木依旧兴致勃勃。一直在户外吹风的缘故，她的妆油了，脸上斑斑驳驳，林佳木却不知为什么那么得天独厚，一张脸依旧干净清爽、帅气逼人。他用纸巾帮李晓慧擦掉脸上的妆，突然笑了：“你这化妆技术还没过关啊！怎么学的？林老师生气了！今天要加课训练！”

小慧也笑了，想起最初相识，林佳木逼着她向女神方向靠拢，带着她化妆、带着她吃饭看电影逛街……原来那个时候他们就已经开始做男女朋友才做的事情了啊！这算是先见之明吗？

那段时间的训练倒也没白费，后来李晓慧去正式场合的时候，大半都会化点妆，是因为这样的确好看，也是不愿让林佳木的好意落空。她天生对别人的好意十分敏感，林佳木嘴巴最毒的时候，她都能感受到来自他的关心。早在别人怕他、讨厌他的时候，李晓慧就喜欢他了。

“笑什么？严肃点！要加课，听到没有？我们去看电影！”

“好！”李晓慧白了他一眼，笑眯眯地说，“那你前头带路吧！我可是女神，我等着你伺候就行了！”

“喳！”

一整天玩下来，李晓慧真的觉得有些吃不消了，累得几乎都不想走。的确很开心，跟林佳木在一起，她什么不做都很开心，可以看得出来，林佳木这一天也是难得地开心。

“佳木，有什么高兴的事情吗？”

“是有点高兴，我一会儿和你慢慢说。”

林佳木看看天色：“小慧，快天黑了，我们吃个晚饭回去吧。”

“现在就回去，我来做吧，出来吃花钱，我还可以多做一点儿，晚上哥哥回来也可以吃。”

“每天都是你做，今天休息一下！”林佳木摇摇头，“我们都应该偶尔休息一下，你刚才不是还说累得走不动了吗？”

“我觉得做菜不累的。”

“那我也想和你说说话。”林佳木冲她嘘了一下，她就不说了。

他拉着她，找了一家之前他吃着还不错的餐馆进去，点了八菜一汤。小慧拉拉他的袖子，小声道：“太多了，哪吃得完啊！”

“没事，吃不完打包回去喂我哥。”

“那也不用浪费呀！”

“小慧，今天听我的吧，我请完这一次，都不知道还有没有钱请你吃下一次，必须丰盛点儿。再说我这段时间吃萝卜实在受不了了，我觉得自己眼睛发红，耳朵变长。放月亮里就可以从事药材加工了。不信你看，我都有唇裂的倾向了！”说着把头凑过来让她看，眼睛眨巴眨巴地卖萌。

李晓慧扑哧一声笑了出来，对于林佳木这种不分场合的腻歪有些脸红，只好由着他点了一桌子的菜。不可否认，她喜欢这样的场景，林佳木给了她太多的快乐了！

因为他思维敏捷、智商爆表，帅气迷人、内心又满是激情，所以随随便便都会给她没想过的惊喜。而她却平庸内向，实在没有本事回报那样飞扬的快乐，只能报以温柔的陪伴。

一大桌子菜陆续上来，大饭店做的，每一样都搭配得很好看，但味道只能说中上，李晓慧现在都不用尝，闻一下就知道哪个火候没掌握好。

“没你做的好吃，果然是浪费！我突然有点怀念萝卜了。”林佳木夹了一筷子豆腐，尝了尝，摇摇头，也笑了。

“那下次还是我给你做吧。”小慧赶紧说。

“之前在公司上班的时候我一个人吃饭，经常就会点三四个菜，爱吃什么吃两口，剩下来一大半不要了。现在我们好容易出来吃一次，点了几个菜就心疼钱。这还是因为我这段时间赚到钱了，否则要请你吃个饭都困难。小慧，你觉得我现在好还是过去好？”

“现在好哇！”小慧毫不犹豫，“吃不完就不应该点那么多，浪费不好。”

“现在我又累又穷，找点时间陪你都不容易。”

“可是你现在经常笑了，还是现在好，你没时间我去找你也一样的，我每天都过去一下，每天都能见你，不出来也挺好的。”

“难道之前我都不笑吗？”

“不是这样的笑。那时候你笑起来眉毛向上挑，嘴角向下撇，四歪说你不会正常地笑，就会冷笑。”

“好吧，你说现在好，那就是现在好，你说了算。”林佳木笑了笑，心想她可真直接。

他是想引导小慧说些不满足于现在的话来的，但是显然引导无效，小慧对现在的生活很满意，看来不满足的是他自己。

李晓慧看了他一眼，心道：当然是现在好，现在他比之前好说话得多，整个人都不像个刺猬，有点像树袋熊了。不过很早之前，她就相信林佳木会变成这样的，总有一天，他会变成这样，所以现在她并不吃惊。在他外表还像刺猬的时候，李晓慧就已经看清楚他里面是个可爱的树袋熊了。

“小慧，有件事我要和你商量一下。”林佳木缓缓地移动着筷子划拉桌面，却不吃东西。“或者说，我想让你帮我的忙。”他直接说了。

“嗯。”李晓慧轻轻点了点头，等着他说。

他仔细地解释道：“我认真想了一段时间了，我想收缩这个系列的销量。只凭一个概念炒作是不会长久的，我设计的主攻方向也不是这种一味追求新奇的潮装风格，我其实并不太喜欢。网上已经有很多模仿的图片和款式出现，卖得比我便宜多了。再持续下去，我只能和他们打价格战，这不是我的目的，卖给年轻人的衣服本就不应该太贵，市场应该让给那些物美价廉的跟风的。”

“那你呢？”

“我要转向我最擅长的方向，我已经做了几组新的设计，这段时间，我有意识地控制街舞那个系列的销售，也存下了一些货源，可以应付两个月左右。空出些时间，我想带着新设计去参加今年秋季的服装节！这两个月就是留给我转型的时间。如果发布会能成，我设计的款式数量，还有知名度以及客户群数量，可以支撑我开一个实体店了，实体肯定才是更加适合我的方向。可是如果不成，那两个月之后，这边的销量萎缩，新的销路没有打开，青黄不接，我就又会一无所有了。”

“会很累吗？”

“累倒是不会很累，该做的准备我都已经做了，连实体店都有了大概的选址，就是还没敲定租下来。定金我都交了。只是会有些危险！但我想试一试。如果真的被打回原形，我就又没办法请你吃饭了，所以趁着现在还能掏出钱来，先请你一顿。”林佳木笑笑。

李晓慧认真地听着，这件事林佳木明知道她不懂，还要和她商量，应该是有困难，需要她帮忙吧？

“我需要很多图片展板。部分可以用之前街舞的那一组，但另外大部分不适合那种风格。昨天我已经去摄影棚询价了，一个专业的摄影师加上场地和后期的制作费用，我的钱刚好够。就是没有请模特拍照的钱，或者说我也不愿意把钱花在这个地方上，所以我想让你做模特，拍一组服装照。这系列的女装就麻烦你，男装我自己来，可以吗？”

“啊？”李晓慧有些不知所措，“我行吗？”让她帮忙做后勤工作可以，去拍照当模特？她可完全没有底气。

“还可以，虽然你的身材气质不适合所有的设计，不过大部分都可以。”林佳木说得很坦白，“但是我想和你搭档，我也是第一次做模特，第一次把照片放那么大给别人看，小慧，我心里也有点忐忑，所以我不愿意身边的人是别人，就想是你！希望看到照片里面，我的身边是你，这样我会比较有勇气，你同意吗？”

他认真地看着李晓慧，小慧把手伸到他的脸颊边，轻轻点了点头。

她是不敢的，如果没有林佳木，她一辈子也不会做这种事。但是有林佳木，她就什么都敢了，她也愿意林佳木身边的那个人是自己。这一刻，他们心意相通。

三十八、点石成金

照片做出来了，不像是专业模特，倒像是一对情侣，很温暖的感觉。李晓慧做不出那些专业模特的酷帅感觉，林佳木也没有要求她这样，两个人只是行动坐立，就像日常生活一样。他们用目光和肢体交流，用默契和感情沟通，就像拼图一样契合。

摄影棚里的摄影师很专业，光线角度把握得很好，不断去捕捉这种难得的契合感觉。林佳木眼光高，他千挑万选最后看上的摄影师水平错不了，这方面的钱不能省。

这又是一组很不一样的照片，不是以美艳取胜，而是感觉，能打动人心的感觉。

甚至都不需要验证，每一个看到这组照片的人都预感，这又是一组一定会引人瞩目的宣传。林佳木就是这么与众不同！这么创意十足！

就在林佳木昏天黑地地忙了许久，算计着把一切都准备好，就等通知提前进场布展的时候，一个突如其来的消息几乎将他打蒙了。

不可能事事诸顺！林佳木自从开始创业之后，算是深刻体会到这一点了。总有一些莫名其妙的状况出现，等待他一点点克服，比如说现在。

“你说什么？”林佳木脸色难看到了极点，“没有给我留广告位是什么意思？”

他很想翻出合同再看一遍，明明说好了，每一位参展商根据租赁的位置，都会有十个能放展板的广告位，这倒好，他把照片拍好了，广告位没了，难道让他用手举着？

“真是不好意思，先生！”参展商接待处的接待员擦着一头的汗，“在第五展厅的商家都特地说了不要广告位的，我以为你也不要，这个展会广告位贵得很，通常情况下没有必要……”

“没有必要打广告？请问你活这么大买过多少没打过广告的商品？不用打广告，你以为我会催眠？”

“哦……呵呵，那个，先生，你自己摊位的壁板还是可以张贴宣传广告的……”

林佳木气得鼻子都要歪了，冷笑：“多谢手下留情，没让我的摊位也打上别人的广告，我谢谢你！谢谢你全家！”

“佳木！”李晓慧扯他的衣服，强制平复他即将爆发的情绪。

“岂有此理！”林佳木哪里是这么容易就能冷静下来的？要知道他为这次展会付出多少心血！多少精力！多少金钱！他把自己能拿得出来的东西都拿出来了，现在被人告知说好的广告位不给他了。

这是第五展厅，很多人根本不会溜达过来！走累了直接就回家了！尤其是林佳木比较看重的那些业内人士，看热闹的或许会过来瞧瞧，可那些业内人士基本只会在第一、二展厅去寻找能入眼的设计，第五展厅？连普通观众都明白，那是打酱油的好吗？看看自己身边的展位几乎被布置成了零售市场，正经做服装推广的就他老哥一个，倒是卖纱巾、卖皮带，甚至卖食品的有许多！林佳木越发觉得在重要位置打广告十分必要。

“佳木，你发火也不是办法呀！”李晓慧拍着他的手背，“还是想想能怎么解决才好。”

接待员也说：“先生，你别激动，不然这样，等我问问经理，看有没有办法给你临时增加几个广告位。”

林佳木脸色阴沉得像是要杀人，李晓慧还柔声说：“那麻烦您了，请一定帮忙想想办法！”

经理焦头烂额地安排了一顿，正经广告位肯定是没戏了！早就被他高价卖出去，只有在边角地区想办法，楼道拐角、厕所门口、休息处、餐饮区……

还别说，这些地方挤出来的不只十个广告位，二三十个也有，质量上虽然不行，数量上倒是假一赔二了。只看参展商能不能接受这个安排了。劝服林佳木接受这个安排的任务就落到可怜的接待员头上。

“先生，为了表示我们的歉意，经理特地给您留了很多广告位，共有二十七个！都是很特别的位置，覆盖了整个第一、第二展区！”接待员硬着头皮说着经理交代的违心的话，又硬着头皮拿出展馆地图指给林佳木看。很多人是不会看地图的，接待员此刻很希望林佳木也是看不懂地图的人之一。

然而林佳木推演的能力很好，瞬间就弄明白这些位置都在哪里了。

“你脑子勾芡了吗？”他脸色铁青，“这些是广告位还是路标？”

“先生，我说实话吧，就只有这些地方了。”接待员道，“经理说了，如果你不满意，可以把广告位的费用退还给你。”

“我说你是打算改姓赖……”

“佳木！”李晓慧扯着他的衣袖不放，“别生气，往好处想想，我们多了两倍的广告位呢！”

林佳木憋着气看着她，李晓慧经常说他不该生气，难道这次他也不该生气吗？

李晓慧不知道该说什么才好，这类事情林佳木恐怕是很少经历，但是对她来说却很平常，林佳木觉得这是被人欺负到头上了，不能忍，可是她觉得这只是一点挫折，很正常。任何事情发生后先去接受，再尽可能地改善，让事情变得好一点儿，这是她长久以来的处事习惯，很多时候，结果虽然不像事先计划的那么尽如人意，可也没想象中那么坏。

“佳木，别生气，你试试好吗？我看这些位置也还挺好的。”李晓慧软言轻声地劝他。

“试什么试？这还用得着试吗？”林佳木怒道，“展会的广告位那么小！那些大品牌一买就是几十个上百个，连在一起，没进门就能看见！给我这么多个都是分散的，照片拍出来，人头还没人家鼻孔大！难道我能这边放个眼睛，那边放个手？这是服装广告还是恐怖片预告？”

“佳木！别急，你再想想办法不行吗？你是那么有办法的人！什么都难不倒你，你一定会有办法的！离展会开始还有三天时间，你再努力一下！”

她拉着他的胳膊，充满希冀地看着他：“佳木，你一定行的！”

林佳木愣了，他不知道自己能不能承受得起被一个人如此信任。很长一段时间，鞭策他前行的就是李晓慧这种盲目的信任与崇拜，他必须逼着自己成为一个值得她这么信任和崇拜的人，所有的软弱都要化成努力，而他就是在这个过程中逐渐从任性的男孩成长为一个男人的。

李晓慧低下头，声音更加低：“不管怎么样，我还是很想看到我和你一起拍的照片能在展会展示出来。”

“……好吧，我试试。”林佳木低声说。

“嗯，佳木，你肯定可以的！加油！”

林佳木并不是碉堡一样毫无弱点，他和很多人一样吃软不吃硬，只不过他吃的实在太软，所以他自己也误以为自己是软硬不吃的。

李晓慧看他一眼，他的气就消了几分，李晓慧轻轻露出点着急的样子，他的心就软了一半，李晓慧再冲他满怀信任和鼓励地一笑，他就又全身充满奋斗的欲望了。有一种情况叫作百炼钢化为绕指柔，说的就是他现在的样子。

林佳木抓着自己的脑袋，几乎揪掉了一百根头发。说得很容易，再想想！可是到底要怎么想呢？这些展位不但遍布全场，而且形状不定，有的是宽扁的，难道要让模特躺着？有的是细长条，瘦成这样的模特实在没见过。有的在下面，有的甚至在上面抬头才能看到的位置上，实在连一个像样的都找不出来。

他真的觉得自己已经无能为力了。之前能找到街舞的人给他出镜已经是运气，到底该怎么想呢？

但林佳木毕竟是智商高达一百六十八，眼光好到可以引领时尚，品位强到可以碾压大部分人的极品。

三天之后，当展会开幕，人们正式入场之后，一个从来不被人知的品牌 LIN，成了整个展会谈论最多的焦点。

那是一系列非常特别的广告，摈弃了其他品牌大面积、大篇幅介绍的情况，全部是从图片里裁剪出的某个部分。广告位虽然小，但如果只是单独放大某一个部分，那就比把模特整个放上去更加显眼了。比如说，一进门谁也忽略不掉的迎宾位，只有挡在额头上的一只手的样子，手指着一个方向，写着“LIN，等你”，手下面是一个男子的模样，但处理得非常暗，看不出那模特的具体样子，只能隐约感受到他的一点点目光。

进入之后，这样的广告更是时隐时现，LIN 这个品牌就像藏在森林里的精灵，你总能不经意地看见它，却又总是无法一次看够。

有时候它是半侧的背影，有时候它是柔弱无骨的一只手，轻轻地指引着，有时候是两个男女模特默默互望的样子，两个人都只有一半，却组成一段欲语还休的故事；有时候又只是一个脚印而已，却在一片花红柳绿中更加吸引人的目光。

这是一组非常特别的照片，你可能注意不到别家的广告，却不可能不注意这一家，因为他的广告位几乎囊括了所有必经之处。只要你还需要走过通道，去上洗手间，或者找个地方休息，就肯定能看到这个叫作 LIN 的品牌。

这些广告打破了人们传统意识上好的广告位的概念，让大家惊讶地发现，最好的位置原来并不是通道最显眼的地方，而是这些看似不经意、不起眼，却在人流必经之处，在人们被铺天盖地的美女帅哥轰炸得疲劳之后，刚好需要小憩片刻的地方。每一个参展商都在拍着大腿悔恨自己为什么没想到这些广告位，都在赞叹到底是谁这么有眼光！

而且这些广告让人特别喜欢，这个品牌选的模特都并不是常规那种惊艳夸张的处理，而是柔雅端庄，意境隽永。美得像是一部小电影。这是林佳木连夜找设计公司的 PS 高手根据他的要求修改过的，照片还是之前他和李晓慧拍的那一组照片，剪出能用的部分，经过大幅度的夸张处理，效果惊艳到让人惊讶。这是深藏不露的绝大气场，林佳木这才知道自己原来还是个全才，图片处理虽然操作不了，但是提供的概念却能让资深设计师都赞不绝口。

而不断重复出现的简单到极致的广告语“LIN，等你”，仿佛指引人们寻宝的路标，让人津津乐道。平时很少观众出现的第五展厅，当天达到了展馆有史以来的客流高峰。人们远远看到摊位的第一句话，都是忍不住叫：“在这里！在这里！”

在他们自己的展厅里，就像一部电影终于到了结尾，一幅幅展板铺开来，行动坐卧的两个互相凝视的人，温暖的感觉仿佛能流淌出来。他们的展位小小的，没有足够的宣传，没有炫酷的灯光和音效。位置也偏，却有很多人驻步停留，低声谈论。

而且来看他们的人都是安静的，如同欣赏文艺电影一样，和其他展位的喧嚣形成强烈对比。这次展会林佳木并没有请很多人帮忙，只是四歪和小慧，不断有人走过来欣赏他们的展板，又对着两个人微笑。林佳木他们也就对着每一位观众微笑，整整一上午，他们的展位一直是车水马龙，川流不息。

三十九、只欠东风

中午时分，小慧出去买盒饭，林佳木坐下来，笑容收敛，变成深深的怅然无奈。

“木头，你怎么好像不高兴？”四歪回头见了他的样子，不由得吓了一跳，“这不是挺好的吗？你看有多少人特意来找我们的展位呀，没达到你想要的效果吗？”

“不是没达到，而是超出我想要的效果了。”林佳木低低叹了一口气，“比我在展会之前希望的好了不知道多少倍！”

“哥们儿，你没事吧？超出你想要的效果你叹什么气？平时怎么没觉得你这么低调奢华有内涵呢！”

“我贪心。”林佳木很坦白地说，“按照预先设想的，我能在展会中露出个小脸，以后作为一个卖点用在宣传中就算达到目的。却是没想过居然这么出风头。现在我发现了一个突如其来的机会，如果抓住眼前的机会，可能会让我少走五年十年的冤枉路，可惜我明明发现了这个机会，却没本事接住，就像天上掉下来一个大馅饼，我却不敢接，只能眼看着这个馅饼摔在我面前变成垃圾。换成你，你会不会郁闷？”

“什么意思？哪个算馅饼？为什么不敢接？”四歪看着络绎不绝的人群，“我真觉得已经不错了，哥们儿！你看多少人对你感兴趣！这么多人，跟大风刮来的似的，一股一股的。你到底还郁闷什么呢？”

“这么说吧，我等于造了一艘小小的船，本来想找到机会能下水就很不错。结果到了江里之后呢，突然刮起了顺风，一直顺风！如果我有帆，我就能飞快地向前走一大段路！我都已经能想象那种‘直挂云帆济沧海’的感觉了！可惜我没有帆，所以只能眼看着一阵又一阵的风刮过去，眼看着一艘又一艘比我笨重的船从我身边开过去，我只能拿着筷子那么大的小船桨慢慢划，如果没有风也就算了，但是明明有那么顺的风，我却只能划，所以郁闷，明白了没有？”

“肯定没明白啊！”四歪叫道，“你这就是找来爱因斯坦，他也不一定听得明白啊！咱能别那么迂回吗？”

“呵呵，当我瞎说，我也就一时感慨，没事儿。”林佳木笑了笑。

“你听听，还呵呵！这么经典的皮笑肉不笑你说没事！老子辛辛苦苦，还想等你发达了我能占点便宜呢！你想不说就不说了？今天就是我确实帮不上忙，就为满足我的好奇心，你也得给我说清楚。”

“不说你要便秘？”林佳木白了他一眼。

“你才便秘！你敢憋着不说，我祝你从此天天便秘！”四歪恶狠狠地说。

“好吧。”林佳木只好慢慢地说，“我其实就是忍不住去想，趁着反响这么好，这么多人关注，如果我有能力让我的品牌在展会上走秀就好了。发布会的秀场是为参展商免费提供的，灯光音响一切设备都现成，可以省下好多钱，而且几乎知名媒体都在等着报道宣传，又有大量的观众观看，多少分销商在一边等着，这是砸多少钱也做不成的效果。我能感觉到这是非常难得，非常重要的机会。我的品牌定价不算便宜，没有宣传不行。可惜我没有可能组织一场秀。”

“这……慢慢来嘛，没关系的。你现在已经挺好了，你看这个展厅的人羡慕你都羡慕得眼睛发红呢，知足吧。”

林佳木看着周围的展板，轻轻道：“虽然挺好，但毕竟是取巧。我现在只能取巧，奇兵这种东西若是一而再，再而三，那也就没用了。这个系列即便能像上个系列一样爆红，那也是不能长久的。我除非有本事让人的目光转移回设计本身上，否则都不能算上了正道。”他怅怅地叹了一口气：“我明明已经能感觉到成功近在咫尺，可以从此堂堂正正走上正路，让大家都看我设计的衣服，而不是这类取巧的东西。但我却没能力抓住机会。我就是想，错过这一次，难道我要每一次都想方设法地取巧吗？”

“别人不会看你的衣服吗？”四歪沉默了一会儿，才问。

“会看，但不会仔细去看。因为是我们主动把人们的目光吸引到感觉上去了。我分散了他们对设计本身的关注，这是没办法的事情。”林佳木也叹了一口气，“不这么做，我就连这些目光都吸引不了。”

“那……那……你哥那边……”四歪磕巴了一下，终于什么也没说。他比林佳木还穷，能有什么办法？

“我哥我没告诉他。”林佳木摇摇头，“之前我没有任何把握，没想到会出现这样的契机。这次我已经花完所有的钱，如果我让我哥出钱帮我，我不能保证还得了，所以压根儿没想过去凑钱。现在后悔，可再去找我哥借钱也来不及了。模特、灯光、音效、化妆、舞台、设计，这些都不是短时间可以筹备出来的，专业模特提前一个月都有安排了，我哪儿有可能临时找到人呢？有钱都没用！

“找我哥这事儿我早就想了，我也不是那么矫情的人！如果还不上我可能不敢去借，但我对这一次是很有把握的。所以早就想过要借钱，从三天前设计这些广告的时候我就想到可能会有这样的效果了！我也预料到我会非常需要一场秀。其实几天前也和好几家模特经纪公司打电话了，他们都说我在开玩笑，实在来不及！别说专业的模特，就是二流三流的也没有档期！所以我才没有和我哥开口，这种情况借钱能有什么用？事情也果然就像我想象的一样发生了，哥们儿，我真的心里难受！这些天我一直使劲地想，也一直在想办法和模特公司联系，看还有没有可能出现些奇迹，可是真的没什么办法可想，只能算了。”

四歪拍了拍他的肩膀，不知道该说什么才好。

林佳木勉强笑笑：“是我太贪心了，四歪，这事儿别让小慧知道。”

“为什么？你们两个出问题了吗……”

“不是，只是我不想让她失望。她很信任我，我不想让她看到我无能为力的样子。”

“这……好吧。”

远远地看见小慧拎着快餐回来，两个人不约而同地闭上嘴，重新露出笑容。

但是到了下午走秀的时间，事情还是被小慧发觉了。

起因是她一句没心没肺的话，因为外面走秀，展厅里人流顿时少了很多，大部分观众都出去看秀场了，隔着展厅也能听到外面雷鸣般的音乐和掌声，而里面的两个人却都表现得极为淡定，外面越是欢声雷动，他们两个看上去越是若无其事。

得知外面那么吵，是参展商的服装秀，小慧就随口问了一句：“佳木，你也有秀吗？”

林佳木没什么变化，但是四歪的表情顿时就凝固了，还忍不住偷偷看林佳木的脸色。

“哦，我没有给 LIN 安排这个。”林佳木若无其事地说，“我不用这么宣传，等着人来找我就好。”

“可是现在没什么人来，不如我们也……”

“没人就趁机歇歇，站了一上午了，你不累吗？”

“我还好，不觉得累。”

“你好我也不好！我快累死了，得歇一歇。”

“那你歇着，我可以帮你联系……”

“省省吧！如果有需要我会不去联系秀场吗？你知不知道这个秀场是免费的？白给的东西有好的吗？你当别人都和你一样傻呀！”林佳木冲她翻着白眼。

“哦，是我不懂。”李晓慧不好意思地笑笑。

“我需要一些特殊的想法，走秀太张扬，太老套！没其他办法的人才去走秀，不符合我的设定。我都准备好了，你就别瞎操心了！”

“哦，好的。”

为了林佳木的展会，她已经和师傅请了好几天的假，每天晚上这边帮林佳木收拾，那边还要赶过去跟师傅学习，其实是很累的，趁着人少，就坐下来好好歇歇，顺便听林佳木和四歪聊天，也觉得不错。

第一天，第二天就这么过去了，第三天是最后一天，过了今天，T 台就撤掉，林佳木虽然心里充满了渴望和想法，充满了不甘和渴望，却只能用更加若无其事的态度对待，不光是不想让小慧知道，他自己也不愿意面对。

中午时候依旧是小慧出去买饭，但是这一次不知道为什么，去了好久也没回来。打电话给她，结果电话就在摊位响起来，小慧这是走的时候忘了带电话了。

“打饭的人很多吗？”林佳木站起来，有些不安，“会不会太挤了？我去看看。”

“好，你去，我在这儿看着就行。”四歪点头。

但是展会上的路可不止一条，他刚走，小慧就从另一个方向回来了，神情有些怔怔的。

“木头去找你了，你没看见他吗？”四歪一边拿起饭盒分筷子，一边问。

“没。”小慧低着头。

“怎么买了这么长时间？”

“我遇到了几个朋友……”

“怪不得！”四歪已经挑了一盒吃开了，含着饭说，“你们女的就是这一点：啰唆，我妈也这样，遇上个熟人就走不动道，站那儿能聊两个小时！笑得嘎嘎的。”

李晓慧心想，我们可没笑。

她碰上的是樊－秀之前的同事，李莉、莫培培等几个模特。像这样的服装会肯定有樊－秀，这是毫无疑问的，所以已经有这种心理准备遇到之前的熟人了。不过LIN在第五展厅，樊－秀却在第一展厅，双方又都忙得焦头烂额，倒也没正面相遇过。

李晓慧买完盒饭从人少的地方走回来，看到李莉她们几个，因为她们化的妆太浓，一下没认出来。之后被叫住，说早就知道她来了，这几天从广告里认出她和林佳木，还挺吃惊呢！

见到熟人和她聊天，李晓慧很高兴，她不善掩饰，出自内心的真诚，几个模特都能感觉到。别人问了问她辞职之后过得好不好，她也问问这几个人的老毛病有没有改善一点儿。

然后李莉问她，为什么没看见LIN走秀，她如实回答，林佳木说不用。芭芭拉在李莉身后露出不屑的表情来，直接嗤笑：“没本事就没本事，不说没钱，说不用！”

李晓慧是不承认林佳木没本事的，脸上的表情十分不赞同，就忍不住和她们争辩了几句，但是说得多，错得多，莫培培她们都是业内做了多年的人，很容易就听明白了到底是怎么回事。不断反驳，最后李晓慧也被她们说服了，明白林佳木不走秀不是因为他说的不用，而是不能，是无可奈何之下的无能为力。

所以她现在满怀心事，看着饭盒只是发呆。心里总是想着乔娜带着点儿同情的那句话：“真是太可惜了，林设计师肯定特别难过。”

是啊，她知道林佳木是难过的，虽然他这几天一直在笑，但她也能感觉到他内心深处那份无奈的感觉，让她心如刀绞，却又明白自己假装不知道才是帮忙。她可没有林佳木那样掩饰情绪的能力，和李莉她们说话立即变得词不达意，显得心事重重又无比沮丧。李莉她们见她这样，就放她走了，她在路上失魂落魄地走，连着撞了好几下，直到回到摊位坐下来，依旧看起来呆呆的。

就这么发了好长一段时间呆，林佳木从人群中挤回来了。一见自己上天入地遍寻不着的人好端端在展位坐着，不由得有些郁闷地说：“小慧，你回来了也不给我打个电话，让我到处找你！我都着急了！想着再回来看看，你要是不在，我就要去广播寻人启事了！”

“啊？对不起，我忘了给你打电话。”李晓慧很是歉意。

“想什么呢？怎么不吃饭？”林佳木坐下来问。

“没什么好吃的，我就随便打了点儿。”

“这种大众快餐能有什么好吃的？对付一下就得了。在这儿吃到的东西如果和你师傅做的一个味儿，那得把我吓着呢！”林佳木笑了笑，拿过筷子打开饭盒吃了一口，饭菜都凉透了，也的确很难吃，不过他非常饿，也顾不上这些，大口大口吃起来。

身边似乎有人走过来，林佳木头也没抬，只含着满嘴的饭粒说了一句：“欢迎光临，请随便看！”

“那我就看看，林大设计师吃这么香，吃的是什么好东西！”一个充满嘲讽的声音突然响起来。

林佳木惊愕抬头，却见芭芭拉画着粉红色的巨大眼影，居高临下地俯下来看着饭盒里已经搅和在一起的东西。展会的盒饭能好到哪里去？更何况还是凉透了的。盒子里就剩下些残羹冷炙，一片黑褐色的酱汁淋在硬邦邦的白米饭上，看着十分寒酸。

“林设计师果然有品位，吃的这是猪食吧？哎哟，我怎么听说，林大设计师品位特别高，非五星酒店不去呢？”芭芭拉笑了起来。

“是你？”林佳木放下饭盒，冷冷地看着她，“你有什么事？”

“哦，倒也没什么大事，我们知道了你在这儿，大家就都想来看看，当年那个骄傲上了天的林大设计师，现在过得好不好。”莉莎笑吟吟地走过来，她也化着浓妆，气场惊人。

四十、都支持你

小慧觉得很是不安，迎上来结结巴巴地说："李莉，你们……"

林佳木站起来把她护到身后，淡淡地道："谢谢，挺好。"

"你那总是斜着眼睛看人的毛病改了，别说，看着确实顺眼点儿了。还有刚才你说话的语气我也觉得不错，确实挺好，不过有人来了，你要招呼啊，再说一遍欢迎光临！"

"看够了吗？欢迎光临，有事说事，没事请回吧。"林佳木脸色阴沉。

"没事不能来？你怕看哪！那你开什么展会呀？创什么品牌呀？窝在家里继续开网店不就行了？"这句话是张鑫说的，一样充满嘲讽。

"怕看，他把照片贴得到处都是？明明是想让人看，你巴不得大家都来看你，对不对，林设计师？"这是莫培培说的。她身后的乔娜抿嘴笑了笑，没说什么话。

"但是照片拍得再好，那也只是玩虚的。你的衣服设计得好不好，有几个人会注意呢？是不是呀，林大设计师？"

"我可是听说伊莉娜服装公司的劳伦斯这几天到处和人说，说你是被开除的，还说你设计的衣服之前走低端，还总有设计通不过。好些想找你的人都被他说得打消念头了！林设计师，你说这劳伦斯为什么总是针对你呢？会不会是你不小心得罪他了，也推荐他用柴油当香水了？"李莉慢悠悠地，语气嘲讽。

"什么不小心？以我们林设计师得罪人的本领，还用得着不小心吗？"芭芭拉冷笑。

“是啊，你没听过樊－秀有一句传言吗？——林设计师的外号叫作移动军火库！他说出来的话可以当炸弹用的！”

“呵呵呵……那咱们可得小心点儿，你看林设计师的样子，怕是就要发火了吧？”

“冲我们发什么火啊？到处说他坏话的是劳伦斯！”

“不过想想啊，人家劳伦斯虽然夸张了不少，但说得也没错，林设计师之前不就是设计低端品牌，最后还被开除了嘛！”芭芭拉嘲笑着说。

这几个人全部化着浓妆，穿着极高的高跟鞋，身高全部在一米八左右，绝大多数人都需要仰望她们。她们全部身材极好，步态摇曳，穿着时尚，就是单独一个都会很吸引目光，如今有十几个站在林佳木小小的展位面前，还吵架！简直就是聚焦的作用！吸引了大批的观众。

“你看我干什么？我哪句话说错了，林大设计师？”芭芭拉冷笑，“我读书少，可比不上你有学问！你再这么眼睛都不眨地瞪着我，我当你吃我豆腐了！”

林佳木冷笑一声：“吃豆腐我也不吃王致和的！”

“好了好了。够了！”乔娜伸手拉住她，“咱们直接说目的吧。”

“原来还有目的！”林佳木气得笑了，“我当你们就是来百鬼夜行的。一群女的说两句话我忍了，居然还有目的？说吧，想怎么样？”

“哎哟？我没听错吧？你居然还能忍了？”

“那你的意思，是我可以不用忍了？”林佳木冷笑。

“你还想咬人不成？”

“不会，我再想不开也不吃屎！”林佳木冷冷道，“你们想怎么样直说吧。”

“倒也没什么，我们大家商量了一下，想听你给我们道个歉！”莫培培道，“你觉得你之前那德行，该不该道歉呢？”

“不该！”林佳木冷冷一笑，“我之前那德行配你们现在这德行，已经算得上谦谦君子了！”

“他不肯道歉！我们走吧！”芭芭拉冷笑。

“哈？”林佳木冷笑，“你的意思，我要是道歉你倒不走了？逻辑混乱了吧？你脑子里长的都是自信心吗？好走不送！”

芭芭拉脸色一沉，转身就走。

李莉和乔娜一起拉住她："我们不是已经说好了吗？你真的要走？"

"我看他就生气！"

"算了，他一直就这样，你又不是不知道。"李莉劝道，"你还真的指望他道歉啊？"

"这种人就应该让他去死！管他干什么？"

"唉，不是还有小慧吗？你不管他，也不管小慧了？"

"哼！"芭芭拉冲着林佳木狠狠冷哼了一声，"懒得和你说了，要不是看在小慧的面子，我今天就真走！"

说着，她直接往展位里走过去，拿起一件衣服朝自己身上比画一下又放下，冲林佳木冷冰冰地说："我穿的尺码，给我找出来！动作快点！"

其他几个笑着摇摇头，各自去挑衣服。

"什么意思？你们想买我的衣服？这是展会，不零售，不好意思，多少钱我都不卖！"

"你和我要钱？"芭芭拉笑起来，"我不跟你要钱就够给你面子了！喂！姐妹们，这家伙还没明白呢！他想要钱！"

"哈哈哈哈。"几个人笑成一片。

"林设计师，好了，不闹了！快点帮我们挑尺码吧！离走秀就剩不到两个小时了！"李莉走上来，笑呵呵地说。

"……什么走秀？"

"还能有什么？就是本场展会的宣传秀啊！难道我们还能现在去巴黎帮你走秀去？你想得美！"

"别得意哦，我跟你说，别人是不是看你面子我不知道，我可是全看小慧的面子！隔了这么长时间了，她连我多久胃疼一次都记得。就冲这个我来的！和你可没关系！"莫培培白了林佳木一眼，说。

"好了，培培，刚才我们商量的时候，是谁说林佳木是她见过最才华横溢的人，这种人不出头真是没天理了？还一副痛心疾首的样子？"李莉好笑地说。

"那又是谁说先过来吓他一下的，李莉？"

"又不是我一个人说的，对于这一点，大家可没一个人有反对意见吧？不是都想看他吃瘪的样子吗？"

“那是那是，回去问问樊－秀的同事，林佳木倒霉，谁不想看？就算一张票卖一千块钱我都乐意！哈哈哈。”

“好了，你又来了！咱们之前不是说好了得少说两句的吗？说多了难免又惹一肚子气！真把他惹急了咱们都说不过他！”

“你还说呢，芭芭拉就你说得最多！我就猜他快爆了。”

“那也没关系，之前总是阴阳怪气的，就算说不过他，看到他表情不淡定的样子我就高兴！”

“我心里想了这么长时间，总算看到他刚才的样子了！”

“对，跟个拉链似的，咬牙切齿！”

“哈哈哈哈……”十来个姑娘都笑弯了腰。

“好了，大仇已报，接下来该做正经事了！我们快点准备！加油加油！”

“你们……”林佳木震惊地看着这群人，脑子还是木木的。

“我们帮你报了下午的走秀，模特一共十六个，走你习惯的四组四队正好。音效和灯光也已经帮你借到手了，保证符合你的要求！业内混了这么多年，这么点面子还是有的！化妆师就是小鲁，你知道她是樊－秀最好的，她今天换班，正好有空！现在在那边布置呢！怎么样？对于这样的阵容，林设计师满意吗？”

“我……”

“在业界我们都是一流的模特，也都和你合作过，事先排练就不必了！我们一定全力做到最好！林设计师，你现在要做的事情是尽快为我们安排你想秀的衣服，赶不上时间那可怪不得我们哦，谁让你早点不通知！”

“你们为什么……”林佳木觉得喉头涌起一股热流，似乎哽住了。

乔娜轻轻一笑，说：“刚才我们和小慧分开之后，大家心里都沉甸甸的，毕竟我们认识那么久，小慧又对我们都那么好，我们不愿意看到她那副失魂落魄的样子。谁知道有人一提，说能帮上小慧点儿什么忙才好。大家伙儿立刻就想到可以帮你走秀了。我想小慧现在最想要的就是这个吧！”

张鑫也笑着说：“其实大家都是愿意帮你的，只是不借着小慧说事儿，面子上一时间有点过不去。但其实我们商量的时候都特别开心，都是真心实意想看到你可以越来越好。还有三个人去帮你安排场地去了，衣服我们要帮她们三个带着。这次走秀，我们会当作人生中最重要的一场来走，会尽一切可能做到最好的！林设计师，你是我们见过的最优秀的设计师！我们支持你！”

“对！你是最好的，独一无二，我们都支持你！”

“你这是什么表情？天哪！帅哥你可别哭啊！”

“是呀！是呀！看看你这颜值，眉头一皱我都要心碎了，只要你别开口说话，我赴汤蹈火在所不辞，有没有啊？乖呀，快点帮我们找衣服吧！”

“记住你是最好的哦！千秋万代，一统江湖，上天入地，唯我独尊！加油加油！我们支持你！”

“我们大家支持你！”

只有芭芭拉依旧冷冷地说：“我可是全看小慧的面子，你的设计再优秀我也看不上！如果是你，我才不愿意帮忙呢！”

夏至篇

四十一、走心之秀

和别的品牌不一样，这一群模特是从展位走出来就开始进入状态了。一群人声势浩大地跟着她们从展位直接走到秀场里，从刚开始就进入高潮的秀，这还是第一次见到。

每一个模特都是那样尽心尽力，每一个人都将自己最好的一面拿出来，是不是走心，哪怕外行也能看得出来，能让全场的每个工作人员都竭尽全力。而且这些竭尽全力的人，无论灯光师傅、化妆师傅、音响师傅，还是模特本人，本来就是业内第一流的，这么多人同心同力的走心之秀，出来的效果怎么可能不好？掌声和欢呼声几乎掀开了展厅的屋顶！

不但专业高档，而且气氛特别好，似乎有一种万众一心的合力在不断上扬，如果秀场是战场，这便是一支“岂曰无衣，与子同袍”的强军，任何困难都会在他们面前粉碎，人力就是在团结一致的时候才最伟大。

现代社会，人们何曾感受到过这样的气势？这种看不见的气场是真的存在的，会让人莫名地渴望融入，会让人相信，他们看到了一颗正在升起的朝阳。LIN 的光芒逐渐照亮了整个展会，因其无形，故而没有什么能抵挡。

展会上的每个人，无论是业内人士还是普通百姓，无论是订货商还是媒体人员，所有人都在此刻就相信了，他们看到了一个必然会成功的品牌！

这场秀持续的时间超过了规定的半小时，展会的工作人员过来提醒，李莉靠上前来，从怀里拿出自己的电话号码递过去，腻着声音说：“帅哥，等一会儿行吗？”

然后一个媚眼过去，这件事就搞定了。

“太阳对我眨眼睛，鸟儿唱歌给我听……”走秀的最后，林佳木作为设计师，带着模特上场做答谢的时候，随着一阵阵雷鸣般的掌声，四歪坐在音响师身边，拿着麦克唱了起来。

那是一首特别欢快，曲调也搞笑有趣的歌。

这高高低低的路上我一个人独行！

忽然吹来一阵风，呼呼，化解心中万年冰。

刹那间吹开阴冷，吹出眼前一片姹紫嫣红，真是好风景！

然后是很搞笑的旁白：“哎呀，我都醉了！”

这个时候，秀已经散场，观众本来应该走了，这场秀本就严重超时，可是没有一个人愿意走。大家都认真地听着四歪唱歌，听到这个搞笑的旁白，立即笑成一片。

在一片笑声中，四歪的歌声又一次响起来，他长得实在丑，但声音实在好，从扩音器里传出来的音域充满磁性。

前面的姑娘身姿好动人，后面的帅哥声音更好听。

只要心里有梦，怎么走都从容……”

每个人都会有梦想，每个人都难免有挫折，所以每个人都把这段曲调搞笑却蕴含感情的歌声听进心里去了。

翻过高山一座座，越过峻岭一丛丛，

别怕前路多坎坷，只怕心中无光明，

就算太阳落山我还可以欣赏满天星……

哎呀，我都累了！

林佳木一时感慨万千，他的确累了，但也的确醉了。除了成长，还有什么能让人如此颠簸却又如此快乐呢？这一刻，他真是无比幸福！

他忍不住走到小慧身边，紧紧握住了她的手。四歪看到这个场景，很是替好友高兴，拿着音响又唱了起来：

千辛万苦脚下过，我跌跌撞撞向前冲，

因为我知道在山的那边天的尽头还有好风景……

风风雨雨一路路，早早晚晚一程程，

我送走了朝阳送走了群星送走了寒冬，

一把就抱住了最暖的那阵春风！

呵？你还想跑吗？

人生得意须尽欢，人生失意莫自怜，

只要有你在身边，

我们牵牵连连绊绊，同心同步同走每一天……

四歪轻轻地唱着歌，不免羡慕地看着林佳木。他也曾经很喜欢过一个女孩，不过确实就像林佳木喝醉了酒在桥头上说的一样，他只是暗恋，根本就没敢开始。

木头算是成功了吗？他不能确定，这取决于成功在每个人心目中是什么概念。木头是个不服输的人，他追求的是不断超越自我，他应该还有更高的追求。

但对于四歪来说，林佳木现在的成就已经足以让他羡慕了！

不光是羡慕他的成就，更加羡慕那个能不离不弃、温柔如水、坚韧如竹的身影。

他放下麦克风，有些自怜地转过头，一声低微的叹息刚出口，突然吓了一大跳，离他很近很近的地方，站着一个眼影画成粉红色、嘴唇倒画成银白色的女人。

距离太近，他一个“鬼”字差点出口，才认出来这个是刚才对林佳木最不屑的芭芭拉。

“哎！”芭芭拉碰了碰他，开口问，“你刚才唱的歌我怎么没听过？哪一张专辑里的？”

“……是我自己写的。”四歪咽了一口口水才说。这银白色的嘴唇离近了看，实在诡异，他有点不敢看了。其实来酒吧一作一宿打扮怪异的姑娘他见过不少，不是不能接受前卫的装扮，但这一次不知为什么，他就是有些不一样的预感。

“你自己写歌？”芭芭拉好惊讶，粉红色的大眼睛立即瞪起来，猫一样充满兴趣。

“哦，我一直都自己写歌，我是个在酒吧里唱歌的原创歌手。”

“真没想到！”芭芭拉眼神出现梦幻的神情，“我读书不多，但最喜欢有才华的人了！真的，我觉得有才华的人最厉害！”

“呵呵，过奖。木头那才叫有才华呢，我这算什么，瞎唱的。”

“他？哼！别和我提他，他那德行我还看不上呢！我觉得你比他好多了！”芭芭拉说着，紧紧盯着四歪，抿嘴笑了，“那个，我今天有空，你今晚要不要请我吃饭？”

“啊？”四歪一发呆脸上的五官就更加不对称，此刻格外口歪眼斜地看着她。

这姑娘什么意思？想和他一起吃晚饭？这个身高足有一米七八以上，相貌身材都足以碾压大部分所谓女神的姑娘，要和他一起吃晚饭？什么年龄、相貌、家世、收入这一类别的都先不用比，光站在一起的勇气他都没有！他都还没这姑娘个子高呢，实在 Hold 不住！

“不、不、不，不好意思。我、我今天晚上没空！”四歪说完，落荒而逃。

“岂有此理！你什么意思，嫌我难看？”芭芭拉很愤怒，追上去拦住他。

“哪里哪里？我都长成这样了，我能嫌别人难看吗？我是真的有事！我、我、我得回酒吧唱歌去！”

“那就去你酒吧好了！吃什么都是吃，你等一下，我去卸妆！”

“我、我、我、我着急，我等不了。不好意思，要不下次吧，下次我一定请你。”

“那算了，我不卸妆了，就这么走吧！”芭芭拉走过来，很自然地挽起四歪的胳膊。在一群人忍着笑，四歪哭丧着脸的气氛中，勇往直前地走了。

四十二、珍贵承诺

不知道那个晚上他们吃了什么，也不知道之后又发生了什么，林佳木实在顾不上了！他在这次展会上收名片都收得手软，之后电话更是不间断地打过来，最实惠的订单就不说了，光定金就直接将他从温饱推入小康，又从小康推向小富。其余和他有各种合作意向的公司数不胜数，仔细挑选一下，未来前景将一片光明。小富即安可不是林佳木的性格，他不可能放弃这个坐着火箭快速上升的机会，自然忙得昏天黑地，有一段时间的确是谁也顾不上了。

大概一个月，四歪找上门。他让四歪随便坐，自己抱着笔记本电脑边跟他聊天，边处理一些小问题。林佳木的智商超群，一心二用是勉强可以做到的，四歪从小到大见得多也习惯了。

说了些闲话之后，四歪忍不住吞吞吐吐地问："木头，你觉得娶个长得特别漂亮的老婆是好还是不好？"

林佳木不由得停下手，仔细想了想，然后用学者般一本正经的表情回答他说："这要看具体情况！对蒋介石来说，娶个漂亮有气质的妻子很重要；对武大郎来说，是致命的危险。"

"浑蛋！"四歪觉得自己找林佳木来询问意见纯属犯贱、找虐。

"哈哈哈！"林佳木笑着撞了四歪肩膀一下，"怎么的，哥们儿？已经到了谈婚论嫁的地步了？才几天哪？你这下手未免也太快了点儿吧？"

"哪有？我就是随便问问！"四歪气恼地说。

“哟！怎么早不随便，晚不随便，佳人有约了之后你就随便问问？没看出来你是这么随便的人！”林佳木眨着眼睛笑，“藏着掖着我也知道了！那天那么多人看见你被她拉走，这段时间没顾上联系你，其实我一直惦记着问问你有没有戏呢。今天听你这么问，看来有门啊！”

“她总是来找我，都好多次了，我带她出去玩，去吃大排档她也没不高兴，或许有点希望。”四歪有些不好意思，也有些得意，“我就是觉得吧，这事儿合适吗？她净身高一米七九，别的不说，不穿高跟鞋我都不如她高，我都不敢往她身边站！”

“个头不是问题，年龄不是距离，但是合适不合适，那可真的只有你自己才能有结论了！”林佳木道，“我以一个过来人的身份跟你说说，我之前没遇到小慧之前，也设想过将来要找个什么样的老婆。那时候我想的是必须美艳惊人，必须酷帅有能力，必须十项全能……总之应该是各方面都打满分的才行！像《古墓丽影》里那样的美女还不错，唯独没有想过要找个会做饭、性格温柔的传统居家女人。我几乎顿顿在饭店吃饭，找个会做饭的有什么用？何况我也不喜欢没性子、笨得软绵绵的那种，万一吵个架都没个对手！

“可是现在你看，跟我设想的一点儿也不一样！偏偏我就觉得特别合适！我才发现找对了人原来根本就不吵架的！她没那么多想法没关系呀，我可以想！我现在在女朋友这方面的想象力已经枯竭了，想象不出除了她还有谁合适。简直不可能！也没什么道理，没什么条件……说不出来了，就是她！你对你现在那位有没有同样的感觉？”

“这……好像没有，就是她这个人你也知道，漂亮、直爽，也玩得起来。看到她，我挺开心的，有点想追个试试，可是你刚说的那些什么非你不可的感觉，似乎没有。有的时候她比我这个每天在酒吧里混的人还玩得疯，我都觉得有点累，我总觉得她就是看到我和别的追求她的人都不一样，新奇、好玩，所以就来玩玩。因为抱着自己玩的心态、所以她乐意掏钱买单……每次她买单我都难过，可是她玩的那些，我还真有点支付不起。”四歪低下头，“那你的意思……我们不合适？”

“那算了！”林佳木摇头，“还是合适最好，我知道这些模特，每天身边都围着准备诱惑她们的人，兴趣爱好转移得很快！现在觉得普通人生活有趣，说不定一觉醒来就觉得无聊了！以前我也这样，没固定目标地生活！和你这个死磕、追求无怨无悔的人根本不能比！整个人生观都不一样！也就舒服一下眼睛，没多大意思！

你说你要是一个二人转爱好者，何必非得花钱听歌剧？那不是自己找罪受吗？”

四歪看起来明显带着点失落的情绪，沉默不语，眼神也很涣散，不知道在想些什么。林佳木工作很忙，和他有一搭没一搭地说话时，手也没停下来，此刻他不出声了，林佳木就全神贯注在电脑上处理订单和客户的询问，一时间只听见哒哒的键盘敲击声。那一边四歪很明显地长长叹了一口气，他听到了也没反应，继续工作。

四歪叹气，说明他觉得遗憾，可这又能怎么样呢？林佳木没觉得自己说错了，他一直就不喜欢芭芭拉，觉得这个姑娘除了长得好看，一无是处，智商基本为零，特立独行，脾气堪比喷火暴龙。还一会儿风一会儿雨地咋咋呼呼！说实话，做个朋友尚可，做女朋友他林佳木实在看不上！没从开始就直接贬低她，给了四歪独立判断的时间、空间，已经是芭芭拉对他拔刀相助过，并且他的脾气也被小慧教育了一段时间的结果了。

条件一直优秀的林佳木根本没从好朋友四歪的角度去考虑这件事，他的颜值和能力使他身边始终有美女环绕，都是美女讨好他，所以根本不稀罕！他可以用那善于发现世界缺点的眼睛苛刻地挑剔着芭芭拉，全然没考虑四歪没他这个条件，也没发现四歪对这个女神级的美女其实颇为倾慕，只是自卑作祟才过来征求他的意见的。他还觉得这样是对哥们儿比较好！

随着一声叹息，四歪也下了要了断这件事的决心，他明白木头说得对，总归是条件差别太大了，其实就算木头不说他也明白的，他在人生中经历的挫折比这些朋友加一起都多！如果没有吃一次亏学一次乖，他哪能活到现在？

四歪心里百转千回的时候没和林佳木打岔，所以林佳木此刻彻底沉浸在工作里了，眼睛紧盯电脑，手指飞快动作，明显是累了，眼睛酸，他两只眼睛轮流闭着休息，睁着一只眼睛工作。

四歪忍不住打断他：“累了就歇会儿啊！这跟个猫头鹰似的多吓人！再说你这休息方法发明得科学吗？别再弄个斜视！”

“没事！我就这么挺一会儿！不要紧的！”林佳木道，“我告诉你，我现在机会大好特好，每一分钟都是钱哪！”

“我说哥们儿，这个世界上的钱是赚不完的！慢慢活着，慢慢赚，才是王道！你要是年纪轻轻过劳死，算下来赚得还更少呢！你这属于不会算账！”

“我还没资格说这个话！等我有底气了，我就这么说，哄那些后浪别跟我争沙滩！现在我必须抢滩登陆！”林佳木笑了笑，继续工作。

四歪忍不住心里又是轻叹一声，任何人都需要努力，哪怕是天资过人的林佳木也一样，想要取得超越别人的成绩，就得付出超越别人的努力，这是王道！

因为他的努力，所以一个月没见，他的变化就挺大的。他现在租了正规办公楼里的一个套间做办公室，找了三个助手，虽然规模只可以称为工作室，但业务量却比得上一家中小型的公司，赢利的前景非常乐观。

LIN 暂时还不能像樊－秀那样有自己的制衣厂，制作这个环节都外包了。产品现在也处于供不应求的阶段，大家都等着拿货，生产出来直接就卖掉了，仓储环节基本不需要，也省了不少事情。品牌效应也初步形成了，光是展会上接到的订单都要消化一段时间，也不用出去找销路，所以整个运作还处于最基本、最简单的时期。事情最少的时候，他三个助手也忙得够呛了。可以想象，日后必须要更多的人，会遇到更多的环节、更多的事情。这是为发展打基础的时候，可以说是很关键的时候。任何一个创业者都一样，只有一切踏上正轨，企业可以靠着惯性自动运转，创业者才能暂时休息一下。所以他说得对，他现在还没资格说什么来日方长的话，现在是只争朝夕的时候！

“那你也得吃饭吧？再说上次展会我帮你四天，你说请我吃大餐的！我可是追来要吃的了！”

“行！绝对大餐！我这有好多好吃的，有红烧牛肉、酸菜鱼、清蒸排骨、香菇炖鸡！”林佳木笑着说，“想吃什么我给你泡！”

四歪刚高兴一下，闻言顿时哭笑不得。

“选哪样？别咧嘴，这段时间我吃的也是这个！现在几乎每个晚上都有应酬，喝酒喝得我都恶心死了。中午再不吃点汤汤水水的我都活不下去了！下个月我还要去法国，走之前有些活必须得赶出来，哥你就体谅体谅我吧！坐在餐馆里点菜，等做出来再吃完了，两个小时都过去了！我也没那个时间！”

“你每个晚上都喝醉呀？”四歪忍不住问。

“差不多每个晚上都要喝酒，但不喝醉！”林佳木笑笑，“基本喝得差不多我就出门去吐出来，然后装着喝醉的样子，转头灌那些客户喝酒，至今还没露馅儿呢！”

“至于这么拼命吗？”四歪忍不住说，“累就算了，现在还加上这样应酬喝酒，双向摧残啊！”

“没办法。”林佳木摇摇头，笑着说，“就眼下两个大客户，一个男的，一个女的。男的北方人，贼能喝！女的不喝酒，但是一直对我放电！我不想卖笑，只能卖命了！暂时先这样，坚持到月底！下月我就要出国去一趟。现在生意忙不过来了，等我回国之后立即就招些人！应酬这一块一定得找个专门的人来做，把我自己解放出来！”

他拿着方便面抖动：“你倒是快说选哪样啊？我都饿了！”

“就算晚上吃得腻，你中午也可以喝点儿粥什么的！你女朋友可是大厨，你就吃方便面？”四歪摇头，选了个红烧牛肉的，“她随便做点猪食都比这强啊！”

“别提了，我女朋友现在比我还忙呢！”林佳木自己泡了个葱烧排骨的，又从地上一个袋子里拿出些超市真空包装的火腿肠、卤蛋，“给你加餐！允许你现在就吃一根，一会儿面里还给你加一根！”

“滚！就用这贿赂我？”

“暂时用这个贿赂！如果一切理想，明年我就可以资助你出唱片了！”林佳木笑着说。

四歪停下动作好一会儿，才闷闷地笑了笑：“那你赶快加油干！不许偷懒哪！”这一刻心里是暖暖的，他和林佳木的交情已经到了不需要矫情的地步，就算他不说，林佳木也会记得他的需要！在有能力的时候也会帮他。

出唱片是他的梦想，虽然就算出了唱片也未必能让他火起来，但毕竟是个机会，做歌手这件事情太看老天爷的意思了！如果只要有门路有钱出唱片就能火起来，那这个世界上有钱的人多得是，岂不是歌星满天飞？所以真正成名的歌手并不多，像林佳木这样的亲朋能帮的有限，绝大部分还要靠自己！所以就算出了唱片，他靠这个成名的概率也是很低的。

四歪知道这个道理，就算之前选择当个歌手的时候不知道，这么多年跌跌撞撞也早就知道了。今后能成什么样子真的无法预测，林佳木乐意帮他出唱片，这不但是个机会，也代表了身边人对他的支持！这个承诺很是珍贵！

四十三、陪你参赛

“大哥你帮我把面端过来好不好？我一躺下就不想动了！”林佳木窝在沙发里叫唤，“我要休息一下眼睛！”

“看你这懒样儿！至于这么累吗？绝对是被小慧给惯的！吃饭的时候都是她端上来，我说得对吧？”四歪端过两盒方便面放在茶几上。

“要是小慧在，还用得着我开口？早就端上来了！”林佳木吃了一口面之后，又道，“不对！要是小慧在，我需要吃这玩意儿？”他摇头：“我觉得现在自己好可怜哪！她师傅看我不顺眼，我怀疑他就是故意不让小慧过来找我的！不就是我开展会借了她四天时间吗？那老头居然就把小慧扣留了补课，我都好几天没见到她了！”

“小慧干什么，很忙？”四歪一边吃面，一边问。要不是真的忙，估计是不舍得让她男朋友吃方便面了。

“她不是被她师傅逼着做了大半年的萝卜吗？”林佳木一边吃，一边含糊地说，“每天她都不停地想怎么去搭配材料！那她就得试！就一天天试个不停，半年多的时间，试遍了她师傅能提供的所有材料，她师傅说从来没有人像她这么干过！结果呢，萝卜做出来了，还配出了个她自己独有的八珍汤配方，她师傅说还不错，让她去改良一下参赛！所以这几天都不许她离开！”

八珍汤在素食里是一道流传了几百年的名菜。是用八种素食搭配熬出来的汤，但是用哪八种材料就得每个厨师自己发挥了。其中哪种材料先下，哪种材料后下，要经过什么样的准备，这些都很讲究。前一段时间李晓慧为了炖出能让她师傅满意的萝卜，足足努力了半年多，从早到晚一直在不停尝试各种不同材料的搭配，这份八珍汤搭配方法就是她半年来研究萝卜的副产品，是她经过成千上万次尝试之后的最美味搭配。

很少有人像她这样坚持不懈地尝试个没完，当然也很少有人可以这么浪费材料，要知道，那可是鲁大师五十多年珍藏，很多人看都没看过这么多种类的食材。就算鲁大师自己对什么材料搭配什么才合适已经有了成规，也没想过要打破这么多次，做那么多匪夷所思的试验，所以也没想过李晓慧这个思路。

林佳木按照小慧描述过的，简单给四歪解释了一下八珍汤是什么，但是他不是内行人，所以不觉得八珍汤改良配方得到业界承认代表什么，只能从吃货的角度说一说："那汤特别香，真的，我觉得小慧参赛应该能得奖！她做八珍汤给我吃的那天我睡着了，是被香醒的！真的是香醒的！就那么一股子连绵不断的香味儿不断传过来，我都吃得撑了，闻着味儿忍不住喝了半锅！真的，不是喝了一碗，是喝了半锅！撑得那晚上我都睡不着！

"我也搞不清楚小慧是怎么配的材料，她解释起来很麻烦，有的要干货，有的得半干，煮汤时什么点儿下什么食材都有讲究，是很费时间的一道菜，前后折腾了一天！不过味道超级好！我想不明白素菜为什么能做出这么好的味道来。之前我在杭州一家五星级大饭店吃过佛跳墙，闻起来也是很香的，但佛跳墙是浓稠的，近乎胶质。小慧煲的这一锅汤却是很稀的，只呈现微微奶白的颜色，看着一点也不浓，就比水多一点颜色，可是不知道为什么却有那么沁入心脾的香味。真是一行有一行的门道！"

他形容得四歪不停地咽口水，只好端起方便面汤喝了一大口哄骗一下舌头。

"这个时候呢，欧洲来函，邀请鲁大师去参赛，鲁大师觉得这汤可以，就让小慧代表他去试试了！小慧从来没出过国，很紧张，所以我想陪她一起去。"

"噢，怪不得你刚才说下个月要去法国，我还以为是你自己的事儿，原来是陪着小慧去呀！"

"陪小慧，她第一次参赛，还是代表师傅，压力大，我陪着好一点儿。"

"对了，这是邀请鲁大师参赛的。"四歪吐了吐舌头，"这应该是非常重要的赛事吧？小慧能代表师傅，她现在这么厉害了？"

“可能还没那么厉害。老头总是吹胡子瞪眼地说她还差得远呢。不过我看鲁大师每年接到的各种参赛交流的邀请多得不得了，他大部分都不理的，也许只是想锻炼一下徒弟。他收过七个徒弟，小慧说每个徒弟都是一边学，一边出去参赛交流。这可能是老头子的习惯，他并没把这次比赛当回事！就说让小慧出去玩玩，长长见识。”

“不是重要的赛事你还陪着去？你不是忙得都昏了头了吗？”他指着方便面，“你连出去吃饭的工夫都不舍得浪费！不是说现在每一分钟都是钱吗？你舍得扔掉那么多赚钱的机会？小慧非得让你陪着吗？”

“是我非得要陪着的！这事儿对老头子是不重要，对小慧可就重要了！”林佳木白了一眼，“时间就得用来处理重要的事！赚钱比不上这个重要，我还能想不明白吗？我不陪着她我不放心！这是她第一次出国，第一次参赛！她那么胆小，说话都细声细气的，英语、法语别说讲了，连听也听不懂！被人欺负了也只能笑笑，就算我跟过去啥用也没有，也能给她壮壮胆哪！”

“所以你就只能加班加点赶工作，对付一顿方便面？”

“有时候也吃点馄饨，员工出去午休的时候帮我带回来。小慧特地交代我多吃点汤汤水水的，养胃！”

“别说，木头。”四歪叹息，“我一直觉得小慧和你在一起是亏了。她总是帮你干这干那，你没想到的她都帮你想到了，你就是她生活的重心。她每天有一大半时间都是在替你忙活，把你照顾得跟瘫痪者似的。你倒好，先失业穷得叮当响，然后就忙得焦头烂额，好多事情还得她帮你！现在看来，关键时刻，你还是靠得住的呀！”

林佳木翻了一个白眼，心想，这还用得着说吗？

“多久回来？”

“差不多要一个月。巡回赛，一共三个地方，法国、意大利和德国。”林佳木故意用轻描淡写的语气一带而过。但是四歪却在第一时间听到了让他惊诧的信息。

“意大利？”四歪眼睛顿时瞪圆了，“你要去意大利？你不是当着人面说这辈子不去意大利吗？”

林佳木沉默了一下，道：“意大利也不算小，我又不去米兰，哪儿那么巧遇上？”

“那你就不会触景生情吗？”

“生个屁的情！”林佳木道，“我想好了，等到了意大利，我在宾馆里宅着哪儿也不去，就等小慧比赛回来，总行了吧？那可是餐饮协会安排的酒店！全包场，一个闲杂人等都没有！和服装设计一点边儿都不沾的！这段时间我奉公守法，尊老爱幼！一丁点儿坏事都没干过！我爸妈、爷爷、哥哥、姐姐都说我乖得他们快不认识了！能算积累了点儿亲切感吗？我就踏一下意大利国境，城市不是一个城市，行业不是一个行业，我人又不上街乱晃荡，老天也不至于把我赶尽杀绝，非得让我那么凑巧碰上不想见的人吧？”

“听你这么一说，我也觉得不至于这么巧！这比彩票中奖率还低的事儿咱们应该赶不上！”四歪点头，“成，你想开了就成！当初人家也没说不让你再去意大利，是你自己憋着劲不去的。其实当初那事儿你脾气也太暴了，要照你现在的脾气也不至于……”

“行了！”林佳木一瞪眼，“这篇儿翻过去了行不行？事儿我还没和小慧说过呢，你别给我瞎白话啊！”

“人生这么重要的转折点，你没和小慧说过啊？”四歪吃惊。

林佳木有些不自在：“又不是什么好转折！倒霉事儿你乐意和你女朋友说吗？再说都过去了，我现在不挺好的吗？”

“也对，当初要没这事儿你就留在米兰发展了，不回国你也就遇不上小慧！就你那德行我估计是找不着女朋友的，现在应该还是个单身狗！就算比较乐观地预测，应该也已经成了同性恋了！”

“我去你的！”林佳木笑着踹了他一脚。虽然是笑着，但笑得比较勉强，小慧说出意大利的时候，是他已经说出要陪着去之后，前头她光是说出国，如果最开始就说了意大利，他还会不会跟着去呢？不知道，只是他记得说要陪着去的时候，小慧眼睛一下充满惊喜的样子，让他就算再为难自己，也不舍得熄灭那眼里的亮光。

所以，咬着牙去吧！反正他也特想陪着她一起去！大不了去了就窝在酒店装孙子！就这么愉快地决定了！

四十四、技惊四座

参赛时间定在十二号，但必须要提前几天到，小慧要做的这个八珍汤非常费时间，有一种干蘑菇要提前两天发，还有一种笋子却必须晒得半干才最好吃，都需要提前准备。熬汤的时间也很长，赛场上时间不够，所以事先要准备成半成品，又不能提前太久做好，会影响味道，麻烦得很。

而且除了这道汤，她还需要准备另外两个菜，食材要去了巴黎采购才行，鲁大师对食材选择很是苛刻，不然他也不会自己种菜了。他对徒弟要求也严格，大赛给他们准备的食材他看不上眼，特地说了必须要小慧去当地市场采购，那需要提前弄清楚菜市场在哪里，有没有自己想要的菜。为了现场一个多小时的大赛，事先准备好几天，一点儿不稀奇。不光鲁大师是这样，估计参赛的很多人都是这样。

小慧说了情况，林佳木简单筹划一下，决定索性月初走！提前个十天去巴黎玩玩，带女友去逛逛！

他现在的工作是非常繁忙的，远远比之前上班的时候忙了不知道多少倍！但是自主创业的人就是有这么一点好处，时间可以由自己来掌控。不像给别人打工，假期要等别人安排。

他是可以随时给自己安排休假的，只要他乐意承担休假带来的损失就行了。损失肯定是会有的，尤其在这个事业直线上升，正该憋住一口气先拼上去的档口，损失还会比较大。这要看是为了什么，要看什么在他心里是重要的。小慧重要程度足够，那损失他就乐意接受了。

所以到了时间，他们两个乐乐呵呵地坐上飞机，往世界上最浪漫、最时尚的都市飞去。

林佳木太累了，临走前一个晚上几乎通宵，所以上了飞机之后和小慧没聊几句就睡着了。临睡前他是握着小慧的手的，睡着了也没放开，小慧怕吵醒他没敢松开，直着身子让他靠着睡。送饮料的空乘过来，小慧指着身边睡着的人做了一个嘘的动作，示意自己暂时不用餐饮。

那空乘笑着低声说："这位女士可真体贴，你男朋友好有福气呀！"

是他有福气吗？李晓慧轻轻笑了，机舱里柔和的灯光下，林佳木的眉眼俊秀干净，五官毫无瑕疵，皮肤透着青春的朝气，就像画一样完美！他真是老天的宠儿！这段时间他那么累，昨晚还通宵工作，如果换了李晓慧自己，晚睡一会儿就会有黑眼圈，对着电脑一两个小时皮肤就会油腻腻的。但是林佳木不同，皮肤就像孩子一般怎么折腾都还干干净净的！让她怎么看也看不够。

师傅的话好像在耳边回荡，师傅对她说："别光顾着看着好看，那小子毛病多着呢！你个傻丫头就那么死心塌地？除了他，看都不看别人一眼了？人家可未必把你当回事儿！你自己算算为了他那点事儿你请了多少天的假？你把他的事儿当天大的事儿。行，随便你！你不打算好好学，老子还求着你不成？

"不过我可要告诉你，这小子现在有自己的事业了，眼界会越来越开阔，见到的人会越来越多，你不赶紧让自己进步，迟早有一天他甩了你！你个傻丫头到时候哭都找不着地方！你要还认我这个师傅，下月巡回赛你必须给我参加！多出去走走看看，别眼皮子那么窄，好端端一个姑娘成了为他活着的，人家还未必稀罕！我看他可不像你在乎他那么在乎你！不信你数着，你出去这一个月他能给你打几次电话？"

呵呵，师傅得知林佳木要陪着她去的时候，面子有点挂不住，却偷偷松了一口气的样子很暖心！李晓慧知道师傅是替她着想，就像一个父亲乐意看到女婿对自己的女儿好一样，之前经常冷嘲热讽的，现在都不说林佳木坏话了！不过为了面子，还是哼着说，以后放聪明点儿，不能让他觉得在你心里，他比你自己还重要！那你就惯坏他了！

可是没办法！在李晓慧心里，林佳木就是比她自己还重要！他成功比她成功还重要！他身体好比她身体好还重要！他开心比她自己开心还重要！因为这是她的幸福！身边温热地贴着她的脸，这个曾经冒死救过她的人，这个经常突发奇想逗她开心的人，这个一举一动都牵挂她心的人，几乎是她幸福的全部！

所以，他的事儿就是比自己的事儿还重要！李晓慧很对不起师傅，她控制不住把心思放一半在林佳木身上。

到底年轻有优势，睡了一觉的林佳木立即变得生龙活虎，在酒店一放下行李，就带着女朋友开始游玩。他是个很会玩的人，又喜欢浪漫。李晓慧也不是奔着购物去的，所以他们不走旅行团常走的路线，而是专门去找新奇有趣的地方玩，彻底放松一下绷紧的神经，也好好过过难得的二人世界。

十天的假期过得很快，哪怕到了必须要找菜市场的时候，他们也是一边选购一边溜达玩的。到了小慧要比赛的时候，他也坐在观众位置上等着，眼睛一直盯着小慧忙碌的身影。

刚上场的时候，李晓慧还很紧张，忍不住看林佳木寻求安慰，他就用眼神鼓励她。等真的开始做菜时，小慧就镇定下来了。林佳木发现自己很喜欢看小慧专注做一件事的样子，平时她的目光永远是温和的、退让的，只有在她游刃有余的领域才会露出自信的光芒来。厨艺被她当作一门艺术来对待，她认真努力又胸有成竹，自信满满又谦和有礼，这样的女人很吸引他。

比赛全程要两个半小时，做完之后大家都累了，主办方安排大家在台下休息等结果。台上评委在打分和统计分数，主持人对各个菜品做一下他自己的评价，评价不会影响成绩，只是为了在等待的过程中活跃一下气氛。林佳木为她小声翻译主持人的话，还加点自己的想法："他说第一位选手做的鱼汤甜咸适合，鱼肉入口即化。鱼汤还甜咸合适，那得是个什么味儿啊？"

"哦，这位厨师是英国人，会喜欢一点偏甜的口味，我师傅给我尝过，也不是很甜，做鱼汤很好喝的！"

林佳木已经翻译到了下一个："橙子包肉做得没有酸味，能把橙子的香味留住，肉也炖烂了，入口即化，很好！"来参赛的都是有水准的厨师，主持人又不管打分，自然基本说的都是好话。

"这位的布丁甜品很软，不是很甜的味道，清淡中带着清香，里面有三种果肉，搭配得很好，果肉入口即化。"林佳木撇嘴，"全是入口即化，这什么人，他的口水是硫酸吗？"

等到成绩全部统计完成，主持人才停下他的硫酸溶解之旅，热情地宣布成绩。

小慧很是紧张，等着关于她的菜品评价。前三个菜的评价尚可，只是打分不高。在一众顶级大厨里，小慧还算不上出众，其他三个菜都是偏下的评分，但是八珍汤一出，则技惊四座。这香味能征服中国的人鼻子，同样能征服世界各地人的嗅觉和味觉，因此取得了单项最好成绩，所以最后出来的平均成绩在中等。

三次巡回赛，每次三菜一汤，不单单要计算总成绩，也要计算各个菜品的单项总成绩，全项总成绩居前50%的厨师会被列入名厨榜单，单项居前50%的菜品也会列入顶级美食的榜单。按照这场比赛来看，八珍汤会毫无疑问地入选美食榜，而李晓慧如果发挥再好一点，在名厨榜上也可以争取个榜尾的位置。

四十五、照顾爱人

小慧颇有点兴奋，这可是国际顶尖的赛事，身边都是她之前想都不敢想，更别说见到的大师。她有可能入选名厨榜啊！她都没想到自己会有这么好的成绩，不由得惊喜地看着林佳木。

这个结果却在林佳木的预料之中，以鲁大师的水平，他都认可的菜式不可能差！何况这老头说得轻巧，让徒弟过来玩玩而已，实则心气儿高得很，他要是一点把握都没有的话，其实不会让小慧来。毕竟是挂着他名字的徒弟，虽然说清楚了是还没出师的小徒弟，也至少得有两下子才能现出来给人看哪，否则鲁大师丢不起人！

果然，小慧打电话给师傅报喜的时候，鲁大师轻描淡写地说了句当然。

只有一个菜能达到这个水平，离名厨可还差得远，李晓慧这次算是有点取巧，她手里有鲁大师积攒了五十年的材料，用完了再做这个汤就会差点水准了。不过鲁大师觉得她已经足够胆小谦虚，需要鼓励，所以没说什么让她认清形势别骄傲之类的话，而是理直气壮地说了一声："当然！"

这个"当然"确实很提气，李晓慧放下电话之后，腰板都直了不少，她乘胜追击，第二场德国巡回赛，她发挥得比在巴黎还好些，成绩又提了一些，成了中上等。巡回赛不换参赛的菜式，三次下来取平均成绩，照这样看来，小慧出现在大厨排名的概率很高了，现在就看意大利的比赛结果了！

李晓慧信心勃勃的时候，林佳木却备感纠结。一到意大利他就有点心不在焉，开始李晓慧还没注意到，可是他缩在房间里抱着电脑哪儿都不去，也不像在巴黎的时候陪着她到处玩了，问他就说有工作没做完，一连几天，都是叫的点餐服务。

眼看第二天就是比赛的日子，晚上林佳木却对她说，自己明天或许不能陪着她出席了，如果不能出席，那他会哪儿也不去，就在房间里等着她的消息。

“佳木，你怎么了？”李晓慧十分忧虑地看着他。

“我不舒服……嗯，头疼得很，胃里也不舒服。”林佳木回答，“其实也没什么，就想休息一下。”

这几天一直用工作忙做借口不陪着，想到明天是对小慧很重要的时刻，工作忙有点说不过去了，得找个更有力度的理由，不舒服这个借口比较合适。餐饮协会安排了专门接待的人，因为李晓慧不会说英语，林佳木特地打招呼让他们叫了个翻译陪同，应该不会有问题。

他不想露面也只是以防万一，其实心情没有自己原先想的那么不好！很奇怪，当年从米兰离开的时候是那么痛恨这个城市，那么坚决地想从此再也不来意大利。他还以为这辈子都不会再回来了！以为这次只要踏上意大利的国土就需要强制忍耐才能挺下来呢！还一直想着千万别让李晓慧看出来。

结果并非如此！他发现自己没有那么不开心！从机场到宾馆这一路上，偶尔看了一眼窗外，虽说这里是罗马，建筑风格都是差不多的，他总有些熟悉的感觉。很感慨，却没想象中那般难过。就像一次很单纯的故地重游，就像之前在米兰认识的人没有带给他那么大的伤害一样。

没有情绪上的失控，只是一些记忆，那曾经的彻骨怒意恍若隔世。只要控制自己不去想，就淡然而去了。是时间真的可以解决一切问题，还是他现在心里有了寄托？林佳木说不清楚，反正对他来说，李晓慧比他的面子重要！比他的回忆也重要！如果他当时没那么冲动，没有当着那个人的面儿发誓说再来米兰他就是王八蛋，现在也不用这么小心谨慎。

其实他是很想陪着小慧的，当自己一说明天不陪着她，小慧立即有些慌张，他知道没有自己在身边她会害怕。他也很纠结，一边非常想陪着小慧，在她人生这么重要的时刻给她鼓励和支持，一边是可能遇到熟人，其实林佳木心里认定几乎是不可能的。两相比较之下，他很是倾向去陪着小慧，于是加了一句：“要不我还是陪着你吧？”

“不行！”小慧立即说，“你不舒服还折腾什么？你头疼得厉害吗？唉！”她很自责地叹气，“好几天你都没出门，我怎么就没注意到你不舒服呢？你平时那么爱玩，不是真难受肯定不会一直在床上躺着！你先等等，我去找接待人员给你找点药来！”又伸手摸他的额头，“还好没烧起来！佳木，你头怎么个疼法？除了头疼，还有什么不舒服？”

林佳木只好说：“疼法？就是……闷闷地疼，可能是想事情想得多了。除了头……还有胃里不舒服，也没什么，就是没胃口……不用吃药了吧？我也没什么大事儿。”

“对啊，这几天你都吃得很少！”李晓慧更是心疼，原本这段时间他就累得够呛，吃得也不好，自己也没顾上他，都没注意给他调养一下，身体变差很正常啊！现在他松懈下来狠狠玩了一顿，结果就生病了！

她急匆匆地出去找工作人员描述了一下林佳木的症状，结果人家说药不能随便吃，必须带着病人去给医生看了才行。李晓慧又急匆匆地回来，林佳木又不肯去看医生，坚持说自己没关系，睡一觉就好了。

李晓慧无奈，只得让他上床睡觉，林佳木为了自圆其说，也只好老老实实地躺在床上。李晓慧一会儿过来摸摸他的额头，一会儿过来给他掖掖被子，照顾重病号一样照顾他。

也许是前一段时间他太缺觉，一个人躺着又无比无聊，林佳木闭了一会儿眼睛，还真的睡着了。半夜一点多的时候，李晓慧叫醒他，端来一碗味道奇怪的水让他喝下去。

“什么东西？”林佳木闻着那股味道有点怪的东西问。

“葱白、生姜、白萝卜熬的水，治胃肠型热感！”李晓慧说，“没有药吃，你喝了这个会舒服些！”

对了，他女朋友原本是药膳厨师，顶大半个医生！林佳木犹豫一下就端着碗喝了。虽然他没病，但是这和药不一样，听着像菜汤，应该也没啥副作用。何况现在已经是半夜一点，李晓慧就是真给他端来一碗药他也不忍心不喝。

“你煮这个用这么长时间啊！”林佳木放下碗，脸有点皱着，味道很奇怪。

“找不到葱白。”李晓慧说，“赛场给准备的都是小香葱，我出去找市场买葱白用了些时间。”

“好了好了，快点睡吧！你都有黑眼圈了，明天要参赛呢！”

“那你感觉怎么样？”

“特别好！”林佳木笑起来，“一点也不难受了，我觉得我明天可以陪着你一起去。”

“不要，你就好好休息，等我回来！”

“这个……明天再说，你快点睡吧！你看你眼睛都睁不开了！”

李晓慧嗯了一声，她作息一直比较健康，不习惯熬夜，确实困得眼睛都睁不开了，他又摸摸林佳木的额头。他喝了热汤之后，额头微微出汗。李晓慧给他盖好被子，叮嘱他不要打开，就回自己房间去睡了。

第二天一早，李晓慧起来准备参赛的东西，突然发现一个严重的问题，她忘了把一种干蘑菇提前发起来了！这是八珍汤一个重要的材料，没它味道整个就会不一样了！应该昨晚泡在水里，今早捞出来，泡八个小时刚刚好！泡蘑菇的水都已经准备好，蘑菇也拿出来放在旁边了，可就是忘了放进水里！昨晚她因为林佳木生病，脑子里想的都是他，来来回回厨房很多次都没发现蘑菇没泡！仅仅就差一个扔水里的动作，就出现截然不同的结果！

她脑子顿时就糊了，下意识一把抓着蘑菇扔进水里，呆呆看着蘑菇一个个浮在水面上，还是干干小小的，完全不知道该怎么办才好！

李晓慧应变能力确实差一点儿，她足足待了十多分钟，直到林佳木起床出来找她，她还木然站立。

“小慧，你干什么呢？”林佳木问。

四十六、谨记师嘱

“噢，没、没什么。”李晓慧慌张地把手从泡盒里抽出来，迅速盖上盒盖，又把泡盒迅速装进食材箱子里，不让林佳木看到。其实林佳木就算看到了也并不明白是怎么回事，她完全是自己心虚。

“准备好了没有？我没事了，和你一起去吧！”林佳木晃荡着脑袋，表示自己已经康复。

“不、不要了。”李晓慧吓了一跳，“你还是要多休息，你不要陪我去！”

“不用休息了！”林佳木道，“我真的感觉特别好！今天可是最重要的日子！决赛啊！我要亲眼看着我们李大厨技惊四座！载誉归来！”

李晓慧觉得自己心脏都要漏掉几拍了，哪里还能想什么载誉归来的问题？她脑袋里一团混乱，出了状况根本不知道该如何应对，也完全不知道接下来会发生什么事。她会有什么结果？没了这个蘑菇，八珍汤会是什么味道，八珍汤味道不好她会有什么成绩之类的，全来不及想！

但是有一个念头无比明确，那就是不让林佳木看到比赛现场！不能让他看到自己出了问题！他那么聪明，李晓慧没有一丁点儿信心能瞒得过他，很可能，林佳木稍微动动脑子就想到了是因为他，自己才会忘了泡蘑菇的！

那样他会自责、会难过！李晓慧没想过自己即将失去一次极其宝贵的机会，却立即想到了林佳木会因此难过！她要瞒着他！不能让他看到，所以她极其坚决地阻止林佳木跟着她一起去赛场！

林佳木好生郁闷，他都已经克服自己的心结，都已经冒着成为王八蛋的风险去抛头露面了，结果女朋友不让他去！而且是极其固执、坚决、不由分说地不让去！理由就是他有病！

小慧口才不好，经常说不过他，就因为口才不好，所以有时候她不说服你，而是直接给结论！林佳木和她交往以来，已经习惯了她偶尔这样温和的固执，也已经接受了她一旦固执起来，自己会束手无策的现实！他只能乖乖待在房间里，看着李晓慧明显带着点慌乱地收拾了所有材料，和主办方的接待人员一起走了。

这是怎么了？林佳木看着李晓慧逃一般的背影，回去疑惑地照着镜子。

我拿不出手了？不能见人了？没有啊！镜子里的男子英俊帅气，颜值、气质都爆表！他还特地穿了漂亮的衣服，分明还是很拿得出手哇！

他这边抻着脖子等，如果不是比赛的时候封锁现场，他真的很想溜进去看看到底怎么了。但是现在没办法，就只能这么等着了！

陪同了两次之后，林佳木明白厨艺大赛是很费时间的，别看赛场上只需要一个多小时，加上前后准备，最后出结果得五个小时左右！他得在房间里等五个小时才能看到小慧回来！又着急又无聊啊！

他只得打开电脑和自己一个负责服装设计界动向的员工联系，服装行业是一个更迭极快的行业，要时时刻刻留意潮流动向，时时刻刻寻找机缘，指不定哪个一飞冲天的机会就在前方向自己招手呢！

之前樊 - 秀不是很重视资讯这一块，所以进步缓慢，但是林佳木这种有闯劲的人早就意识到资讯的重要性，所以哪怕在创业初期应酬喝酒都要亲自出马的时候，也舍得花大价钱第一时间找了个对时尚资讯敏感的员工，专门收集、整理、分类资讯！

他和员工网聊两个多小时以后，那一边李晓慧的比赛正式开始。

这两个小时，她脑子依然是一团混乱，她能反应过来的就只是一点，知道这次比赛对于自己是个极其难得的机会！她本来有可能会一飞冲天，直接进入顶级大厨的行列，可是现在恐怕要失去这次机会了。

此外，她其实是带着师傅的光环出赛的。每次评委介绍她是鲁大师的弟子时，都会额外赢得一点印象分！种种条件汇集在一起，她才能有这样的成绩！这可是她的师傅带着点作弊性质为她争取的机会！八珍汤其中一种材料是师傅珍藏了五十多年的，用一点少一点，她不可能一直维持同样的水准！也未必有这样好的运气，还能做出新的让师傅都惊叹的好搭配！以她的资质，错过了这一次，会不会有下一次就很难说了！

可是事情已经这样了，该怎么办呢？李晓慧想不出办法，所以她就不去想了。她排空了自己的脑袋，开始认真地做其余三道菜。认真地切，认真地炒，认真地摆盘，每一样都做到自己能做到的最好的程度。

看上去，她沉着有度，举止有据，动作神情与其说像一个厨师，更像一个创作艺术品的人。

这三道菜成绩依次出来，比前两次还好些。到了最后一道汤的时间，李晓慧被迫从什么也不想的状态出来，只能面对现实。

别人不知道她这边出了状况，烹饪比赛时间很长，干等着是很无聊的事情，这个时间主持人为了活跃气氛，会把各位厨师的情况和菜式做个介绍。大概是对李晓慧这道汤品的印象太深刻，介绍到她的时候，主持人热情洋溢。

“亲爱的评委，我非常高兴看到大家都能在今天这个美妙的日子相聚！你们中间有餐饮界的专业评论员，有资深名厨，还有社会各界知名人士，是对美食的理解和热爱让我们聚在一起！时间对你们每个人都很宝贵。不过，今天你们一定不会觉得自己来这里是浪费了时间，因为赛场上有一位神奇的选手！这是个可爱的年轻女士，说出她的名字慧，可能知道的人不多，但提起她的师傅，神奇的中国鲁，你们一定都听说过！就是那个能把蔬菜做得上帝都想来尝尝味道的大师！食物在他的手里是艺术品，是一种信仰和精神，是对生活的追求，对天地万物的尊重！”

果然，提起鲁大师的名字，在场的人不由得一起看向李晓慧，对她的关注度提升了好多个档次。

“我们这位可爱的中国小姐，今天为大家带来了一道叫作八珍汤的食物！这道菜已经在前两次的赛事中夺得汤品类最好的成绩，其实根本不用我来介绍，等这锅菜炖到一半的时候，你们大家都能闻到它的味道！一旦闻到那味道的人，就不需要别人再说点什么了！噢，那美妙的滋味儿太让人怀念了！尽管我已经有幸尝到过两次，我也非常期待还能再尝尝！你们大家会不会和我一样期待呢？亲爱的慧，真不希望你回到中国去，那样我就再也没有机会尝到这种美味了！你的老师鲁先生，非要说你还有很多本领没有学会，赛事结束就要立刻回去和他继续学习。不知道你是否能说服他。我不认为世界上还有多少比这更好吃的东西了！"

主持人的介绍让在场各位评委的目光都集中在李晓慧的操作台上。一般介绍到谁，谁就会和评委打个招呼，但是李晓慧没有，她低着头，手抓着自己的衣襟，手背上紧张的筋脉凸显。

"亲爱的慧，你在为我们准备那道汤吗？"主持人有点奇怪地问。他是跟着赛事走的，记得这道汤需要的时间比较长，前两次这个时候似乎都已经炖上了。她的助手在一旁也轻轻推她。

李晓慧僵硬了一会儿，终于还是拿着食材盒，一个一个打开，八珍汤的八种材料只有一种是新鲜的，其余全部都是自备。别的一个一个打开，都是好好的，终于到了珍贵的蘑菇。她硬着头皮打开了泡盒的盖子，明显看到摄像机也跟着过来了。

打开材料之后有点小惊喜！蘑菇在泡盒里静静地泡和被她带着颠簸了一路的效果居然不一样，已经发开大半了，但是还没到需要的程度！李晓慧处理各种食材都有经验，她一下想起来，以前在云来居饭店也试过这样，来不及泡发干木耳，就放进一个封口的瓶子里用力摇，摇个五分钟左右就有泡两个小时的效果。

真笨！她没时间痛恨自己为什么没有早一点想起来，而是迅速盖上泡盒的盖子，迅速摇动。她其实也知道时间是不够的，应该是来不及发开蘑菇，但是她一向想不了那么多事情，只知道该做就做了。

摄像机对着她，她拿着泡盒使劲摇，这个动作自然让在场的人都目瞪口呆。

"这……亲爱的慧，你这是在做什么？你是在做汤吗？"

"我的蘑菇还没发好，现在还不能放进去煮！"李晓慧回答。

"哦……很明显，和鲁先生一样，她对食材的要求也是极其严格的！那就让我们期待吧！请看她身边这位英俊的先生，他来自寒冷的冰岛，连续三届……他为我们带来他家乡的……"

主持人大声地介绍剩下的选手，不大声不行啊！因为李晓慧一直哗啦哗啦地摇泡盒，噪音扰民！

摇动的声音停下来，主持人松了一口气，道："看来李女士的材料准备好了，接下来我们就可以……"谁知李晓慧打开盒盖，用指甲掐了一下蘑菇，摇摇头，很歉意地说："就差一点儿！"说完，又盖上盒盖摇了起来。

"可是，你的时间并不多了！"主持人忍不住说，"我们每一位选手都要在规定时间内完成，超过时间就会取消成绩！”

“但是现在放进去味道就不对了呀！”

“但超出时间会没成绩……”

“可现在放进去味道就不对了呀！”

“好吧……上帝保佑你！”

终于，哗啦哗啦的声音停下来，蘑菇发好了。李晓慧的两个助手早已经把水烧好，其余食材也切好，能先放进去的也已经煮得差不多。他们都快急死了，不知道催了多少次让她凑合将就一下，李晓慧就是不同意，他们也没办法。此刻，见李晓慧终于从泡盒里拿出蘑菇，沥水，焯水，切花，放进锅里，两个助手同时松了一口气。

这个时候，速度最快的厨师已经做好了汤，装进小碗里依次给评委尝。规定时间是上限，有些汤速度快的自然可以先做好。陆续有几个厨师的点评已经出来了。

渐渐地，李晓慧那边台子上传来了香味。随着咕嘟咕嘟的声响，香味越来越浓，越来越香！就是这个熟悉的味道！时间逼近规定，其他人都陆续做完了。而这道八珍汤的香味此刻已经笼罩了整个赛场，无论是席上的评委，还是席下的观众，或者赛场的工作人员，无一例外，大家眼睛都紧紧盯着咕嘟咕嘟响的汤锅。

现在所有人都理解为什么主持人刚才说，只要味道出来就根本不需要他再介绍是什么意思了。这个味道的确迷人到了让味蕾自动分泌唾液，让人非常想去尝一尝的地步！

他们这些人都明白味蕾有时候会欺骗人的感觉，当有什么让你非常想吃的时候，你会觉得这个东西比你不想吃的时候更加美味许多！而香味就是勾起味蕾欲望的使者。虽然这个道理大家是明白的，但是他们没办法让自己的菜式也发出这么迷人的香味，妒忌不来！

时间逼近，赛场上就剩下李晓慧一个人还没交出作品了，工作人员端着摆满小碗的托盘，笑容满面地向她走来，预备盛汤。

“师姐，关火吧！”一个助手低声说，其实他已经催了几次了，但李晓慧还是说不行。

“我还没做好。”李晓慧咬着嘴唇说，“还需要一阵子。”

“师姐，小声点儿，别让这些人听见！你端上去吧，差一点儿就差一点儿！你不说他们也不知道。”

“对，师姐，就这样总比没有成绩强，快点盛出来吧！”

“不行啊，明明还没做好呢！”

“哎呀，你快点盛出来吧！已经很好了！你看那些评委都咽口水呢！就算达不到最好，也能得个不错的分数！师姐你别傻了，竞争这么激烈，你要没这道汤的成绩，肯定没希望了！”

“但是，味道不对！我知道味道肯定不对！”

“没多大关系的！一点点不对不会影响很大，就算这道汤成绩没前两次那么理想，也不会差太多！总分算下来还是能上美食榜！师姐你可就靠着它了！快点吧！”

李晓慧固执地摇头，就是不肯关火。

就在香味已经让部分人忍不住咽口水的时候，比赛时间快到了。主持人很高兴地说：“好了，各位先生女士，我们的比赛即将结束了！想必大家都已经有些等不及了吧？让我们来尝尝是什么食物会这么香，好不好？”

当然好，就剩她一个选手了，就算不想喝汤也得结束这件事，干等着多无聊。

一圈人的目光都集中在李晓慧的操作台上。

四十七、巧遇旧人

李晓慧咬了咬嘴唇，抬头道："汤还没做好！现在不能开盖。"她不会说英文，还没等这句中文被现场翻译出来，一个助手急了，道："好了好了，马上端！"

另一个助手已经顾不得掩饰，大声道："师傅在家里等着结果呢，你要没成绩怎么交代？"

"可是师傅昨晚还在电话里对我说，让这帮老外尝尝中国菜的味道！要我必须把每一道菜做到我能做到的最好的程度！现在不能拿，现在拿出来，味道就不对了！"

这样大的动作无法掩饰，他们的对话还是被翻译出来了，现场一片目瞪口呆。

"时间到！"主持人说，"大家都在等着，把汤端上来吧！"

"对不起，还需要等等。"

"李女士，你应该知道，比赛时间已经到了，如果你不立刻拿出汤来，我们就不得不遗憾地宣布你没有成绩！否则对其他选手来讲，是很不公平的。"

"马上拿！马上拿！"一个助手赶紧赔笑说，直接伸手要去开锅盖。

李晓慧用力按着锅盖，不让他动："不行，我没做好呢！"

"能差多大？"助手崩溃了，大吼，"差一点儿分数和完全没成绩，你选吧！"

"可是……时间没到，味道不对！差多少也是差呀！"

"那你不要成绩了？"

"我……"李晓慧脸色有些发白，但还是轻轻点点头，"我不要成绩了！"她对着评委席鞠了一躬，“对不起大家，这个汤还没做好。我没能在规定时间完成，对不起！”

两个助手中的一个气得脸色铁青，可是没有办法，今天是李晓慧的赛场，这件事她有权决定。

主持人愣了愣，只好叹息：“真是遗憾，慧没能在规定时间完成，这道菜不能计入成绩了。”

“让我继续把它做完吧。”李晓慧轻轻说。

主持人道：“请你明白，就算做完也不能算进成绩里了。”

李晓慧低下头，没有作声。

主持人耸耸肩：“那么，让我们开始宣布评委们对其他选手的评定吧！”

评委开始为参赛选手打分，他们多少都会受到一点儿影响，因为台上还有一个工作台没有撤掉，还有一锅汤正咕嘟咕嘟地发出越来越迷人的香味儿。

分数一个个出来，现场一阵阵响起掌声，但这都和李晓慧无关了。少了一个成绩，无论是她，还是八珍汤，都会毫无疑问地落选，长时间的努力没有了结果。简单地说，就是她失败了！这次碰巧弄出八珍汤的配方，是有些运气的成分在的，以后还有没有这样的机会，谁也说不准。师傅会不会失望？她未来还会不会很好？无法预料！

但这是她选择的，那么她就得承受这个结果。

两个助手气走了，比赛结束，评委和观众也一个一个地走了，赛场声音嘈杂，李晓慧一个人站在台上，默默地盯着汤锅，哪里也不看。很多人临走前都忍不住看她几眼，至于心里是怎么评价她的，没人说出来，她也不知道。

她只是看着，乳白色汤汁里的黑色蘑菇终于展开完美的程度，橘红色的配菜在里面时隐时现，淡黄色的菜丝翻滚着，就像一幅画。

做好了！她露出笑容，关上火，说不清心里是什么感觉。

虽然没有人欣赏，但是她做到她能做到的最好程度了。她按照师傅的要求，做到了自己能做到的最好程度。

“你笑什么？”一个声音轻轻地问。

身边有个人看她，李晓慧刚才已经发觉了，但她不是很在意。此刻这个人开口和她说话，说的还是中文，她才抬起头，回答：“八珍汤做好了。”

说话的是个中年男子，是个黄种人，四五十岁，两鬓斑白，和一般中年男人不一样，他衣着考究修身，显得很有品位。

“你就为这个笑？”那男子微微地笑了，“每道菜做好之后你都这么高兴吗？”

李晓慧愣了愣，想了想，然后才点点头。

是的，只要是她用心做的菜，每次做好之后她都很高兴，就算在家里自己炒个家常菜，出锅的时候她都觉得很开心。

“那能不能请我喝一碗？”那男子问，“我也是评委之一，闻着味道，很想喝，可惜没机会打分。”

李晓慧笑着打开锅盖，盛了一小碗汤递过去，这位衣着考究的男子就站着，端着碗喝起来。

他什么话也没说，李晓慧也安静地站着，直到一碗汤都喝完，他才吐了一口气，称赞道：“真好！”

李晓慧笑了：“这是最好喝的时候！”

“做这个需要多少时间？”

“要根据量和食材的样子判断，不一定的。”

“提前端出来真的不行吗？”

李晓慧犹豫半晌：“我没试过提前端出来，不过各种材料需要的时间大概都知道，时间不对，味道总归会不对。”

“既然没试过，既然最坏的结果是没成绩，试试又何妨？”

李晓慧摇头：“我答应师傅，一定要做到我能做到的最好的程度！随便试试我怎么知道是好还是不好呢？所以不能在赛场试！”

“小姑娘，”那男子道：“年轻人该有冒险精神！赌一把又何妨？”

“我笨，”李晓慧轻轻说，“我知道我能做好的事情不多，所以必须把我能做的事情做到最好！”

那男子看了她好一会儿，感叹道：“我少年时代就来意大利了，年轻的时候不那么喜欢中国文化，可是年龄越大，越对中华传统文化感兴趣！今天认识你，让我印证了一些书本上看到的东西！谢谢你！而且你让我很惊讶，因为你是这么年轻！”他伸出手来，“很高兴认识你，我叫周云远，是个服装设计师！因为一直很爱美食，在圈子里有些朋友，所以被拉来做了一个大众评委，我的老家在江苏，你呢？”

“我是李晓慧，老家是江西！”李晓慧很开心地和他握手。别的不说，就是在异国他乡遇到个华人都挺亲切的，何况这位男子气度不凡，给人的感觉很舒服。听他介绍自己是服装设计师，李晓慧高兴地说：“我的男朋友也是服装设计师，不过他对食物不是太感兴趣！”

“那太浪费了！他身边可是有这么好的厨师，居然对美食不感兴趣？简直是暴殄天物啊！”

“也不是绝对不感兴趣。做得好吃他就会多吃一点饭，万一不合他胃口，他就少吃一点，他还是挺喜欢我做的菜的。他创立了自己的品牌，刚起步，所以很忙。因为要注意营养，还要帮他调养一下身体，我有时候也会做他不喜欢吃的东西，他也肯吃的！”

“这位男士的好运气让人妒忌啊！”男子先开了个玩笑，然后问，“你说他有自己的服装品牌？能告诉我是什么品牌吗？这个圈子不大，也许一说，我就知道这位幸运儿是谁了！”

“LIN！他的服装品牌叫作‘LIN’，您听过吗？”

“抱歉，我没听过。”

李晓慧这才想起来，眼前这位虽然是个大众评委，但是能被邀请来的社会各界人士都是有身份的人。这位服装设计师应该比较高端吧？林佳木的品牌现在国内还没混到很知名的程度呢，客户也都集中在周围几个省，要到这位意大利设计师的眼前，可能还要很久。

“这些是他设计的一些衣服，你要看看吗？”李晓慧翻出手机相册，给这人看她存着的照片，一个文件夹里全都是林佳木的新设计。

那男子开始有些漫不经心，显然是出于礼貌瞄一眼，但是看了一眼之后，就立即被吸引了。他直接拿过李晓慧的手机，放大了一张张照片仔细看，都没发觉自己的动作很没礼貌。

很显然，这位真的是服装设计师，他对服装设计的敏感程度很强。李晓慧手机还是之前旧的，像素不高，很多照片都不算太清楚，他眯着眼睛，不断放大细节去看，完全被吸引了，很久都没说话。

“这里的线条是怎么做到的？”突然他指着一张图片问。

李晓慧伸头过去一看，是自己的一张，有点不好意思地说：“这块布料很小，就这么一点儿，还是别人特地从国外带回来给他的，所以他就做了一件短上衣给我穿了。没在这一季的设计里卖！线条是……我看看，哦，这黑色的不是线条，是影子！衣服上他做了一些高的褶皱，所以会有投影，有几个影子连在一起就成这样了。换个角度的光照，影子还会不一样，会一直变，我说不清楚。不过他说这块料子太小了，如果有很多，那做……”

“做婚纱！”男子斩钉截铁地说。

李晓慧干咽了一口口水，点点头，因为当时林佳木就是用差不多的语气说的：“做婚纱一定酷炫狂霸，亮瞎别人的钛合金复眼！”

“你男朋友在哪？在中国是不是？我要去找他！”周云远激动地说，“我打电话让人给我订机票！你说说他的地址好吗？”

“不在中国，就在酒店里！他陪着我一起来的！”李晓慧看着这个激动之下，已经不要风度的人，不知道说什么才好。

四十八、恩怨相泯

“佳木！”李晓慧喊道。

“小慧，没事了，没事了！”林佳木把她的头抱进怀里，“一次两次失败算不了什么，别难过！”他这个酒店就是主办方专门为他们这些和赛事有关的人员准备的，一个闲杂人等都没有。大家都抻着脖子等成绩，自然一有结果就传开了。李晓慧这么突出的事情，比谁是冠军传得还快，林佳木早就听到好一会儿了，见到李晓慧，自然赶紧安慰她。

“有件事要和你说。”李晓慧把脑袋从他怀里钻出来，“佳木，我刚才遇到一个人，他本来要和我一起来找你，可是刚巧有个什么人过来拦住他，可能这个人很重要，所以他就只能先走，他说他住在 2205 房，希望你晚上能去找他一趟！他觉得这一年的发布会可以和你合作一部分。”

“这颠三倒四的，你说谁啊？”林佳木忍不住笑了。

“是一个四五十岁的男的，说他自己是服装发展协会的成员！”

“哪个服装发展协会？”

“世界！”

林佳木的眼睛骤然瞪起来了，激动得一把握住李晓慧的手：“你没听错吧？”

“没有哇。”

“哈哈，他真的说要和我合作？”

“是呀，他说你给我做的那件上衣，就是料子不够的那件，思路和他预备做的一个系列竟然不谋而合，所以他感觉很开心，想和你商量一下，看有没有合作的可能。”

“耶！”林佳木跳起来，在空中挥舞了一下拳头，然后落地，一把抱住李晓慧，狠狠亲了一下！

走廊里，一个认识李晓慧的英国选手，见到这一幕，拍着手笑了起来。李晓慧顿时面红耳赤，那选手冲着林佳木比画了个大拇指，林佳木得意非凡地说：“小事！小事！”

李晓慧赶紧拉着他进屋了。林佳木还是兴奋地在屋子里团团转：“我要走运了！我去，真没想到天上真的会掉馅饼啊！”

“佳木，这个人很要紧吗？”李晓慧问。

“这么说吧，我要是能和他合作一次，就和你遇上你师傅一样，是求不来的机会，只能遇！只能拼运气！拼人品！没想到我也有人品大爆发的时候！小慧，肯定是你把你的人品借给我了，我现在发现我找女朋友找得是多么明智，哈哈哈！”

他乐得在屋子里团团转：“小慧，他叫什么名字？他让我几点过去？”

“叫什么？哎呀，我忘了！”小慧歉意地咬咬嘴唇。那男人是说过一次自己的名字，不过小慧真的没记住，“刚才找他走的那个人叫埃迪，我听他叫那人埃迪。”

“埃迪·莫里斯？”林佳木的眼睛又一次亮了。

“不知道，就叫了埃迪！埃迪催他快点走，说去接史蒂文。他就说希望你下午两点以后过去，他顺便介绍几个朋友。”

“没错了！史蒂文，那是世界服装发展协会的理事长啊！他要介绍史蒂文给我认识？”林佳木简直兴奋欲狂，“不行，我得有充分的准备！我现在让助手把一些资料传过来。下午两点，还有两个小时！快，快！”说着飞快在电脑键盘上打字，噼里啪啦的响声连绵不绝。

“佳木，你还没吃饭吧？我也没吃，要不要先吃饭？”

“乖！这件事对我至关重要，我不吃了，你自己吃点儿哈！”

李晓慧就不作声了，她去厨房煮了点儿菜肉粥，凉得差不多了，一勺一勺喂了林佳木一碗，林佳木则全神贯注在电脑前，勺子到嘴边，才歪头吃一口，满脸兴奋之情。

到了下午两点，林佳木带着打印出来的厚厚一沓资料和他自己设计的图纸，上电梯，登顶楼，十分郑重地敲响了2205房的房门。

“应该是你说的那位小朋友到了！埃迪快去开门。”里面用法语说了一句，然后就传来脚步声。

林佳木很激动，史蒂文就是法国人。

门开了，蓝眼睛的埃迪·莫里斯留着大胡子，好奇地打量着他！果然就是那个常常出现在服装杂志上的国际顶尖的设计师！

“你是中国慧说的那个男朋友吧？好漂亮的小伙子！怪不得慧是那么地爱你！快请进来！”

“莫里斯先生！很高兴能见到你！”林佳木鞠了一躬，这是他的前辈，而且毫无疑问，是他奋斗的目标！

他脸上的表情是无比激动的，但是进屋抬头之后，笑容顿时凝结在脸上了。

一旁的服装发展协会理事史蒂文已经站了起来，笑容满面，正准备和他握手，却见林佳木脸色铁青，转身就往外疾步而走，埃迪在门口，被撞了一下。

史蒂文惊诧地看着自己伸出去的手，埃迪也莫名其妙地望着他：“上帝，这是怎么了？周，你的小朋友为什么会这样？”

屋子里，另外一个人的脸色也沉下来：“因为他看见我了！原来是他，怪不得，怪不得！”

说着，周云远从屋里大步走出去，对林佳木的背影喝道：“站住！”

林佳木的背影明显僵硬了一下，然后冷哼了一声：“你凭什么对我呼来喝去的？以为我现在还有求于你吗？”

“一见我就走，你也知道没有脸面？”

“恐怕是你没有脸面吧？老家伙！”林佳木冷笑。

“那你怎么不回头？不敢面对我，还是不敢面对你的过去？当年你一去不回，我再也没有你的消息，这不是怕见我是什么？”

林佳木的背影僵硬了很久，他慢慢转身，面无表情地说：“我又没嫉贤妒能，我又没出阴招、使手段打压别人，我有什么不敢面对的？倒是你，现在说话还这么理直气壮，就不怕我当着你的朋友把你做过的事情说出来？”

“我做过什么，你倒是说说看啊！”

“我懒得说！你要不记得了，自己问问良心去，如果你有良心的话，应该能帮你回忆回忆！”

“好，我替你说！”

周云远上前一步，道：“当年你刚从米兰服装设计院以第一的成绩毕业，我是你的教授！我推荐你参加当年的国际发布展！你只是个刚毕业的学生，虽然已经得过一些小奖项，但分量还不够参加国际展览，如果没有我的推荐，你根本没有登台的可能！如果不是小芸求我，你就不应该有这个机会！”

“别和我提你的女儿！”林佳木怒道，“你们父女俩一起把我当猴耍！”

“林佳木，你太让我失望了！”周云远道，“你生我的气也就罢了，怎么迁怒小芸？你们曾经是情侣！”

“你也说了是曾经！”林佳木道，“周芸如果不喜欢我了，直说就好。我林佳木还不至于死皮赖脸缠着她，为什么要用那种方法？让你设局打压我？很好是不是？你们父女称心如意，我失败了，你说我配不上你家千金大小姐，所以我只能夹着尾巴走！”

埃迪和史蒂文看看周云远，又看看林佳木，都有点目瞪口呆的样子。“周，到底怎么回事？”埃迪忍不住问。

“我说吧！当时我年少无知，教授知道我和他女儿谈恋爱之后就对我百般挑剔！当时我想为了周芸要讨好一下，所以更加努力，希望得到教授的赏识，直到连续几次都得了年级第一，教授估计是没办法了，就对我说，他帮我争取一次发布展上台的机会。如果我成功，就不反对我和周芸交往；如果我失败，就离他女儿远点儿！”林佳木冷笑，“我以为这是堂堂正正的考验，怎么会知道他背后联系了那些狐朋狗友评论家，给了我那么低的评价！当时我一个刚毕业的学生，怎么和他这样已经有身份有基础的人争斗？很好，我失败了，只能认输！可是接下来呢？那么多评论杂志，那么多记录里，我被他指使的人形容成了什么？就算我设计得不好，又何至于如此贬低一个人？周芸和我分手，他的目的达成了！”

“那个……周不是这样的人。”埃迪忍不住说，“我已经认识他十年了，用你们中国人的话，他是光明磊落的，没有像你说的那样。年轻人，是不是误会了？我没看过你的设计，但周给我形容过，是很好的！你是个很好的设计师，不过可能当年你还没那么好。国际发布展上都是些名家，比较一下你的差些，可能那些评论家就针对你了。”

“我也以为是如此，可惜周芸都告诉我了！”林佳木冷笑，“你可以自己问问他，不过很可能，他不敢承认！”

“他说得没错！”周云远淡淡地道，“当年的事情就是我指使的。他的设计其实很好，为了说服朋友，我费了好大的力气！”

“周？”埃迪吃惊地看着他。

“甚至有些人我无法说服他们，只好请他们不评价，然后花钱买记者和评论家写攻击他的文章！那些用钱能买通的人用词果然犀利，比我想象中狠得多！”

“你！”林佳木气得全身发抖，“你无耻！”

“是，我对于你来说是个混账！我仗着自己的地位打压你，让你灰头土脸，让你才华埋没，最后还棒打鸳鸯，让你的女友离开了你！你恐怕这辈子最恨的人就是我，对吗？”

林佳木咬着牙，拳头握得骨节都发青了！他要用尽全力，才能忍住没有全身颤抖，才能没有扑上去打人。

“但是我完全不觉得我做错了什么！如果你觉得我苛刻，只能说你还没有遇到真正的生活。”

“林佳木，小芸早已结婚，你现在和我没有利害关系了。你愿意静下来，听我说说当年的事情吗？这件事当时我就想和你说，想让你明白一些道理。可惜当时你悄悄地走了，我再也没有你的消息，没办法跟你说！实际上，再次遇见你，我很惊喜，你愿意听听我当年这么做是为了什么吗？”

“你说，”林佳木咬着牙道，他当然想知道，除了想让他知难而退，让他离开自己的女儿，这个人还有什么别的理由！

“进屋说吧！埃迪，帮我拿一点酒好吗？”

林佳木坐在沙发上，依旧面无表情，但心里五味杂陈。

周云远喝了一小口酒，很怀念地说：“当年你们还是那么地年轻，你和小芸，都充满了青春的气息，一晃眼，你看着也不像之前那么稚嫩了。”

“你都快老死了，我长大点儿有什么奇怪。”林佳木淡淡地说。

周云远摇摇头：“李晓慧那么谦和，居然是你的女朋友！真奇怪。”

“总不至于天下的女人都是周芸，好在还有一个能看上我。”

“当年你们交往是小芸追求的你吧？”周云远问。

“我不记得了！”林佳木面无表情地说，其实是周芸追求的他，也不止周芸，他长得太帅，所以追他的女人没断过。他原本还没怎么看得上周芸呢。只不过她家世好，长得好，性格活泼，林佳木那个年纪慢慢也就被吸引了。

“小芸也交过几个男朋友，但我觉得你不一样。别人都很巴结小芸，但你总是高傲得很，并不怎么迁就女友。我的女儿是娇生惯养的，我希望能有个男人很疼爱她，但你不是，所以我并不满意。”

“不满意你直说，为什么先是骗我给我个机会，然后用阴招打击我？”

“因为我看好你，我觉得你需要打击！”

“你老年痴呆了吗？什么意思？”

“你来看！”周云远打开烟盒，拿出一支香烟放在桌子上，“这条线是你能做到的。”然后在香烟下面又放了一支烟，“这是你能忍下的，这两根线之间的距离，就是你生存的空间！如果你能人所不能……”他在上面又摆了一支烟：“你的上线就向上提了，如果你还能忍人所不能忍，那你的下线就往下退了。”随着又在下面摆了一支烟，桌上就并列放了四支烟。周云远拿掉中间的两支，“这样一来，你的生存空间就比别人广阔了很多！”果然，空间比刚才大了不少。

周云远继续说：“而一个人的任何成就都必须在自己的生存空间里才能得以实现，生存的空间越广阔，机会就越多，人就越有底气，取得成就的可能性就越大！如果你连生存空间都没有了，那还谈什么成就？

“我希望年轻人都能明白这个道理，我更加希望你能明白这个道理！其实一直以来我都希望见到你，有机会讲给你听！林佳木，你的天资是我见过的年轻人里最好的！甚至可以称作天才！这让你在某些方面，的确能人所不能！我也不愿意真的毁掉一个天才！但是你的下线实在太高了！别说忍人所不能忍，就是一般程度的忍你也做不到！你性子里的高傲超过你的才华，你的下线甚至超越了你的上线，这样你怎么会有成就？你觉得是我故意为难你，没错！那次就是我故意为难你！我努力地打压你！让你失败，让你受挫！我想看看你的下线能不能压下去！

“但是你让我失望了，你完全不能忍！你在现场就发起了脾气，你甚至对关心你的人也发脾气！是的，你委屈！我知道你心里太委屈，你的委屈是我花了很大力气人为制造的！

“但是林佳木！我完全不觉得我有什么错！一个年轻人追求我的女儿，我作为父亲，考察一下这个男人值不值得我把我的至爱珍宝托付给他，这哪里有错？我确实打压你了，但我也激励你了！你丝毫不管我的激励，只看到社会对你的不公平！事后也完全视我给你安排的机会和道路于不顾，只为了维持你那份骄傲！请问你凭什么骄傲？凭你的才华？这个世界上有才华的人多得是！你想只凭借才华就让你一辈子顺顺利利？那你想得太美好了！这绝不可能！我的女儿将来要交给你了，我磨炼你一下有什么错？既然你不能通过我的考验，那么我放弃你！不愿意把女儿嫁给你，我也完全不觉得自己有错！你太高傲了，我只知道厚德才能载物，德才兼备才能长久！你的才华够了，德却远远不够！

“林佳木我告诉你，我觉得你不行！你当年配不上周芸，现在也配不上李晓慧！你配不上这么好的女人！

“当年我给过你一个机会，你放弃了！现在小芸的事情过去，你我没有了利害关系，我并不是要补偿你，我没觉得自己有错，所以不会补偿！我只是单纯看中你的能力！两个很欣赏你能力的前辈等着你，林佳木，你的设计要不要和我，和埃迪一起出现在今年的发布会上，你自己决定吧！”

林佳木坐在沙发上，很久很久，心里就像有一座牢狱崩塌了一般，慢慢地，他伸手把底下那根烟往下拉了一段。

四十九、帮友告白

十几天后，林佳木和李晓慧回国了。

“哥们儿，我有一个绝对劲爆的消息要告诉你！”林佳木的飞机刚一落地，还没解开安全带，就忍不住打电话给四歪，现在他兴奋得不得了，“我想，你的唱片今年年底就能有着落了！”

他想着四歪一定能惊讶兴奋，玩命追问他到底是怎么回事，结果四歪却吞吞吐吐地说：“我也有个消息要告诉你……哥们儿，我结婚了！”

“啥？”林佳木拿着电话，目瞪口呆，“啥？”

他才离开了不到一个月好吗？四歪结婚了？这是什么时候的事儿？和谁？在哪儿？怎么可能？

好吧，他不得不承认，比起四歪这个消息，他的不是劲爆，是弱爆了好吗？

“一句两句说不清楚，你来我酒吧，我们面谈吧！”

“佳木，怎么了？”小慧在一旁看着林佳木跟被点了穴一样的表情，自然忍不住问一下。

“四歪把自己出手了！居然是他领先？”林佳木道，“走走走，先不回家了，直接拿着行李去酒吧！这必须得弄清楚怎么回事，不然够我失眠一个月的！”

“哦，好吧。”

到酒吧一看，文佳佳也早就到了，一看到林佳木和小慧，就叽叽咕咕地笑：“让你出去玩，怎么样？天字第一号热闹被你错过了！你后悔去吧！”

“你早知道四歪结婚？”

“我也是事后才知道的！我跟你说，他结婚结得特突然，特不够意思！我正吃午饭呢，他就一个电话打过来告诉我他成了已婚人士！当时我差点把电话吞下去！我从幼儿时代就认识他了，你说他结婚居然不等我！这算什么朋友？”

林佳木：“等你干什么？四歪又不跟你结婚！再说你够可以了！至少他还及时告诉你了！我呢？我可是刚刚才知道！我屁股还没离开飞机座位呢！你差点吃了电话，我差点啃了飞机！”

四歪带着点儿不好意思：“木头你人在国外，我打国际长途得多少钱？这事儿能是三言两语说得清的吗？再说我也真有点儿不好意思说。”

“我去！为了电话费你就不告诉我这么大的事儿？那事先怎么不说？我走之前你不是还来我公司了吗？那又用不着电话费！”

“事先……事先我也不知道啊！”四歪尴尬地说。

“什么？你自己不知道你要结婚？”林佳木被雷得外焦里嫩，“不是，先等等，我都蒙了，先告诉我你和谁结的婚！男的女的？老的小的？真的假的？”

“你认识的，张晶。”四歪咧着嘴说。

“张晶？芭芭拉！”芭芭拉的中文名是张晶，林佳木这次彻底震惊了。

“什么时候的事儿啊？我说哥们儿你赶紧说，我这憋得，感觉都要吐血了！”

原来，那天四歪去林佳木公司询问自己和芭芭拉谈恋爱的可能性，当时他是被林佳木无情驳斥了的。在林佳木看来，芭芭拉就是个看多了油头粉面的小伙子，突然觉得长得骨骼清奇的四歪好玩，因此玩玩而已。四歪自己也是这么觉得的，所以他尽管对芭芭拉有些动心，但还是打算当机立断，把感情掐灭在感觉的阶段。这样比较不伤人。

然后呢，他想找机会和芭芭拉说清楚这件事，却正赶上芭芭拉去国外走秀，一个星期才回来，回来就是累得不得了。也有一阵子没去酒吧找四歪，四歪打电话给她，约她出来，她也一直说太累，不想出来。四歪呢，就以为是人家已经腻了，就那么顺水推舟地拉倒也好，于是默默承受了。但是他心里也难受，自哀自怜，于是乎连着几天在酒吧里喝个半醉，唱歌也都是唱很哀伤的情歌。

四歪以为已经拉倒的时候，芭芭拉缓过神来，又蹦蹦跳跳地过来找他，听到他写的歌，觉得十分感动。

“其实这里面有个小误会。”说到这里，四歪不好意思地说：“创作歌手都有个毛病，喜欢把自己的想象给加进去！我也没有我唱的那么难过！这不是艺术创作吗？谁知道她就当真了！又赶上我酒吧里那些哥们儿、闺密，一看见她就很夸张地跟她形容，她没来这几天我有多难受，形容得特别夸张，就好像我爱她爱得已经神魂颠倒似的，其实真没有！我认识她才多久啊，我顶多算是很有好感，离他们形容的要死要活，还早着呢！木头你可以证明是吧？”

我证明什么呀？林佳木心想，你都结婚了，大哥！

“那然后呢？你就顺水推舟了？”

“没有！”四歪说，“我说了那些人是瞎说，张晶以为我不好意思呢，加上一群人在旁边起哄，瞎话说得跟真的一样，我也拦不住！大概是众口一词，张晶就信了。她当时还说，本来只是喜欢我有才华，没想到我这么爱她，她觉得很感动……哥们儿你说我能怎么办？这个时候对她说她想多了，我其实没那么爱她？只要是男人就说不出口吧？”

“说呀，”林佳木奇怪地道，“为什么说不出口？”

四歪看着他，一时无语，许久才能倒腾过这口气来。

“你其实喜欢她！”文佳佳在一旁总结，“我觉得至少不仅仅是美色当前你动心了，不然就算顺水推舟谈恋爱可以，结婚也不至于！”

“我其实……我也就是……”四歪吐了一口气，“我承认我确实挺喜欢她的，她回来找我，我是很高兴的！嗯……其实是非常激动！不过结婚这事儿当时还真没考虑！”

“没考虑你就求婚了？”文佳佳嗤之以鼻，“骗谁呢？”

“我没求婚。”四歪道，“相反，我准备痛下决心，了断了这个关系。”

“为什么？”对面三个人，连一直不说话安静听的小慧都忍不住惊呼。

四歪看了对面三个人一眼，为什么？为了他没本事呗！他觉得自己招呼不了这样美得扎眼的女人。连林佳木那样的条件都找了比较平凡的小慧，他要钱没有，要脸也没有，要前途都没有，矮穷矬丑样样俱全。就是个普通的姑娘都没有把握，何况是一个业界一级的模特大美女？生活早就打击得他非常有自知之明了！

于是，在他自己认定的最后一次约会时，他掏出能拿出的钱，为这姑娘安排了一次浪漫的约会，鲜花、大餐、礼物、游乐样样都是他能给出的最好的。然后在最后他认定要分手的时候，为这姑娘唱了一首歌，用歌声表达了自己的心意，告诉她，感谢她带给自己的快乐，但是他配不上，希望她能找到真正值得的人。

“你妹啊！”文佳佳叫了起来，“你安排这么多是为了分手？你给人落差也太大了吧，不带你这么不按照套路出牌的！电视剧里，这后面跟着的应该是求婚好不好？”

她抢过一杯酒一口喝掉，摸着胸口说：“不行，我得平复平复！太浪漫了！”

“我觉得这叫作欲擒故纵！”林佳木也干掉一杯酒，“你看现在的结果就知道了，人家成了！这小子蔫儿坏，他骨子里全是浪漫细胞，你发现了没有？大学专业也不错，学校毕业了就敢不上班，说唱歌就唱歌！虽然说没几个钱吧，能把口袋里的钱全掏出来，那心意可就显得珍贵了！他小子知道女人吃哪一套！太厉害了，你！以最小的代价达成最大的目标！”

“当时我是真心的好吗？”四歪叫起来，“我也不知道她脾气会那么暴！听我说理由是怕她只是图新鲜，我这也没有那也没有，说不定连婚礼都办不起，她立刻拉着我去领证了！姐姐你还冤枉我没提前通知你，我自己都不知道哇！我跟你说，我结婚证拿到手，我还蒙圈儿呢！”

“我去，还别说，这事儿芭芭拉干得出来！”林佳木道，“她就是胸大无脑的最佳诠释！已经到了无知者无畏的程度了！”这句话刚出口，被小慧轻轻拉了一下袖子，又被文佳佳踹了一脚。林佳木一抬头，发现四歪怒目而视地看着他，这下反应过来说错话了，现在芭芭拉已经是四歪的老婆了，既成事实！他要还想和发小跟从前一样亲密相处，这姑娘就是不可以绕过去的，必须同样接受的人物。

“那……呵呵，我是说，芭芭拉直率热情！真的挺不错。也挺长时间没看见她了。”林佳木尴尬地笑笑，“怎么没和你一起来，大家喝一杯，聚一聚？”

提起这个，四歪又是一头黑线，叹息道：“家里跟我生气呢，我一直哄她到上班的时候才哄好，所以不好意思见人，下次吧。”

“怎么了？这刚结婚才多久，就开始吵架？蜜月还没过吧？”

“别提了，唉！”四歪叹了一口气，闪婚是有后果的，两个没互相了解的人，凭着冲动结婚，那当然是因为他们有突出的特点吸引了彼此。相处下来，肯定是有矛盾的，年纪还轻的芭芭拉都没仔细想过这些，所以一冲动结了婚之后，她有点傻眼，加上她原本脾气就不好，磕磕绊绊在所难免。

“我哪儿敢跟她吵架啊！小心伺候还来不及呢！我知道，她现在有点害怕，有点无所适从，其实还没想好要和我过日子，就那么一时冲动！但是我想好了啊，既然结婚了，我就要尽我最大的诚意保护好我的婚姻！结果如何我不去考虑了，或许啊，过些日子我又闪离了！到时候你们也别吃惊！”他大大喝了一口酒。

“四歪，你别难过。”小慧忍不住开口，“你人挺好的，张小姐她肯定也是看出来你人好，她肯定也是喜欢你的，不然再怎么一时冲动也不会结婚。”

“我没有难过。”四歪露出笑容，“事实上，我非常幸福！比我想象的幸福得多！每天看着她的样子，看着她真实地出现在我的身边，哪怕她吵吵闹闹，我也觉得幸福！她比她自己想的还单纯和热心，我现在觉得很爱她。我就珍惜眼下的日子，好好做我自己！哪怕留不住她，那也是得之我幸，失之我命。我永远记得她曾经比我还勇敢，勇敢地把前途和未来托付给我了！

他眼睛里柔和的光芒让卡座里的四个人一时都无语了。林佳木和小慧不由得相互对望，目光缠绵，撇下单身狗文佳佳一脸幽怨，怒道：“喝酒！喝酒！”

他们从很小的时候就相识，一起见证彼此人生中的起起落落，一起为任何一个人的高兴而高兴，为任何一个人的忧伤而忧伤，四歪看着他们觉得很有力量，既然友情、爱情、理想都具备，那么现实中的一切困难都不算什么了。

文佳佳仍旧在咋呼：“好，努力加油！用帮忙告诉我一声啊！别以为我帮不上你，当初我在背后说了多少好话小慧才看上木头的！你家那个要是生你气了，就让她出来和我吃一顿，准好！”

“好了，别说我了！我已经名草有主！只能看，不能惦记了！木头看起来也好事将近！二姐，你现在呢？还整天屁颠屁颠在林医生诊所混着呢？”四歪问。

“啊？不会吧？”林佳木吃惊地看着文佳佳，“你还惦记着我哥呢？这么长时间了，按照以往的规律，你不都应该换了三五个目标了吗？”

“你才惦记他呢！你才换三五个呢！哦……小慧，我不是这个意思啊！他要真的换了，我帮你揍死他！还有四歪，你才屁颠屁颠的呢！你们一个两个的会不会说人话？”文佳佳怒，“我去林中乔的医院那是有正当理由的！我要看看亲戚治疗的情况怎么样了！那是我送过去的病人，我得负责！”

她想了想，又加了一句：“再说我也没去多勤，有空才去一下的！最多一周一两次、两三次的。”

“你现在一周要去我哥医院两三次？”林佳木惊讶，“那我相信四歪的判断了！二姐，我小时候看见邻居家的狗对吃屎也这么执着！那家人见了就打，狗还是有空子就钻。那种精神真是难忘啊！没想到你也这么执着！”

“你看看你！木头，我都知道的事情，你居然不知道，你这是得多忙啊？就算你前段时间见二货见得少，你哥你总能见到吧？就没发现他有点异常？”

“我搬出去了。这段时间应酬太多，回去太晚总是闹得他睡不好。我现在也算稳定下来，就找房子搬出去了，都出去住一两个月了。”林佳木很歉疚地说，“我都好久没见到我哥了，之前也没注意他有没有异常。至于二货，她一直就很异常，压根儿没正常过！比较不好判断！”

“我觉得好像有点不对。”在文佳佳愤怒的目光中，小慧拉了一下林佳木，在一旁小声地说。

“她哪里不对劲了？”林佳木指着文佳佳，“五官装反了？”

“不是佳佳，我说哥哥有点不对劲！”

“是吗？”林佳木惊讶，小慧在这方面可不敏感，林中乔也颇为迟钝，如果林中乔都表现出来，还能让李晓慧感觉出来，那岂不是已经有很明显的迹象了？

“你什么时候觉得不对？”他问小慧。这下来了兴致。

“这段时间都不对，咱们出去之前我去哥哥家帮你拿忘在那儿的东西，他看上去就很不对。嗯……神情有点恍惚，呆呆的，有时候皱眉头，一副心事重重的样子。”

“看吧！”四歪敲着桌子说，“小慧都发现了，说明二货去诊所去得卓有成效！”他轻轻唱起来：“夏天夏天悄悄过去留下小秘密，压心底压心底就不告诉你……但走过去走过去，我天天看着你……我时时缠着你，无论如何就是休想让我放过你……”

“你们两个臭小子都给我闭嘴！”文佳佳恼羞成怒，“不是你们想的那样！他现在对于我就是个熟人！他其实也就那么回事，男的嘛，都是俩眼睛一张嘴，能好到哪里去？其实我当初也没怎么看上他，早就是过去的事儿了！提来干什么？算了就算了，也没什么可惜的。我现在就当他是个普通朋友！告诉你，姐去医院是有正当理由的！”

“呵呵！好正当的理由啊！”

“我乐意！林中乔都没说话，要你管！我交个普通朋友不行吗？”

“二姐，我也想吃你给林医生带的点心！”四歪眨巴眼睛，做卖萌状。

文佳佳一指头敲在他头上：“姐那会儿有求于人，巴结着点儿怎么了？你们求人的时候不笑呵呵的，难道还照人脸上吐口水？”

“林医生是普通朋友，我算重点朋友吧？你看木头现在有人疼，别说点心，想吃满汉全席都行！我这上顿方便面下顿西北风的，好凄凉！我也要吃点心！好不好嘛……”

“恶……”文佳佳被他弄得打哆嗦，“你想吃点心，不会去找你那个什么……拉粑粑？”

“是芭芭拉！我去，被你说的什么感觉也没了！好恶心！”四歪惨叫。

“活该！让你没事找事！”

“好，我没事找事，你那算有事才去的！”四歪撇嘴，“当初我在木头钱包里发现小慧的照片，他还说辟邪用呢！你们一个一个嘴这么硬有意思吗？我就是智商再低也能看得出来呀！”

“扯我干什么？”林佳木吓了一跳，赶紧去看小慧的脸色，还算好，小慧虽然难免瞪了他一眼，但不是真的很生气的样子。

“我要回去了！”文佳佳说着，站起来。

“这就回去了？我还想请你们吃饭呢！”林佳木也站起来。

“不吃了，看见你们俩货，一点胃口也没有！”

“不是吧？二姐，你不会那么脆弱吧？我们刚才是瞎说的，你别放在心上！就开个玩笑，咱们什么时候不开玩笑？你应该早就习惯了呀！”

“对啊，我们就是随口说说，您甭计较了好不？一直以来你都和蔼可亲，突然这么横眉立目很不习惯啊！再说你有什么可自卑的？你和我哥不成那也不是你的问题！二货，你都不知道，你其实是那么出色！我在法国，有一天出门看见的所有女的，百分之九十都没有你年轻好看！我之前还没觉得你这么好，现在越看你越顺眼！”

“真的？你那天去哪儿了？”文佳佳一下就笑得嘴角都咧到耳朵了。

“养老院！”

“滚！”文佳佳砸了他一拳，几个人都笑成一团。

吃吃喝喝了一阵子，文佳佳到底是女孩子，太晚回去了不好，林佳木想送她，小慧拦住了，替他送一下文佳佳，留下林佳木和四歪接着喝酒。

男人有时候需要和同性朋友喝一顿，这个小慧完全可以理解，何况林佳木这段时间也的确应该有很多人生的感悟，加上喜事连连，今天兴致很高，四歪也刚经历人生的重大改变，他也需要和发小抒情一下！林佳木于情于理都要把耳朵贡献出来才够意思，就玩玩吧！开怀一醉又如何？他累了那么久，也该放松一下了。四歪这个酒吧无比熟悉，就算他们都喝醉了，也会有人照顾，睡这儿也没关系。

"我说你小子怎么运气这么好呢？贤良淑德还善解人意！你说好事怎么都让你小子给占了呢？按积分排顺序你也该是孤独终老那种才对，居然找到这么好的！"四歪看着李晓慧远去的身影，十分不爽。

"那是！"林佳木得意非凡，事业上的成就别人还可以妒忌一下，至于想遇到像小慧这样的……嘿嘿，虽然林佳木性格高傲，导致他没和很多女孩和谐相处过，经验不多，但也明白这可不是随便能找得到的。

两个人都是奔着尽兴来的，都打算了要喝醉！喝得很多的时候，他们谈了什么已经不大记得了，谈了自己也似乎谈了关于文佳佳的事情，四歪提议帮个忙什么的。林佳木不赞同，他认为哥哥和二姐是不可能的，十分不般配。但四歪觉得还是有门的。

他扳过来两个他们喝空的酒瓶子比画，大着舌头说："就常理来说，一个男的要是不喜欢……一个女的，是不会愿意经常看到那个人的。我是过来人，你得相信我！你哥……他、他乐意让二姐一周去好几次，那……那就是……有门！而且我觉得，你哥那闷货和二姐那种二货……挺互补的！"他把两个瓶子往一起碰，"咱们应该推、推波助澜一下！"

"我可没干过这种事……"林佳木一个劲儿地摇头，"女的才乐意牵红线呢。这事儿别人能帮上忙吗？"

"你看你！心不细！"四歪摇着头，"有时候，当事人自己还偏偏就不成，就、就得别人帮忙！"

"别说，你长得虽然是豪放派的，心思确实是婉约派的，张晶蛮有眼光！"

对于涉及了自己人的问题，两个人还是都比较关心的，这一次两人真喝多了，喝多的人行为会比较不受控，尤其是林佳木，性格中有冲动的成分，要不也不会蹿桥上待着。中间聊着聊着，不知怎么俩酒鬼就给文佳佳打了个电话，林佳木拍着胸脯说让她放心，这个忙一定帮，搞定哥哥的事情就包在他身上了，一定要让二货心愿得偿云云，并说马上就给自己哥哥打电话，搞定这件事，让她明早去医院直接打包收货！

文佳佳莫名其妙加大惊失色，然后又转成怒不可遏，但心中又有些期待，那真是百般滋味一起涌上心头啊！从林佳木打电话颠三倒四的语气，很容易判断他是醉了，按理说，应该把他说的话当胡说八道。但是文佳佳难免存着一点侥幸心理，林佳木脑子一向好使，就喝醉了条理也比自己清楚，说不定他真的……真的……这个一向比较乐观的姑娘遇事倾向于往好里想。当天晚上，她一宿没睡，各种电视剧里的桥段都想出来套在她和林中乔身上了，各种中韩名剧的过程都被她脑补了一遍，那是喜剧、悲剧、正剧、神经剧都有哇。

不过大家都知道，电视剧是介于男主和女主相爱的基础上的，所以整体幻想了一遍之后，文佳佳觉得各种结局都很美，成与不成她都接受，哪怕是凄婉的故事，比如林中乔不答应是因为得了什么绝症之类，她也很是期待。

可惜这么多电视剧桥段，林佳木一段都没有参考。他醉了，根本就没给林中乔打电话。不过他脑子好使，一般他就是喝醉了也不会完全断片儿，如果按照事情发展规律，过一两天他应该会去尝试一下，但他当时让文佳佳第二天早上去收货来着。

所以二姐去收货的时候，实际上他还在四歪酒吧后屋睡觉呢，根本没来得及和林中乔沟通一下。

五十、遇黑社会

第二天一大早，文佳佳就顶着想了一夜也没睡觉的熊猫眼来到林中乔的医院，不知道林中乔会有什么反应，她原本想准备些方案应对来着，后来发现自己脑子的确不够好，任何一个方案都没能最终通过。最后决定还是先来看看，其实这事儿不用直说，只要来点风花雪月的暗示，如果真如昨晚俩家伙喝多了在电话里说的那样，其实林中乔早就已经对她倾心以待，那应该不用她说什么，林中乔主动就会有表示了。万一害羞，那就换个浪漫点的场合，于是她装作很轻松的样子来约林中乔出去吃饭，预备打探虚实。

两个发小都有着落，就她一个单着，说不着急肯定是骗人的！

这个点儿确实有点早，似乎没有人约会是约早饭的！不过这样也好，有足够准备时间等人，不会那么尴尬。文佳佳这样劝慰自己，其实最主要是她实在等不了那么久。

刚进诊所的门就觉得有点不对，门口原本只有小李坐在办公桌后面，现在却站了四个穿西装、戴墨镜的男人。一旁会客区的沙发上，一个人静静地坐着，神情非常阴冷。

“我走错门了？”文佳佳退出去回头看看，确定自己没有走错，又一步踏了进来，“那个……嘿嘿，你们是谁？我来找林医生，林医生在不在？”

“我们也是等林医生的。”坐在沙发上的男子淡淡地说，“恐怕你要让我们先和他谈谈了。”

“哦，没关系没关系！你们先！我不急。”文佳佳赶紧说。

那人只是点了点头，没什么表情。屋里一点声音也没有，气氛很是沉重。这让本来就心里沉甸甸的文佳佳越发难受，她十分需要放松。

她故作轻松地对那男子说：“你不用这么紧张，整容现在都很普遍了！来，先吃个水果糖吧！”她把桌子上的糖盒推过去，热情地招待客人。值班的人不知道为什么不在，这里只有客人，她觉得应该帮忙招呼一下。

那个男子没有吃糖的打算，只是冷冷地说：“我不紧张，希望过一会儿，林医生也别紧张！”

“你放心，林医生医术特别好，他什么问题都能解决的。”

“是吗？那就最好。”男子淡淡地说。

文佳佳还是紧张，于是自己扒开一颗糖吃了，坐在沙发上握了握拳头。这样一来，她就靠近了那个男子，门口四个人一起上前一步，那男子微微摇摇头，四个人就都退回原来的地方不动了，而文佳佳根本没发现这一点。她使劲嘎嘣嘎嘣地嚼着水果糖，连吃了两块，才感觉心情好一些了，没那么紧张了。

“你哪里需要整容？”文佳佳继续招呼客人，她打量着身边的男子，大概三十来岁的样子，身高中等，身材标准，相貌也很说得过去，“帅哥你已经很完美了！真的，做人不要要求太高！你这样的患者恐怕林医生不会接的。”

“看情况吧。我觉得他会接的。”

“嗳！男的要整容的我也遇过几个，一般都是秃顶植发、去个眼袋什么的，也有人肚子太大要抽脂！帅哥你看你相貌身材一点问题也没有啊！都已经达到上限了，我觉得可以打八九十分！而且你的气质特别好，你知道不知道？虽然年纪稍微大一点，但是酷帅狂霸一样不缺，还是很多人喜欢你这种类型的！你真的没必要整容！”

男子对这种评价没有任何反应，看都没看她一眼。

“帅哥，你叫什么名字？”

“程谨言。”

“咦？有点耳熟，好像听过一样……”文佳佳想了一下，未能在自己的记忆库里找到答案，压根儿没找到，于是就算了。她热情地伸出手：“你好，我叫文佳佳。告诉你一个秘密，我很可能就要成了林医生的女朋友了！”

“是吗？”

“当然！”文佳佳点点头说，“他弟弟说他暗恋我已经很久了！不知道是真是假，如果是真的，我决定给他个机会！对了，他弟弟是我的好朋友。”

“噢。”

“你怎么没有反应啊？”

“我还没想好，该不该恭喜你。”程谨言看了她一眼，说。

这时候，门口的四个人之一接到电话，他冲着沙发上的人点点头。

“林医生到了。”那个男子对文佳佳说。

“林中乔！”文佳佳站起来，然后迅速想躲起来，从门口看到林中乔的身影，她刚酝酿好的情绪全没了，变成紧张，一身都是冷汗，不知为什么，就是想逃走。林中乔是从门口来的，她就想先往里屋躲躲。

但是门口有人守着，立即拦住了她，而这个时候，林中乔已经进来了。

“林中乔……那个……你来了！我没别的事儿，就想过来看看，那个……你有没有事儿？”

她自己胡说八道的话音未落，林中乔一个踉跄，被人推到屋子里，差点摔倒在地，紧跟着他后面的两个人也穿着西装，和屋子里的四个人打扮一样，进门就对着程谨言说：“程先生，医生来了。”

“什么情况？”文佳佳吓了一大跳，“怎么回事？”

“佳佳？”林中乔脸色一变，“你在这儿做什么？你回家去吧！”

“我、我、我……我来……来问问你有没有话要对我说……”

“我没话对你说，你赶快走！”

“啊？就是木头给你说的那事儿……”

“你走！！”

文佳佳被他凶巴巴的语气弄得张口结舌，勉强干笑：“没话说……呵呵，其实我也没事，我来找你就是想……想一起吃个饭，那个啥，我亲戚那事儿你帮我这么大的忙，我还没请你吃饭呢。”

“我没空，你回去吧。”

“那……行吧……我回去。”

“快走！”林中乔很凶，眼神里却充满了焦急，不断示意她快些离开。

“可是这……这是什么情况？”文佳佳终于觉得不对了，指着屋子里的人问，“你是不是遇到麻烦了？”

“情况就是林医生做坏了一例手术，我希望他像你说的那么有能力，可以完美地补救。不然，他很可能很长一段时间，都没空和你一起吃饭了。”程谨言淡淡地说。

“喂！程谨言，你这人也太霸道了吧？”文佳佳怒道，“哪有医生能保证每一例手术都成功的？做坏了做好了都有可能的好不好！”

“但是这一例手术，他偏偏就保证过一定能做好！”

“啊？林中乔，你真说过这样的话？大哥你昨天晚上洗澡的时候脑子进水了吗？到底什么手术做砸了？还能不能补救？”文佳佳小声地问。然后打量程谨言，“他这张脸难道是整容过的？怪不得一点表情也没有，是不是被你弄面瘫了？不过说心里话，面瘫真的很适合他，他没表情的时候很帅啊！”

“佳佳你马上回去。”林中乔咳嗽一声，屋子里的人看文佳佳的目光都已经变得非常特殊了，她还没察觉，这一刻，林中乔也想跟着弟弟一样叫她二姐！

“这位小姐先别走了吧，我想有她在外面，林医生治疗的时候或许能更严谨一点儿，像之前那种错误，就有可能避免了。”

“这不行！”林中乔脸色一变，“她只是我一个普通的朋友，跟这件事没有关系，程先生你必须让她走，不然我报警了！”

“报警？”程谨言微微一笑，“林医生，别开玩笑了，你我都明白你现在没法儿报警。至于这位小姐……”他看了一眼文佳佳，“她刚刚说，你喜欢她！而且她觉得自己马上就会是你的女朋友了。我认为，她对你的工作应该也很感兴趣，还是留下来等等吧。”

林中乔脸色一红，心里刚升起一种惊喜交加的热流，就马上被文佳佳的话熄灭了。

“我是胡说的！”文佳佳立即叫道，“我就是他一个普通朋友，我平时特别爱胡说八道，你别放在心上啊！我还是回去吧！”

“真的？”程谨言问。

“真、真、真的！特别真！”

“林医生，真的吗？”

“是。我们只是普通的朋友。不熟的。”林中乔轻轻地回答，神情黯然。

“那好，你走吧！”程谨言冲门口的人使了个眼色，守在门口的人退后一步，让开了路。

“那个，林中乔，加油！慢慢治，记住，慢慢地啊！面瘫据说也能治好的！”文佳佳说完，转身慌慌张张地跑了。

她走了，林中乔绷不住，那份失望让他非常难过。他当然是希望文佳佳离开的，他至少希望她能平安无事。可是一次这样，两次也还是这样，无论鬼来了，还是坏人来了，她都直接把他甩掉了！他虽然没有期望会有个女孩子对他不离不弃，生死相许，但至少别放弃得这么干脆吧！

“林医生，别想着那些风花雪月的事情了，先考虑眼前吧！”程谨言淡淡地说。

林中乔脸色也沉静了下来，他语气也淡淡的：“无论如何，至少让我先看看病人的情况才能说下一步吧。你这两个兄弟说得不清不楚，你得让我诊断一下。”

“好，请林医生进去。”

内诊室门口的两个人让开一步，林中乔默默走了进去。

就在他进门两分钟左右，医院大门推开，刚刚一溜小跑走掉的文佳佳被两个人揪着胳膊带了回来，一个说：“程先生，不出所料，她出门之后转过一条街就要打电话报警！被我们带回来了。”

程谨言点点头：“文小姐，你性子有点急啊，这可不太好，还是留下来等等吧。”

“林医生人呢？”文佳佳问，“你把他怎么样了？”

“在里面。”程谨言道，“现在我还不会把他怎么样，我也希望他能把我太太治好。”

“你太太？原来整容失败的不是你啊！”文佳佳做恍然大悟状，“我就说嘛，你这样的如果都要整容，那别人就没多少活路了。”

“谢谢。”程谨言淡淡地说。

他预想文佳佳接下来可能会大叫大闹，但文佳佳虽然表现得非常不镇定，但并没有什么格外举动，只是气呼呼地看着他，问：“程谨言，你是黑社会吗？”

“不能算。”程谨言说，“我只是认识一些这样的人而已。”

“哦，我明白了！你是医闹！”文佳佳拍案说道。

程谨言脸色一下就黑了，无言以对。

“这样不好！看你挺有素质的样子，难道不知道应该通过正当途径解决问题吗？医闹很掉价的！”

“在我看来，这就是正当途径！”

“不、不，你的看法太片面！正当途径有许多呢。”

“比如呢？”

“嗯……”文佳佳想了想，突然道，“要不，你买一份保险吧？”

白露篇

五十一、烫手山芋

“你怎么不说话？不想买是吧！为什么不买保险？哎呀，你这思想可不对！要知道，天有不测风云，人有旦夕祸福！呸呸呸，我不是诅咒你啊，但是保险这个东西，其实早在几千年前就有了，那时候叫作保人！不过想想也知道，人的力量有限啊，能保证多少呢？现代的大公司就不一样了！我们保险的种类可是……”

程谨言无语地看着文佳佳，开始的时候她还很紧张，可是越说她就越放松，如今已经手舞足蹈，很是兴奋了！他突然很有兴趣地打量着这个小姑娘。

文佳佳的表现很出乎他的意料，听说林中乔无法报警，第一时间她就撇清关系要出去报警，不管过程是否顺利，至少这姑娘算是胆子大、反应快，也算有情有义的。只是掩饰得不好，离开的时候，她眼神里充斥的是斗志而不是恐惧，林医生没能发现，但他见得多了，倒是很容易就推断出这姑娘的意图来。

只不过，她率直得有点二了，该不会是出门光带了胆子，把脑子落下了吧？

“程谨言，你能不能说一说，你真觉得医生就一定该治好病吗？说实话，之前我也是这么想的，有什么问题往医院一送，只要能活着到达医院，那就肯定没事。但是后来和林医生熟了之后，和他那些师兄师妹什么的一聊天，才知道远不是这样，如果送医院里就能保证没事，那医院里的太平间设计出来是冻冰棍用的吗？这话还是当时燕玲和我说的呢，我觉得她说得有道理，你觉得呢？说到底，你还是买一些保险比较靠谱！”

“我也觉得你说得有道理，不过，不能治好和玩忽职守导致治坏了，那还是不同的。”

“林医生玩忽职守？不可能！再说他只是一个整容的医生，能闯出什么祸来！”

程谨言慢慢地说：“他收了报酬，下了保证，为我太太做一个疤痕消除的手术，但是我太太现在的情况很不好！我咨询了几个医学专家，有人说，她面部的神经元可能被破坏了，还有人说，只要稍微负点责任的医生就不会犯下这种错误。昨天手术之后，林医生随便说了句‘一切顺利’就回去休息了，没有留下来守着病人，夜里出现问题的时候我们打电话过去，他还说再等等看，我信了，但是结果让人很不满意。所以我想，林医生应该给我一个交代！”

“这……”文佳佳干笑，“应该不会吧？林中乔做事情特别认真的。”

“金医生也这么说，特别推荐我太太过来，原本我也信了，现在看来……林医生还是应该更负责一点儿。”

“那你也应该有话好好说！怎么能从人家里硬把人带过来呢？”

“是吗？我也认为他作为医生，应该认真负责，好好治病，不应该随便搞一下就回家睡觉。看来有些事情难免让人失望啊！”程谨言推过糖盒，“文小姐，吃颗糖？”

“好吧！”文佳佳坐回沙发上，再一次靠近程谨言，拿起一颗糖塞进嘴里，咬得嘎嘣响。

“你不怕吗？你不问问如果他无法交代，会有什么后果吗？现在后不后悔没直接跑了？”程谨言对她还敢坐回自己身边有点意外。

“不怕！反正我相信他！到底是什么原因还不清楚呢！而且就算出了问题，我也相信他能治好的！我告诉你，”她指着程谨言道：“在本市，如果林中乔做不好的整容手术，那你找谁也没用了！到头来你还是要求他！”

这次和上一次闹鬼不一样！二货文佳佳只怕鬼，不怕人！

文佳佳对林中乔无比信任，觉得没有任何困难能难倒他，但是林中乔本人可没那么大的自信，此刻他正面色铁青地看着手术台上的病人，严肃的气氛让两个助手大气都不敢喘。

程谨言只能看到表面，他还以为只是一则做坏了的整容手术，可是林中乔一下就发现，远比容貌好坏严重得多的状况发生了，现在已经不是他要不要负责善后的问题，而是他要不要救人的问题。

他第一个反应就是——自己被骗了！他做的是一例肌底缝合的康复手术而已，

可是眼下这个病人，却逼近死亡的边缘，并且事先他完全没有一点准备。

回想自己凌晨三点接到助手小李的电话，当时他还有些迷迷糊糊，小李带着哭腔说："林医生，病人出状况了！"

当时林中乔还奇怪地问："什么病人？"

"就是昨天大桥医院转过来的，你帮着做伤口缝合的那个病人！林医生，现在怎么办？"

"伤口缝合？缝合伤口能出什么问题？"林中乔甩甩脑袋让自己清醒，"昨天不是好好的吗？缝合之后病人不是还觉得挺满意吗？能出什么问题？"

"我也不知道啊！"小李惊慌地说，"刚才有人来医院找你，说是那个病人的家属，我说现在是半夜，您已经休息了。病人家属非常生气，说你居然还睡觉，马上就叫人来找你了，我、我、我没办法就把你家地址给了他们，你可要小心些！"

"好了，我知道了！"林中乔放下电话，匆匆穿衣服。袖子刚穿好一边，狂暴的敲门声就响起来，他神色冷峻地去开门，门口站着四个彪形大汉，只问了一句："你是林中乔吗？"

他刚点了一下头，就被人一把抓着胳膊塞进车里。

林中乔没有想到自己也会遇到和电视里相同的场景，他只是一个整容医生，向来接触的都是斯文人，没被这样暴力对待过，不过是缝合手术而已，为什么弄得跟给黑社会的人取子弹一样？

车子飞快地向医院驶去，一路上横冲直撞。林中乔掏出电话来，给金锐志连续打了好几个电话，开始的时候他不接，随后就关机了。林中乔心里升起一种越来越不好的预感。

他仔细回想昨天自己为病人做的每一个步骤，他真的没做错什么，只是拆开原来伤口的缝线重新缝了一遍，因为用他的针法，可以基本不留疤痕而已。他只是做了一点整容手术中最基本的步骤，缝好了就按照程序让病人留观一晚上，临下班之前还看到病人已经睡下了，一切指标都很好，到底会出什么事呢？

这个病人是从三甲的大桥大医院转过来的，金锐志医生介绍的。从正规医院转来他这个私人整容医院，这种事情在业内倒也常见，但通常是整容医生请别人帮他介绍私活，林中乔每天预约好客人都忙不过来，根本不需要靠这种渠道。所以昨天晚上他接到金医生电话，说要转一个病人过来请他帮忙的时候，他真的非常不情愿。

“师弟，你一定要帮忙啊！”金锐志医生的第一句话就让林中乔皱起了眉头。

“我只是个整容的医生，你这是正规的外科手术，我做不了！”林中乔推辞，“金医生，我本领有限，上一次我可是差点下不了手术台，你这个外科大医生就别为难我了。”

金锐志医生是他医学院读研究生时候的师兄，比他高两届，因为年龄差距，两个人之间并没有多少交往，但由于也是他导师段伟晔的学生，于是林中乔见面倒也客客气气称呼一声师兄。林中乔入学后没几天，金锐志就毕业去了临床实践，林中乔还继续当段伟晔的学生，和金锐志相处的机会不多，对他实际上印象不深，并不觉得和这个师兄关系有多好。

只不过收拾残局这种事，之前这个金锐志医生就让他干过一次了。那一次给林中乔留下的印象非常糟糕！就是上一次文佳佳脑袋卡进栏杆里那一次，金医生切开病人的脸，却没本事缝合，并没有说明情况就直接给他转过来。一张脸崩裂得和地震似的，他只能仓促接手，以至于把文佳佳忘在下面两个小时没理。

任谁对于这样事先不说清楚的麻烦都会不高兴。

“不会不会，这次绝对不会和上次一样了！真是只是一点点小麻烦，外科手术的部分已经完成了，病人正在恢复期，就是请你帮我个忙，把她喉部的伤口缝合一下就好。”

“你做的不是下颌骨手术吗？怎么要缝合喉部？”林中乔越发觉得不对。

金锐志和他说，这个病人注射美容针剂时感染了病毒，并发症没有及时处理，下颌骨炎症导致骨膜表面部分坏死。这不算大手术，骨膜有再生能力，病人患处面积又很小，只要剥离病灶，留下好的组织，然后等着肌体自我康复就行了。类似关云长做过的刮骨疗毒手术，在古代那种卫生条件下都能做成功的。金医生主刀应该比较容易搞定，怎么会向下涉及了喉部呢？

“唉，这个病人自己要求的，不想脸上留疤！我就从下巴底下不容易看见的地方开刀了！说是喉部，其实比喉部还高一点儿，就在一低头的阴影里。也不算明显，谁知道那个病人醒了之后看到伤口大发脾气，责问我们为什么不从脑袋后面头发能挡住的部分开刀，你说这不是强人所难吗？从头发后面来，我得剥离多少神经腺体？再说她又不早说，手术完成了才发脾气，切都切开了，我还能怎么样？”

金锐志埋怨完了，立即语气一转，赔笑着说：“我就想着这件事师弟出马一定没问题，一个小小伤口，你来帮我缝合，甭管是从哪里开刀的，保证都看不到疤痕。”

“什么时候做的手术？难道术后你没缝合病人的伤口？”林中乔吃惊地问。

“做了一个多星期了！就是这个月5号做的手术。术后我当然得缝合伤口哇！原本过两天就到了拆线时间，但是病人说缝得太难看了，一直闹个不停，所以想麻烦师弟帮我拆了重新缝一下。”

“伤口多大？”

“两厘米都不到，就一个花生米那么大！”

“病人什么身份？”林中乔忍不住问了一句。

正常情况下，病人是不会这么多要求的，医生说什么就会听什么。医生当然是从治疗角度考虑，能怎么顺利就怎么处理了！比如，这样的病例一般病人是直接从病灶部分开刀的，让医生顾及她的要求，事后还敢破口大骂的绝对不是一般人。

金锐志干笑了一声，低低说了个名字：“程太太，程谨言的太太。”

林中乔立即就明白为什么金医生会屁颠屁颠的了！程谨言和他的弟弟程慎行，那可是在本市谁也不愿意得罪的人物！谨言慎行，名字起得很好听，但他们两个兄弟的身份地位可根本不需要谨言慎行。一个是享誉社会的大慈善家，一个是巨富商人，有官场背景，有一个做省委书记的姑父，还有一个明星堂弟。他们是真正的书香门第，簪缨世家，还乐善好施，金锐志上班的那一家医院就是他们家捐赠的。而程谨言的太太本人也是世家之女，换个发型都能上杂志的人物。还有另一种说法，程家父辈曾经对黑帮有过恩惠，所以他们在私底下也有一些手段。不管怎么说，反正他是惹不起，也不愿意招惹的。

“我不接！”林中乔摇头，“反正伤口都快愈合了，你还是让她先出院，等两个月在家休养好了看看效果。整容是一种补救手术，如果事后还觉得疤痕难看，再去任何一家整容医院都能处理。”

“唉！要是任何一家整容医院都能做，我为什么一定要麻烦师弟你呢？这个程太太要是那么好说话，我也不用这么着急了。她也不傻，事后再做疤痕修复，哪里比得上开始就不留疤痕呢？现在人就在我这里闹，不肯出院！”

“已经开了的刀口，又是面部手术，神经腺体特别多，肌肉组织也复杂，我也没把握做到不留一点疤痕，师兄你就别为难我了。”这个病人一听就让人反感，林中乔还是拒绝，他实在不想招揽这么个麻烦活。

“师弟，这要是几个月之前我也就信了。可是你前不久做的那个人面疮手术可不是很成功的吗？你研究出来了一项新的肌底支撑技术，连脸颊上牵扯表情神经最丰富的地方都敢动，对付喉部怎么说没把握？”

“那个技术还不成熟！还没通过足够的临床案例去证实！”

“师弟你就别谦虚了！那么大的手术都成功了，这么点问题还算什么？师弟你研究出这项技术，那可是一举成名啊！”

“是老师帮忙，不是我研究出来的。”林中乔皱眉，金锐志所说的是他帮文佳佳的亲戚彩凤切掉了脸上的寄生胎，当时确实想了很多办法，那寄生胎切掉之后，脸上就少了一块肉，想要做到彻底恢复很难，引导肌肉生长过程很微妙。设想虽然是他提出来的，但这个新技术并不是他一个人能完成的，而是去找了导师，这是一个课题组的人不断讨论的结果，只能说无论从设想到实际操作都是他出力最多。不过因为导师经常带着他出去交流讨论，别的人没有露脸的机会，导师本人还有意扶持他不和他争名，最后各种媒体刊物上提得多半只是他一个人了。

“是，是，师弟，我也知道这项技术和老师有关。为这个，你就更要帮师兄我这个忙了！你也不想让师兄砸了咱们老师的招牌吧？对你是举手之劳，对我可就帮了大忙了。你说说看，我要是不让程太太到你这儿来，就得让她去找老师去了！除了这个，我可真没办法送走她了。”

纠缠了一阵，金医生一直放低身段求他，说了无数的好话，一直请他看在导师的面子上，他情面难却，也不愿意把麻烦引到老师身上，也就答应了。他说自己做不到不留疤痕那是谦虚，只要不是极其特殊的情况，这种刚切开，长度也不过两三厘米的伤口，他是完全有把握修复的。

金锐志当时就派人把病人送来他的医院，伤口比他描述的复杂一些，但也在林中乔的意料之中，林中乔原本就对金锐志说的话打个五折，早有心理准备。他拆掉手术后常规的缝合线，用压力让部分肌肉受力缩短，自然就垫高了那部分的表皮，这部分只需调整脖子动作就可以做到，当然为了让病人可以在一段时间内都保持这个动作，也需要一些固定的辅助工具。做完这些之后才是大家常规理解的整容部分，也就是把外面眼睛可以看见的伤口仔细缝好，保证愈合之后不留伤痕。

因为知道这个病人挑剔，林中乔非常小心，整个过程持续了两个小时才最终完成。当时一切情况都很正常，为了保险起见，林中乔还让病人在他医院里留观了一个晚上。

到底是什么地方出了问题？难道程太太希望现在就看到伤口愈合？不至于吧，任何人都知道伤口愈合需要一段时间！

五十二、等我娶你

就这么胡思乱想，刚到了医院，车子还没停稳，他就被人从里面用力推了出来，然后就在诊所里遇到程谨言和文佳佳。

不管怎么说，文佳佳离开了，他总算放心一点儿。林中乔打起精神向内诊室走过去。

助手小李坐在椅子上，一见他就跳了起来："林医生，我打完电话他们就守在门口，不让我出去！"

林中乔只是点了点头，表示知道了。他看上去还算镇定，小李虽然惊慌，却也还没慌乱。

"小管和老张已经在里面了，林医生你快点换衣服吧。"小李小声说。他是林中乔的秘书，负责的是整理档案、接待预约的工作，但也是正规医科大学的毕业生，同时也跟着林中乔学艺，算是他带的半个徒弟。这么多年来不断进步，如果不是林中乔严格得近乎苛刻，他完全可以独立主刀了。对于他的判断力，林中乔是相信的。

林中乔还有两个手术时候的助手，小李已经安排他们在里面待命，那就是小李认为需要再做手术的意思。

林中乔低声道："不换衣服，我先看看病人的情况。"

于是，就出现了开始的那个场景，他本以为自己顶多看到病人发脾气胡闹，结果发脾气确实是在发脾气，程太太愤怒地乱挠乱抓，却只能支支吾吾，一句清晰的话也说不出来！

他白天用来给病人固定肌肉的石膏已经拆掉了，肌肉受到压力本来应该鼓起来的地方，反而塌了下去，病人痛苦地抻着脖子，时时呻吟，一张脸变得鬼脸一般，颧骨向下的表面皮肤都松了下来，像被子一样垂在下巴上。她的半边脸表情痛苦，半边毫无表情，嘴角松弛，正在不受控制地流出涎水。一个爱美爱到脖子上都不愿意留下小小疤痕的女士，现在难看得如同兽类。显然她自己是照过镜子了，此刻虽然暴躁愤怒，但眼神里已经带着深深的恐惧。

林中乔知道她的意思，她非常怕自己永远就这个样子了！

见到林中乔，她一下子变得无比激动，拼命摇着头乱叫。但是严重吐字不清，越是激动，越是听不清她说什么。

“别担心，小问题，会好的。”他先习惯性地安慰病人情绪，“别急，你要相信我。”

这个时候林中乔还没发现更加严重的问题，他只是初步判断这是控制下巴的韧带神经出了问题，于是问：“谁拆的石膏？”

“大桥医院的金锐志医生。”助手小管回答。

“他来我们医院了？”林中乔一愣。

“不是，程先生把程太太拉去大桥医院，拆了石膏又回来的。”

“怎么回事？”林中乔皱眉。病人怎么可以这样折腾？再说任何一个医院也不会允许这种没办出院手续，就去别的地方打个转再回来的事情，出了问题算谁的责任？不过想想也就理解了，程谨言也不是那么守规则的人，自己这个私人医院里就三个值班的人，怎么拦得住他？

小管小声回答：“下午的时候，您做完手术让病人留观，程太太一直抱怨脖子固定的这个姿势很难受，当时还给您打过电话，说姿势难受，喘不过气来，您让她忍着点儿的，还记得吗？”

林中乔点点头，还记得。这个程太太娇气得很，他心里有点腻烦，加上金锐志医生描述的经过，林中乔对程太太有点成见，所以当时就随口说了一句让她忍着点儿吧。

“然后呢？”

“然后程太太觉得更难受，就发脾气！程先生还和她口角了几句，埋怨她不应该总是偷偷背着他去打美容针，说她下颌骨上的病变就是打针引起的。程先生好像对整容有点意见，对程太太非得要来我们医院也不赞同，两个人都发了些脾气，程太太就把她先生赶走了。

“后来到了半夜，程太太呼吸逐渐困难，觉得脖子越来越难受，又打电话给程先生，程先生来了一看，就不顾我们反对，说这里不行，不在这里治了。程太太不同意，当时两个人又闹了一场，程太太是被他一把硬是抱走的。只是过了一个小时，他又开车回来了，程太太脖子上的石膏就已经拆掉了，人成了这个样子。程先生很是生气，一回来就立即要找你。我听他说，石膏是金医生给拆的，小李说你已经休息了，他听了就更生气。”

“那还回来做什么？”林中乔不悦，信不过整容医生，瞧不起整容医生，这种事情他面对病人倒是很少遇到，但导师经常带着他参与一些医学讨论会，介绍别人都是某某心脏外科、某某呼吸专家，介绍到他说是整容医生，隐约也能收到些不屑的目光。

另一个助手老张低声道：“似乎金医生给他透露了一点意思，说程太太现在这个样子很可能是神经元被破坏了，恐怕要面瘫，是你整容做坏了导致的。他们医院不能处理这个，还得你来负责！”

躺在床上的程太太听到面瘫两个字，一下子就激动起来，她话说不清楚，却一个劲儿地摇头，含糊地叫：“我不要面瘫！我不要这个样子，这个样子我就不活了！呜呜！你一定要救救我！”

面瘫？林中乔皱了皱眉头，有些像，但更像是神经传导的问题。大脑信号传达不到控制肌肉的韧带上。他伸手在病人脸上按了按，想根据肌肤的弹性情况判断是不是面部神经受压迫导致了暂时性的面瘫。

面部控制韧带的神经比较敏感，如果真的受损了，需要尽早治疗，越早恢复起来越容易。如果时间拖延得久了，那还真有不能恢复的可能性。

“嗯，你放心吧。我能治好你，来，先让我检查一下！你要放松，别动啊，不然我检查不出来。”

程太太听到这话，安静了下来，人虽然不动了，但一串眼泪从眼角滑落下来，显然这一次她真是吓着了。

林中乔安慰地冲他笑了笑，然后温和地伸出手，按了按病人的脸颊：“放松啊，不疼的，我就检查一下。”

他手一按上去，病人的喉头突然发出打嗝一样的怪声音。

林中乔脸色猛然一变，又在病人脖子侧面按了一下，这次用的力气大一点儿，病人喉头的声音更明显了，咯咯咯，很规律。

“气管！”林中乔脸色青黑，有一个很不好的推测！这个症状很可能是气管受伤破损，体液或者血液灌进去了！看这个情况，恐怕患者肺部也已经进了体液。

他非常确定自己并没有碰到患者的气管，绝对没有！但是他在做缝合的时候只拆掉了外面的缝合线，最里面肌底伤口金锐志处理得很好，同时也和整容范畴无关，他并没有动。这说明一个情况，就是在他做重新缝合之前，患者的气管就已经受损了，只是不严重！但是他为了让肌肉受力垫高，恰好给患者摆了一个压迫到气管伤损处的姿势，于是一个晚上过去，伤口打开，甚至加剧撕裂，气体露出来，体液却灌了进去！

至于面部，他情急之下已经顾不得去判断面部到底怎么了，面部最多是面瘫，肺部积液严重了可是会致命的！而现在恐怕患者肺部积液已经不少了！

他突变的脸色让程太太有巨大的危机感，顿时从床上挣扎起来，林中乔怕她这样激动会加重病况，只能勉强地冲她笑了笑，说：“没事，我能处理。”就匆匆走了。

他急匆匆地从内诊留观室走出来，预备和家属说明情况，谁知道一眼就看见文佳佳坐在沙发上，顿时大惊失色。

“佳佳，你不是回去了吗？”

“文小姐改变主意了！她对你有信心，所以想留下来看你补救！”

“胡闹！你赶紧给我回去！”林中乔发怒了。

“别急啊，林医生。文小姐对你可是非常有信心，你为什么急着让她走呢？是不是你很没有把握？”

“林中乔，怎么样？你能治吗？”文佳佳冲过来，小声问，“拜托拜托，给点面子，我可是好好给你吹了一顿！”

“我……”林中乔忧虑地看了程谨言一眼，低声道，“程先生，请进来，我来给您介绍一下您太太的病情。”

“好吧。”程谨言脸色一沉，任何人听到林中乔的语气，都明白事情没有那么顺利，不过程谨言此刻倒还沉得住气，他跟着林中乔进入内间，看着自己太太的模样，这一会儿工夫，她的脸变形更加严重了。看到自己丈夫进来，她伸出手，眼神很是慌乱，嘴里说出的话已经严重含糊不清，但还是可以勉强分辨出，她是在说："救救我！"

这个女人骄纵蛮横，但也率真开朗，程谨言和她家世相当，成长经历接近，年少相识，多年夫妻，还是很有感情的。虽然不满意她耳根子软，做整容，脾气暴，不听话，却也不能容忍她因为别人不负责任而让她变成这个样子！

"娜娜，你放心。"程谨言低声道，"林医生会把你治好的，他的女朋友就在外面，如果你的脸留下一点疤痕，"他抬起头，冷冷地盯着林中乔道，"我就让那女的陪着你！"

林中乔正准备和他说程太太气管现在的问题远远大于脸部问题，可是听到这句话，立即就蒙了。

"程先生，你！"

"我怎么了？"程谨言冷笑一声，"林医生，我要咨询一下，如果我在文小姐脸上划一刀，要多深的伤口你才会治不好？"

"程先生，你不能这样，这件事和她毫无关系！"

"意思就是你治不好我太太的脸了？"

此言一出，程太太原本就很惊恐的表情顿时变得绝望，眼泪一串串地落下来，拉着程谨言不停摇头。

"脸我能治好，可是……"

"可是什么？"程谨言只是冷冷地说，"林医生，文小姐人不错，又是那么相信你！我真不愿意看到你让文小姐失望哦。"之前林中乔做缝合手术的时候也说没问题来着，可是结果怎么样？程谨言心里怒火上扬，他现在对于林中乔说脸能治好这句话难以相信。

"能不能治得好我不懂，只能由你，但是多深的伤口肯定会留疤，我虽然不是整容医生，还是多少知道一些的，我太太和文小姐的脸，要不然就都好，要不然就都坏，只能一起拜托给你了！"

林中乔顾不上他的阴阳怪气，心里咯噔一下，如果立即做气管手术，那就很有可能来不及修复面部神经，到时候别说一点小疤的问题，而是脸垂嘴歪的问题了。但如果立即修复神经，气管却有概率可以维持一段时间。

气管已经受损了七天左右，也没造成大问题，就算他让气管受力，伤口撕裂打开，那也已经有六个小时以上了！积液这个问题到底有多严重，用眼睛是看不出来的，有可能还不算那么严重。

他不断地劝自己，因为他正在为自己找一个可以自私的理由，但这个理由难以对得住他的良心，所以此刻他手心里都是冷汗。其实他明白，患者喉部发出那样的声音，应该已经比较严重了。但是如果打开气管治疗肺部，这是个很大的手术，他就没时间处理面部了。

他忍不住想文佳佳，程谨言会伤害她！会因为他的无能而伤害她！

程谨言不是一个能体谅别人的人，如果是，金锐志也不会试图从喉部给他太太做下巴手术了。

他不断地说服自己，肺部感染是可以由很多原因引起的，感冒了，受凉了，什么都可能，唯独大家都能明白，肺部感染不可能是他缝合伤口引起的，这很显然是和他无关的事情。他先治好程太太的脸，然后……然后说恢复需要更好的医疗条件，提醒程谨言把太太送去大医院里，反正程谨言也一直信不过他这家小私人医院，应该没问题吧？

应该没问题！他深深地吸了一口气，如果是他自己，他会优先处理严重的问题，但涉及了文佳佳，他虽然是医生，却也做不到完全没有私心。

“我可以的。”林中乔哆嗦着说，“你放心，我能治好她的脸。”

内心在程太太恐惧的目光和文佳佳中权衡的结果是，他自私了。

“您太太……肌肉弹性不太好，我会帮忙调整的。”林中乔吸了一口气，勉强镇定下来，“她的脸我很有把握治好。”

“调整？怎么调整？”程谨言问。

“很简单的小问题。”林中乔咬着牙回答，“这只是神经元传导生物电的时候受阻，用中医针灸的手段治疗这种情况最好，我有专业的资格证书，面部针灸治疗也进行过很多次了。您太太这种情况一次针灸就可以，再配合一些药物和康复手段就能治愈，你不用担心。”

针灸要一个小时左右。绝对快不了，因为中医对于行气是有考究的，一针和一针之间间隔多久都有比较严格的规定，差了就会效果不好。

而这一个小时，本来应该是抢救病人的时间！

“林医生，你确定？”程谨言皱眉看着林中乔，本能地，他觉得这个医生似乎有点慌乱。“你真的有把握吗？”

“有！”林中乔咬着牙回答，他拿出针灸用的东西，眼前都是花的，手不由自主地颤抖。这是他人生中第一次对不住病人，他知道自己是在延误病情。之前从来没做昧着良心的事情，这是做人的底线，而底线这种东西是可以不断刷新更低的，做了一次，就会有下一次，今天做到低一点儿，明天就有可能更低。因为你永远都能为自己找到迫不得已的借口！

而他是个医生！普通人的底线低未必能害人，而医生的底线如果降低，那可就难说了。他的导师对每一个学生都说过，你可以医术不好，但不可以心术不好！永远记住，自己不是普通人，你是个治病救人的医生！

他越发颤抖得厉害，程谨言也越发沉下脸来。就在程谨言要爆发的时候，突然之间，林中乔放下针，抬起头，大声说：“程先生，请等等！让我出去和佳佳说一句话。”

“告别吗？没必要！你要治不好，我会给你时间告别的！”程谨言面沉似水，“你现在还是专心一点儿吧！”

“就说一句！”林中乔的眼神坚定了下来，“说了我就回来给你太太专心治疗！”

“好，你去！”

林中乔此刻已经安静了下来，神色平和，没有了刚刚那种慌乱。他快步走出来，文佳佳一见到他，赶快从沙发上站起来，急道：“怎么样？”

林中乔大声对文佳佳说：“佳佳，我知道这个时机很不好，但我想和你说，如果你毁容了，我娶你好不好？”

“啥？”文佳佳一呆。

好是好，但为啥要毁容了才娶？大哥你这口味也太重了！

林佳木到底是和他哥哥说了什么会出现这种惊悚的效果的？至少和她通个气啊！现在她小心脏扑通乱颤，那是答应也怕，不答应也怕啊！

好纠结啊！她当然想要这个温柔体贴的高富帅，可是她也想要脸哪！虽然称不上国色天香，但文佳佳也一直觉得自己还算有点颜值，就算没有颜值，要说毁容也很难下定决心的好吧？

为什么？哪个电视剧能套上这个情节？换个脸回来复仇的似乎有，换个脸为了嫁人的有没有？难道林中乔有仇家？

当文佳佳的思维还在二维三维世界无缝穿梭的时候，林中乔却等不及了。

“你一定要等我！我娶你！”他一把抱过她，狠狠地吻了过去。

等他放开的时候，文佳佳彻底呆了，林中乔太文雅，太冷淡，有点儿不够Man！像林佳木那样激情四射的人是没有人不渴望的，林中乔就大了弟弟八九岁，但性格像是大了二十岁一般沉稳。文佳佳对他是哪儿哪儿都满意，但还是觉得他离完美就差这么一点点儿激情，如今……

“完美。”文佳佳呆了很久之后，这样开口。

五十三、嫁祸于人

金锐志医生现在很不安，他一直在赌一件事，赌林中乔会接手抢救病人，从刚刚拆除程太太脖子上的石膏，他就觉得很快就能看到病人回来急救，这是合理情况。但是这一切都没有发生，而是很安静，为此他更加不安。看到这个时间还没把病人送回来，说明这件他认为高度冒险的事情居然真的让他赌赢了！可是他并没有觉得有一点轻松的感觉。

因为他心里明白，这是他的医疗事故，他现在正在让别人背黑锅！如果林中乔直接把病人送回来，那他就麻烦大了。但是如今他接手一下，哪怕只是做了最前期的急救处理，伤口也难免再次打开，到时候是谁的责任就说不清了。他现在有准备时间，完全可以把责任推到林中乔身上。他赌的是林中乔会由于检查而打开伤口，那他就有转圜的余地了。

本来嘛，试问一下，手术方面的问题，大家会相信他这个专业的外科医生，还是林中乔那样一个整容医生?

所以，他现在不能在这里磨蹭了，一定要做些准备才行！既然林中乔蠢得乐意为他接手，那应该也早就有需要承担责任的心理准备了吧?

金锐志很不喜欢林中乔，他已经跟了导师段伟晔三年多，一直很是巴结，也很是努力，就在他觉得自己应该继承导师全部衣钵的时候，林中乔出现了。这个小师弟一出现，就吸引了导师的目光，导师欣赏他的灵性和努力，对他大力栽培。原本经常带着他的学术研讨和各种学习机会，都变成了带着林中乔，各种推荐机会也都给了林中乔。这个凭空冒出来的学弟瞬间就将他的风头全部抢去，三年多的努力都白费了。

金锐志并不像他名字一样遇到困难就锐意进取，而是嫉妒无比。私下说了林中乔不少坏话，林中乔女朋友自杀，也被他暗中大肆宣传过，还怂恿学校给林中乔记过，不过被导师努力摆平了。

但林中乔那时候还比较单纯，并没有发觉金锐志的恶意。

再后来是林中乔改行做了整容医生，让导师大失所望，金锐志很是高兴了一段时间，接着林中乔出国进修。金医生在当地的二甲医院里渐渐出名，原本已经不把这个小师弟当成对手了。可谁知道林中乔学成归来，居然稳稳地上升到了现在这个地步！

之前金医生还可以告诉自己，他不过就是个割双眼皮的整容医生，就算挣钱再多，那也没有尊严！像他这样的外科医生才算得上人物，他林中乔不过是个小丑而已。

可是现在看看，医学杂志上到处可以见到林中乔的名字，他居然只凭着一例切掉肌肤增生组织就声名鹊起到了这个地步！都是些无知的人！皮肤增生很难处理吗？他们知道真皮下那些骨骼神经血管，还有各种腺体才是对人很重要的吗？

他是救人的！林中乔不过是个化妆的，他做了什么事情居然可以让他当得起这么多称赞？

金医生不断回想着林中乔出现之后的种种不甘，妒忌撕咬着他的心。他承认他很是讨厌林中乔，做梦都希望林中乔倒霉，但是平心而论，这一次他真的不是故意的！

开始的时候，程太太来医院就医，据说还特地指定由他主刀，他还很得意！觉得自己已经名声在外了！对于这么重要的病人，他是想好好治疗，认真为自己积累点成绩的。

但得知程太太是因为知道他是林中乔的师兄才选了他之后，他的得意就都成了笑话。那一刻，金锐志觉得自己前所未有地讨厌一个人。

程太太这个问题并不大，是由整容引起的，她嫌弃自己的下巴不够尖，想做一个削薄颌骨的手术。当时她是由朋友推荐，想去找林中乔做这个手术的，但被林中乔拒绝了。

林医生很有原则，对于这种他认为不需要的手术，他是根本不肯接的！多少钱也不肯！程太太被人顺从、奉承惯了，对于林中乔拒绝的举动很是不满，但也毫无办法，因为在她那个名媛圈子里，林医生的原则也是出名的，并不是针对她一个人。

但是程太太那样骄纵的人，不达目的，哪里肯善罢甘休？被林中乔拒绝之后，一怒之下当天下午就另外找了一家整容医院，那家她随意找的整容医院不但毫不犹豫就接了这单生意，还大肆贬低了林中乔一下。这条街上由于有林中乔这个整容医院在，其他同行的生意都不好做，基本只能捡他吃剩的。

他林中乔可以一个单收费那么贵，还客似云来，其他人怎么可能不嫉妒？

那个医生本来也有合格的资质，并不是骗钱的，但整容这个事情跟体质有关，很多人做了没事的手术，到程太太这里就出了问题，她做了削薄颌骨的手术，虽然得到了想要的尖下巴，但感染了病毒，越来越严重，最终发展到了不得不去大医院治病的程度，这就是程谨言很是不满她整容的原因。

程太太确实后悔了，她闺密再三说林医生的手段高明，她后悔自己一气之下去找别人，以至于引起这么大的麻烦。于是，在和金医生沟通的时候，就说了事情的经过，意思是金医生既然是林医生的师兄，她还是比较信得过一些。

金锐志心里承认，当时他是存着一点攀比的心思，事实和他同林中乔说的不一样，并不是程太太主动要求不留疤痕，而是他主动引导的。他轻描淡写地在程太太面前贬低了整容手术的难度，透露出他如果想，做到整容医生能做到的事情是很容易这个意思。果然程太太听了之后，立即就请他想办法不让自己下巴上留疤。

金锐志觉得这是很容易的，他从喉部上面一点点，人一低头会留阴影的地方下刀，再用美容线缝合，应该不会留什么疤痕。这个在医学界早就流传了，不过是缝合的时候耐心一点罢了，怎么可能难得倒他呢？别以为他是外科医生就做不了整容医生能做的事情。

但是……他从喉头上面下刀之后发现难度很大，他真的不是故意碰到患者气管的！但是喉部和气管实在挨得太近了！而且他真的只是弄破了很小很小的一点而已！只要不做大的动作，这个伤口应该可以自己愈合！

他当时发现自己伤了患者气管之后，有点心慌意乱，脑子里思想斗争很激烈。

当时他只是想着，伤了气管算得上是医疗事故了！应该立即上报，医院也不是绝对不允许医疗事故的，像这样很小的医疗事故，补救一下就行，但他的声誉可不是那么容易补救的，这可是程谨言的太太，是备受关注的一例手术！多少人瞪着眼睛盯着呢，所以他权衡之后，就隐瞒了情况，按照常规顺序缝合了伤口之后，就宣布手术成功了。

刚手术完，原本就不会做什么大的动作，和他事先推测的一样，七天之后患者来拆线，气管没有看出什么明显的问题来，应该是伤口基本愈合了。算算时间，即使没有完全愈合，也好了大半，不会再出问题。

金锐志很是松了一口气，记得当初导师反复说过，人自身是有自愈能力的，像这样的小伤损多半都能自我愈合，这个概率很大，他本来就不必这么紧张。

拆线的过程中，金锐志却发现了另一个问题，程太太不觉得很疼！

他已经领教过这位女士是多么爱一惊一乍，正常拆线多少都会有点疼的，一般病人都会呻吟一下什么的，这个程太太怕要闹翻天。但是并没有，她反应很小，只是紧张，却没见到疼之后应该有的问题。

这说明，最大的可能是，他并没有将病毒处理干净，进而影响了神经。

这真的不是小问题，不在脸上的话，病人都未必感觉得出来，可是脸部不一样，脸上的表情丰富，少一组神经肯定会有些影响的！这件事瞒不过去！

如果是直接从患处下刀，金锐志不会犯这种错误。但他争强好胜，从喉部上面下刀，剥离肌肉，一路走上来，他确实低估了这种手术的难度，也高估了自己的能力了。

当事情出现了预想之外的结果，大部分人的反应是后悔，但也有人的反应是像金锐志这样，恨别人。

他恨跟这件事毫无关系的林中乔！

如果不是林中乔不肯接削尖下巴的手术，那程太太就不会去找别人，也就不会感染病毒。如果他不是林中乔的师兄，程太太就不会指明让他医治。如果程太太没有一直说后悔没让林中乔给她整容，自己也不会试图做到整容医生能做到的事情！如果不是为了能达到林中乔的治疗效果，那他也不会把一例本来很有把握的手术做成了半成品！

因为每个环节都和林中乔有关，所以现在恨意撕咬着金医生的心，他的后悔都掺杂着对林中乔的恨意。

怎么办？现在程太太还在恢复期，肯定没发觉有问题，可是之后总会发觉的。

她一定会闹起来，一定会不依不饶！这个病患的蛮横，院长都领教过了。如果现在补救，那他就得在程太太下巴上重新开一刀，开一刀容易，可他事先已经宣布的手术成功呢？他要如何自圆其说？

在当时，他已经完全把气管的问题给忘了。气管的伤口在他看来已经是治愈了，或者基本治愈，完全不构成问题的了！

他想的是，这个不自然的面部神经该怎么处理呢？越想越是心慌、烦躁，他承认他处理不了！后面要看病人的情况发展，运气好，只是有点皮肤麻木；运气不好，就可能面部完全失去控制！程太太已经感觉不到拆线的疼痛，离问题爆发也就不远了！

随后程太太一句话，让他起了坏心思。程太太对缝合结果并不满意，挑三拣四，觉得不像金医生事先保证的那样毫无疤痕，还是可以看到问题的，恐怕真的愈合也会留下一点痕迹。于是一向骄纵的她抱怨金医生做得不太好，如果是林医生来做，肯定能更好。

金锐志在她的斥责中狠下心来，先承认自己做得不够好，然后大大夸奖了师弟一番，推荐她去林中乔那里再次缝合。

程太太认为林中乔不会答应，金锐志就说他是师兄，他负责帮忙说话，林医生会答应的。

程太太想回去考虑考虑，可是金锐志明白问题随时会爆发，他没有这个时间，于是反复劝说程太太立即治疗，并且说："程太太，你一定要态度强硬一些，就是一刻也不能忍耐才好！你也知道，这种事情一般医生都不愿意接手，你态度强硬一些，急躁一些，我也算迫不得已，这样才好和师弟商量。"

后面发生的事情他并没有亲眼看，却也能猜到，因为程太太嚣张跋扈地大闹，林中乔必然要很小心地处理，虽然不知道是拖了两个小时做完，但猜想用时也会远比一般的缝合时间长。缝合不比拆线，那是一定会打麻醉的！林中乔又不是神仙，麻醉状态下还能发现神经问题吗？那是一定会忽略掉的！肯定是就这么缝上了！

这样，等以后那个神经元的问题暴露出来，就可以推给林中乔了。谁都知道缝合一个伤口用不了两个小时，说他犯了点什么错误，也有借口不是？

但是他绝对没有害死程太太的意思！金锐志一身冷汗地想，他绝对没有料到，林中乔为了不留疤痕，会用那么别扭的方式固定程太太的脖子，更没有料到，这个姿势刚好把气管的伤口给撕开了！长时间地固定受力，让气管上的伤口越来越大，最终到了现在这个要命的程度！

程谨言带着太太来医院的时候，金锐志是惊慌不已地拆开脖子上固定的东西的！他明白这种情况应该立即动手术，可是他送程太太去林中乔那里，就是为了让林中乔给他背黑锅。思维模式已经定下，怎么肯自己接手这个麻烦？于是他定定神之后，隐瞒了程谨言没有看出来的气管的问题，而是用他专业的身份，说服了程谨言，说这种问题完全是整容医生不负责任导致的，需要通过整容手段来补救，他们医院做不了。

他大大地夸张了整容医生是多不负责任才会导致这种情况，而林中乔也的确缝合完成之后就回家休息去了，并且由于程太太态度嚣张，林中乔对她表现冷淡，看着的确是一副不负责任的样子。于是才会有早上那一幕发生。

这应该不能全怪我吧？气管的伤口原本已经马上就要治愈了的，是林中乔重新撕裂了伤口！程太太有了生命危险，这完全是林中乔的责任！

对！是林中乔的责任！当然他不会认账，自己要先准备一下，一定要落实这件事，是林中乔的责任！

五十四、救人要紧

“是我的责任！”林中乔沉声道，“程先生，你放心，我会负责救人的！”

“当然是你的责任！”程谨言冷冷道，“难道你还想着可以不用负责？”

“我指的不是脸！而是您太太的气管伤口出了问题，要做手术！”林中乔皱眉，顾不上他明显兴师问罪的口吻，转头吩咐小李，“准备心率仪、血压仪、呼吸机！帮我消毒，换手术服，让小管马上把患者推进手术室！让家属签字之后在门外等！”

“等等！”程谨言拦住他，“什么意思？”

“我肯定您太太的脸不是我的问题，但是现在不说这个，她的气管撕裂了，眼下血液倒灌，有很大的危险！”

“我太太气管怎么会有伤口？你这算是什么新技术？整容手术还需要切开气管吗？”

“不是我切开的，是之前就有的旧伤！”林中乔一边快速换衣服，一边说。

“怎么会有伤的？什么样的伤口？”程谨言脸色阴沉。

“看情况很可能是半圆或者三角形的伤口，直线伤口应该不会一受压迫就开这么大。很抱歉我缝合之前没有发现。”

“气管有伤口你没有发现？”程谨言脸色阴沉至极，“那你都干了什么？”

“我只是缝合了一下表面伤口。”林中乔还是一边和他说，一边准备东西，此刻正快速地把一个不锈钢盘子拿出来。

“表面伤口的缝合需要两个小时？林医生，就算我不懂医学，但也有常识吧！”

程谨言将桌子上的一个铁质器皿猛地摔在地上，怒不可遏。

林中乔没生气，他看到病人这个模样，就不去计较病人家属的态度了，这是一个可能致命的情况，换成谁也不可能不着急。何况现在情况很危急，也没工夫计较态度问题。

“程先生，等会儿我再和你详细说，现在你签字，我做手术，具体的解释等我出来……”话没说完，突然脖子一紧，他已经被程谨言狠狠揪住。

“你到底捣了什么鬼？我太太好端端地在你这儿做了个缝合伤口的手术，之后就成了这样？你告诉我，是不是你缝合的时候，不小心切开了她的气管？”

“不是的！她气管应该是之前就受损了！我没有剥离肌肉，所以没有发现这个问题！非常抱歉……”林中乔勉强回答着，这个程谨言力气非常大，恐怕是练过什么功夫，他感觉呼吸很是困难。

“喂！你放开他！”被亲了一下之后一直呆呆的文佳佳这时候才跳了起来，想帮着林中乔把程谨言的胳膊扯下来，但是那条胳膊像钢筋浇筑的一样，丝毫不动。

“你干什么？”林中乔的两个助手也上前，“我们这里是整容医院，林医生只负责整容就好，有什么必要切开气管？你不要冤枉好人？”

但是他们一动，程谨言几个保镖一起上前一步，这显然是打不过的，两个助手就吓得不敢动了。只有文佳佳依旧挣扎拉扯，实在拉扯不动，于是大声道：“你再不放开，我咬你啦！”说着亮着两排大牙对着程谨言的胳膊就过去了。

程谨言皱眉，退后一步，放开了林中乔，几个保镖欲上前抓住文佳佳，被他用眼色阻止了。他不理文佳佳，只冷冷地看着林中乔。

“佳佳，别闹！”林中乔喝止她，勉强说，“程先生，谢谢你不和她一般见识。可见你是讲道理的人。”

“拍马屁也没用。”

“不是的，我只是做手术必须征得你的同意。所以请你听我说清楚好吗？我只是整容医生，没有任何理由去切开你太太的气管，这个道理没错吧？”

“那她为什么早不出事晚不出事，就在你手里缝了几针之后，就成了这个样子？”

“程太太说一定不能留下疤痕，我为了让她喉头肌肉鼓起来，便于表面恢复，做了个固定下颌收缩的辅助器，可能是这个姿势刚好让气管受伤的地方突出，导致伤口撕裂了，可能血液渗透了进去，几个小时之后就……”

一句话没说完，颧骨就重重挨了一拳，林中乔根本无法站稳，直接踉跄几步就跌在地上了。他其实在解释之前就预估到了如是说可能不妙，但还是没有撒谎。

“我这下明白草菅人命是什么意思了！林医生，你为了多赚钱做了什么我不管，不过欺负到我程谨言的头上，那你找错了人，你等着吧！”

林中乔没说话，这件事的确是他的错，气管上的伤口应该是很小的，以至于好几天都没有出现明显的状况。如果不是他这样强行拗着患者的脖子，挤压了伤口，危险不会在几个小时之内就凶猛地爆发出来，甚至到了现在危及患者生命的地步！

他应该在做手术之前好好检查的，不应该片面相信金锐志说的外科手术部分已经完成的话。导师在学校的时候不是这样教给他的！对于一个已经术后七天的伤口，他是没放在心上，他太相信自己的技能，或者说他太没把缝线的工作当回事了！

至于为什么会出现这个情况，程太太为什么气管会受伤，是外伤还是什么疾病导致的，他现在是真的不知道！他只知道如果不及时治疗，这个患者怕是会有生命危险。

“我现在没有心情跟你啰唆！不过，你等着律师信吧，我不让你倾家荡产，我就不姓程！”程谨言脸色铁青，抱着程太太大步往外走，出门对会客区的几个保镖厉声吩咐：“发动车子，我们去大桥医院！”

“哼！”程谨言眼神凶恶，迈步就走。挨了一拳，摔在地上的林中乔，此刻才追出来，快速拦在他前面。

“程先生！”林中乔追出来，伸手拦住他，“你要干什么？”

“我要送我太太去医院救治！因为托你的福，她现在气管开了个口子！虽然不知道你说的是真还是假，不过我要带她去正规医院检查一下！”

程太太在他怀里挣扎，含糊地叫：“怎么了？怎么了？是不是我的脸治不好了？”声音里充满惊恐，“治不好，我就不活了！我不活了！要是一直这个样子，我还不如死了好！”

她最关心的还是自己的脸，但是程谨言和林中乔却都顾不上和她解释了。

“程先生，救人要紧，就在这里手术吧！”林中乔又上前一步拦住他。

“这里？这里有手术设备吗？”程谨言一声嗤笑。

的确，这只是一间很小的私人医院，整容手术多半都是小手术，很多大型设备根本就没有。

“如果你信我，我先做好急救的部分！等病人稳定下来再转院！”

“我不信你！你只是个整容的医生！”程谨言喝道，“让开！”

“程先生！你现在送她去大桥医院，能救回她的希望不足百分之十！”

“呸！你什么意思？你以为自己是神医吗？我根本不信你！”

“不是这个原因！是病人现在不能移动，不动的话还能坚持很长时间，你要是折腾她，很可能根本撑不到送去医院的时候！程谨言，你现在只能相信我了！”

林中乔转头对助手道：“小管，准备手术！”

“你敢！”程谨言喝道。

“我就敢了！”林中乔喝道，“你现在只有信我！”

程谨言被他的凶悍镇住了，他眯着眼睛打量林中乔的神色。

“放下你太太，快点送手术室！”林中乔冷冷地对程谨言说。他的脸上还留着程谨言一拳打出来的瘀血痕迹。

“真不能移动？”程谨言问。

“要看运气。”林中乔冷声道，“但概率很低，你若一定要动她，在路上窒息的可能性高达百分之八九十！窒息四分钟以上就能导致死亡，你用的如果是救护车还差不多，但你要坚持用你自己的车送你太太就医，那就先求神拜佛吧！”

程谨言狠狠地盯着他，想看看他的话可信度有多少！

“程谨言，你信我家乔乔的吧！”文佳佳很诚恳地说，“要不然就只能信尸检报告了！”

那个被她称为“我家乔乔”的人明显僵硬了一下，但还是咬牙切齿地忍了这个称呼，称呼的问题以后再商量吧，眼下还有更重要的事情要解决。

程谨言松开了手，林中乔示意助手把病人推进手术室里。

程太太惊恐地瞪着眼睛，含糊地乱叫，林中乔示意助手把麻醉气体扣在她脸上，不到一分钟，她就闭眼昏睡了，但是，很明显的，她的面容还带着惊恐至极的表情。

到门口的时候，程谨言跟上几步，眯起眼睛，道：“林医生，请你一定救她。如果她的脸有问题，文小姐的脸就会有问题，她的命如果有问题，那我可能就要对不起你了。”

林中乔顿了一下，只是静静看了他一眼，并没有说任何话。

五十五、停职调查

手术大概进行了两个多小时，之后确实因为设备和条件的问题，林中乔让程谨言叫了救护车，把已经度过危险期的程太太送到大桥医院继续住院。

毕竟大医院确实比他这个私人小诊所更适合。程太太一进医院，就被直接推进手术室，虽然林中乔已经为她做过手术了，但做一下检查也是需要的，他就和程谨言、文佳佳等人一起作为家属在门外等，可是时间有些长，足足等了两个多小时，手术室的灯才熄了。

“师兄，怎么样？”林中乔看见金锐志戴着口罩走出来，连忙上前问。程谨言也上前。

金锐志先对程谨言说：“程先生你放心，您太太现在已经没有生命危险了。”然后才斜眼看了林中乔一眼问：“程太太的气管手术是你做的？”

“是！”

“你简直是草菅人命！”金锐志突然脸色一沉，喝道，“你在病人的喉部做了个什么支撑？为什么不先抽出病人的积液？病人的肺部有那么多积液，会导致肺叶栓塞，会致命！这是基本医学常识，你难道不懂吗？哦，我差点忘了，林医生是整容医生，整容医生都敢做肺部的手术，你可胆子真大啊！”

“我已经抽出了肺部积液……”

“胡说八道！你抽出了积液，我怎么没看见你做肺泡扩张？”

“我做了肺泡检查，没有栓塞，那就不需要做扩张！”

“是你医院里没有做扩张的设备吧？”

“的确没有，但是病人的情况确实不需要做……”

“你的意思是我多此一举了？”金锐志冷笑，“林中乔，你那么厉害，你干吗把病人送我们医院呀？”

“就算需要，那也是辅助治疗手段，并不紧急！”

“你应该直接承认你不能做！”

“师兄。”林中乔忍着气说，“咱们先不说这个了，就算是我的错。”

“你承认就好！”金锐志冷冷地说。

“师兄，病人气管没有问题了，这个我送来之前就能确定，现在的问题是病人的面部神经元应该是被感染了，又错过了最佳恢复时间，师兄你有什么打算。”

“你都说了错过了最佳的治疗时间，我自然只能出方案试试看了？噢，对了，这是你们整容的范畴，你的意思是信不过我了？信不过你把病人送来干什么？你就负责全部工作了呗？”

“我只是问问……”

“你把你治不好的病人送过来，我帮你接手已经是看在导师的面子上了，我要怎么治疗不需要先给你打个报告吧？”

“师兄，我不是这个意思，我只是想帮点忙。”

“哼，可不敢再劳烦你了！如果没有你帮这点忙，现在病人已经恢复出院了！叫保安来，请这位整容医生离开我们医院！”

金锐志态度十分坚决，林中乔只好走了。

他有点不死心，第二天再来的时候，刚打听程太太住在哪个病房，就被护士很坚决地请出来了，他只能回去。

“怎么回事？”林中乔走过走廊的时候，听一个病人在和走廊里的病友叨咕。

“你看，就是这个人，听说是个整容医生！长得人模人样的，把人给害了！”

“怎么害了？”

“就是特护病房现在住的病人，被这个整容医生治得差一点死了。然后转院到这里，听说好容易才抢救回来，但是已经毁容了！”

“是，我也听说了！金医生帮着做了方案，但是没有把握治好，这女人看样子真要疯了！”

“那他还来这儿做什么？”

“大桥医院上报了医疗纠纷，他医院正接受调查呢，大概是想让活动活动摆平这件事，好重新开张套钱吧？我告诉你们啊，这段时间医院里都传开了，这个人整容收费可黑呢！为了赚钱什么都干！”

“谁说的？”

“医生护士都说，还能有假？”

“唉！整容害人啊！不管有没有行医资质，随便拿着什么胶水海绵的就往人脸上填！听说这个医生更过分，还把病人气管戳破了！不是杀猪的出身吧？”

“就是，真有本事的，谁会去做整容医生？明摆着骗人的！”

林中乔抹了一把自己的脸，咬着牙往前走。

之后的一周是林中乔从医学院毕业以来最清闲的一周，因为这起医疗纠纷，他的私人医院被暂时查封了，调查结果还没有出来之前他都不能行医，现在属于无业游民一个。此刻他就像弟弟林佳木还在樊－秀工作时经常做的那样，目光涣散地坐在咖啡厅里发呆。

“乔乔！”文佳佳风风火火地大步走进来，端起他的杯子先喝了一大口。

“你还是直接叫我林中乔吧。”林中乔无奈地看了她一眼，又往她身后找，“佳木怎么没跟你一起？你们拿到程太太的治疗方案了吗？”

“拿到了！给你看看，这是程谨言给我的复印件！”

“你去找程谨言了？”林中乔吓了一跳，“我不是让你躲着他点儿吗？他有没有为难你？你要治疗方案他就顺利地给你了？就这么让你走了？”

“嗯，要就给我了，还算顺利，程谨言让我走了，木头还留在病房里。”

“什么？”林中乔一下站了起来，脸色都是惶恐焦急，“他怎么会留在那里？不行，我要过去！”

“行了！大哥，你现在是大桥医院重点防御对象，防火、防盗、防你！你还想进病房？靠近医院都不行！”

“那我也不能让弟弟因为我出事啊？”林中乔急得七窍生烟。他出于无奈，自己不能去又不放心文佳佳，只能让弟弟陪着佳佳走了这一趟，自己在这里等着，本来心里就一直七上八下的，指望着大白天的不会出事，现在听说弟弟被留下了，那一瞬间血都冲上脑子了。

“我要去找程谨言！有什么事冲着我来！”

“歇歇吧你！木头不会出事的！他现在和程太太聊得可好了！”

“聊得很好？”

“是啊！程太太现在天天情绪激动得要命，必须要打镇静剂让她睡觉，只要一醒过来就寻死觅活地闹！这么多天还就是和木头说话才安静下来呢。程谨言不但没难为他，还欢迎他经常过来探病！之前我也一直安慰程太太说会好会好，肯定没事之类，说过天去也没什么效果！木头上去几句话就搞定了！我跟你说，要不是木头，我还真拿不到这个治疗方案，程谨言拽得很，不肯理我，还是木头能忽悠，我现在想起来还想笑！”

她忍不住笑了起来，想起自己和林佳木进了病房刚看见程太太的时候，自己确实吓了一跳，程太太看到她的神情就开始闹，任她怎么哄都不行。文佳佳急得一身是汗，不停地告诉程太太没事，林医生一定能治好她，让她一定放心，可是程太太估计是不大信，就是哭个不停，连累得没愈合的气管伤口都要扯开了。然后林佳木就上前说，他说……哈哈，文佳佳想起来就忍不住要笑。

林佳木一本正经地说：“程太太，你看我的模样还过得去吗？好不好看？”

程太太尽管泪眼模糊，却也忍不住点头。

“其实我原本不长这样！”林佳木眼睛都不眨一下地说，“别看我是林中乔的堂弟，但我和他长得其实差远了！老天爷挺不公平的，把我哥哥生得浓眉大眼，我就贼眉鼠眼的！小时候我不懂为什么大人都喜欢他，不喜欢我，后来懂了，心里那个难受啊！”

“那你……”程太太指着他，几乎说不出话来。

“你肯定能猜到！我哥帮我整的啊！”林佳木道，“前后用了很长时间，你看效果怎么样？”

“你这……是整容整的？”

“可不是吗？”林佳木翻着手机，“来，给你看看我没整容之前长什么模样！”

听到程太太一声惊叹的惊呼，文佳佳也忍不住伸头过去，一眼过去差点没笑喷！只见林佳木从手机里翻出来的，是四歪初中时候拍的一张照片。

“你看，这个就是我之前的样子，她能证明！”说着一指图片，恰好文佳佳也远远地出现在这张照片里，十几年前的样子也没大改，还认得出来是她。

“怎么样？整完之后，你还能看出是同一个人吗？”

“一点也看不出来。”程太太惊讶。

“我就知道很少人能看出来，你不信看这里！”他撩起头发，露出发际线上一个浅浅的疤痕，“这里是最后一次手术留下的，我哥说要帮我消除，我说留着吧，脸上要是一点瑕疵都没有那就假了！你看还有这里，这边这颗小黑痣，那也是特地留下来的！怎么样？你觉得留下这个疤难看吗？”

“不难看，很好看！这……很自然，一点也看不出是整容的！一点也看不出来！”

“就说了，我哥手艺这么好，你还担心什么？你这点问题比得上我吗？我都能整好，你那更是小事！”

“可我的脸……我现在……”

“你都说了，那是现在！等你伤口好些能手术不就好了？我哥说不应该整得完全没有一点瑕疵，我觉得他说的有道理，他本来不想把我整成现在这个样儿的，想稍微让我下巴长一点，说那样能普通一点，不那么扎眼！可是我太长时间长得难看，憋得久了，偏不乐意！结果现在走哪儿都有人看，确实也不太好。要不是整容有点疼，我都想让我哥再帮我修修了！我这短的想修成长的，我哥都能做到，你这点小问题肯定不在话下！”

文佳佳在一旁勉强才能闭上嘴，看着林佳木头顶那个大概五岁时候爬树掉下来留的伤疤，再看他瞪着眼睛说自己是整容的，心中怎一个佩服可以形容啊！

林佳木又陪着程太太说了一会儿话，因为做手术把程太太气管切开了比较大的伤口，特别怕她喊叫哭闹。但她只要醒过来就声嘶力竭地哭闹不停，只能注射镇静剂让她睡。但这显然不是办法，这段时间程谨言为此头疼上火，脾气极大。看到林佳木可以取代镇静剂，程谨言就配合多了。要是没有林佳木，根本就不可能取得这么理想的结果。

文佳佳这么一说，林中乔十分惊讶。不过他还是很不希望弟弟和佳佳同程谨言这种人打交道，如果知道他不会让这两人去的。“佳佳，不管怎么说，你还是躲着程谨言一点儿，告诉佳木也一样，以后不许去了！”

“躲着他干什么呀？你也说过了，程谨言本事大得很，他想找你一定找得到！那我躲着还有什么用？再说我去和金医生要治疗方案他肯定不能给！人家老公要，他总不好不给吧？这种情况我和木头一说，他也赞成先找程谨言，我们是找到程谨言，然后和他一起去的，就说要看望一下程太太，反正程太太的病房不预约不让进，没他我们还进不去呢！”

“佳佳，我是说让你躲着程谨言一点儿，这种人很难说会做出什么事情来，你躲着他点儿危险就会少一点儿，毕竟他明白这不关你的事。还有佳木，他这个人动不动就得罪人，要不是我实在不放心你一个人，我都不想叫上他，万一得罪了程谨言，后果很严重！”

“行，行，我记住了！让程谨言冲着你一个人来。男人就是要保护弱小，不然很没面子，我懂！这次先这样，下次我离他远点哈！我去看望他太太，这也不是什么坏事儿，反正你要的方案我帮你拿到了，金医生已经按照他的方案治疗了好几天了，不过我觉得效果不算好。”

“怎么样？”林中乔坐直身子问。

“我看着真不太好！”她比画着自己，“程太太的脸只有上边一半还有知觉，从鼻子往下的部分都松松垮垮的，就像破抹布一样搭在脸上。乍一看我还以为脸上趴着个水母呢！我之前还真没想过原来脸皮是那么多的，一旦神经绷不住了，整个多了一大圈啊！是你说的让我哄着程太太，先让她对将来有些信心，不然我真觉得她好吓人！”

“都八天了还是这样？没一点好转吗？”

“是啊！我看着不但没好转，好像更松了！”

“那她的气管呢？”

“气管是治好了，护士说没有生命危险了。但是她不停哭闹，伤口还是愈合得不理想，不哭闹的话能好得更快点。”

“那还好！”

“好？我说你是太不了解女人了！除了木头来的这一天，她现在天天要自杀，根本不想活了，气管治得好治不好又有什么用？我看她可不是说着玩玩的，是真不想活了！木头还能骗她一辈子吗？而且我觉得程谨言不大信我们安慰他太太的话，他这边随着木头的话，安慰他太太说没事，那边出了病房门就冲着我冷笑！要多阴森有多阴森！”

“佳佳，对不起。你没事吧？”

“没事！他冲我冷笑，我就也冲着他冷笑。就站在走廊里对着冷笑！笑呗，谁怕谁？结果他根本不是对手，没十秒钟他就笑不出来了！他就先走了。”

“我不该让你去的，可是我现在进不去。”林中乔苦笑，不过他也没料到文佳佳会主动找程谨言。他原本设想的是文佳佳是个女的，冒充下程太太的闺密去探望一下，打听下治疗方案就行，也是因为实在不放心让一个姑娘出头，才让弟弟陪着照应一下的，没料想会有什么刺激的事情发生。他思维相对保守，想不到这么直接粗暴的解决方式，现在治疗方案完整地拿过来了，不过好像佳佳又把程谨言给惹了。

“说起这个我就奇怪了，那个金锐志医生不是你的师兄吗？为什么这么防着你呢？半点情面也不讲啊！就算他现在是程太太的主治医师，你去看看也算帮忙，为什么那么坚决地不同意呢？”

“这是原则问题吧……”林中乔叹了一口气，“意见多了该听谁的？所以由主治负责。”

这几天以来，林中乔很关心程太太的脸，这关系到他切身利益。他真的不能确定程谨言是说说而已，还是真的要划破文佳佳的脸，无论从什么角度，他都很想把程太太治好。现在自己插不上手，他也非常想知道金锐志的治疗方案是什么，想预先判断一下结果。

“不会吧？”文佳佳不同意，“你的导师就经常组织会诊！很多医生一起开会讨论，你也经常去的！上次心血管的病例你也去了，都和整容一点关系没有的事儿！”

“事情还没调查清楚之前，我现在是没有行医资格的，他也是怕担责任吧。”林中乔低声说。

原本他觉得自己勉强算是整容界比较权威的医生，想去大桥医院试着为程太太治疗面部，就算是会诊，但被拒绝了。就像他医院里的病人不愿意送去别的医院拆了石膏再给他送回来一样，大桥医院也不可能允许住在自己医院里的病人，有个外来的医生插手治疗，出了问题要算在谁的头上？这个林中乔是可以理解的，于是他找师兄说说自己的意见，结果也被一顿冷嘲热讽地赶回来了，说病人现在这个样子全是他的责任！对他的话根本不听，甚至坚决不让他去看程太太，这就有点过了。

林中乔行医以来就挺受多方看重的，这么面子、里子都没有的机会不多，他眉头紧皱，深深地叹了一口气。他先拿着金医生的治疗方案看，看着看着眉头就皱得更紧，更想叹气。

“林中乔，你怎么了？这个方案有问题？”

“也没什么大问题。”林中乔勉强笑了一下，“是正确步骤，正确手段，符合常规治疗方法。”

“那你干什么一个劲儿地叹气？”

“没什么……”他迟疑一下才道，“我就是觉得常规方案不能说不合适，但是效果上已经有结论了，不会太理想，还可以试试别的办法。”

“效果不太理想的意思，是不是说她好不了了？”

“总会比现在好一些。”

“那我们能做点什么？”

“等着吧。”林中乔道，“金医生应该也有后续方案。”但是他眉头皱得紧紧的，涉及神经元的问题是有时限性的，越早治疗越好，现在这么长时间过去了，他也想不到什么好办法，其实就算让他治疗，把握也不大。他忍着焦虑，把双手交叉在一起，道：“下午要不要去看电影？现在我有很多时间。带你去看电影吧？”

“我不想看电影！看不进去！林中乔，你要能帮忙，就帮帮她吧！这和救命也差不了多少了！她真是很需要帮助哇！”

“佳佳，金医生不是也出了治疗方案吗？他和我是一个导师教出来的，他想就让他负责吧！”

“不对！乔乔，你实话告诉我，你是不是觉得金医生的方案不好？你是不是有更好的办法？”

“佳佳，我也没把握！虽然有个办法，但是我真的没有把握！”

“哪怕你试试呢？这真的是救人的事情！不是锦上添花，真是搞不好就丢命的事情！”

“佳佳，如果按照金医生的这个方案，做了病毒去除之后，会切掉程太太松弛的皮肤，然后再帮她做疤痕恢复，这个我可以做！她下巴以后可能就会有点儿表情僵硬，但不至于像现在这个样子，顶多有点怪，不会死！”

“表情僵硬也已经很吓人了好不好？你怎么知道她不会死呢？就算她不会死，但是从此以后都伤心难过，那也很惨哪，大哥！”

“可是……可是，金医生接手，程谨言就不会说这全是我的问题了吧？常规治疗手段就是那样，让他知道就是去大医院也无非是同样的结果，其实我虽然有个想法，但也没什么把握，要是我没有弄好，说不定后续的一切后果他都会认为是我的问题。何况眼下这种情况切掉多余的皮肤，程谨言也同意了，他已经在治疗方案上签字了。明天一早就手术，我现在再提什么方案，都不会有人听了！”

“可是切掉那就没办法补救了是不是？”

“是。”

“他同意，可他太太死也不同意呀！”

“家属同意也可以。”

“既然明天手术，那你今天晚上去试试你的方案好吗？不然我以后都睡不着觉了！你先试试，不成再切呀！行不行？”她哀求，“木头也觉得程太太很可怜哪！他还跟我说，之前一直觉得你干整容医生没啥意义，现在看到程太太，突然觉得整容医生也非常有意义，那也真的是救死扶伤的善举！他第一次觉得你的工作很伟大！木头多难才能称赞一个人哪！我认识他这么久，还第一次听他夸个谁呢！别让他白夸啊！大哥！明天就要切了！切了就没法儿补救了！你可别见死不救，你好歹试试吧！”

“我也不是不想试！我连病房都进不去，能有什么办法呢？”

文佳佳咬着嘴唇，许久问：“林中乔，你会爬树吗？”

五十六、导师出山

“小心一点儿！快，快！”

暮色中，文佳佳指挥着方向：“好，到了！左边那个窗子！左边那个！”

“你自己小心！”林中乔在窗户边试着往里钻，进去半个身子之后，转身向她叮嘱。

“好，我知道，我在这里给你望风！你快点去吧！加油哇！加油哇！”

但是，程太太的病房里面有保镖。林中乔还没来得及摸摸她的脸部患处，就被抓住了。看来光会爬树也没有用，还得会点儿散打！

“我只是来探望朋友！你们医院没有权利不让家属探病吧？”林中乔一边被保安往外推，一边道。屋子里的程太太听到门外的声音就开始叫起来：“林医生，进来，快进来！他们说要切掉我的脸！你快点救救我！”

“行了！你闹够了没有？”程谨言怒道，“再喊你伤口又裂开，你命都没了！”

“我不要！我不要！林医生救救我！”

“闭嘴！你给我闭嘴！”程谨言喝道，“他要有救你的本事就好了！到现在你还相信这些整容手术？有没有长脑子？不许再闹了，给我乖乖地老实点！”

“不！林医生说了会治好我的！他说了我会好的！”她很激动，甚至带着点癫狂地叫，“林医生，你回来！你回来！你快点看看我好些了没有？有没有？你上次说了让我别急，你说会好的！是你说的！我好了没有？啊？好了没有啊？”然后她自己放声痛哭起来，“你说了你会治好我的！这样我就不活了！我不活了！”

“把他给我赶出去！”程谨言怒气冲冲地命令，“不等明天了，让金医生来，马上准备手术！”

“不要！不要！林医生你留下来，你快点想想办法！你快点救救我！我不要做手术切掉皮肤——”程太太崩溃地大哭起来，“我不活了，不活了！”

护士一头汗也按不住她，程谨言上前，狠狠抓住她的胳膊，林中乔听到程太太咽喉又发出咯咯的声音，忍不住叫道：“快点放开她，再折腾她伤口就裂了！”

“程先生。”听到消息，金锐志赶过来，先问候程谨言。

“金医生，我想现在就做手术，你有问题吗？”

“我……哦，没问题！”

“那好，马上准备吧！”

“不！不！我不要他，我要林医生！林医生能治好我！”

这句话说得金锐志心头恶念重生，他刚才就看到林中乔了，但是当着程谨言的面儿没发作，此刻忍不住恶声恶气地喝道：“你来干什么？”

“师兄，我只是想看看病人的情况……”林中乔尴尬地说。

“那是我的病人！你来病房威胁到了我病人的安全！”金锐志喝道，“小黄，报警！”

“哎、哎、哎！这都是我的主意，不关林中乔的事儿，是我逼着他来的！”文佳佳跑过来拉着护士。

“你谁呀？这里是医院，你那衣服哪儿来的？”金锐志看着穿着护士服装的文佳佳，喝道，“报警，这是个小偷！连她一块儿抓了！”

“你不是医生，因为你有病！”文佳佳喝道，“我这是自己的衣服，你管得着？”她穿的是林中乔医院里的护士服，医院护士服装基本样子都差不多，但很多小地方还是有区别的，稍微冷静下来就能看得出。

“师兄……”

“我是金医生！谁是你师兄？你只是个私人诊所的大夫，因为医疗事故被吊销了资格，你有什么资格叫我师兄？”

那边程太太还在低声叫，她被人注射了麻醉药物，一会儿就要手术了，此刻已经有些神志不清，却还是用尽一切力气叫：“我要林医生！林医生你快点救救我！林医生有办法，求求你救救我！”

“林医生，你有办法？”金锐志冷笑着看着林中乔。

“金医生……我觉得程太太还可以先做一次病毒清理，之后应该配合针灸……”

“保证能有效？”

“……不能……”

“程先生，你听到了吧？”金锐志冷笑，“不是什么人都有资格称为医生的！以后有问题还请来正规的医院，别相信这些江湖野把式。”

“送病人去麻醉室，准备手术！要是有人闹就报警！”金医生大步去了无菌室换衣服，林中乔本来准备上前一步，可是程谨言眼神一缩，立即就有几个保镖上前盯住了他。

“等一下！”一个声音突然响起。随后一行人疾步前来，在病房门前停下。

“程先生，我建议你别那么急，手术还是推后两周再做，让他把他的想法试一试。”

“你是谁？”程谨言看着来的是个老人，身姿还算挺拔，但头发已经雪白一片。这人身后跟着好几个认识的人，跟得最近的就是这家医院的院长。

但是沮丧的林医生和嚣张的金医生看到这个戴着眼镜的瘦老头，却一起叫出来：“老师。”

“老师，你怎么来了？”金锐志脸上表情变了变，迎上前来。

“哦，你师弟林中乔把这个病例和我讨论过几次，想咨询一下这个患者气管的伤口是什么原因造成的。林中乔那个肌底垫高的恢复方法我也参与了，倒是没想到会有这个副作用，这次的病患遇到的情况很特殊，我有点感兴趣，所以来看看。”

段伟晔说这话的时候，金锐志心里一沉，眉毛忍不住微微发抖。他强制让自己镇定下来，发现导师似乎没注意到自己的慌张，微微松了一口气。

他又觉得自己过虑了。这个气管的伤口都过去这么长时间了，反复打开了好几次，就算导师是权威，那他也不相信现在他还能看出当初是谁的责任！

“这么晚了，老师你还过来。您那么大年纪，该多休息，叫我把治疗报告送过去给您看，也是一样的。”金锐志赔着笑说。

“没事，我是退休又返聘的，院方没什么劳累的活儿安排给我，现在事儿也很清闲，你师弟这里有事找我，我就过来看看。”

金锐志心里又是一阵妒恨，师弟，师弟，导师也未免太偏心，他把平生所学倾囊传授，林中乔却辜负了他的期望，为钱做了一个整容的医生，就这样，导师居然还是这么宠爱他！凭什么？

他妒恨地看着林中乔，却觉得有目光落在他头顶，一看导师正静静地看着自己，连忙换个笑脸。

“老师，我现在要做手术，您先休息一下，等我做完手术，我带着您去吃夜宵。”

“好哇。不过不着急，你师弟的治疗方案已经给我看过了，你的治疗方案也给我看一下吧。”

“我……”金锐志看着导师，看着导师身后的院长和几个科系主任。觉得这个时候无法拒绝，只能让人把手术方案拿了过来。

“锐志，你认为应该切掉患者松弛的皮肤，然后缝合收紧？”

“是。”金锐志擦了一把汗，“老师，患者面部神经已经坏死，这部分的皮肤和脑部失去关联，切除再缝合，比现在这样好看些。”

“倒也没错。”段伟晔点点头。金锐志刚要露出个笑容来，他却又问：“中乔，你呢？”

“我观察到患者的肌肉功能一起受损，并不只有表皮，如果切除表皮，肌底怎么办？”林中乔低声说。

“肌肉松弛得不厉害，没那么大的影响！”金锐志说。

“而且我不同意病人面部神经元坏死，这部分患处对冷热尖刺都有反应，所以我判断她的面部神经是活着的，只是功能暂时性失去了。”

“失去功能和坏死有什么区别？”

“有区别，失去功能只是暂时的，是大脑无法把命令传达给这部分患处，所以患者的脸松弛，而神经元坏死那就是永久性的，一个表示还有希望，一个表示没有希望了。”

“希望？”金锐志冷笑，“你在医学史上能找出几个这种情况下还能好转的病例？你这希望未免也太渺茫了吧？”

“师兄，我也只是想试一试！你先让我试试我的治疗方案好吗？我保证不会影响到你的后续治疗，至少能给病患一点希望啊。”

“这种有和没有一样的希望，等于骗钱，你们整容医生或许觉得没什么，我们却还不习惯，还不如让患者早点死心。”

“也对呀，失联虽然不等于死亡，但是真正失联还能活下来的那可真罕见，你师兄说得有道理。”段伟晔说。

金锐志闻言，很高兴，得意地看了林中乔一眼。

“师兄，我不要钱！”

“现在你当然不敢要了，之前为什么要？”金锐志冷笑。

“你就让我试试吧，师兄，我保证不会影响你的治疗方案。”

“保证不会影响？你拿什么保证？你的意思是你比我强，你能治得好是吗？林中乔，你如果敢在这里说你能治好，我就让你治！你敢吗？”

“我……”林中乔语塞，他确实连一半的把握也没有，实际上最多有一两成的机会，失败的可能性更大些。

“你要治不好，就大声说自己是沽名钓誉！登报声明，让业内都知道！以后都别说你算个医生！你敢不敢？”

“……”

“怎么样？你不敢了吧！”

“我……”

“哼！”金锐志不屑地转头，“老师，既然师弟没有别的意见，那我准备手术了。”

“慢着。失联虽然死亡的概率很大，但是警察或许不找了，家里人就不去找了吗？”

“老师？”

“医者应有父母之心，虽然希望渺茫，好歹试试吧！”段伟晔轻轻说。

“老师！”金锐志心中好是不甘，“是林中乔他自己不敢的，老师你……你……”他很想说你太偏心，但当着院长和这么多人的面儿，不愿意那么丢份儿，可一张脸完全是铁青色的了。

“我也没说他呀。我是说，我来试试吧！”段伟晔说，“还按照你的条件，如果我治不好，那我就登报声明，说我段伟晔是沽名钓誉好了！”

“老师！”两个学生同时惊呼出声。金锐志脸色大变，林中乔也脸色大变。他们的导师是整个医学界公认的权威，那是一辈子积攒的名声！

“没事。”段伟晔很轻松地说，“我老头子左右现在也没什么事儿做。手术也不用我主刀了，还坐在这个位置上，原本我就觉得有点沽名钓誉，用这点本来就没用了的名誉给病人试试又有什么不好？”

“可、可……”

“锐志啊，你的病人交给我，行吗？”

金锐志低下头忍着，好久才能抬起头，勉强说：“当然，听老师的安排。如果院长同意，我就安排转院！”

金锐志知道导师不是说说而已的，这种事无论是谁把握都不会很大，一瞬间他就做了个决定，在私底下把这件事传播开来，让更多的人关注这个病例！圈子就这么大，又是这么引人注目的事情，想捂住可没那么容易！这老头想要晚节不保，只为了偏宠他的小徒弟，那何不成全他？

院长自然是同意的，论起来他的父亲都是段伟晔的弟子辈，他可不敢得罪师爷辈的人物。不过病人身份特殊，这件事还要征得一下家属的同意才行。他把目光转向程谨言。

在这些人争执的时候，程谨言就一直皱着眉头在一边旁观，倒是没说什么话。院长走过来，低声和他介绍段伟晔是什么人，随着院长的介绍，他的眉头渐渐松开了，最后点了点头。

段伟晔上前：“谢谢你信任我这个老头子啊！不过我老了，很多精细的工作怕是做得不太好，还得我这小徒弟配合一下。”他指指林中乔，“程先生，听说你和我这个弟子有点误会，不过有些活计，还真是他做得最好，这一点我可以给你保证，所以我要带着他一起，你别介意呀！”

程谨言沉默了一下，终于还是点了点头。

“多谢你给我这个老家伙面子！”段伟晔笑了笑。

“不是面子的问题。”程谨言很坦白地说，“虽然我并不认识你。不过我也能明白，你是个可以安享荣耀的老前辈了！这件事显然跟你无关，你却把责任转到自己身上，真是仗义！有血性！就凭着你老人家这担当，比起这些人来，我愿意信你！”

五十七、穷途末路

事情进行得并不顺利，程太太转院之后，林中乔终于有了试一试的机会，在导师的庇护下，不但不会有人拦着他，反而他想要什么就有什么，想要人帮忙就有一大堆人帮忙，有问题还可以和导师好好商量。但是这一切的有利条件加在一起，治疗效果依旧不理想。

他反复用不同强度的电流刺激、用热敷熏蒸、用各种药物，甚至用托人从德国运过来的还在临床试验中的新药……他不断地想出新的方案，又不断尝试失败。

程太太脸部的神经是活的，他只是能确定这一点，但是不知道为什么，大脑就是再也无法指挥这一部分神经，就像一条道路彻底断绝，那部分神经被困在孤岛，接收不到大脑传来的信号，只能老死不相往来。他的一切尝试都没能让道路重新通畅起来。

原本他就只是试试，原本他对于自己的治疗方案也就只有一两成的把握，这个结果应该是意料之中的才对，但是林中乔真的很难接受。他压力大得夜不能寐，不到两个星期就迅速憔悴起来。

这一天，他在休息室拉着帘子，小睡一会儿，有两个实习生过来拿东西，他们并没有看见屋子里有人，就低声交谈起来。

“我们教授为什么要接这个病人啊？这不是自己给自己找麻烦吗？”一个低声抱怨。

“还不是为了那个姓林的师兄！哼，也不知道是哪门子师兄，我们教授是外科医生，听说他是个整容医生！怎么就成了师兄了，真是！骗人的吧？谁不乐意借借咱们教授的名头？指不定这人就找到机会旁听过教授讲课，仗着咱们教授好说话，就硬赖上来，厚着脸皮说是教授的弟子！”

“这你就不知道了，我听燕玲大师姐说过，这个林医生还真是师兄！是咱们教授手把手教出来的呢！他出师的时候，燕玲师姐已经跟着教授学了一年了，当时这位林师兄特别有名，整个学校都知道他是教授的亲传弟子！燕玲师姐说，这位师兄的技术特别棒，是她见过最好的！是当时她们那届全体学生的偶像！”

“真的呀？燕玲师姐就是我的偶像，这个林师兄难道比燕玲师姐还厉害？”

“我也不知道，我入学的时候林师兄早就毕业了！但是看燕玲师姐那意思，简直就是林师兄的脑残粉！估计是比师姐还厉害！”

“那怎么就做了整容医生了呢？”

“废话！赚钱呗！外科医生能赚多少？整容医生能赚多少？傻子都会比较哇！”

“整容医生能赚多少？”

“这……我也不知道，但肯定特别多，你难道没听人说吗？现在大家都传遍了，这个林医生收费特别黑！他赚一年，都比得上咱们教授赚十年的！这些年肯定光顾着赚钱了，技术都丢了，出了问题还得咱们教授帮忙收拾残局！别人不知道是他的问题，还以为是咱教授把病人治疗失败的呢！害得现在大家都在私下议论我们教授！”

“唉。”说起这个，另一个实习生也叹了一口气，“教授都不否认，他也为我们这些学生想想啊！我是多费劲才考上他的研究生的！那简直是拼了老命了！原本指望别人一听我是段教授的学生就肃然起敬的！现在倒好，上次我去别的医院取资料，好多人阴阳怪气地说，话里话外就是说教授是浪得虚名！”

“这还不如直接切除了呢，再做一个紧致修复，表面看着也过得去了！像现在这样多吓人？前两天还有个记者假装走错路去偷拍照片呢！”

“何止是前两天，你没看见这一期的医学前沿已经登了这则病例吗？杂志上说治病的医生就是我们教授！根本没提那个林师兄！”

“那是！咱们教授名头更响亮啊！要炒作也得先找他！唉，像这样还要拖延多久啊？院长昨天都找教授谈话了！意思是让他先对付过去。教授偏偏没答应，说再等等！说林师兄这方面比他专业，非得再等等！你说他等什么？难道林师兄还有其他的法子吗？”

“唉！要是再治不好，我们教授可真是晚节不保了。”

两个人拿了东西出去，帘子那一边，林中乔眼睛瞪得大大的，空洞地看着天花板。

过了好一会儿，林医生从休息处出来，叫几个相关的医生到项目组，宣布他放弃自己的治疗方案，预备用常规手段，给程太太做切除手术。

“我是外科医生，面部神经这方面我也不如你，说好了听你的！不过中乔，你觉得病人的神经没救了吗？”段伟晔摘下眼镜，问他。周围人都明显松了一口气，老教授的语气也挺温和。

“神经是活着的。但是我……没办法。”

“是你没办法，还是这件事没办法了？我能看出你很不甘心，应该心里还是觉得这个病有希望治疗的吧？中乔，我一直跟每个孩子都说要博采众长，会不会有其他人还有办法呢？”

林中乔摇头：“之前我就打电话问过汉斯医生，他给我建议的几种方案我也试过了，同样不管用。”

汉斯冯是段伟晔介绍给他的德国老师，当初林中乔决定要做整容医生了，段伟晔就用自己的关系把他送去德国，跟着这位面部的权威医生学了两年。至少在段伟晔的认知圈子里，没有人比汉斯医生更好。

“昨天汉斯医生倒是给我发了一封邮件。”段伟晔说，“我不懂德语，找人翻译用了一些时间，今天早上才拿到。他介绍你去江西王先生那里试试，他有没有跟你说过？”

“说过。”林中乔低下头，“可是现在这么多人盯着，去江西能行吗？何况王师傅也未必能行，也只是试试。”

王师傅大名王守德，是个根本没有任何学历和行医资格的乡村医生，用祖传的针灸技术给乡民治一些小病。一次很偶然的机会，汉斯先生在中国遇到了他，见到他只用几根针，什么仪器也没有，什么药物也不用，居然就能给人止疼治病，惊得以为是魔术，很是崇拜地把王先生的联系方式留下来。自己就常常跟王守德联系，想学习中医。汉斯由于不懂中文，一点知识构架都没有，实在无法理解和掌握中医，费了很大的力气也没弄懂，只好遗憾放弃。但林中乔是中国人啊！所以在林中乔认真地跟着汉斯学了两年之后，他就极力推荐这个非常用功又很有悟性的中国青年去跟着王先生学学这门神奇的技术。

林中乔并不排斥中医，但从小的环境和教育让他更偏信西医一些，要不是汉斯先生歇斯底里地推荐，他也不会特地跑到江西去找这位王守德先生。汉斯冯对他的评价极高，他诚挚地说，中医他不是没见过，但从来没见过有这么神奇的效果，这位王医生绝对是你们中国最最神奇的人，最最伟大的医生！让林中乔千万别错过。

找到之后，说实话，林中乔是比较失望的。王先生瘦小干枯，一口抽烟抽出来的黄牙，基本没有文化，还特别喜欢吹牛，把自己吹得和陆地神仙一般包治百病，让村民对他信服，也让完全不懂中国文化的德国医生汉斯把他奉为天人。但这人完全不符合林中乔印象中的名医形象。

王守德的针灸是祖传的，他也说不清为什么扎这几个地方就能治病，但是他就按照祖传的十来个路数，一板一眼地做，碰上病症就先是三针，三针下去有反应，这个病就能治好。

高等学府毕业，留过学，深度钻研过学问的林中乔，真受不了这个！他欣赏的是段伟晔那样德才兼备的人，他把学费交了之后，只跟着王守德学了十来天，他提出的疑问王守德一个也解答不了，每每解答不了，就开始吹牛！于是林中乔就走了。不过这十来天，他亲眼看到王守德用三针就让一个骨折病人立即不疼，也和汉斯一样对中医产生兴趣，虽然不愿意跟着这个特别喜欢吹牛，却什么问题也回答不了的王守德学，但也在江西找了家大型中医专科医院学了一段时间，达到了量化的考核标准，为他各类厚厚的资格证明又添了一张针灸师的资格证明书。要不是当时自己的妻子逼得太紧，他很可能会多学一段时间。

也许是汉斯真的被王守德给忽悠住了的缘故，他对这位中国的王医生远比对林中乔有信心，遇到困难经常会想起他来，这一次自己的几种方案都无效，他就又一次跟林中乔推荐他心目中的王医生了。其实之前就推荐过了，林中乔反应冷淡，他就直接和段伟晔联系起来。

“中乔，那你为什么不去试试？”

“老师，王师傅这个人你不了解，他治疗患者的成功率不算高。”

段伟晔一句话就让林中乔无语了：“比我们现在还更低吗？”

“中乔，我不管是什么原因，你如果觉得有可能，至少应该试试。”等了一会儿，看林中乔没什么话说，他又开口。

“可是媒体这边盯着，现在带患者去江西合适吗？”

“中乔，我们治病，和媒体有什么关系呢？媒体能治病吗？”

“王师傅没有任何资格证明，肯定会有人注意到这一点，把病人交到这样的医生手里，他们会说老师您……”

“说我无能。那就让他们说吧，说得没错呀，这件事我的确无能为力！关于面部神经的经验我还不如你，我们既然提供不了治疗，利用我们的资源提供一个咨询，那也是给患者一个机会呀。”

“那……好吧。”林中乔握着拳头，他知道给导师惹了很大的麻烦了，但是真的没办法，他也想试试。

“中乔，你直接对外宣布治疗失败吧！直接说肌肤切除的手术现在也做不了，宣布彻底失败！等媒体的关注过去了，再悄悄带着病人去江西。”段伟晔道。

“导师，这是为什么？”林中乔大吃一惊。他知道外界现在有很多人关注这件事，由于金锐志的推波助澜，现在这个患者成了热议的话题。媒体是看脸的，而现在程太太的脸要多吓人有多吓人！如果是做个切除，至少看着还过得去，或者直接说找人寻求帮助也还有个缓冲，要是就这么直接宣布失败，还说暂时不能治，那得有多坏的影响啊！

“中乔，江西那个王师傅没有行医资格证明的，是不是？也就是俗称的赤脚医生。这一类人我小的时候见过很多。深山里，特别是贫困的地方，是有很多人需要靠着他们救命的！你和汉斯医生都见过王师傅，他也确实有些神奇的地方，你这样把大家的目光吸引过去，无论王师傅治疗的结果好不好，都会给他带来很大的麻烦，给他未来的生活带来很大的变数！这样能影响人生活的决定，不应该是我们这些外人导致的，所以别声张，这事儿我们先担着吧。”

“嗯。”林中乔低下头，低声答应了。他觉得导师教了他这个弟子真是倒霉，他只能添麻烦。

段伟晔慈祥地看着他，轻轻说：“你还年轻，人生有点起起落落很正常。这件事你实在躲不开，治疗失败的消息我和你一起去宣布吧。”

这件事最后被界定成整容导致的医疗事故，对林中乔的直接影响是，他的医院被限制营业资格三年。由于段伟晔的面子，他个人的行医资格还有，但是医院暂时关门了，如果有人乐意聘用他，他还是可以去别的医院行医。可是，谁都知道这种情况太难发生了，哪一家医院会特地聘用一个造成了很轰动的医疗事故的医生？多少人想进医院还进不来呢，何必找个会为医院抹黑的？

医院被贴上封条的时候，林中乔真有点受不了，他从小严谨努力，学习上是尖子生，行医是大牌，从来都站在别人羡慕的位置上，并且他也为能站在这样的位置一直不懈努力着，突然所有的努力都失去意义，所以他一瞬间心灰意冷。

文佳佳在封条贴上之前，把接待区的糖盒子拿了出来，捧在手里，陪着他在一旁站着看，嘴里咬得咯咯响，见他垂头丧气的样子，就递过一颗水果糖："吃糖吧！吃糖特别缓解压力！"

"我不吃。"林中乔勉强笑笑，"我没有压力。"

"那……过会儿我们去看电影吧？"文佳佳问。

"我还有事。"

"那我等你，事儿办完再去。反正我不用天天上班，等看完电影我们再去酒吧喝两杯！"

"我不想去看电影，改天吧。"

"那打台球去不去？还是木头教我的，他说你台球打得不错。我打得不好，你可得让着我点儿！"

"佳佳，我累了，我想回去歇歇。"林中乔闷声说。

文佳佳张了张嘴，只好让他回去。"你累了就好好睡一觉，我明天来找你！"她一边看着林中乔走远，一边大声说。林中乔闷闷地说了一个什么字，声音太小她也没听清楚。

之后第二天、第三天、第四天……两个星期过去，林中乔一直在家里待着，文佳佳不论怎么说他都不肯出来。一次次之后，她就没来得那么积极了。

五十八、终生美丽

金锐志显然对这个结果满意，林中乔是扎在他心头的一根刺，眼见这根刺就这么拔掉了，他自然是高兴的。医生的工作是很忙的，他也不那么关注已经失败了的对手。媒体也不那么关注了，不管多轰动的事情，一个已经有了结论的热点，也就热不了多久，不到一个月，这件事的风头就平息了。程太太就算包着脸出门也没记者拍照的时候，林中乔带着她，悄悄动身去了江西。

的确是悄悄的，他只和弟弟林佳木说了一下，连文佳佳也没告诉，只是拜托弟弟如果她问起，就简单地解释一下。所以他出发的时候，一个来送的人也没有，就那么孤零零地走了。

飞机起飞后，林中乔一直看着外面发呆，露出惆怅的神情。

看了好一会儿窗外，觉得有目光注视自己，林中乔回头，见到程谨言不知什么时候坐到自己身边，正静静地看着。

“程先生。”他尴尬地笑笑，“哦……不好意思。”

程谨言不说话，只是看他。

林中乔知道自己刚才一直消沉的样子不太好，他搓了一把脸，道：“程先生，谢谢你愿意让我带您太太出来求医，这件事能得到您的同意太重要了。您放心，我们一定会尽力的。”

“不用谢我了！”程谨言随意摇摇头，“我倒要谢谢你才对！你这个人我是不了解。不过你的导师，还有你的朋友们，都那么维护你，甚至牺牲自己的利益帮你，那你一定有什么过人之处。无论治得好，还是治不好，你能这么负责，这件事咱们两个的梁子算揭过去了！”

林中乔听到这话很是羞愧：“我没有认真负责，如果最初缝合的时候我就发现了气管有伤口，之后就不会有这么多麻烦，实际上是我撕裂了您太太的伤口，因为我，她差点死了，无论怎么说也是我不对。”

“我知道了。”程谨言说，“我太太进你医院的时候态度很嚣张，你讨厌她，所以没认真去检查是吧？她发起脾气来有多气人，我最知道了，到了医生面前还这样，如此不识时务，这次就算个教训吧！”

“这……实在是谢谢程先生！可这的确是我的错，她是病人，我就应该对病人负责。”

“行了！女人很难搞，不说她了！”程谨言扬眉道，“说说你！你为什么不想让你女朋友跟来？还说一旦她问起或者要跟来，就让我跟她编瞎话，说飞机坐不下？”

“哦……我只是随便说说，免得给程先生添麻烦。”

“你不是随便说说，你是特别郑重地过来跟我说这件事的！”程谨言道，“林中乔，你当时的表现说明你很看重你女朋友是不是跟来。为什么？我都说了开始是我气不顺，现在过去这么长时间，我也看到你们的努力，所以这事儿揭过去了！连你我都不会为难了，还会对付她一个女人吗？你是担心什么？”

“不是担心，只是……只是不想让她掺和进来，她的工作虽然不用坐班，但其实也挺忙的，每个月都有工作任务。再说一个姑娘，要是离开家时间久，家里爸妈会担心……”林中乔很勉强地笑了笑，不知道该怎么说。

其实这都是借口，他不想让文佳佳跟过来，是因为他不想和她朝夕相对！是的，他现在带着点自虐的心理，不愿意有人关心他！他也知道这样不对，但心里就是很难过，甚至有点不愿意见文佳佳。他也是第一次遇到事业上的挫折，并不知道自己遇到挫折会是这种类似鸵鸟的心态，但心情很难控制，他现在就是不愿意见熟人。弟弟林佳木、爷爷、爸爸、妈妈和几个堂妹都不想见，最不想见的人就是文佳佳。

林中乔这个人从小被当成好哥哥，一直是照顾别人的懂事孩子。学习好，能力强，不闯祸，不惹事，他也一直按照比正常孩子高的标准要求自己，但是他家里有个资质妖孽一般的弟弟比着，又有后来的婚变，他骨子里并没多少自信心，靠的就是不断努力再努力，让自己在事业上取得成就。现在唯一能让他自信的事业一垮掉，他心里受创真的很严重。

“矫情！”程谨言看了看他，突然笑了笑，“我倒是很久没和你这种纯粹的知识分子打交道了，真是脆弱呀！”

林中乔脸涨红了，他争辩：“我比佳佳大了好多岁，她年轻活泼，我很闷。本来就觉得并不是很般配，原本我还想着我有能力照顾她一辈子，有能力让她过得好，现在我的医院也没有了，我还剩下什么？佳佳是那么快乐的一个女孩儿，又直率又勇敢，这样的性格肯定有和她年龄相仿的男孩喜欢她。我何苦耽误她呢？我……我总不能那么自私吧？”

“你和她说算了？”程谨言撇撇嘴，“文小姐是个很有意思的人，我觉得你会后悔。”

“我没说……这事儿也不用明说吧，她、她自己肯定也会衡量……”林中乔心里此刻闷闷地疼，疼得呼吸都困难，文佳佳已经有一段时间不找他了，这应该很说明问题。他通过弟弟打听文佳佳的行踪。这个女孩看来并没有那么把他放在心上。自己不和她去看电影，文佳佳就自己一个人看去了；自己不和她出去玩，她就去找别的朋友了。这段时间她的日子过得并不难过。

林中乔反复对自己说，这样也好，她本来就是活泼的性格，闲不住！自己找乐子出去玩不是很好吗？也许她过一段时间就会把他忘了。现在应该是忘不了，时间还短，可是时间一长，慢慢地就会有结果吧。他一边想一边疼，疼得眉目之间一片惨淡之色。

“你这人……”程谨言摇摇头，“你不倒霉谁倒霉？”

“我做得不对吗？我是男人，她还是个女孩子，我能判断对错我就该负责。”

“你压根儿什么也没做！何谈对错？你不用跟我解释，我不感兴趣。”程谨言伸手阻止想说话的林中乔，“你做得对还是不对，至少该回去和文小姐解释解释。”

“过一段时间，我打算看看她的意思。”林中乔低声说。

程谨言随意点点头，表示随便，然后就闭目休息。林中乔也就无话可说，机舱里便沉默下来。

又一会儿，有人来说程太太镇静剂药效过去，她慢慢醒了过来，程谨言听了，就去前座看她了。

毕竟事情已经过去了一个多月，程太太不像开始那样歇斯底里地闹着要死了。但是情绪依旧很差，像个受惊过度的孩子，希望反复听到安慰。

所以她清醒了一阵子之后，就要找林中乔，找到林中乔就又一次问："林医生，你说的这个人真的能治好我吗？"

同样的话，她已经问了不下一百次，林中乔只能再回答一遍："他是教我针灸的师傅，比我好得多，你让他试试，希望还是很大的！"正常情况下他不会这么蒙骗病人，但是程太太大概是从小生活环境太优越，抵抗挫折的能力几乎为零，她所有的蛮横骄纵都不见了，现在脆弱得要命，可怜兮兮，就靠着这一点她也不大信的希望支撑着。

"一定要治好！一定要治好！"程太太瞪着眼睛重复着这句话。

"娜娜，你看着我！"程谨言突然间俯下身，盯着她的眼睛，认真地重复，"看着我！"

程太太愣了，怔怔地看着丈夫。

"娜娜，假设这个医生也不成，你的脸治不好了，又怎么样呢？"

"那我就去死！"程太太一下就激动起来，"我肯定不活了！我不能像个妖怪一样活着！不能！"

"你还只有七八岁的时候就认识我了，当时就说长大以后要嫁给我，那时候我都十五了，只当你开玩笑，之后你一直这么说，直到真的嫁给我！那个勇敢的小丫头去哪儿了？为这么点小事儿就要去死吗？就再也不想和我生活在一起了？"

"我、我……我不管！总之我不能变成妖怪！那样我一定活不下去！"

"谁说你会变成妖怪的？"程谨言轻轻地说，"我问过林医生了，到了的确没有办法的时候，他会切除松弛的一部分皮肤，然后重新缝合回去。林医生缝合过的伤口的确看不出疤痕，就像比较大一些的紧肤手术，很多明星都做过，之后她们在屏幕上还不是要多漂亮有多漂亮，哪一个成了妖怪了？"

"那不一样！不一样！我知道不一样！"程太太哭起来，"她们没有表情，脸很僵硬，像个僵尸一样！她们脸上的神经都是好好的！可我之后只能歪着嘴，连笑都不会笑了！"

"你也不会像僵尸一样啊！你的眼睛会和我说话，你不高兴的时候鼻子还会皱起来，如果你想笑，你的眼睛会变得弯弯的，那样就算你的嘴巴没表情我也知道你是笑了。娜娜，这个世界上没有完美的人，我们每个人都顶着或多或少的缺陷活着。”

“可是我……我除了长得还过得去，就没有别的好处了！那样了还能活着吗？”

“谁说的？”程谨言瞪眼。

“你！你之前吵架的时候说的！”程太太委屈地哭起来。

“是吗？我不记得了！应该是气话，我心里没有这么想过。”

“不是气话！”程太太大哭起来，“我不讨人喜欢！你经常骂我！我脾气不好，总是和你吵架！我知道你讨厌我了！”

“笨女人。”程谨言叹了一口气，“你见到除了你，我还和谁吵过架？如果讨厌一个人，我犯得上吵架吗？”

程太太愣愣地看着他。

“我的确经常骂人，不过你也骂过我啊！”他轻轻地抚摸着妻子，“虽然我们两个人的脾气都不太好，虽然我们几乎天天吵架，但我还是希望你能和我一起活到很老很老，如果你因为这么一点儿小事就不活着了，以后我找谁吵架去呢？”

程太太的眼泪流了下来：“可是你会觉得我很丑！你迟早会看我看得受不了！”

“现在的样子我都天天看了，你还担心以后？我多美的人都见过，但你是不一样的！你想让自己非常漂亮，想让自己非常好，是给我看的！你有多在乎我，我一直明白！我不能说你治不好脸之后还是很美的，但我也的确不觉得很丑！就算我觉得你丑，你就受不了吗？我程谨言看上的女人，难道会是个没勇气的孬种吗？”

“谨言……”

“娜娜，我也不知道将来会怎么样，我们就一起过吧，就像现在你的脸出问题了，我们就去努力地治，可要真的治不好，我们就过治不好的生活，对于任何人来说，有人真心爱着不容易，为一点儿小问题就不要这个人了，那得多笨！你看我是那么笨的人吗？”

“可我真的不想这样……真的不想这样……”她缩在丈夫怀里，低低地哭起来。

“我知道，我知道。”程谨言摸着她的头发，不再用虚假的语言安慰她，只是低声重复，“我知道。”

哭得累了睡着之后，再醒过来程太太就不再追命一样追问林中乔，要他保证能治好自己了。当然还是想治好，但是她不再那么歇斯底里，不再那么神经质了。因为之前一次次地问，归根到底还是因为她的恐惧，林中乔无论如何保证，都不能让她不恐惧，她怕的是失去美丽，这样的事情是个女人都接受不了，尤其是像她这样从小美到大的美女。但是有丈夫这份情谊，失去美丽，似乎也就变得没那么可怕了，因为从小到大加在一起的美丽给她带来的东西，也没这情谊珍贵。

道理其实很简单，她并不是除了美丽，什么都没有的人，那么即便失去了很重要的美丽，她也依然不至于绝望。

五十九、乡下神医

等他们一行人下了飞机，辗转来到王守德家里的时候，看到王守德的形象，连程谨言都皱眉，难掩失望之色，程太太却并没表现得很激烈。

林中乔上前叫了一声“王师傅”，心里真有些别扭。他之前已经电话联系了王守德好几次，暗示他程太太是个很有钱的人，认真治疗会有比较大的回报，也提醒他要穿得可信一些。

但是效果不理想，王守德估计是下大力气收拾过自己了，他穿了一身西装，但料子不好，一动就发出响声。皮鞋是低帮的，露出红色袜子。头发不知用什么梳得锃亮，一笑就是满嘴因抽烟过度而显黄黑色的牙齿。

“嗯！小林啊！”王守德很是摆谱，斜着眼睛看林中乔，“你可是有日子没来看你师傅了！是不是忙啊？”

“……有点忙。”林中乔勉强地笑了笑，心里不承认他是师傅，他只跟着王守德学了十来天，学费交了不少，本事什么也没学过，这十来天时间，还多半都是听他吹牛了。

“老段最近好吗？汉斯冯德克乐斯最近好不好？我这成天忙，也走不开，让他们有空到我这儿来一下嘛！我们也交流交流！”王守德应该是费了大力气才记住这个外国名字，读起来生硬古怪，他又故意做出一副和人很熟的样子，滑稽得很。

“……好，我会把话带到。”

“我这个徒弟呀，也算有出息了。除了我，跟着老段和老外汉斯也学了一点东西，现在也出师能自己挑担子单干了！我和乡亲说，我在大城市有个当大医生的徒弟，手艺还过得去。小林，你可要努力，别给师傅我丢脸哪！”

“好吧……王师傅，我给你介绍一下，这个是程先生。程先生，这位就是我跟你说的王师傅！”王守德带着一脸谄媚的笑容，迎上来了，就像看着一大堆钞票！程谨言勉强过去和他握了握手，然后回望林中乔，意思是，你让我过来见的医生就是这位？

“程老板！听说你是做大买卖的？好赚不？”王守德问。

“还可以。”程谨言忍不住要皱眉头，他看王守德的笑容更加灿烂，满嘴的黄牙露出更多，似乎要上前拥抱他的样子，后退一步，说，“王医生，你方便的话，先看看我太太的情况吧。您徒弟知道，如果您能帮得上忙，我是不会亏待您的。”

“嗯，哈哈哈，看程先生说的，这十里八村谁不知道我神医王的名头！小林，出来帮我搭把手。”他退后一步，扯着林中乔出了屋子。

一个保镖走到门前，静静听了一会儿，回头对程谨言说：“他问林医生程先生你是不是真的有钱，还问如果开价一万，你能不能给。”程谨言眉头皱得更厉害了，这是个什么医生？病人还没看，就研究价钱的问题了。

保镖又开口了：“他说既然是大主顾，得看上去郑重一点儿，要先吊一吊，等明天再瞧病，别让程先生你觉得一万块钱花得不值。还说林医生给他找了个大主顾，如果拿到钱，乐意分给他两千！”

程谨言忍不住哼了一声。

“林医生说不用分钱，让他也别折腾明天了，就现在赶紧治就好，说城里人想得不一样，他们都脾气急！越快越显得值钱！还说程先生好说话，让他好生试试，治得好治不好，这钱都能给他。”

“我好说话？”程谨言冷笑了一声，他此刻已经很是愤怒了，对于这个王守德更是一点儿不抱希望。本来他还想着既然王医生爱财，那就用钱诱惑一下，治得好就给个好价钱，这样他会拿出点儿压箱底的真本事出来。现在看来，纯属白费力气，这人看不出有真本事的样子，那也就一万块都不值了，凭什么给他？他程谨言好说话？问问他曾经的敌人们，真是笑话！

“娜娜。”他低声对程太太说，“江西有很多风景好的地方，既然来了，过一会儿我们就一起去玩玩。”

“过一会儿？那怎么行，我们要治病啊，等治好了，王医生说可以玩的时候我们再玩吧。”

“哦，我是说，治病之后，不管好不好咱们都出去玩玩，我都多长时间没空和你一起出来了，你先答应我。”

“谨言，你是不是不信这个医生？他看上去是有一点不像医生，可是很多民间的高人就是这样的！”程太太问。

程谨言勉强笑了笑：“信！怎么不信，德国那边的权威医生都特地推荐他，娜娜你别多想了，他应该是不错的。”

程太太点点头：“是呀，他肯定是很好的！我看到他就觉得可以，这种感觉特别强烈，我就从心里觉得，他能治好我！他一定能治好的！谨言，等我脸好了，我再跟着你一起出门，你说好不好？好不好？”

程谨言眉头皱得更紧，觉得他太太还是有些神经质。

过一会儿，王守德满脸堆笑地回来了，看来林中乔给他描绘了美好的前景。

“王医生，我们现在可以开始了吗？”程太太热情地迎上来。

“来来来，坐下来！”王守德说，“按理呢，来我这儿治病是要看时机的，不过我觉得你们和我徒弟关系好，我这就可以帮你瞧瞧看！”

“那太谢谢您了。”程太太握着拳头，很紧张的样子。

她坐下来，王守德从屋子里拿了一个很脏的布包，打开之后，露出三根形状不一的针。一根是菱形的，一根非常长，一根却又比正常的针要粗一些，并且是中空的，倒有点像注射用的针头。

他拿起一根，对着程太太比画了一下，林中乔忍不住叫道：“哎，王师傅，消毒！”

“哦、哦……又给忘了。”王守德拿着针在水龙头底下冲了一下又回来，看得林中乔一头冷汗，连忙道：“我来吧！我来吧！”他在自己带的医药箱里找出酒精，给三根针仔细地消毒。他跟着王守德学习那十来天，一次也没见过王守德给针消毒，每次都要靠他提醒，没想到这么多年过去，他还是一样的习惯。

“我要事先说一说，我神医王可不是浪得虚名的，这天底下只要是病，我都能治！我这三根针很神的。如果针下去你有感觉，我才会收你的钱；如果没感觉，我神医王不收钱！”

针消毒好了递过来，王守德打开程太太的面纱，那一瞬间他明显是吓了一跳。

看得出犹豫了一下之后，才把那根非常长的针拈了起来，对着人中位置准备下针。

“等等。”程谨言突然道，“王医生，你之前见过这样的病例吗？”

“我当然见过了！”王守德说，“眉眼抽筋，口歪眼斜！我什么样的没见过？”

“那你治好过吗？”

王守德很夸张地叫起来：“哎哟，你这是什么意思？什么叫治好过没有？小林现在在这里，你来问问他，问问他师傅有没有治不好的？我的本事你放心不放心？不放心你找别人好了！我这一天天忙得很，多少人等着我呢！我可是不差你一个！”

程谨言根本不管他说什么，继续道：“你这一针扎下去，有没有更恶化的？”

“小林！你带来这个人说的是什么话啊！”王守德叫道，“恶化？什么叫恶化？生病了如果不能治，原本就会越来越坏的好吧？是不是如果遇上我不能治，以后她任何问题都要赖到我的头上？那我不治了！你去找别人吧！我走了！”

林中乔看他嘴上说着你找别人吧，身子却一动也不动，还一个劲儿地冲着自己使眼色，就知道他根本不想走。无奈之下，只好上前劝劝：“王师傅，你先试试吧！治得好，程先生不会亏待你的。”

“你拉我干什么？”王守德假意挣扎，“我说小林，今天要不是看你的面子我就走了！什么钱不钱的，我就当作好事了。看在他是你朋友的分儿上，我就帮帮她！”

“是、是、是，王师傅，不过你一定要小心一些。”林中乔无可奈何地说。

程谨言不理会王守德，只是问林中乔：“不会有副作用？”他已经在心里默认这人是治不好的，但看着自己太太充满渴望的眼神，打算就让他试试算了，已经不指望能治好，只要不会更坏就成！对别的医生他也没这么问过，但这个王守德实在让他觉得不可信。

“那不会。”林中乔说，“王师傅行医多年了，不管治得好还是治不好，副作用还从来没出现过。”

“你看吧！”王守德得意地说，“我可从来没祸害过人，我这三根神针那是从大清朝的时候就传下来了，我祖上那是皇宫里的御医！两三百年的本事了。”

“保证？”程谨言根本不管他说什么，只是盯着林中乔。

“哦……这个，的确是没有过副作用的。排除被拖延病情的问题，王师傅本身用针多年来都没让病情恶化过。”

程谨言点点头，表示明白了，应该是有一些病人他治不好，但那是被各种谎话忽悠得延误病情的情况，施针最多也就是无效，不会更严重。原本他已经对这个医生不抱希望，不过是安慰一下太太，既然不会更严重他就同意了。

“你还不信我！真是的，到底治不治？”王守德态度很嚣张。

“治！治！王医生，你别听他的！我相信！我相信你一定能治好我的！”程太太在一旁说。

“还是女人懂事！”王守德这才把端了半天的针缓缓刺入程太太的人中穴。

看着那么长的针逐渐刺进去，程谨言低声问：“疼不疼？”

“不疼。”程太太两只手握得紧紧的，低声说。

听她说不疼，王守德的动作明显停顿了一下。他犹豫片刻，又把针刺入得更深一些，程太太还是没有任何表示，他眼神明显也有点紧张了。

“王医生，我怎么样？你能不能治得好我？”程太太感受到他的紧张，也有些慌。

“我当然能治得好，如果我治不好，那你找谁都没用。”

“别说废话！”程谨言突然喝道。他现在也反应过来，针刺进去不疼，那肯定不是好事。

“我三根针你没瞧见？三根针是三种治法，那要配合着来的，我都没急，你急个啥？”

王守德在裤子上搓掉手心里的汗，拿起那根中空的针，在鼻端一个穴位上刺了下去，说：“看你脾气急，先讲一下，这个针是中间空的，一会儿要是流血出来那你可别害怕。”

然而，他说的情况并没有发生，这根针下去之后也没有反应，一点血都没流出来。

王守德明显露出不妙的表情，让在场所有的人都明白恐怕是不行了。程太太更是马上就要哭出来的样子。

“算了，娜娜，没关系的，我在这里。”程谨言低声安慰着她。

“可是我明明感觉他能治好我！”程太太强忍着眼泪说，“我真的觉得他能治好，真的！”

“没事，没事。治不好也没关系，我一直和你在一起。等我们老了，大家都会变得不好看，所以没关系！再说，这个算什么医生？我们还可以再去找别人试试，我带你去德国，你别难过。”

“还有一针呢。你凭什么说我就治不好了？”王守德梗着脖子叫，“我王家老祖宗留下的东西，就比不上洋医生？”

他本来还十分犹豫，此刻却把第三根菱形的针一下子刺进去了！他大声问：“怎么样？麻不麻？”

“我……我没什么感觉。”程太太脸上带着三根针，她也很希望自己有点反应，可是哪怕最后这根最粗的针刺进去，她也一样没感觉到疼或者麻。

“那这样呢？”王守德又将最先刺进去的那根细长的针刺入更深，按照长度计算，都已经刺入重要组织了，看得所有人都一阵紧张，但是程太太还是摇头。王守德把拳头握了握，下了下决心，又将那根中空的针也刺入更深一些。结果依然是毫无反应，最后他轻轻喊了一声，又把那根菱形的针也往里面刺入得更深了一些。这番举动别人看不出什么，但是王守德自己知道，他已经用了最后的办法，这个办法带着一点危险性，成就成，不成那他肯定只能束手无策。

最后这根针下去，他紧紧盯着，但是慢慢地表情垮了下来。

程太太此刻不管再怎么抱以期望，都明白是不成的了。事先林中乔就说过，王医生治病的成功率大概是一半，她就成了不幸的那一半了。

六十、三针病除

程太太的眼泪一瞬间就崩溃了似的流下来。“王医生，你还能再试试吗？”她边哭边说。

“这个……哦……有些事情那是没办法的。”

“确实没有办、办、办法……嗯嗯……呜呜……”程太太的声音突然变得奇怪起来，然后她的整张脸麻木，说不出话来，可是这时候大家还以为她是哭得语不成声，都没发现问题。

王守德摇着手说：“这事儿不能怨我，我老早就说了，人得病，那都是自己的事儿！”

“呜呜！”程太太猛地站了起来，她指着自己的脸，惊恐地瞪大了眼睛。

旁人一起望向她，然后一起露出震惊的表情，此刻程太太不但下半边脸看着吓人，上半边脸也出了问题，虽然没有像下半边脸那样松弛，但也扭曲古怪，而且好像还在一跳一跳地变换，整个人看着好吓人。

程太太虽然没照镜子，但是从别人眼睛里也能知道事情肯定很不妙。何况她整张脸此刻正一阵阵发麻，不用任何人说也知道出事了，她激动地指着自己的脸，呜呜地出声，急于找个人给她解释一下，她的动作此刻带动脸上那根细长的针，不断颤动，又急又快。

“这是怎么回事？你不是说没有副作用吗？”程谨言大怒，一把揪住林中乔。

“我也不知道，王师傅，这是什么问题？”林中乔问。

王守德看上去也很慌乱，他是真的第一次遇到这种治不好还治坏了的情况，只能结结巴巴地说："不关我的事，不关我的事！"

"滚！"程谨言怒不可遏，一脚将他踢到地上，"你治不好也就罢了，现在治成这样，我绝对饶不了你！"

"你不能这样，我都说了，这个病能不能治得好，那要看人的！你太太她……她……她……"突然之间，王守德眼珠子瞪得溜圆，指着程太太的脸，张口结舌。

程谨言回头，见一溜黑红的血从中空那根针里流出来，从鼻端一直流到下巴，不由得惊呼一声。他迅速赶过去，帮她抹了一把，那血无比黏稠，颜色酱黑。抹过之后一张脸更是恐怖。

"你干的好事！"他恶狠狠地看着王守德，也恶狠狠地看了一眼林中乔。

但是王守德愣了半晌之后，蹦得老高，突然哈哈大笑："流血了！流血了！我就说嘛！没有我神医王治不好的！不过就是等的时间稍微长了一点点，你看这不是流出来了吗？哈哈哈！"

"流血……没问题吗？"程谨言狐疑地看着他。

"没问题？当然是好事！你现在问问她，脸上有感觉了没有？"王守德得意地说。

"我……我……"程太太摸了一下下巴，原本很松弛的皮肤似乎小了一圈，关键是，她感觉到自己的手指摸上去的触碰感了！是真的感觉到了！

"我有感觉了！真的有感觉了！"她惊喜地叫起来。

"什么感觉？"程谨言也觉得非常高兴。

"有点麻，有点疼……我也说不出来……"程太太结结巴巴地说。

王守德精气神儿一下就回来了，他上前在最细长的那根针上捻了一下，程太太轻轻吸了一口气："哎呀！"

"成了！"王守德喜气洋洋地转回头，"我说过了吧，这个世界上就没有我神医王治不了的毛病！"

白担心了这么长时间，原来程太太是幸运的那百分之五十！遇上这样皆大欢喜的事情，一屋子人都喜气洋洋的，林中乔多日以来就没露出过笑容，此刻眉目也舒展开来。程太太更加不用说，她明白自己可以被治好了，眼泪就怎么也止不住了。

王守德家传的医术确实是很神奇的，或者说中医里针灸这一种方法是很神奇的。

治得好就是治得好，治不好就是治不好，居然没什么有所好转，逐渐恢复之类的过渡，让程太太寻死觅活，折腾了好几个月的毛病，只针灸了三次就彻底治好了，速度惊人地快。

就真的什么药物也没有用到，什么医疗仪器也没有用到，只凭三根针，三天时间，每天一次，每次不过一小时，就把问题解决了。或许对待神经问题，针灸的确有奇效，或者就是碰巧这三针的某一针为堵塞的道路打开一个缺口，剩下的人体会自我修复，水到渠成。不管怎么样，林中乔不得不承认，这样近乎神迹的结果是他没本事做到的。比起他之前的整容手术，又是开刀又是缝合，中间还需要无数仪器药物的配合，王守德的治疗方法简单、高效、节约。也难怪他在村里一直要不上什么价钱，很多人会认为他这样容易就治好病了，出的力气很小，就不应该值很多钱。

林中乔原本觉得程谨言不会这么认为，毕竟程谨言那是见过大世面的人，何况他们这段时间以来折腾得那么厉害，转了几次医院，花出去的钱更是一个巨额数字，还是没能治好，现在被王守德三下两下就治好了，他一高兴，会很慷慨地给个几十万呢。谁知道三天过后，程太太的脸彻底恢复如初，王守德带着谄媚的笑容来要钱的时候，程谨言居然真的按照事先约定，就给了一万块钱。

一万块，王守德是相当满意了，但是和林中乔的心里预期颇有落差，当初王守德偷偷问他能不能有一万的时候，他很庆幸自己没有嘴巴贱说几十万都不成问题，不然现在多尴尬！一直到离开山区重新回到机场，到飞机起飞之后，他都始终闷闷不乐，如果不是顾及程谨言的面子，他很想自己掏钱，多给一些。

他其实明白自己郁闷的是什么，是为这样宝贵的医术只值一万块而心痛！一万块对于山区的人可能是个很大的数目，如果是一个山民拿出一万块钱他会非常感动，会觉得很多！可现在掏出同样数目的人是程谨言，是拥有私人飞机的巨富商人程谨言！一万块对于他来说，简直太少了！这代表了他觉得医者做的事情不值钱！林中乔是一个医生，自始至终他都热爱着这门学问，无论中医、西医，他都是爱的，但是自己的挚爱此刻被人轻贱了！他心里疼得要命。

他呆呆地看着窗外云海，感觉到程谨言坐到他身边的位置上也没回头，林中乔还带着点书生意气，心里正烦他，所以故意不招呼。

“林医生，怎么了？嫌我给你丢人了？”程谨言却明显心情大好，居然开起玩笑来了。

听他这样说，林中乔的教养让他不能不搭理了，于是他转过头，勉强笑了笑：“程先生说笑了。”

“你这一言不发、垂头丧气的，难道不是觉得我商人重利，出手太小气了？”

“我……没有。原本就是王师傅要的价格，程先生没什么不对。”

“虽说是他要的价不假，但王守德这个人没出过深山几次，见识浅，觉得一万块就很不错了，我却不应该这么亏待他。他帮的忙简直可以用恩情来形容，对我、对我太太都太重要了。”程谨言说道。

林中乔忍不住看了他一眼，心想你既然是这么想的，那怎么还只给了一万块钱？王师傅这个人确实对钱看得比较重，那是因为他没钱，这不是捐款，这是买卖！你那么有钱，又觉得他重要，就不能多给一点儿吗？

程谨言看着他笑了笑：“我既然说了他有恩于我，那我自然就会有所回报！但不是一下子给他一笔钱，林医生，你是不是觉得我只有钱，没有别的，所以除了给钱，也没别的什么报恩的办法了吧？”

“那你……”

“我几个月之后还会回来，昨天我就叫了一个得力的助手过来，让他在离山区最近的县城筹办一所小规模的学校，等学校搞成，最少也是几个月之后的事情了，我会让王医生每个月抽出五天时间来学校，把他的手艺教给学生。

“前些天你告诉过我，这个王师傅手脚散，有两个钱就抽烟喝酒享受，我估计到时候他那一万块钱也花得差不多了，我给个他乐意接受的月薪，才能把他勾过来。要是这时候就多给，恐怕他有钱就不乐意教祖传的手艺了！”

他叹息着：“这手艺指不定是他祖上哪个天纵之才经过多少艰苦、多少尝试才创造出来的，在当时指不定救过多少人，造成过多少轰动和敬仰，成全过多少家庭……我几乎能感受到这三根针上承载的浩瀚，让王师傅一个人躲在深山里用用太可惜了！”

林中乔颇有点恍然大悟的感觉，心道这才对嘛，接触程谨言几个月了，觉得他不应该是这么小气的人哪！这个想法真的很好，但是他却有个顾虑。

“程先生，我怕王师傅不会乐意。他的手艺是要代代相传的，不愿意教给外人！”他组织着语言说，“当初要不是刚好王师傅那阵子缺钱，其实他是不会收下我的。可他虽然收下我，教的时候却是一百年前那种教学徒的老习惯，不教真本事，全凭自己看、自己悟，问他问题就说些不着边际的话，不然我当时也不会只学十来天就走了。”

程谨言拍拍他笑了：“你有你的方法，我有我的方法。你是道家的，不变应万变，对什么人你都用你自己的本真对待，其他随缘。我呢，是个商家，商人得争利，争利怎么争？对什么人就用什么方法，就因为王师傅将钱看得重，还真就不能多给，哪怕以后有月薪，也是刚好能勾住他就行，多了就坏事！要是商人没这点本事，那可不成，你看着吧。”

“哦。”林中乔觉得被人上了一课，对此无话可说。不过总觉得王师傅可怜兮兮的，明明是他的本事，是他家里祖传下来的好东西，此刻却成了被别人惦记的东西。而且惦记别人的东西，还不给个好价钱！看程谨言那个意思，一辈子也不会让王守德发大财！一辈子就要让他半穷不富的，才能为了钱往外掏东西。对此，林中乔是毫不怀疑的，程谨言如果想算计王守德，那简直轻而易举！这真是……想起王守德要钱那谄媚的表情，他就替他憋屈得慌。

“可是王师傅只会那么十来个病的治法，每个月五天，怕是很快就会教完，到时候他还能做点什么？”林中乔看着程谨言问，言下之意就是他若是没用了，你会不会过河拆桥？

“可以滚动教授，方法就是那些方法，但学生不是同样的学生。你放心，我巴不得他一辈子都教，越久越好。就算他再怎么掖着藏着，次数多了也会露出一点儿来，越久，他教的真东西就越多。”程谨言笑笑，“何况有了这个学校做联系，我关照他就方便多了。虽然不会大富，但是这辈子他也不会缺钱，也不会遇上什么麻烦事儿。我见过太多突然有钱之后反倒活得一塌糊涂的人了！知道钱这个东西放在不同人手里会有不同的结果，我说了，他于我有恩，我不打算拿一笔钱打发恩人，若是今后他真有急需用钱的地方我会不拿吗？若是他并不需要一大笔钱，何不顺顺当当过一辈子？”

林中乔张了张嘴，终于心服口服。程谨言大了他没几岁，但是阅历、想法却比他老成很多，当真任何人的成功都不是随随便便的。程谨言虽然是继承家族的基业，但能在他手里越来越好，已经说明了他的过人之处。

“你是怎么想的？”程谨言问。

“我觉得程先生设想得挺周到。”林中乔回答，想想王守德平时的爱好、眼界和为人处世，又加了一句，“王师傅那个人，给他一大笔钱，恐怕真还未必是一件好事。”

“我不是问这个。”程谨言摇摇头，“我是问你，之前王师傅没有真本事教给你，所以你走了，如今我要是能把他的本事掏出来，你要不要学？”

“我也能学吗？”林中乔愣了一下。

“我是这样想的，不知道对不对，要向你这个内行请教一下。”程谨言道，“王师傅这门家传的手艺，他自己说不出个原因来，就只知道照着做。你也说了，他来来回回就十来个套路，而且还时灵时不灵的，能不能治好，要看患者的运气。但是，我想，这里面起作用的应该不是运气，而是患者情况不同，比如得病时间长短、致病原因什么的，你觉得呢？”

林中乔不由得点头，从王守德三针扎好了他无论如何也治不好的病人起，他脑子里就不由自主想这是为什么，这是怎么做到的？日思夜想！但又有一些病人在他看来很简单的情况，王师傅却治疗无效，只能靠忽悠。他也觉得不可能是运气，而是病患具体情况不同，之所以看不出来，是因为他们区分得不够细致。

程谨言见他同意这个观点，接着道：“所以送去的学生最好懂医，除了学习，还能琢磨琢磨这里面的道理。试着找找规律，在什么情况下更适合用王师傅这套技法，把成功率提上去。最好能做到不治则已，治就能治好！那么操作一下，王师傅祖上传下来的手艺就有发扬光大的机会了。这件事指望王师傅是不成了，得靠多点内行人一起努力。

“还有，王师傅那一套东西毕竟少，我要是送一批已经有底子的高素质学生过来，只学他一个人的技术有点耽搁这些孩子。我还打算定期请一些像你这样已经有了很多年临床经验的权威医生过来巡讲，把这个学校做成医学上的交流机构。你们医生之间可以互相交流经验，每个人露出点本事，孩子们就受益不少。你的医院被停业三年，你也算正好有空，我聘用你做这个学校的第一任校长如何？”

林中乔一时间大为心动，他现在对王守德的本事特别感兴趣，确实很想学，对能和很多医生交流也很向往。

“不过学校是穷机构，你对工资别期望太高。”程谨言笑了，“我可是个重利的商人，咱们一件事归一件事，我调查过你之前医院的收入情况，我可给不出这么高的价来。”

“程先生，我明白的。这件事我还要回去和佳佳商量一下。”

“噢？你要把自己的事儿和她商量了？来的时候你不是还说你年龄大，没工作，你们俩算了才是对她好，这会儿又想通了？”

“想通了！原本我觉得我失败那是没办法的事，没有人能治得好！可是并不是这样，王师傅把她治好了！这件事让我很震撼！因为那说明之前我失败，我医院被查封，我丢了自己的脸不够还丢了老师的脸，不是因为我想的这个社会不好，社会阴险我没办法，而是我自己本领不够！本领不够我就继续学！那我就会一点点儿好起来！既然我有信心一点点儿好起来，自然就有信心让生活一点点儿好起来，有信心照顾好家人！那为什么不敢追求自己喜欢的女孩子呢？”

他深深吸了一口气：“路是对的，我就不怕走得辛苦！”

“太好了！”程谨言拍拍手，“我和你也算熟悉了，你来做这第一任校长我也放心。社会上的事儿不用你管，有我！你好好和文小姐商量一下，告诉她，那小镇消费水平不高，我给你的工资虽然不会太多，却也不会让你们两个很拮据！”

“如果她同意，我不要钱！”林中乔笑笑，“我也有些积蓄，没什么突发情况不至于穷困潦倒的。”

“义工啊？”

“不，程先生平白经营这样一家非营利性机构，还打算一直做下去，这才叫义！经过这一次，我明白自己还有很多不足之处，我不要钱，白白学习已经是占便宜了！”他很认真地说：“我已经为钱工作了那么长时间，我需要一点时间，试试不为钱工作的感觉！这是为了我自己，程先生就别客气了。如果真有需要，我再跟您开口。”

“好，那期待你协商成功了。”程谨言微微一笑，心想，虽然我不是奔着赚钱去的，但是非营利却也未必，真的要实现理想状态，这个学校可以营利的地方多着呢，没有合理健康的营利渠道，一个机构运转起来也不会长久。不过这些就不用和林中乔详细说了，至少头几年他确实只打算贴钱，没打算赚钱。至于林中乔的底细，他也知道一二，给不给工资的确不是那么要紧。

小雪篇

六十一、酒宴表白

细算下来，他和文佳佳分别不过半个多月，但这半个多月发生的事情很多，他心情又经历了沮丧到安定的转化，更觉得好像时间无比漫长一般。下了飞机，他拒绝程谨言要送他的好意，直接打车去找文佳佳了。

走之前，他是别别扭扭不想见她，现在他却心急火燎，急着想见，他有好多计划要和她商量，有好多事情要讲给她听，他的未来人生里多了一个人，自然要商量着一起来才行。人生如梦，这半个月时间，他好像做了一个一辈子才能做完的大梦，如今大梦方醒，需要实干了，整个人都散发着不一样的光芒。

可是，文佳佳却并不在家，她家门是锁着的，爸爸妈妈也不在。林中乔暗笑了一下自己，居然也有和弟弟林佳木一样鲁莽的一天，他定定神，拨通文佳佳的电话。

“佳佳，你在哪儿？”他的声音满是柔情，“我现在去找你，我有好多话要和你说。”任谁听了这声音，都知道他接下来要说的大概是什么话。

但是接电话的并不是文佳佳，电话那边沉默了一会儿，然后突然出现的男声让林中乔吓了一跳。

“帅哥，来吧，我等你！”然后就是一串笑声。

“佳木，怎么是你？”林中乔听出是弟弟的声音，吃惊地道。

“哈哈哈，二姐电话在我手里呢，她现在不方便，让我帮忙拿一下包！我看来电显示写的是——岂有此理臭家伙！实在好奇二货到底给谁起了这样的外号，就接一下试试，没想到居然是我哥哥你，哈哈哈！说说看，你怎么岂有此理了？”

“我也不知道，可能是前一段时间她约我，我都不出去吧？”

“对、对，这事儿我知道，你还让小慧有空约她出去散散心呢。我为了让她不去找你，可是特意拨出活动经费给小慧，让她和二货常常逛街！对了，哥你这么快就回来了？程太太的脸有救吗？”

“治好了！”

“已经治好了？怎么会这么快呢？怎么治好的？快和我说说。”

“这个以后再说吧，我想找佳佳。”林中乔没心思和他闲聊，声音很急促。

“你找二姐啊，等一下。”林佳木眼睛里露出恶作剧的笑意。

“佳佳不是和你在一起吗？她没在你身边吗？”

这个时候刚好文佳佳路过，看到林佳木嘴角含着贼兮兮的笑意，不由得一愣，张口刚要问，林佳木先是嘘，让她别出声，然后冲着她摆手，做出一个我有事，你赶紧一边儿去的姿势。文佳佳撇撇嘴走开了。

“哪能呢，她是今天的主角，我就是个帮忙的！我们在滨海大酒店呢！刚才还看见她了，这会儿她哪儿去了，我得找找！哎呀，哪儿去了呢？喂，你们有没有看见新娘子？有她的电话！”林佳木眼睛看着文佳佳远去，笑得更贼。

“什、什么？”林中乔在电话那边，立刻就结巴了。

“呵呵，这是我开玩笑的。她还不算新娘子！不过哥，找到了她也没空接你电话，你有什么话改天再说吧！她今天订婚！穿个小礼服跟花蝴蝶似的满酒店蹦跶，都忙昏头了！”

“订婚？”林中乔大惊失色，“和谁订婚？为什么订婚？”

“噢，这人你不认识，我见过一两次！她二姨介绍的，就住二姨家附近，之前和二货都认识，长得特别帅，条件也不错！两家人商量就先定下来了。这不，就找我和小慧来帮忙了吗？哥，你不知道，滨海大酒店居然这么火！要不是小慧师傅打了一声招呼，居然要排两个月的队才能订房！咦？哥！哥？你怎么不说话？哥？”

“可是我才走了半个月……我和佳佳、我们……”林中乔整个都蒙了，握着电话，越握越紧，身体不停哆嗦，根本不知道该说什么才好。

“半个月怎么了？这不是越快越好吗？”电话那一边，林佳木用一副非常非常吃惊的声音道，“哥？你不是不要她了吗？这是怎么回事？你、你，你不是关照我，把她打发了吗？我还想着告诉你，你麻烦事没了，让你高兴一下……”

“我什么时候关照你打发佳佳？”林中乔吼了起来。

“可是……你走之前好长时间都不和她见面，而且你还和我说，你就悄悄走了，如果她问起，让我帮忙敷衍一下。我看着明显是在躲着她啊。这种事，成年男人谁不懂？那我想着，二货是我好朋友不假，你可是我亲哥！那非要帮一个人，也得是帮你啊！所以我就想办法让二货死了这条心了。”他说这话的时候，文佳佳正好又转悠过来了，听了一耳朵什么二货死心，于是问：“你说我吗？怎么了？什么死心？死什么心？”

林佳木瞪眼做了一个打人的手势，捂着电话说：“去去去！我这儿有事呢！你一边儿去！”

正好这个时候有人叫她：“过来准备一下，就要开始了！”

文佳佳答应一声，穿着小礼服，果然如同林佳木说的，像只小蝴蝶一样蹦跶着走过去了，今天她是主持人，确实很忙，但也很有成就感！

“哥，刚才小慧叫我，你说什么我没听清，再说一遍呗？”他对着电话说。

“我说，我要打死你！”林中乔一声大吼！林佳木把电话离开耳朵一点儿，咧嘴偷笑了一下。

“怎么了？”林佳木的声音还很吃惊似的，“这事儿办得不好吗？我没想到你这么快回来，我还想着你得躲个两三个月呢！要是你两三个月之后回来，二货该想开也就想开了，什么麻烦也没有，多好！”

“我回来是想告诉她，我要和她生活在一起的！”林中乔眼泪都流了出来，“我才走了半个月！我没想到……我……”

“哎呀，我这事办的，这不是里外不是人了吗？”林佳木假装很是懊悔，“哥你这不能怨我！你看你之前那表现，明明就是要甩了人家的节奏嘛！哪有正常男朋友是你这样的？我是既想帮你，又不想让老朋友难过，别反目成仇哇！为了这个，我可是使出了浑身解数，发动了能发动的全部力量，好不容易才找到一个接手的人！二货自己还不大满意，始终委委屈屈地觉得不比你好！可惜你不要她，她也没辙儿，是吧？多少人一起劝，她才答应的！现在都订婚了，你说你改主意了，你说我这不是多余吗？”

“佳木！”林中乔慌张地问，“你刚才说什么？你说她不乐意是吗？”

林佳木在那边差点直接笑出声，好在忍住了，他摇头：“也不能说很不乐意！要真特不乐意，那她也不能答应，是不？二货这人随遇而安得很，适应环境的能力堪比蟑螂！我相信她很快就能开心起来了！”

“那我呢？”

“什么你？哥，你怎么了？”

“我要怎么样才能开心起来？”

“这……这个……哥，我还真不知道，我觉得你好像一直都是这样，从我有记忆开始，就没见过你明显表示开心还是不开心的，我、我也不知道怎么办。”

“佳木！求求你帮哥哥一个忙！求求你！”

“哎哟，哥、哥言重了，什么忙？”

“拖住他们，不要让他们订婚，等我一下，我马上来！”

“啊？哥？这事怎么能拖呀！”

“佳木，求你了！”

“那好吧……我想想办法，可是哥哥，你得快点儿，我怕我拖不了多久。”

林佳木放下电话，直接滚倒在地，笑得前仰后合。

且不说另一边林中乔到底是怎么飞一般地赶过来，只说这一边，林佳木根本没有像他承诺的那样努力拖延，而是抱着手臂，乐呵呵地看热闹。其间，小慧和文佳佳分别路过几次，见他一直贼兮兮地笑，都忍不住停下来问他怎么了。文佳佳问，他就翻白眼，摆手赶走。小慧问，他才低声在她耳边说了两句，然后小慧就吃惊地瞪大眼睛看着他，之后一直看着有点慌慌的。不过因为这次餐会部分食物是她做好带来的，她一直都很忙，慌乱一点并没有引人注意。

时间到，文佳佳和一个男子走上台来，她热情地欢迎着到场的来宾，说着一些客气答谢的话，屋子里一片乐呵呵的场景。

在酒店门口，林中乔一身大汗地赶到，冲到前台问：“请问文佳佳小姐订的房是几号厅？”

“请稍等，我帮您查一下。”前台拿起登记本翻看，一眼看过去，好大一片都写满了文字。

“就是订婚的！”林中乔着急地说。

“订婚的也有好几家呢！”前台还是慢条斯理，“找到了，三楼锦绣厅！”

“谢谢！”林中乔听说是三楼，电梯也不等，直接奔着楼梯就上去了。

前台小姐看着本子说：“可这不是订婚的呀？”

上气不接下气地进了锦绣厅，林中乔一眼就看到台上的文佳佳了。她打扮得非常精致，一身小礼服让她看上去可爱又俏皮，关键是她的脸上正洋溢着一团喜气，哪里像佳木形容的那般不乐意的样子，分明是高高兴兴、喜气洋洋！她身边站着一个高大健壮的男子，长得虽然说不上美男子，但也颇为不错，此刻和她一样满脸喜气。

林中乔只觉得胸口一阵剧痛。

“来，我敬大家一杯，你们大伙为了我们家里的喜事赶来，那是我们的荣幸！非常感谢！我们为大家准备了自助餐会，其中有几样菜可是刚刚参加国际美食交流会回来的大师亲手做的，请大家一定不要客气，多吃一点儿！”文佳佳大声说，然后回头看着身边的男子，冲他示意一下。男子就和她一起举起杯。

“等一下！”林中乔眼前一黑，直接就冲上台了！

“林中乔？”文佳佳揉了揉眼睛，“我不是出现幻觉了吧？木头说你至少两三个月才能回来呢！”

“佳佳！”林中乔咬着嘴唇，几乎一句话也说不出来，眼眶却已经湿润了。他不善于处理这样的场面，他只知道自己不能放开这个女孩！于是，他直接伸出手臂，一把将文佳佳抱在怀里！

文佳佳当时就觉得全身发软，自从上一次在程谨言面前被林中乔一把抱住，狠狠亲了一下之后，这人就再也没有过这类举动。他始终是斯文的、平淡的、成熟的、温软的……按照文佳佳的喜好，不够 Man，差了那么点儿热情。文佳佳这种不知道看了多少中外言情电视剧的脑洞大开的姑娘，不知道幻想过多少次各种激情澎湃的场景，其中就包括在众目睽睽之下一把抱住她！

当然，想和实际是有距离的，真的发生了，她发现自己脸皮没幻想中的那么厚，居然害羞了。她使劲挣脱，低声道：“这么多人看着呢！你先放开我！”

“不放！”林中乔咬牙说，“不放！佳佳，你不要嫁给别人，我受不了！”

一屋子目瞪口呆的观众朋友已经慢慢解冻，此刻有些人就哄地笑了起来。

文佳佳脸色通红，低声道：“你说什么呢？哎呀，你这是怎么了，你先放手！”

“佳佳，是我不好！我知道前一段时间，我让你生气了！”

“什么前一段？我没生气，你先放手！”

“佳佳，我会尽量改正，你嫌我闷，我会努力地改，你嫌我笨我也会努力地改！我会一辈子对你好，你不要嫁给别人，我很喜欢你！真的非常爱你！你嫁给我好吗？”林中乔身子都在哆嗦，眼睛里的恳求之意，就快化成文字了。

全场观众一起笑了起来。有人哈哈大笑：“佳佳，赶紧介绍一下这人吧！”

文佳佳脸色已经红得跟那次吃了半罐子芥末之后的样子一样了，一时间大脑几乎一片空白，不知所措。这场恋爱是她百折不挠、千辛万苦才求来的。实际上，最初是她看上的林中乔，恋爱中谁主动，谁就处于劣势，她一直费尽心思，想讨好自己的男神。如今男神带着眼泪，当着众人对她结结巴巴地恳求，她的智商和反应能力都飞到九霄云外去了，只觉得这不是真的，她做梦呢！于是伸出手，在林中乔脸上掐了一下。

看到林中乔一咧嘴，她还是呆呆的：“我不是做梦？”

“佳佳。”林中乔道，“我不知道我能给你什么好处，可是我现在控制不了我自己！我很自私，我就知道，如果让你和别人结婚，我这一辈子都不会高兴起来了！我不知道什么才能打动你，可是我真的求你，别离开我！你嫁给我吧！”

“我们一会儿再说不行吗？”文佳佳又是欣喜，又是害羞，还对他这样反常的表现有些恐慌，红着脸低声说，“这事儿不是已经说好了吗？还问什么？”

“不是！没有说好！那些都是佳木瞎说的！我才没打算和你分手，我想和你一辈子在一起！”

文佳佳身边的男子拦了他一下，道：“先生！先生，你别激动！你现在说这个不合适，能不能先等我们把事儿办完了……”

“不能！”林中乔喝道。你们先把事儿办完？那他来折腾为了什么？他现在真的有些情绪失控，心里觉得一把火在烧似的，就是学生时代也没出现过这样的激情，这是对他来说至关重要的事情，所以他什么也不想，什么修养斯文都不想，就一心一意拼了命地去争取。“佳佳，你不要嫁给他，求你！”

“你胡说什么呢？”文佳佳呆滞，指着那男子道，“这是我姐夫！”

“姐夫？”

“嗯，姐夫！”

“你不是订婚吗？我看门口写着订婚……”

“那是前面那家订婚，我们厅门口在后面呢！”

“那今天……”

“我小外甥女过周岁！”文佳佳指着台下，她二姐抱着小宝宝，正一脸吃惊地打量台上，“我和姐夫主持！”

她二姐家的大儿子在一旁大声问文佳佳：“小姨，这个是你男朋友吗？他是不是有点傻？”

林中乔先是愣住，又一眼看到人群后面的林佳木已经笑得瘫软，怒火中烧，随后反应过来文佳佳其实没订婚，她还是自己的，便又狂喜，一时间脸色几经变换，接下来该做什么都不知道了。

文佳佳的二姐走上台，笑着对大家说：“大家等着吧，估计很快就能再吃一顿喜酒了！不过我想主持人应该不能主持了，那我们就开始吃吧！”

“哈哈哈哈！”一团笑声中，红着脸的文佳佳和林中乔夺路而逃。

那天，文佳佳很晚才回家，回家之后她又和自己的父母谈了很久，直到天亮才休息。

未来的人生道路要做出重大改变，她既期待又有点忐忑，不过那有什么关系呢？文佳佳是适应环境能力极强的蟑螂，她善良坦率，胸怀宽广且对人生充满激情，这让她在哪里都能生活得比别人好！更别说是和自己爱的人一起生活！

之后经过两个多月的准备，她和林中乔一起去了江西。之后联系林佳木、四歪等好友就没那么频繁，她和林中乔一起，为从无到有地建设一份事业而忙碌着。之后更忙，学校步入正轨之后，林中乔经常跟随王守德去山区义诊。再之后，林中乔应汉斯医生邀请，每年为无国界医生组织服务两个月，去全世界做医术援助。

之后更加忙，他们一年后结婚，婚后很快就生了一个儿子。

三年之后，林中乔的诊所重新开张，但是规模比之前小了一些，而且每年只有半年时间营业。他收费依然很贵，依然做些割双眼皮、抽脂肪的整容手术，这是他收入的主要来源。其余时间，还会去无国界医生组织做支援。他在圈子里很有名气，因为这位神奇的中国医生，不但可以做西医手术，还能在一些条件不足的情况下只靠三根针就能治好很多病症！

林中乔当时对文佳佳说，给他五年的时间，五年之后，他会找到一个新的，更好的人生。

是的，现在就是五年后，林中乔用自己的努力换来了更好的人生。他现在是快乐的，因为他既不缺钱，也不缺爱！他的工作是他真心热爱的，他的家庭是他真心热爱的，他的人生更是他真心热爱的！

六十二、心血东流

五年时间能带来什么改变？能让一个毫不起眼的小企业变成什么样子？能让毫不起眼的人生变成什么样子？这取决于五年时间你遇到过什么机遇，还有，你都为迎接这些机遇做了什么。

林佳木坐在本市最豪华的办公楼顶端，整个城市最美的景色尽收眼底。从第二十七层到最高的三十二层，五层楼都是他们公司的。LIN这个公司在服装界的名声，如今也不比樊－秀逊色了。林佳木的设计才华得到了业界的认可，他抓住机会的能力也被业界津津乐道。

这是个锐意进取、不服输的年轻人，他朝气蓬勃，他胆大心细，他不畏艰辛，他敢想敢做！更重要的是，他拥有令人嫉妒的才华，拥有极其敏锐的眼光。几乎一个机会都没放过，用坐火箭一样的速度攀登到了现在的位置。似乎这个人根本不知道气馁和疲劳，永远向前冲！

所以他用了五年时间，做到了别人用几十年也难以做到的事情。服装类别的杂志上，他出现在封面上的频率比谁都高。

他的衣服比之前明显素雅了很多，不那么像晴天霹雳了。但依旧品位超群，光芒四射。人群中你依旧第一眼就能看到他。

此刻他一动不动地看着窗外，这个号称本市风景最好的写字楼，代表了商业上的成就，代表了他曾经的努力，他还是很有感情的，总忍不住要多看看。

门外一个人蹑手蹑脚地靠近，非常缓慢地推开门，然后突然大喝一声：“打劫！”

林佳木依旧一动不动地看着窗外，丝毫也没吓着。

那个人不满意地叫道：“喂！我都说打劫了，你怎么不看我一眼？你知道外面多少人为了看我一眼，排一宿队买票？”

林佳木转过身，从窗边走回来，白了他一眼：“看过了，要不要买票？”

“要！卖给你一万块钱一张！”

“行，我包养你了！先来一个月的，找歌星薛正谊那小子收钱！”

那人立即笑了，一笑起来，马上口歪眼斜，这长相太有特点了。“木头，想什么呢？你刚才怎么头都没回就知道是我？”

“到我这儿进屋不敲门的，除了你还能有谁？”

“那是，我是代言人，进你办公室还能没点儿特权？”他随便向墙上指了指。

公司里很多地方都张贴着巨幅的海报，海报里的模特不像别的服装品牌用的是帅哥美女，而是一个现在当红的一线歌星。

这个歌星的样子很丑，很怪。但是哪怕是在二维的海报里，也能感觉出他强大的自信来，所以那些衣服穿在他身上感觉格外好看。

比起林佳木这样稳扎稳打，一步一步做实业，歌手更加容易一夜成名。是的！林佳木的至交好友四歪，现在的名字通常是被无数粉丝尖叫着喊出来的。

薛正谊！薛正谊！林佳木应四歪的邀请看过一场他的演唱会，几天之内，耳朵里嗡嗡的都是粉丝喊他名字的声音，都幻听了！之后就再也不敢去了。

没有什么是不可能的，只要没有失去希望！他们都向着自己人生的目标前行。

历经无数艰辛的四歪，在一次次跌宕中，终于找到了机会，林佳木有了钱之后，前后为他出过三张专辑，也想办法找过关系，但是都没有多大的效果，他还是籍籍无名。就在别人都气馁，连他自己也几乎绝望的时候，机会却突然间就来了。简直说不清为什么，就像有一只看不见的手突然将他一直趴在地平线上的人生轨迹线，直接扯到天上一般！他就那么突然之间直线上升了！

谁也说不清为什么，只能归功于命运之神的眷顾！所以他开始佛教道教儒教什么都信一点儿，也不敢不努力，也不敢做坏事，也不敢太强求，老老实实唱他的歌，正正经经做他的人！那根直线也没辜负他，依旧笔直地向上升，他彻底走红的时间还不到一年，如今已经家喻户晓。可能是厚积薄发的力量通常会更大一些，他蹿红的势头依旧正猛，看不出一点衰退的迹象。

不得不说，现在人们的接受度是很宽的，哪怕是四歪这样公认确实长得很丑的人，成名之后，也变成了很有特点！粉丝觉得他有特点，有个性，不拘一格，不入俗流。之前因为长相一次次碰壁，他听了不知道多少奚落，如今俱往矣，一切都成了赞美。他的相貌一看就知道没有什么黑内幕，没有什么潜规则，人们都相信他就是凭着实力上来的！就是凭着远比别人多无数倍的努力上来的！这么亲民的长相给普罗大众以希望，我们相信他是真实存在于我们身边的，所以我们更爱他。

他这样的相貌也被人接受、喜爱，甚至在林佳木用了他做品牌代言之后，LIN的销量又大增了不少。而他专为服装品牌 LIN 创作的歌曲《珍惜》也在各大搜索排行上长居榜首。

“喂，筱雅呢？我进来就没看见她，叫过来给我泡一杯茶啊！你把我叫来，不会连口水都不给喝吧？”薛正谊坐下来，他说的是林佳木的女秘书。这位女秘书非常迷恋四歪，看到他就会花痴不已，尽管他现在已经有无数粉丝，但到了林佳木这里，也能遇到一个崇拜他的女孩，他还是乐得享受。

“喝什么，我给你弄。”林佳木打开茶叶罐子，“筱雅被我辞退了。”

“为什么？”薛正谊咧了咧嘴，“我觉得她挺好的。就是稍微虚荣了那么一点儿，不过干活还是能胜任！我看你很多大客户都乐意在她那儿多聊聊，她做的也不过分！人家在你们公司还是有用的，又何必辞了呢？”

“有没有用的，我现在也用不着了！你要觉得她好，她电话我人事部还有呢，我帮你联系？”

“千万别！”薛正谊吓了一跳，赶紧摇头。

“看你吓的那德行！”林佳木嗤笑了一下，把泡好的红茶递给他，“要糖不？”

“要黄糖！”薛正谊想喝，又觉得茶太烫，先放下来，挤着眼睛笑，“木头，是不是她对你放电，结果让小慧看见了？老实交代，跪了搓板没有？”

“跪了暖气片！还电热的，你解恨不？”林佳木笑着把一个罐子递过去，“就方糖吧，一时间我找不着别的！”

“你看，还是有个女秘书好吧？哎，木头，小慧真的因为这事跟你发脾气了？如果是那样的话，我可以帮你证明一下你的清白。”

“神经病啊，你？你以为是你那位呢？小慧从来通情达理的，她才不会胡思乱想的呢！你也认识她这么久了，见过她发一次脾气没有？”

“还真没有。一次都没有！小慧好像根本就天生没脾气一样！”薛正谊感叹。

“回想起我自己的那位，那真是一把辛酸泪呀！管得我是一点绯闻都没有。我之前关于成名之后的最期待呀！我的所有美丽幻想呀！”他假装捂着脸哭泣。

他结束单身是所有人里面最晚的，但结婚却是最早的，属于很时髦的闪婚。婚前的确双方都对对方了解得有点不够。

张晶脾气是真不小，绝对是敢爱敢恨，敢打敢闹！婚后磕磕绊绊，四歪说不上过得幸福，但有一点，他走红是这一年的事情，之前都是艰苦度日，而这五年来张晶发脾气归发脾气，却从来没有嫌弃过他没出息，从来没抱怨过日子过得苦，风风雨雨坚持下来，他现在确实没有过出点儿绯闻的念头！但是，面对这样的老朋友发小，抱怨还是会抱怨几句的。

“你说这么通情达理的姑娘，怎么就让你小子遇上了呢？”

“是啊。”林佳木悠悠叹了一口气，表情似乎有点沉重。

“怎么，后悔了？唉声叹气的。”四歪问。

“后悔什么，我喘气你不让？”林佳木白了一眼。

“喘气你那个调门？”

“来、来、来，你这个唱歌的给我示范一下来，喘气得喘什么调门算对？”

“行了，别闹了！木头，你真没事吗？”

“废话！没事！”

“那好好的，你辞掉秘书干什么？”

“不光是秘书，公司里的员工，我辞了一大半，你一路走过来，没看见人少得很吗？”

薛正谊沉默了一下，低声道：“你真的卖了？”

“卖了！”林佳木看看四周，笑道，“有没有一股肃杀凄凉的感觉？英雄末路？”

“呸！你也算英雄？”

“狗熊末路好了吧？”林佳木笑，“有没有满足你贬低我的欲望？小慧说，之前我净是欺负你们来着，让我让着你们点儿，你爱说什么就说什么吧。”

薛正谊叹了一口气：“五年的心血就这么结束了……”

“是呀，五年的心血！”

两个人一起沉默了一阵子。

“你和小慧怎么说的？”他问道。

“还没说，我没想好该怎么说，小慧那么信我，觉得我无所不能似的，我一直不敢让她失望。”他摇摇头，“小慧被她师傅带去外地了，明天回来，回来再说吧。”

“明天？明天她就看到现场了！”

“就明天吧，看到现场我也好开口一些。”林佳木目视远方，沉默下来。

时间跳到第二天上午。机场。

“佳木，我到了！”李晓慧等飞机刚停稳，就打开手机，高高兴兴地给男朋友打电话。她刚从无锡回来，记得林佳木说过喜欢吃白沙的枇杷，她带回来整整两筐。

“小慧……”林佳木在电话里用撒娇的语气说，“我现在有事，好多人等着我呢！他们都不让我走！你说讨厌不讨厌？”身后的声音很吵，所以他用力捂紧手机。

听到这个声音，李晓慧就笑了，柔声道：“没关系，我自己回去。”

“那你快一点哈！”林佳木的声音仍旧懒懒的，然后他的声音突然放低，很低很慢地说，“想你啦！”

“好，我尽快。”李晓慧为难地看了一眼自己的两件大行李，立即就爽快地同意了，“你在公司还是家里？”

“公司。”

“那好，我打车过来，你等着！”

她拖着两个大筐子，很吃力地排着队，一步一挪地等出租车，尽可能在这个队伍里稍微快一点儿。又非常吃力地把行李搬到车上，外人一点也看不出来，她有可以被称为社会精英、成功人士的一个男朋友。

不像林佳木、四歪那样，尽管她也很努力，但李晓慧这种资质决定了三五年的时间她不会有翻天覆地的变化。她是要靠慢慢积累的！三五年还是会有很多人比她强，但是时间跨度如果拉到三十年，那就基本上找不到比她更好的人了。只有时光才能让她逐渐透露出完美的光彩来。现在的她，还只能算众多好厨师中的一个，离顶峰还差不少。但她按照自己的节奏，在稳定和不停歇地进步中。

她是关门弟子，所以师傅不让她那么快出师，说好的三年又延长了一些，所以到现在依旧没什么钱。不过虽说没有出师，但师傅手把手教她的时间已经不多了，大部分会让她代表自己参加各种厨艺的赛事和交流会。要说李晓慧现在达到宗师的标准那还算不上，参加比赛倒也不至于碾压一切对手。但也是胜多败少了！而且鲁大师的人脉特宽广，走到哪里都有一大帮徒子徒孙、旧故亲朋。所以他这个明显很受宠爱的关门小弟子，到哪里都很受欢迎。这些枇杷就是有人听她提了一嘴，特地开车去原产地挑最好的买回来的。

宗师算不上，宗师的待遇倒是经常享受，她眼下见多识广！无论什么身份的人，爱吃的都很多！按参加重要场合的机会算，她远比林佳木和薛正谊都多，见多了社会各阶层的人物，她恬淡的性格会让人喜欢，尤其是阅尽繁华的那批社会顶层人士，几乎没有不喜欢李晓慧这样的女孩子的，各种活动都乐意邀请她。见得多，谈得多，遇到得多，李晓慧的气质里也带出一种自然的从容。所以虽然她的身份地位没有特别明显的变化，但整个人气质、阅历上的变化却是几个人里面最大的。

她依旧穿着简单，依旧温和恬静，但骨子里的从容，无论谁看了都会知道，这是个自信、有底气的人。之前林佳木说过的“金木水火你，生旦净末你”无论如何也用不到她身上了。

这没有什么奇怪的，鲁大师收她做关门弟子的那一天，就意味着她的人生会因此改变，一个宗师教会她的，肯定不仅仅是做菜！不然在场的那些食客也不至于那么羡慕。

到了林佳木的公司，李晓慧下车付账，又打电话：“佳木，我在楼下了，你下来接我一下！”

“什么？”林佳木那边很吵，好像有人说了句：“让一让。”

他一边答应着，一边又问一遍：“什么？”

“你很忙吗？”李晓慧大声问。

“有点儿。”

“哦，没什么，我这就上来了。”

她吃力地挪着两大筐枇杷进了电梯，到了地上之后，又吃力地将筐子推出去。

一出电梯，她就愣住了，甚至忍不住回头重新看了一眼楼层号。

只见无数搬家工往来穿梭，地上到处堆满了各种各样的东西，有一些李晓慧能认得出来，是从林佳木办公室搬出来的，有一些看着陌生。所有人都在大声说话，都在砰砰地拆东西，搬东西，就像工地现场一样混乱。

这是顶层，林佳木的公司一共有五层，但他这个人比较霸道，所以顶层全归他一个人使用，叫谁谁才会上来。顶层经过他重新打通装修，分作办公室、健身房、休息室、展示区四块。连秘书室都设在下面，有事需要才上去找他，所以上面一直很安静。可是如今这场面简直混乱不堪，林佳木的办公室就是一扇门，上面没有挂着什么总裁办公室，或者他的名字什么的，他觉得那样傻。可如今，这扇门上仿佛大写着一个“傻”字。

六十三、只想要你

“佳木！”她大声喊。

走廊里一个正背对着电梯，弯着腰翻捡东西的人站起来，高兴地叫了一声：“小慧，你来啦！”

李晓慧几乎要擦擦眼睛，差点没认出这个蓬头垢面的人是林佳木！

他身上考究的衬衣被汗水打湿了，袖子挽得高高的，又蹭了好多脏东西在上面，脸上也有，两只脏手张开着。样子有些狼狈，却也有些娇憨，眼睛笑得弯弯的，像个小孩子似的。

“佳木，你这是要干什么呀？”李晓慧小声问，指着四周的人。

“这个呀，嘿嘿。”林佳木嘿嘿一笑，“搬走。”

“好好的为什么要搬走？”

“我也没办法，人家要收房子了，我只能卷起铺盖走路，今天必须收拾完，不然明天东西就要被扔到大街上了。”

“啊，为什么？”李晓慧奇怪。

“那个那个，还有这个沙发都不要了！再说一遍，看着比我大的东西都送你们了，小件的再过来问我。”林佳木回头对一个正在搬书柜的人说了一句，又回过头换成一副笑脸。

“这是因为呀，我的公司没有了！我的财产、我的房子、我的车子，我的一切！

连这五层的物件一起，被别人收购了。本来还想让人家连我一起收购，可是人家不愿意，所以就被踢出去了。”他依旧是一副嬉皮笑脸的样子，眼神中却没什么笑意，反而带着些伤感。

“收购？”

“对！就是被人拿去顶账的那种！白毛女看过没有？”

“……没有。”

“我也没看过，但是故事情节你应该知道吧？总之就是我借了一笔资金，眼看快到期了还不上，财主来逼债了！……既然不能卖身，只能卖房子卖地。”他的语气是明显地故作轻松。

李晓慧默默地看了他一眼，林佳木并没有和她说过他借钱的事情，她也丝毫没看出来，他像是缺过钱的样子。她这次去无锡做美食交流会的确比较久，但也不到一个月，走之前还好好的呢！

不过她什么也没有问，而是走上前，把额头往林佳木下巴上蹭了蹭。她比林佳木矮了大半个头，林佳木很喜欢她头发在下巴上蹭的痒痒的感觉。

“我公司没了，小慧！”头顶是林佳木乐呵呵的声音，“突然之间我有点不适应，一直忙忙忙的，我现在干点什么才好呢？要不去小区里砸人家汽车玻璃去吧？”

李晓慧轻轻笑了笑，没作声。

一个工人在远处抬起跑步机，对着林佳木比画比画，判断了一下，乐呵呵地将跑步机归于比林佳木大的一类，得意扬扬地扛过来，用很浓重的乡音说：“老板，让让！”

“啊？哦！好。”李晓慧推着筐子让开电梯门口的位置，林佳木帮着她一起推。

“呀！这是什么？”他指着筐子问。

“白沙枇杷。”

“太好了！我早就想吃了！小慧，你怎么这么好呢？我就提了一下，你就买了这么多回来！”说着林佳木用脏手抓起一个扒开就塞进嘴里。

“哎、哎！你手脏……”李晓慧拦了一下，但没拦住，看到已经被林佳木塞进嘴里了，只得掏出纸巾帮他擦手。

“唔嗯，好甜！”林佳木吃得汁水流了一下巴，飞快地又抓起一个，随便撕了一下表皮就塞进嘴里了，明显看得出皮没剥干净。他吃得又急又快，还含糊地说：

“这比我上次吃的还好吃呢！你在哪儿买的？”

“慢点吃，佳木，我帮你剥开，你再吃吧。”李晓慧看着他如狼似虎地塞了满满一嘴，吃得孩子气十足。

什么美味也不至于这样，显然他是心里难受，正在发泄。所以他笑，他咋咋呼呼，他每一句话都说得大声高亢。他是用这种方式发泄痛苦。她一阵心疼，小心地替他擦掉脸上的汁水。

“别像我妈似的！过来一起吃！你还没说呢，哪儿买的？我上次挑最贵的买都没你这个好！”林佳木还是连着果蒂、连着剥得乱七八糟的皮儿，往嘴里使劲塞，嘴巴鼓得像青蛙一样地追问。

“是我师父一个老朋友特地开车去白沙当地的果园带回来的。”李晓慧笑了笑说，“他认识果园的老板，这是留种用的，不对外出售。”

“哦！那没辙儿了，我还觉得我做不成服装买卖，还可以改行做倒卖水果的呢！这么好吃，保证不愁销路。呵呵呵，哈哈哈哈。”他笑着，声音有点惨惨的。

小慧没说话，只轻轻笑了笑，然后轻轻靠近他的怀里。在她头上，林佳木一直保持的笑容垮下来了。

“小慧，我觉得我特别坏！”过了一会儿，林佳木才闷闷地说。

下巴底下，李晓慧温柔地摇摇头，低声说，“佳木，你特别好！”

“不是的，我特别坏！”林佳木像个孩子一样固执地重复，“我有事都不跟你商量一下，我借了钱都不告诉你！现在公司被人买走了，要让你一回来就看到我这个样子！你一点儿准备也没有，我都不敢想你心里是什么滋味！”他的声音充满了孩子式的恐惧。

“我很好哇，佳木。”李晓慧低声道，“我没觉得什么。”

“为什么会没觉得什么？”林佳木摇着头，“你爸爸不是还催着我们结婚吗？之前他到处说你的男朋友多有钱，多有出息，是青年企业家。现在该怎么交代呢？”他的声音里充满了沮丧，“他又该欺负你了！”

“那也没关系呀！”

“怎么就没关系！”林佳木带着点儿气急败坏，“我失败了！我、我、我现在什么也不是了！还不如从头到尾，老老实实打工，至少有个安稳的家！你肯定是不开心的！怎么可能开心得了呢？事情发生得这么突然，我一点儿准备都没给你！我让你失望了呀！”

“佳木，事情来了就来了，我随时可以面对，没什么需要准备，我心里没什么不开心的。”

“你就一点儿也不难过吗？”

“有一点儿！要说有些难过，那就是看到你这个难过的样子，我也难过。”

“那你怎么不对我说让我别难过的话？”他抬起头，“就是类似佳木你振作起来，为了我也要振作起来之类的那些话？你怎么不对我说呢？你从来都没说过类似的话！小慧，我想知道为什么？”

“因为道理你都明白呀，佳木，你那么聪明，哪里用得着我说呢？我不急的，我可以等你慢慢地不难过。”

是呀，说有什么用呢？人的心又没有开关，可以当机立断。哪怕林佳木难过，她就会跟着难过，那她也必须慢慢等，说出来逼他，他就是装作不难过的样子了，李晓慧就可以也装看不出来了吗？所以她不说，她只是等。

“你又说我聪明，你是不是就喜欢聪明的人？可我现在觉得我很笨，特别笨！我要是变成傻子了，你就不喜欢我了，是不是？”

李晓慧轻轻地笑了一声，抱着他的脑袋轻轻摇了摇，没有说话。

“小慧！”林佳木呜咽道，“我什么事都不和你商量，你不开心了吧？你为什么不跟我发脾气呢？你怎么就一次都不大喊大叫，一次都不生气就走呢？”

不知道为什么，最近林佳木很喜欢像小孩子一样发脾气，就最近这几个月，很容易撒娇或者赌气，类似这样的问题已经不是第一次问了，好像非得要个答案出来，或者非常希望自己和他发一顿脾气似的！李晓慧不知道该怎么回答。她天生性格使然，跟谁都不发脾气，这么多年过去了，都没发脾气。虽然最近几个月林佳木确实有些不正常，但她怎么会在林佳木遇到挫折的时候跟他计较呢？

“我没有不开心哪。”李晓慧柔声说，“当初你就是和我商量我也不懂，你说想借钱我一样会让你借的。”

“可我一直都是这样，有事都是决定了之后才会告诉你的，都不会事先和你好好商量！你难道不会觉得我不尊重你？你该和我生气的！”

“没有哇，佳木，你也有很多事情是和我商量的，只不过是一些说了我也不懂的事情，你才自己决定，反正这些事本来就是得你自己决定的，我没有觉得你不尊重我。”她温柔地说，“佳木，你对我很好，我能感觉到你是尊重我、在乎我的，真的。”

“可是……可是……你总是说我可以，我可以，你总是说我这么聪明，一定能行的，一定有办法。”林佳木眼睛里闪着急切的光，“小慧，我特别想知道，我现在是不是让你很失望？”

“没有的事情。”李晓慧轻轻地，但是很肯定地说，“你从来没让我失望过！”

“一无所有，原来这么多年的奋斗，最终还是这个结局，我是个失败的男人，这中间也有你很多的心血，你也不失望？”

李晓慧摇摇头：“佳木，你会好起来的。”

“要是再也好不起来了呢？”

“不会，林佳木想要什么，就会有什么，他是天之骄子！”

“怎么就不会？这个世界上什么都有可能发生！我就是再也不能成功了，你还不失望吗？”

“那我陪着你，做我们能做到的，做不到的就让它发生吧！我们尽力争取，至于得到得不到，那有什么可失望的呢？”

“不是这样！”他很焦躁，“小慧，如果我说我不想干了，我现在不想做下去了，我真的灰心了，很可能今后都不会再努力，今后都不会再有起色，聪不聪明从此一点儿用处也没有，才不才华的从此只是笑话，我累了，不想努力了，就想混日子做个普通小男人，你还不失望吗？”他急促地喘着气，看着李晓慧。

李晓慧凝视着他，轻轻摇头：“不失望！”

“不失望？这样还不失望吗？”林佳木惊讶，“我不是开玩笑的！我是认真的，我说我不想干了！那我还剩下什么能让你高兴的东西吗？”

“佳木，你搞错了。”李晓慧凝视着他，轻轻地说，“我鼓励你奋斗，我乐意看到你成功，是因为我知道这样你会快乐，这是你自己想要的！得到你想要的东西，你会真正地快乐。你跳到河里，在全世界抛弃我的时候，在我人生最糟糕的时候，你用自己的命给了我再活过来的机会！以后的日子里，你带给我那么多那么多的快乐，这个世界上再也没有一个人能让我比爱自己更加爱！所以我尽我所能，让你一点点儿接近你想要的快乐。”

她深深地吸了一口气，柔声道：“而我想要的，从来就只是你而已！不管你有什么，还是没有什么，不管你说话温柔，还是尖酸刻薄，我自始至终，想要的就只是你而已呀！你有一间公司，还是只是普普通通的小职员，甚至一无所有，又有什么关系呢？我从来没想过这些，佳木，我想要的只是你，你在我身边，甚至在我心里，我就高兴！我始终拥有我想要的，怎么会失望呢？”

林佳木看着她，眼泪哗哗地流了下来，他今天问了许多问题，都是他一直放在心里，没有答案的问题。李晓慧和所有的女孩都不一样，她永远耐心温柔，永远宁静安然，就像温泉水一样，没和他吵闹，也没和他折腾过，有时候他故意不讲理，李晓慧也总是包容。他非常需要她、非常爱她的同时，又总觉得自己不配拥有她，所以在内心深处，他缺乏安全感。

今天他得到了想要得到的答案，喜极而泣。小慧说得对极了，成功是他想要的，是他林佳木自己内心中很想要的。他林佳木比这个世上绝大多数的人对成功更加渴望！

之前在樊–秀做个设计师混日子，是因为他不自信，因为懒，因为人性本能的各种弱点，而他根本没有想过这一切是自己的问题，甚至根本没有想过他想要的是什么。人性本能中的推诿，让他将责任推给了社会，所以他之前总看什么都不顺眼，总是冷嘲热讽，阴阳怪气，总是觉得无法开心。

如果没有遇到李晓慧，他的青春和才华，应该就会在冷嘲热讽中一一消磨，他会逐渐从一个尖酸的年轻人，变成一个尖酸的中年人、老年人。一辈子没有什么真正开心的日子，也让身边每一个人都因为他不开心。到老了或许想得明白，那就后悔莫及！若是到老也想不明白，那就变成生人勿近。

他越想越觉得可怕，为那本该发生而他侥幸逃开的人生后怕不已，也为能遇到李晓慧而庆幸不已。

李晓慧安然的性格让她有了一双慧眼，她明白林佳木心中所想，明白连他自己都没有看清楚的事情。他曾经在书上看到过一句突然让他流出眼泪的话：“廖一梅说，我们在这个世界上都是孤独的，遇到爱，遇到性，都不稀奇，稀奇的是遇到了解。”

他遇到了一个比他自己更了解他的人，一个全心全意爱他的人。

那个人给了他无比的耐心和无比的包容，更给了他无比多的爱。

于是，他的眼泪就怎么也止不住，好像心里压着很多年的一切都液化出来了一般，虽然觉得哭得丢人，却怎么也止不住。

好些工人都尴尬地停下了手，怀疑这位老板是心疼家具才哭成这样的。

李晓慧拉着林佳木的手，走进楼道，在消防楼梯上坐了下来。这里安静，没有人，她抱着林佳木的头，让他哭个够。好容易林佳木才放空了他的情绪。

“小慧，我们认识五年了！”

“嗯。”

“和陆家铭一样，当初我第一眼见到你的时候，你正在饭店里问陆家铭什么时候和你结婚，那时候你们也是认识五年！当时我觉得他是个人渣，白白耽误了你五年的青春，现在看来，我也差不多。”

李晓慧笑着摇摇头，拍了拍他的手背。

“小慧，明天你还到这里来，陪我最后看一次公司好不好？”

“最后？”

“是呀，明天这里就拆了，一片废墟！我觉得那很像我自己……”他伸手阻止李晓慧想要辩驳的意思，接着说，“我心里倒塌了一些没必要的东西，这是好事！再建起来的一定会更好！小慧，你一定陪我看看！这对我很重要，好吗？”

“好。”李晓慧温柔一笑，把头靠在他的肩膀上。

阳光从小窗子里射进来，渐渐转换了方向，从上午到下午，那两个人还是相拥坐在脏兮兮的楼梯上，轻轻地说着话。

“饿不饿？回去我做饭给你吃。”小慧轻声说。

“不要，我不想走，我想和你就这么说话！”林佳木耍赖。

“那吃枇杷吧。”

“好。”

在他们手边，一筐枇杷已经吃掉了一大半。而他们两个也两顿没吃饭了。

“小慧，你说，如果不设计服装了，我做点什么工作呢？”

“不知道哇！”

林佳木吃着枇杷，开玩笑道：“对了，小慧，你觉得卖水果怎么样？衣服并不用每天卖，水果可是基本每天都吃呀！这个主意不错，不错，我要好好想想。”

“好哇！”小慧柔声说。

“什么？你赞同？”林佳木一时间觉得可能是这层楼太吵了，他幻听。

“嗯，你想做什么就做什么！”李晓慧很肯定地点点头。

“小慧，我可从来没卖过水果，这你也同意？”

“同意。”

“我要三天两天之后就不想干了呢？”

“那就不干了。”

“那我要赔钱了呢？”

“没关系，那就赔了呗。”

林佳木瞠目结舌地看着她，半天吐出一口气来，指着她道：“将来孩子非让你惯坏不可！”

李晓慧望着渐渐西斜的日影，露出微笑来。两个人一时间就这么靠着楼梯坐着，什么话也没说，但又仿佛对自己说了许多话：“有一个人，他是我的良人，我愿意尊重他，听从他。他难过的时候我没本事让他开心起来，但我愿意和他同甘共苦！我守着他，等他慢慢开心起来；他的人生我不会替他做决定；他需要坚强我就鼓励他；他需要平静我就陪伴他。成功也好，普通也好，只要是他想要的，我都乐意看到！因为我说的都是心里话，我真的只是想要他而已！”

六十四、浪漫求婚

李晓慧觉得自己早就应该发现的，可是她一向比较迟钝，对外界的反应不敏感，不然她早该发觉的。走到哪里大家都会多看她两眼，为什么她之前没觉得不对呢？

从早上就开始不对劲了。今天约了林佳木看公司拆迁，所以她起床简单地收拾了一下，穿了衬衫和休闲裤，扎了个马尾就准备出门。家里父母都不在，一向睡懒觉的妹妹也起了个大早，她收拾自己的时候，妹妹总是笑眯眯地看着她，问妹妹有啥事，她也不说。看她要这么出门，还叫她：“姐，你换条裙子吧！再化个妆！”

李晓慧很奇怪，妹妹平时很少注意她穿什么衣服的。她摇头：“不用了，今天约了去看工地现场，尘土飞扬的，还是穿裤子方便些！”

“……那，好、好吧。”妹妹一脸遗憾，真不知道遗憾个什么劲儿！李晓慧出了门，街坊邻居居然有不少一见她就嘿嘿地笑，感觉有点可怕！好在林佳木已经开了一辆红色跑车在巷子口等她了，她赶紧上了林佳木的车子，那些街坊邻居居然还是冲着车子里的他们两个笑。

“佳木，你不是说车子卖了吗？”小慧不由得摸了摸仪表盘，她虽然对车没什么研究，却也能看出来这是一辆很好的新车。敞篷的跑车应该都比较贵，尤其这一辆看上去很高科技似的，应该更加贵吧？

“噢！哦……这是借的。”林佳木停了一下才冲她笑笑。发动车子的时候，许多人在街边看着他们，冲着他们俩笑，林佳木也就冲着他们挥了挥手，引发又一阵明显的笑声。

“他们做什么？”小慧有些尴尬地指着外面。

“和我们打招呼哇！”

“好端端的，为什么要和我们打招呼？”

“我觉得这样挺好，说明你在这条街上人缘好，大家都很热情。”林佳木一本正经地说，说到后来他也笑了。

“你为什么这么高兴？”

“因为有你呀！小慧，我突然觉得，你说得特别对！只要有你在我身边，我就会高兴。其实我虽然贪心，想要的东西很多，但那是在有你的前提下。有了你，我才有想要一切的动力。要是没有你，那我就什么也不想要了。我最想要的就是你！”

李晓慧不说话了，林佳木整个人充满着激情，他经常会有些意外惊喜什么的，而且越是紧张，他才越是多话。

这么多年来，李晓慧对林佳木的脾气已经摸透了，她很容易就察觉到他是做了什么事情，但不知道具体是什么。林佳木跟一般的男生不一样，他曾经问李晓慧晚上吃什么，李晓慧说想吃四川火锅。结果林佳木定了机票，带着她直飞重庆，吃了地道的四川火锅。他对人生满是热情和好奇，性格冲动，作为设计师，脑洞又开得比别人大，似乎又特别享受看到李晓慧意外吃惊的样子。所以正常人觉得比较匪夷所思的事情，在他这里常有发生。

李晓慧自问自己的脑子跟不上，判断不了接下来会发生什么事，所以她不去想，只是等着也挺好。多年来，林佳木这样的性格给她带来无数惊喜和浪漫，她想不到，却也是喜欢的。

车子慢慢开动，慢慢来到林佳木的公司门口，林佳木拉着李晓慧走出来。他们抬头看着这栋高高的大楼！

楼很高，需要使劲仰着头才能看到楼顶。楼也很漂亮，看着干净、整洁、高贵，对比之下，每个人都显得很渺小。

“小慧，我在这里工作了很长时间，我在这里倾注了很多的心血。但从此以后，这里就不归我了！今天是个特别的日子，我想在这里向你求婚，让我知道，我没有了什么都没关系，因为我还有你……”说着，他跪下一膝，握着李晓慧的手问，“你愿意吗？”

“我愿意！”李晓慧紧紧地握住了林佳木的手，心里已经有了些预感，但事情真到了眼下，那种激动居然无法抑制！李晓慧觉得心都要化开了！她眼泪一滴滴地掉下来，“佳木，我愿意！”

“我愿意！”能让她这样慢性、燃点很高的人都淋漓尽致地爱一次，她的人生也因此圆满。她非常愿意嫁给这个爱了这么久，看到就欢喜，想到就甜蜜，比爱自己更加爱的人！她随时准备好，把自己的手放在他的手心里，哪怕从此天涯海角奔跑，她也觉得安定。哪怕从此困顿贫穷，她也觉得巨富。

她就是觉得，自己的人生到了最好的时候！

“小慧，谢谢你这么快就答应我！可是我想，你一定心里还有些遗憾吧！人生就这么一次，该有鲜花，该有钻戒，该有人为你祝福！可你等了这么久，就等来我这么草率地求婚，什么也没有准备……”

“没关系，佳木……”

“嘘！”林佳木弯下腰，把手指拦着她嘴唇上，低声说：“我不会委屈你的！我说过，我可能给不了你全世界最好的，但一定会给你我能给的最好的！”

“来！”随着他的一声，无数人从大厦的小门里出来，将他们围在中间，一起鼓掌欢呼起来。

大楼滚动屏幕出现一个硕大的爱心图案。紧接着，无数条绳索抛下来，大约一百个蜘蛛人手扯着彩带而下，一起张开一幅幅巨大的喷绘广告，都是李晓慧和林佳木一起拍的那一组服装广告，或者脉脉含情，或者执子之手，或者互相凝望……

然后办公大楼那个隔着几个公交站都能看见的LED大屏幕，打出硕大的字来：“李晓慧，嫁给我吧！”

场子里欢呼一片！李晓慧却彻底蒙了。

整个过程，林佳木都凝视着自己的女朋友，而李晓慧在整个过程都是惊呆了的表情，直到此刻依旧目瞪口呆。

“鲜花在哪里？”林佳木大声说。

楼顶的天台上嗡嗡作响，一架直升机携带着花瓣和气球飞过来，一边靠近，一边挥撒。临到离空地很近的地方，直升机缓缓抛下一个花球，林佳木很帅气地接住，从花球里拿出首饰盒。

“小慧，吓了你一跳，是吧？”

“我总是事先不和你商量就自作主张，但是我保证，这是最后一次瞒着你做事！亲爱的，谢谢你愿意嫁给一无所有的我！但是我，真的想给你全世界！”他从首饰盒里拿出事先准备好的钻戒，“这是特地从巴黎拍卖会上买来的！虽然不是很大，却是古董钻石，我喜欢这颗石头代表的含义，希望你戴着它做我的新娘！”说着，他温柔地把戒指套在李晓慧手指上。

“噢！！！”现场的观众欢呼起来。

只有李晓慧一脸惊讶地看着自己手指上多出来的那颗闪闪发光的钻石。林佳木说这个不大，但她已经觉得这个很大了，再大就要像个麻将牌了吧？她根本不会判断钻石的大小，也根本没去想这个问题。

“这个是古董？”李晓慧很小声地问。

“嗯，有三百多年历史，不算很古老，但因为每一个拥有它的人都得到幸福而被称为幸运之星，确实很有名。”

“很值钱吗？”李晓慧声音尽量地小。

林佳木笑了，带着点骄傲地点点头。怎么可能不值钱呢？这是今年巴黎拍卖会上最贵的几件拍品之一！放在五年之前，他根本想都不会去想，自己有机会拍下这么贵的东西。

“你公司都卖了，为什么会有这么多的钱？”

“就是因为公司卖了，才会有这么多的钱！”林佳木笑起来。

时间跳回两天前，小慧还在无锡，第二天早上才会回到A市。

林佳木办公室里，薛正谊端着林佳木给他亲手泡的英式下午茶，两个人仍在聊关于林佳木卖掉公司的事情。

“你真买了你看上的那个……”

“是呀！来，给你看看！”林佳木说着从办公室抽屉里拿出来一个小盒子。

“哎哟，我去！”薛正谊吓了一跳，“你就这么放办公室里了？”

“啊！就这么放着，因为没人知道，所以其实很安全！拿着，看看漂亮不？”

“想着这么个小东西值这闹市区最昂贵写字楼上最贵的五层楼的总价，我就不敢说它不漂亮！”薛正谊打开首饰盒，端详着钻戒，突然笑道，“我戴上试试？”

“滚！给你看看不错了！”

“给我看行，哥们儿我求你千万别给我老婆看！说实话，我真买不起！”他笑着，把盒子还给林佳木。

林佳木拿着戒指，表情也很严肃。

“能成吗？”他问。

“准成！”四歪呵呵一笑，“你也太浪漫了，卖掉公司买求婚戒指！想想我都乐意嫁给你！”

“希望如此吧！”

“不可能有问题，你别说拿这么值钱的戒指，就是拿个钥匙扣，小慧都会同意，她多喜欢你呀！她可是等了你五年！怎么会不答应？”

他笑起来：“虽然你卖公司是因为不需要这个公司，和人合伙做更大的市场去了，还作为设计者，技术入股，加上品牌入股，占了大头，这是你事业的新发展。但是，你不把钱留着投资，存着备个不时之需什么的，也不怕万一这件事有个差错，你没后路，而是把你现在所有的钱，都拿来买了这个戒指。你一个事业成功人士，拿自己这么多年奋斗的全部所得来求婚，我还是觉得非常浪漫！女人少有能抵御这么浪费——不，是浪漫的。”

“我只希望能给小慧最好的！我能做到最好的！这是她一辈子的大事，既然我现在最多能买得起这个戒指，那就用这个戒指，钱花光了再赚就是。”

“洒脱！”四歪一伸大拇指，“脱裤子那么洒脱！”

“滚！”

“二货不来吗？”四歪问，“错过这热闹，我看她得后悔一辈子！”

“她和我哥去进行无国界医生援助，给捂在南非，一时半会儿不能回来了。”林佳木撇嘴。

“什么意思？战乱？不会吧，南非不是很太平吗？”

“不是战乱，是怀上了，头三个月不能坐飞机。”林佳木撇撇嘴。

“又怀上了？第二个了！”薛正谊惊叹，“你说你哥和她两个人，每年用两个月做无国界医生满世界跑，再拿三个月来游荡，一个月纯粹发呆休养，剩下半年你哥得处理积压的工作，整天忙得团团转，怎么就这么有效率呢？他这都俩了，我还一个都没有呢！给点儿经验，给点儿经验，你哥是怎么做到的？”

“我怎么知道？”林佳木白了他一眼，“我还没结婚呢！你问我哥去！”

“你这不快了吗？”四歪笑嘻嘻地指了指那个戒指。两个人笑了一阵，可林佳木明显有心事，他的笑容是勉强的，所以很快就又沉默下来了。

“四歪，祝福我吧！希望一切顺利，我也能很快结婚，否则怕是要折腾了！”

“折腾什么意思？”

林佳木旋转着那个戒指，停了很久，才慢慢地道：“明天我想和小慧说……我公司被收购了，我现在没有钱了，而且我也没志气了。人穷志短，你说，她会怎么样呢？”

“哥们儿，你别作死啊！”四歪脸色大变，“你这是要干什么？”

“婚前恐惧症，有可能是这个原因！”林佳木干笑了一下，然后捂住脸，防止四歪抽他。

“你都多大了？三十了！婚前恐惧？”

“可我真的恐惧了，我也没办法！我和小慧这么多年了，早该结婚了！之前确实是忙得太厉害，今年腾出手来我就一直想，该结婚了！该给小慧一个交代了！可是不知道为什么，之前没想结婚的时候，和小慧在一起都很开心的，但一想到结婚我就特别……特别……心里没底！唉！不瞒你说，这几个月以来，我都找碴儿和小慧闹了好几次别扭了！”

“那她和你吵架了？”

“没有！我找碴儿她就笑笑，人家根本就不跟我一般见识！好几个月了，一次也没吵架！”

“那你还恐惧什么？”四歪倒吸了一口冷气，“你是不是真到结婚的当口发现自己其实没那么喜欢她，不甘心了？”他怒道，“你找碴儿吵架是希望把她闹走，你又不想结婚了吧？”

“扯淡！”林佳木叫道，“我不想结婚我买这个戒指？我就是想让自己心里有底一点儿！再说我也没说谎，我的确卖掉公司，现在已经没有什么钱了。”

“可你在误导别人哪，我跟你说呀，你这样对一个新认识的小丫头行，对小慧那可有点过了！小慧和你在一起的时候，你还自己推着板车拿货呢！她爱不爱钱，轮得到你现在试探？她给你做了这么多年的饭，不管有什么需要，人家都是随叫随到，就算她爱钱，那也是该得的！你这时候试探，就是没良心！”

林佳木道：“我不是试探她爱不爱钱！我就是想知道，四歪，如果我真的没志气了，她会怎么样。不光是没钱，也没能力，也没志气，那她肯定会失望，是吗？”

“废话！”

“我就想知道，如果我让她失望，她能不能接受，或者她不接受，我能不能受得了，我有没有办法。”

“她失望，你能不能受得了？你这什么意思？”

“是！四歪，我心里……我不像你想的那么坚持，我心里总是想，小慧是不是把我想得太好了？为什么她就那么信任我呢？无论出现什么情况，她都觉得我能应付、我能办好、我能成功！任何事情！可是我哪有那么好？我被逼得一丁点儿也不敢松懈，一口气也不敢放松，我真的特别特别……特别怕！我越是能把每一件事都办好，我就越是怕，总觉得，也许有那么一次，我力有不逮，我把事情办坏了。小慧会怎么看我呢？她觉得我无所不能，她坚信我无所不能！一旦她发现我不过如此，她失望了之后，会是什么样子？我因为特别怕，所以这么多年来，我一点错误也不敢出！我一个机会也不敢放过！所以我像是坐着火箭一样，蒸蒸日上！可是我心虚得厉害！我早就想向小慧求婚了！我拖了她五年！这是人生最美好的五年，我仍旧不敢开口！如果这个时候再不试试，还要拖她多久？我只是想，该面对了，让她和我一起，面对我不完美这件事，这件事如果不能弄得妥当了，就算结婚，我能保证一辈子都给她幸福吗？”

过了许久，四歪也叹了一口气。

林佳木对爱情期望值很高，他在外人眼里的确过于完美，相貌、身份、事业、能力，过于完美了！这带来的压力不小。但是林佳木的压力更大，因为无论看上去多好的人，都会被身边的人挑出缺点，这才对，这才正常。而连身边的人都觉得他完美，那他就不敢打破这份完美的感觉了。

“如果小慧不接受你不完美，嫌弃你失败或者嫌弃你没志气了，你要怎样？”

林佳木沉默了一下，没有回答。

“说话！这不是你想要的结果吗？你试探，不就是想试探出她的底线吗？别告诉我你没想过，你必须现在给我回答，否则我不会让你去做这件事。林佳木，如果小慧嫌弃你了，你打算散伙吗？”

林佳木的脸色变得很难看，苍白一片，似乎胸口剧痛一般，他捂着自己的胸口，许久才道：“那我可能会受不了！”

“那你还要作死？”

“可是我该怎么样呢？让她把我当一个无所不能的超人，所以愿意和我结婚？可是我清楚地知道我不是！我得让她明白我不完美！”林佳木深深地叹气，“如果有能力让她一辈子认为我完美，我也乐意，可是我清楚地知道我没有这样的能力！她总是说我那么聪明，那么能干！总是说这怎么会难倒你呢，你是林佳木呀！她总是用完全信任的目光看着我，让我感觉我是个骗子！就这么结婚的话，我会感觉是我骗了她！兄弟，你说的情况当然有可能发生，但是我会想尽办法，阻止这种情况发生的！我想她会发一顿脾气，我想她会觉得失望。她会认清楚我不是她想的那样完美，然后我会去哄她，用真正的我，用尽一切力量去哄她回来，我准备了很多方法哄好她。如果这样还不行，我也没有办法了！”

“兄弟，我并不是自己要反悔，只是想给小慧一个反悔的机会，我不能骗她，你明白了吗？”

过了许久，薛正谊摇着头说：“你决定的事情，我是没本事改变的。祝你好运吧！”

六十五、嘚瑟过火

试探没有结果，李晓慧仍然没有发脾气，他用自认为最坏的样子也没能让李晓慧对他失望；相反，这成了对他自己的试探！他认清了自己，他生命中的女神依然温柔宽容，依然是他最喜爱的样子！

原来，李晓慧并没有认为他是完美的。她能够看到他的缺点，她其实比林佳木自己更加能看清楚林佳木，但她接受并包容着所有的缺点！她是说过很多次，林佳木聪明能干，她是说过很多次，林佳木不会被难倒，但她这样的信任并不是因为认为他完美，而是看清他需要这样的信任。

因他需要，所以她给予！

这是他的女神，别人的女神只是美，他的女神不算美，但神应该是什么样？应该是关爱鼓励，应该是理解包容，是默默付出，是不离不弃！所以，这是他的女神，毫无疑问！

“有鲜花、有钻戒！小慧，你满意吗？”林佳木看着那枚巨贵的戒指在她有些粗糙的手指上熠熠放光，心里充满了骄傲和喜悦！他五年的奋斗，为他迎来了人生的美好！

“我……”李晓慧神色复杂地看着他。

“嘘……”林佳木轻轻道，“我知道还有遗憾。你没有朋友看到，没有人为你祝福，来，你看那边……”

随着他手指的方向，人群左右散开，露出李晓慧的朋友、邻居、同学……樊-秀之前的同事，李莉、莫培培、张明堂、乔娜……她的三个师兄、师傅那里的助手小杨……几乎所有她熟悉的人，每一个她结婚时会邀请的人几乎都在场。她家巷子里住的邻居，每家每户都有人到场，一早就被林佳木派车接过来，剩下没来的，就是早上那些冲着他们笑的人了。

这些好友一起冲着她欢呼起来。

“你一定还觉得有些遗憾，因为这么重要的日子里，家里人不在身边！你会想让自己的亲人也看到！你会希望得到他们的祝福，小慧，你看那边！”

人群又一次随着他手指散开，李晓慧的父母、她师傅鲁大师、她的弟弟弟妹妹，还有赶来的妹妹和妹妹的男朋友，全部身着盛装，一起笑意满满地看着她。

围观的人群发出的惊叹声此起彼伏，这场求婚花的不光是很多的钱，也有很多的心思！可见当事人是多重视这次求婚，在场参与的他们也觉得激动。

“这样的日子，还缺个记录的人是不是？你看谁来了？”

直升机门打开，这一次驾驶员旁边位置上的人一出场，就引起了现场爆炸性的欢呼！

“薛正谊！薛正谊！”

没什么人顾得感叹了！剩下的只有声嘶力竭的欢呼！

林佳木请来见证求婚仪式的人全沸腾了，感到自己运气太好，居然能看见薛正谊亲临！幸亏事先没乱宣布，不然这个现场恐怕人得多得恐怖！

薛正谊对着大家双臂张开，鞠了一躬。欢呼声又加大了几分。

随着事先准备好的劲爆音乐响起，他手持话筒唱了起来：

“这个世界上有没有这么一个人，只要她存在你就开心。

这个世界上有没有一种情，只要想想就能让人沉沦——”

这一首《珍惜》是长期在热搜榜居高不下的歌曲，在场人人都会唱，于是大家都跟着一起唱了起来——

这世上有没有这么一个人，因为她你特别珍惜你的青春！

你热情洋溢！你不惧艰辛！你永远奋进！因为你要配得上她百变的外貌、不变的灵魂！

风住尘香花已尽，那就去珍惜泥土的芳芬。

岁月如水人已老，那就留住火热的唇！

留下情话让她被你吸引！

四歪这首歌是为LIN这个服装品牌写的，写的是衣服，但从开始就被当作情歌传唱。因为这个当红歌星的出现，现场沸腾得就像开水壶。

李晓慧的父母都含着泪看着她，朋友家人都含着笑看着她，围观的人都用羡慕的表情看着她。

一片喜气洋洋中，李晓慧脸色却没有出现预期的激动或者欣喜若狂，而是越来越沉。

“四歪，别唱了。”她伸出手，把边唱边跳来到身边的四歪抓住，问，“先告诉我这怎么回事。他说他破产了，这是你借给他的钱吗？”

薛正谊愣了一下，马上又笑了起来：“没有！他公司是卖掉了没错，但不是因为抵债，而是他被世界顶尖企业看中，成了人家新成立公司的合伙人了。他要去别的城市发展。小慧，木头没破产，他骗你的，他的事业更上一层楼了！”

“我猜到了！”李晓慧淡淡地一笑。

林佳木捧着花走上前，笑容满面：“小慧，这是我人生最美好的一天！谢谢你答应嫁给我，让我成了全世界最幸福的人！”

“但这对于我是很糟糕的一天。”李晓慧淡淡地说，“能挑出比这更糟糕的，就是我跳河自杀那一次了，那一天我遇到了你。”

“是呀，那时候我……”林佳木闭嘴了，因为他看到李晓慧的脸色，无论如何不像是高兴。

“小慧，你怎么了？你怎么不高兴？”他小心翼翼地问。

“你觉得呢？”

“你……是不是因为我骗你我破产的事情？”

“林佳木，你真聪明，一次就猜到了！”李晓慧咬着牙，看着他！

“小慧，你是不是生气了？你别生气，我不是故意骗你的，我……”

李晓慧摇摇头：“我不生气，你事业发展顺利，我为你高兴！”

“真的？”林佳木露出笑容。

“是，高兴！但这和我没关系了！”

“什么意思？”林佳木大惊。

李晓慧冷冷地看着他，慢慢摘下手上的戒指，松手，戒指叮的一声掉在地上。

然后她什么话也没说，只是慢慢地转身，一言不发，毫不犹豫地走了！再也没有看林佳木一眼。

“小慧！小慧！”林佳木心脏就像被狠狠砸了一下，他扔掉花束，飞快地追过来，很多她认识的亲人朋友都飞快地追过来。他们一起大声呼唤她。很多人拦在她面前，不让她走。

李晓慧站住，安安静静地站着，不吵也不闹。但身上散发出冷冷的杀气，现场的人都认识李晓慧，但没一个人见过她这个样子。这一个人的冷气熄灭了这么多人的热情，大家都带着点儿惊吓地看着她。

“小慧，佳木只是想给你个惊喜嘛！你看你咋生气了？”说话的是她爸爸李大志。

“你们都知道这件事？”

“我们……”

“让我走！”

“小慧，别发脾气！”李大志急了，林佳木给他买了一套豪华的房子，自己女儿多大了？三十了！这个时候她翻脸，还有机会找到这么有钱的吗？

“李晓慧，别给我胡闹呀！”他仗着自己是爸爸，这样大声喊。

“你们迟早要让开的，不是吗？就算你们今天一直堵在这里，迟早也必须让我走，我可以等。”李晓慧静静地说。

“小慧！小慧！”林佳木使劲地抓着她的手，“小慧，你别这样，我害怕！”

“你放开我吧，我就是想走，你迟早要放开的，不是吗？”李晓慧狠狠地看着他，眼睛慢慢红了。

“小慧，不要，我知道我错了！我真的错了！”他使劲地抓着李晓慧的手，说什么也不肯放开。

李晓慧抬眼四望，看到鲁大师，立即道：“师傅，带我走！”

鲁大师问：“孩子，出了什么事？我就知道这小子说今天要向你求婚，特地把我们都接过来让你高兴高兴。这会儿你怎么突然就生气了呢？”

他转身对林佳木凶道：“你怎么欺负她了？还不快点给她道歉！”说着，使劲使眼色。

“小慧，我道歉！我真的知道错了，我再也不敢了！你看这么多人，你就给我留点面子好不好？”他嬉皮笑脸地说。

“先带我走！”李晓慧咬着牙，拉着鲁大师。

“那这儿……”鲁大师很为难地看看四周这么大的阵仗。

“师傅！”随着这一声喊，李晓慧的眼泪突然就下来了，满是委屈，“师傅……带我离开！”

鲁大师脸色一变，说：“好、好，别哭，别哭！走就走，那行，我先带你回饭店，我们歇歇再说。”

“等等，小慧，师傅！你们别走！师傅，你要带她走？”林佳木追上来。

鲁大师侧身望了一眼，见李晓慧哭得更厉害了，只得拍拍她手背，低声说：“等一下哈。”

然后快步拉着林佳木：“咋回事？”

“就一点小事，一时间解释不清楚，师傅，你帮我劝劝她呗？”林佳木焦急。

“知道了，臭小子！”鲁大师跺脚，“不过我这徒弟平时看着很温柔，可骨子里固执得很！这样，你先让我带着她走，我哄一会儿，没事了再给你送回来。”

“那我这儿……”

“拖着吧，你让她搁这儿哭也不行啊！”

那边李晓慧又哭着喊了一声：“师傅！”

“哎，哎！来了，来了！”鲁大师冲着林佳木使了个眼色，拉着李晓慧往外走。

“唉，唉，师傅！那、那、那我就在这儿等着呀！”林佳木无奈，冲着他们两个的背影喊了一声。

然后他失神地走回来，发了一会儿呆，才勉强对一群人笑笑：“那个……自助餐准备好了，大家先吃，小慧一会儿就回来了。那个我们……我们等等。”

“我说让你别嘚瑟，现在好了！”四歪低声说。

“那结婚是关系一辈子的事儿，我心里不是一直想不通她为什么就从来不发脾气吗？你自己也说了，就没遇到过她这样从来不发脾气的人，这不正常！”

“你自己是什么样的人你自己不清楚吗？正常人谁受得了你？她不正常就对了！”

“那我不是琢磨着弄清楚她是怎么想的，我怎么样她喜欢，我知道了，我怎么样她会讨厌，我要是也知道，那以后过日子就不会惹她生气了嘛！”

“行，这下你知道了！我看你现在怎么办！”

“我、我……应该没事儿，小慧脾气有多好，你又不是不知道，她生气能生多长时间？那个……四歪，你在这儿帮我招待一下客人，我去鲁大师那儿看看。”

“扯淡！你是新郎，我怎么招待？”

“你自己想法子，实在不行就地开个演唱会！反正你给我把这些客人招呼好了就行，哥们儿一辈子就一次的大事儿，别告诉我你这会儿指望不上啊！”

“嗯……好吧。可是，你得快点儿！不是，你，你到底能不能行啊？不会让我这儿真变演唱会吧？”

“肯定行！小慧特别听她师傅的。鲁大师刚才答应帮我哄她，比我哄好使！”

“那你去吧！随时打电话告诉我情况！”

“好。”

“哎，哎，等等！态度要诚恳，别再嘚瑟了呀！”

“废话！这事儿我着急，还是你着急呀！”

“那快去吧！”

六十六、挽回爱情

“师傅！师傅！”林佳木趴着饭店后厨的窗户，往里面小声喊，鲁大师没出来，倒是一个小学徒出来了。

林佳木一看认识，赶紧露出脸来，道：“是我！快点开门！”

“林哥，知道是你！”那个小帮厨很为难地说，“大师说了，就是要拦着你不让你进来的。”

“为什么？”

“我哪儿知道！”

林佳木急了，拍着门大喊：“师傅！师傅！”喊了好几声没动静，他气得大叫起来：“鲁老头！把小慧还给我！”

“还给你？”鲁大师怒气冲冲地走出来，喝道，“你这兔崽子还敢来？”

“我怎么不敢来了？我老婆让你带走了！我那边还等着结婚呢！就得要找你要人！”

“滚！你们这事儿我做主，拉倒了！她和你没关系了，你爱找谁结婚，就找谁去！”

林佳木大急，瞪眼：“你做主？做菜放糖还是放盐你做主，这种事你就能做得了主了？刚才是怎么说的，不是帮我劝吗？正常人都是劝和不劝离，有你这样当长辈的吗？”

“你还敢说！你小子还想让我劝？答应帮你劝，那是我不知道你干了什么缺德事！现在我徒弟跟我说过了，你还指望我会帮你劝？你未免太乐观了吧，你？识相的给我滚，别让老子再看见你！”

“哎，哎！师傅！师傅！坏人姻缘那可是罪过。”

“我呸！坏你什么都活该，因为你就是坏！我告诉你！你别以为你混得挺像样，老子认识的人那么多，像你这样条件的，我随便就能给我徒弟找出好几个来！你还以为非你莫属啊？我之前给你留面子，那是因为我徒弟喜欢你，死心塌地等着你！那我老头子也不能不成人之美，你倒好，仗着你那点儿出息，仗着你现在有点儿身份地位，居然欺负到了我徒弟头上！小兔崽子，瞎了你龟儿子的狗眼！”

说完，他也不管这种动物组合是不是合理，狠狠哼了一声就走。

“师傅！师傅！这些年我对小慧怎么样，你老人家也看在眼里吧？总不至于我做错一件事，就没有转圜的余地了？”

“你对小慧怎么样，老子是看见了，小慧对你怎么样，老子更看见了！就凭她这么掏心窝子地对别人，天下男人随便挑，挑谁谁都会乐意！还不会欺负她！”

“师傅，你就别说气话了！三十几岁，事业有成，还没结婚的男人就那么好找？我知道我错了，所以这不需要你老人家帮忙了。我再也不会欺负她了，都等着她欺负我，行不行？你看我那边那么多人等着呢！咱们俩现在应该齐心协力，你应该快点把她哄出来……哎，哎，师傅你别冲动！”

只见鲁大师拿着一把菜刀开门冲了出来：“你不滚是吧？好！老子做了一辈子素菜，这次开开荤！”

说着，一刀就劈过去，林佳木愣了一下，看到寒光一闪，他慌忙跳了起来，转身就跑！

“滚！”

但是，林佳木跑出了危险范围就停了下来，继续叫：“小慧！小慧！”

“小兔崽子！你还不滚，那老子就真开开荤！”

“你别冲动啊！我、我、我，我告诉你，老家伙！小慧那就是和我赌气呢，转眼我们就能和好！你真伤了我，你就是缺心眼儿！小慧！小慧！”

“好你个小东西，王八蛋！说我缺心眼儿，明明是你小子缺德！老子看你不顺眼也不是一天两天了，今儿我们师徒两个的账和你一起算！”

“师傅，师傅！哎，哎，你别！哎呀……”林佳木撒腿就跑，但是不真的走远，而是围着饭店转圈，一边逃跑，一边大叫：“小慧！小慧！你快出来啊！哎呀……小慧，他真的砍啊！快点出来救我！”

如是这般转了两圈，他回头一边叫着小慧，一边跑，躲着鲁大师的菜刀，看着很是滑稽。

“小慧！小慧！”他扯着脖子没命地喊。突然一抬头，发现小慧安静地站在前面。

“呵呵，小慧……你出来了。那你还生不生气？”他赔着笑问。

“你觉得呢？”李晓慧冷冷地看着他问。

“小慧……你别生气了嘛！”林佳木这么高个的男人，撒娇的声音听得鲁大师打了一个哆嗦，“小慧……都是我不好，我错了！你要不打我吧。可是先说好了，打完你可得亲亲我！”说着他嬉皮笑脸地凑了过来。

“没事儿我回去了！”小慧漠然看了他一眼，转身就往里走。

“哎，哎！小慧！别走啊！”林佳木追上来拉着她，“小慧，这件事咱们回头再算账行不行？四歪还在那儿卖唱呢！我再不回去就把他坑了！小慧你最好了！小慧嗯……”

鲁大师看着这个人的节操碎了一地，忍不住又打了一个哆嗦。

但李晓慧只是默默地看着他，什么话也不说。

“小慧，你好歹和我说一句话！别这样！别不理我呀！说一句话，说啥都行！你看我口才这么好，人这么聪明，你只要肯说，啥事儿我都能给你解释清楚了！”

“那你解释吧。”

“今天的事儿啊？今天，我不就是想给你一个惊喜吗？”

李晓慧转身就要走。

“哎，哎，别走！我知道了，知道了，是昨天的事儿！”他赔笑，“小慧，昨天的事儿能不能就让它过去……”

李晓慧静静地看着他，说：“那就让它过去吧。”

“真的？”林佳木刚喜出望外，马上觉得不对，“不是，小慧，你该不是说我们俩的事儿都一起过去了吧？你今早亲口答应我的，你愿意和我结婚！你已经答应了的！喂，你可不能言而无信！是你先答应了我，我才把戒指戴在你手上的！注意先后顺序！”

“我答应的时候，不知道你骗了我！”

“我没骗你！我的公司卖了，我真的必须搬家，这没说谎。”

“那你在哪儿说谎了？”

“我、我……不就是那个我说我以后要卖水果那事儿……那也就是随口一说。要不这样，我真的卖水果去行不行？我明天就去批发市场批发一车水果，不卖完我不回家！这样行不行？”他嬉皮笑脸地看着小慧。

“是这里说谎了吗？”

“还有……一点儿……就是那个，我说我今后没钱了，也都没什么志气了，想看一下你什么反应……”林佳木何尝不知道这才是重点，但重点说出来，后果自然也是严重的。他装傻卖萌、避重就轻了半天，也知道是拖不过去的，只好低声道：“小慧，我其实也知道这样不太好。只是要结婚了，我有点……有点怕！”

“怕什么？”

“我只是……只是……怕你！”林佳木艰难地说，“我心里怕你！”

“你怕我图你的钱？”

“绝对不是！绝对不是！”

“图你长得好看？”

“哦……这个，呵呵，其实也不是。”

“你到底怕我什么？”

“我只是……只是……”

“只是不相信我！”

“啊？不是的，不是的！我是不相信我自己！小慧，之前我也不知道我怕什么，不知道为什么我越是事业成功，你对我越好，我心底里就越来越怕你，原来我是怕你会离开我！小慧你对我太重要了！等我下定决心想求婚的时候，我才弄明白，我是怕失去！你太好了，给我一种不真实的感觉，所以……”

“所以你就要找出我一个不好的地方来？你用破产这种谎话试一试，看看我是爱你的钱，还是爱你的前途，是吗？”

林佳木张口结舌了一下，他内心深处是有一点这个意思，此刻觉得无从辩驳。李晓慧智商其实完全没问题，之所以一直以来谁都能欺负她，那是因为她脾气好、胸怀宽广，因为她不计较！但这并不代表她看不清楚事情到底是怎么回事，而且她真的不是一个能勉强自己的人，林佳木早就领教过她温柔的固执了。很久以来，他们两个人相处的模式就是这样，咋呼得很厉害的是林佳木，但真正做主的人是李晓慧。不但李晓慧自己的人生，林佳木没有干涉成功过，连带他的人生，都被这种温和的固执给干涉了！他有七十二般变化，但从来就拿李晓慧没有办法！也即是说，李晓慧决定做的事情，他其实一件都没能改变过！

想到这里，林佳木觉得特别惊恐，因为这一次，李晓慧看上去也像拿定了主意一样。不会真的要和他拉倒吧？如果是真的，那他岂不是一样毫无办法？突然之间，他觉得胸口又疼又闷，眼泪都几乎想流出来，他再也没有要宝的力气了。

“小慧，”他低声说，“其实我特别浑蛋！我身上全都是缺点，说我的人、骂我的人很多，只有你一个人，一直听你说我这里好、那里好，有多么聪明，有多么厉害！我就努力地想成为你说的那么好。可是我并不相信我能做到，所以我……我觉得累，也觉得怕！觉得压力很大，生怕不能再让你觉得骄傲！每次遇到困难，你都是充满信心地看着我，可我经常觉得自己未必行，每当这个时候，我就下意识想知道，如果我真的让你失望了，如果我真的失败了，你会怎么样呢？你会怎么看我，所以我……”

“那你现在知道了？”

“现在我知道了！小慧，我不再害怕了，别说这是假的失败，就是真的又怎么样？全世界最珍贵的我已经得到了，无论什么情况，你都不会离我而去，我还有什么可怕的呢？直到现在，我才真的什么都不怕了！小慧，你让我成了勇敢的人！”

“无论什么情况里，并不包括你不信任我！”李晓慧淡淡地说。

“小慧，你别吓唬我！”

“你对你的女朋友可能有许多要求，谢谢你认为我每一样都符合，所以你求婚了，谢谢你！我对我未来的丈夫没有那么多的要求，是不是勇敢的人，是不是事业有成、前途远大，我都没想过。只要求他必须信任我！很可惜，就这一个条件，你却不符合！”

“小慧！小慧！”

“林佳木，再见！”

六十七、白马王子

林佳木失魂落魄地回来的时候，薛正谊唱歌都唱了两个小时了，看到他跟看到亲爹一样亲。

“你小子可算回来了，小慧呢？”

“不肯回来。”林佳木哭丧着脸说。

“那怎么办？”

“先让大伙散了吧。”林佳木坐在草地上，双目无神。

“等这么久，让他们散了？那大家多失望啊！人不白来了吗？”

“那要不咱俩结婚？”林佳木居然还能挤出个笑脸来，“保证大家都不觉得白来。”

“屁！你小子疯了？”

“所以啊，只能先散了。”林佳木道，“你去说吧，我快死了，没力气了！”

四歪看着他摇摇头，只能去帮他收拾烂摊子了。

在场的宾客一个个散开，都不免多看了直接坐在地上的林佳木两眼，林佳木居然还能和部分人还个笑脸什么的。薛正谊气得想踹他！

“这下可真糟糕了。没想到小慧从来不发脾气的人，发起脾气来这么吓人！”他忙活得一头大汗地送走宾客，也不顾形象地坐在草地上。想想又觉得很生气，踹了林佳木一脚：“该！你小子不就想看看她发脾气什么样吗？如你所愿了！怎么还有你这样的贱人？找骂找打！”

“你说她怎么发脾气也和别人不一样啊？阴阳怪气的！你说她发脾气，她怎么就不大喊大叫，摔东西打人，啥都行啊！她这样闷闷的！闷死我了！”林佳木捂着脑袋呻吟。

“我跟你说，越是这样的人越固执！她一旦生气了，可不好哄！哎，你不是说想好了各种方法哄她吗？就没个有效的？”

“我其实早就预料到她会发脾气，也做了各种准备，但就是这种反应我没准备！根本找不到切入点！她都看不出来生气，你说你让我怎么办？”

“按照我的经验，闹得实在厉害，要冷处理一下，先说很忙，消失个两天，先等她最猛那股子气头下去，然后你再回家装孙子，豁出去脸撒娇！女人很吃这一套！避重就轻撒娇认错，打个马虎眼就过去了！你看你先天条件这么好，没表情的时候是酷帅，笑起来那叫秒杀心脏，撒娇那就是呆萌可爱！简直全方位无死角地顺眼！从小就有女同学跟我说，看你模样就心软。我长这样都能哄好我老婆，你试试呗！”

“用得着你说？”林佳木道，“我傻吗？这么简单的招数我不会？刚才我撒娇撒得我自己都恶心了！结果人家师傅拿着菜刀出来砍我！我跟你说，我感觉那老头真准备给我一刀，不像吓唬人！就这小慧都没拦着！”

“真的呀？”

“可不是嘛！”

“那可是真生气了！这气生得瓷实了！”

“原来她生气这么可怕！还不如像你家那个，有点脾气就发一发，有点脾气就发一发，顶多就像放鞭炮似的，听个动静就算了，这样比较健康！小慧这简直就是火山喷发，还是那种不给人活路的！我就说嘛，这么多年都不生一次气，这不合理！这下一起给我找回来了！她也不打也不骂，就是下定决心要跟我断！她这个人，你说软吧，那是真的软，温柔如水！但是你见过水回头吗？奔流到海不复回，那就是水！”

“那你是怎么想的？放弃了？”

“放弃？放屁！”林佳木一瞪眼。

“那人家都下决心要跟你断了！你不放弃要怎么的？”

“不管！”林佳木抹了一把脸，“我准备了那么多种哄她的法子呢！我不信就一个有用的都没有！就算她是水，也不一定全是从西往东流的，不还有一条京杭大运河吗？我就是挖也得让她改道！我林佳木要是哄不回来她，对不起我的智商！”

“那你是死缠烂打呀！这样小慧能高兴吗？是个女人就烦好不好？”

“就死缠烂打了！不敢纠缠，潇洒放手？那说明这个男的没勇气，或者不确定自己一定能让那女的幸福！但是我现在能确定！我一定能让小慧将来不后悔！让她将来庆幸我现在死缠烂打！所以，哪怕是抢，我也要抢回我媳妇！”

“既然你这么大决心，那这玩意给你！”

“什么东西？”

“戒指呀，大哥！这么值钱的东西你都忘了？”

“哦，对了！早上的时候被小慧扔地上了，你捡了？”

“她扔，你不捡？如果我也不捡，那不就真丢了？说实话，虽然这不是我的，但丢了我也能心疼得好几宿睡不着觉呢！我寻思你要真不要，我就拿回去哄我老婆去了，好歹别浪费！”

“给我！”林佳木抓过首饰盒，瞪了他一眼，薛正谊咧嘴笑了一下。

“谢了，哥们儿，这个戒指非得想办法让她再戴上一次不可！”

“可你下个月就得去巴黎，你那新公司马上就开业了！全世界行业内的人都会来，你这个董事长不到场？”

“一个月的时间，够了！”林佳木一抹嘴，抓过那枚戒指站起来就走！

几天后的一天。

“哎，你说的那事儿什么时候来？”两个白领女孩子坐在李晓慧供职的饭店里，趴着窗子往外看。

“快了，快了！”

“我这都坐了俩小时了！今天要等不着怎么办？我这都快要上班了！”

“哎呀，不会的！那人可执着了！一天中，得有大半天是在这儿的，这你都等不着，运气得多背？”

“你可真行！无论这男的，还是那女的，你都不认识，这么来劲，你有必要吗？”

“电视剧里的人你也不认识，不照样看得有滋有味吗？像这样的就跟电视剧差不多了，一天放映大半天呢，连着一个月了！这还是长篇电视剧，我追追怎么了？”她嘻嘻一笑，“一会儿你就看吧！那男的颜值超高，比电视剧里的都漂亮！光看看他的模样，这电视剧都值得追！”

“真的？那他还没成功？”

“就是呀！还不成呢！我跟你说，他不但长得好，还浪漫极了！这么些天可是换着花样求婚！看见对面窗户下面那棵大树没有？头一天他在门口弹吉他唱歌，唱得嗓子都哑了，那女的也没出来。倒是一个老头拿着刀出来了，他直接就爬树上接着唱！那老头爬不上去，气得在底下跳着脚骂人！

第二天，他弄了两架无人机，垂着条幅在饭店门口花式秀恩爱！各种甜言蜜语哇！”

“无人机呀，高科技呀！”

“大前天，全城花店每家送来一束花，摆得跟超度亡灵似的。”

“啊？”

“不是，我是说摆得跟花的海洋似的，那女的还是没出来！放出一句话，让他走的时候把地面收拾干净了！别给环卫工人添麻烦！”

“哎呀！够狠！那他还来吗？”

“来！怎么不来？他每天都换个花样，那真是不要钱，也不要脸！然后每天说，小慧，那我明天再来。”

“噢，天哪！我下午不上班了，我一定要看！他什么时候能来呀？”

“快了，快了！我为了占这个靠窗的位置，那么早就来了，我比你更急！”

这时候，饭店内外已经传来一片嘘声：“安静！来了！”瞬间场面镇住，一片静谧。

在无数兴奋的目光中，只听得一阵马鸣，林佳木穿着骑马装，骑着一匹斑马来了！

对！没看错！是斑马！

“我的天！好帅呀！他长得太好看了吧？”

“我去，你光看见人了？看看他骑的是什么？我没看错吧？”

“好像是……斑马？”

“真的是斑马！我的天哪！”

“废话！闭嘴别出声！听他说。”

林佳木不大会骑马，多少有些紧张，他策马来到饭店门口，清清嗓子说：

“小慧！之前咱俩开玩笑的时候，你说我是白马王子，我觉得自己是黑马，你说不会，你还觉得我是白马，我说那就算斑马吧！你还记得你说过什么吗？你当时说你就是喜欢斑马！将来要是有人骑着斑马来求婚，你就答应！不过如果那个人是我，就是走着来你都答应！但是我不小心惹你生气了，所以走着来很多天你都不答应！所以现在，你的斑马王子来了，你出来看看我好不好？”

四楼的窗户前，李晓慧瞪大了眼睛，这些天她真的是被缠得无可奈何了！其实一次气能生多久，小慧自己也不知道，她没有生这么大气的经验！其实她的构造和其他女孩子也没本质区别，只是事实证明，脾气好的人一旦愤怒起来，确实要比别人难哄一点。她从气得咬牙切齿到慢慢恢复一些，用了一周左右，再到心气平和，又用了一周左右，到现在已经基本好了。

当然这也和林佳木锲而不舍地追求有关，如果林佳木放她在那里自己修复，估计依照李晓慧的性格，那就彻底拉倒了！但像这样的攻势，能抵御的人还是少数。林佳木花样很多她是知道的，可万万没想到他居然可以这样！这五年来，李晓慧已经被林佳木锻炼得脸皮厚了很多，对浪漫和突发情况的接受度远超常人，却也真有点顶不住了！林佳木说的话她还隐约记得，但从来没想过居然能兑现？这也太匪夷所思了！他哪里弄来的斑马？

“小慧！”林佳木抬头冲着上面喊，“斑马不太好骑，脾气不好，我已经摔了两跤了！我都不知道还能在马背上坚持多久，你能不能出来让我看你一眼呢？”

“你从哪里弄的斑马？”李晓慧终于还是推开窗子问。

“我从动物园借的！偷偷借的，这说不定一会儿警察就来抓我了！你先来跟我见个面行不行？”

“你快给人还回去！斑马是保护动物！”

“我知道！我这不是常规手段无效嘛，小慧！”他咧嘴一笑，“你看你还是很关心我的嘛！别生气了行不行？你都已经亲口答应嫁给我，已经戴上我的戒指了，哪能摘下来一扔就不算数了呢？这没有敢作敢当的精神，可不像你呀！你看我今天把斑马骑来了，无论是之前你承诺过的，还是现在，你都应该答应，下来吧！”

“你！”李晓慧咬着嘴唇，“你别胡闹了！快点把斑马还给动物园！”

“那你肯下来吗？你下来我就还！不然就让警察把我抓走！”

李晓慧无奈，终于还是下来了。

林佳木看着她笑，对她伸出手来：“要不要骑一下？”

“不要！”

他嬉皮笑脸：“骑一下吧！你看现在这个社会，火车、飞机、汽车你经常坐，骑斑马的机会能有几次呀？来你骑一下吧，万一我被警察抓了，能让你骑一下我也值！”

“林佳木，你多大了？是男人说话算数！你说我下来你就立刻把斑马还给动物园的！”

“没说立刻！我说还，但没说立刻还！小慧你就上来骑一下嘛！”他嬉皮笑脸，弯腰伸手，拉住小慧的手不肯放开。

“松开！”李晓慧瞪着他，挣扎。

就在这时，一辆豪车开过来拦在前面，车里走出来一个衣冠楚楚的男子，面色阴沉地说：“这位先生，请你放开她。”

“你是谁？”林佳木喝问，又低头问，“小慧！他谁呀？”

“陈先生，我师傅给我介绍的！”小慧无奈地看了一眼，低声说。

“师傅，你来真的？”林佳木突然想起鲁大师拿着菜刀追他的时候对他说的话，大师说他可以随随便便介绍几个条件不比他差的人给小慧，让他别得意。他以为是气话，没想到来真的？

“他哪儿比得上我了？你师傅简直是老眼昏花！”林佳木的话引得李晓慧狠狠瞪了他一眼。

“林先生是吧？”那衣冠楚楚的男士道，“您不知道我，我却知道您！我知道您是白手兴家，这一点我很佩服您！我一直在世界各地读书，没您那样的魄力，所以只能继承家族产业，不过我名下的产业却比您要多得多。鲁大师介绍了小慧给我，我很喜欢，是不是比得上您，我们谁说了也不算，要小慧说了才算，对不对？”

“你的意思是，比我有钱是吧？”林佳木问。

那人轻轻笑了笑：“应该说，比你有钱，也比你有地位！并且虽然我今天表现得不算好，但很可能，也比你有学识和修养！”

“和我叫板？”林佳木冷笑，“那你应该很容易看出来，你长得还没我一半好看！你那家族能给你钱，可惜给不了你好模样！”

那人轻轻笑了笑：“是吗？也许吧！不过我觉得，这算不上什么大问题。”

“谁说的？同样的事，长得好看的人能做，长得不好看的，就不能做！”

“噢？比如呢？”

“比如，强抢民女！”林佳木说着，突然一伸手，将李晓慧一把拉上马背，大喊：“驾！”

“林佳木！林佳木！”李晓慧也被吓了一大跳，不由得极力挣扎！

“喂，你！”那个陈先生愣了一下，随即大怒，上车就追！这要是林佳木开着一辆普通的车早就被他追上了。但偏偏这是个动物，他的跑车虽然比马快，却没有马灵活，一会儿前一会儿后的，只要拦住，马就绕道，始终没办法像逼停一辆车那样逼停马！气得他大叫：“停下来！我要报警了！”

“林佳木，你放我下来！”李晓慧很是紧张，吓得大叫。

“小慧，告诉我，那个人是谁？”

“陈先生！”

“他真的是什么有钱人家的小开，还是你师傅找来糊弄我的？他家是干什么的？”

“放我下来，我不知道，我不记得他是做什么的了！”

“那他叫什么名字？多大年龄？”

“我……我忘了！”

林佳木愣了一下，随即哈哈大笑起来：“你连他叫什么名字都懒得记！他居然还想能比得上我？我还管他是不是真的小开？我就说你师傅老眼昏花！”他在马背上大喝一声，“驾！”

“哎、哎……林佳木！你疯了？你、你这是犯法的！我不要骑斑马！你也下来！”

“这不是真的斑马，是焗油的，白色马，我给焗了黑油！我原本真想偷斑马来着，但是不好下手！而且动物园的朋友说，斑马就是偷出来我也骑不了！那是野生动物，不听话不让骑，所以我才想了个别的主意！小慧，你别生气了好不好？”

李晓慧怒气冲冲地看着他：“你以为这样我就答应你了？你强迫我，和当年陆家铭有什么分别？这是流氓无赖！当年我宁可跳河也要和他一刀两断！你需要我也跳河吗？”

“有分别！他找你是想对你坏的，我想找回你，是要对你好的！哪怕是流氓无赖，我也要当了！小慧，这段时间我真的想了好多事情，我觉得自己之前言谈举止像个大人，但心里就像个没长大的小孩子，你也是这么觉得的吧？所以你关心我，耐心十足，无微不至！但现在不一样了，现在我想要关心你！你可能觉得我的举动像个小孩子，但我的心里已经长得足够大了！我知道我想要什么，更知道人要是想要点儿什么就应该拿点儿什么去换！小慧，我乐意用流氓无赖的手段换回你！让我有机会关心你、陪伴你！你现在生气，但我会让你以后一想起来就笑，那就成了！”

李晓慧愣在马背上，突然觉得，这个男人的肩膀十分宽阔。她的爱是带着一点母性的，和谁都一样，充满了关怀和爱护，这是她本性使然。可是这一刻，她突然觉得这个举动孩子气十足的人，肩膀很宽阔，宽阔得似乎第一次让她觉得可以把自己的身体重重地靠上去！

她从小就是家里的长女，要关心很多人，要干很多活，从来都是别人依靠她，都是她默默无闻地付出，当一切已经成了习惯，突然之间，有一个人让她感觉她可以依靠，真是很温暖的一件事。

林佳木嘿嘿一笑，将李晓慧揽在怀中。这一次挣扎力度明显小了很多。

“小慧——”

过了很久，李晓慧低低地应了一声：“嗯。”

“叫我一声！”

“佳木。”很低的声音，但已经很是温柔。

“你爱我吗？”林佳木大声问。

“嗯。”还是很低的一声。

“我就知道！”林佳木大声笑了起来，“来，告诉我，你爱我什么？是我美丽的外表，还是很高的智商？”

“呸！”

旁边忽前忽后的陈某某还在车里大喊：“我已经报警了！小慧你别害怕！姓林的你等着进警察局吧！”

“你是不是觉得我特别聪明，特别能干，什么事情也难不倒我？是不是觉得看见我就高兴，想到我就欢喜？”林佳木根本不理会陈某的喊叫，还是得意扬扬地说。

这是当他被公司辞退的时候，在他人生最糟糕的时候向李晓慧求爱时说的话，当时同样的话把李晓慧气得面红耳赤，然后他突然说出，这一切都是他自己的心意，那一刻李晓慧哭得停不下来。这个场景确实历历在目，林佳木带给她的快乐和惊喜多得数也数不清，哪里是那么容易就放得下的呢？

“讨厌！”李晓慧脸色红了，低声说。

心之所系，情之所牵，风雪不改，历久弥坚。

“你是不是觉得我哪里哪里都好？哪里哪里都让你动心？”林佳木继续问，得意非凡。

“是不是觉得特别想和我一辈子在一起？是不是特别想和我同甘共苦？无论成功还是失败，无论辛苦还是顺利？”

“是。”李晓慧低声说。

林佳木的声音戛然而止，他愣愣地看着李晓慧。

“佳木……我觉得你哪里哪里都好！哪里哪里都让我动心！”李晓慧轻轻地说，“就像你说的那样，我特别想和你一辈子在一起，特别想和你同甘共苦！无论成功还是失败，无论辛苦还是顺利……我想要的只是你！看见你就高兴，哪怕看不见你，想到你也就欢喜……”

她的声音那么轻，那么轻，轻得仿佛风儿在呢喃，轻得融化在风里……

媚媚猫

知名作家，创作风格大气，文笔细腻感人。有多部作品发表于杂志，均受到读者喜爱，多部作品曾改编及正在改编成影视剧，迄今发表作品300余万字。

已发表作品有《傲娇与偏见》《青瞳》《杜黄皮》《南北骄雄》《何处可生莲》《一事能狂即少年》《花事》《飞越长生》《驭鬼》《幻杀》等。